HORROR-TASCHENBUCH

BAND 1503

W0417742

In der Reihe HORROR TB erscheinen:

1501 Graham Masterton: *Der Ausgestoßene*
1502 Brian Hodge: *Nightlife*
1503 Sean Costello: *Der Cartoonist*
1504 Richard Laymon: *Parasit*
1505 Brian Lumley: *Titus Crow 1 – Sie lauern in der Tiefe*
1506 S. P. Somtow: *Dunkle Engel*
1507 Frank Festa (Hg.): *Necrophobia – Meister der Angst*
1508 Steve Vance: *Der Mr. Hyde-Effekt*
1509 Steve Vance: *Das Mr. Hyde-Erbe*

Besuchen Sie uns im Internet:

http://www.Festa-Verlag.de

Dein Begleiter durch das Reich des Fantastik:

http://www.Mr-Fantastik.de

Sean Costello

Der Cartoonist

Aus dem Amerikanischen von Usch Kiausch

FESTA

1. Auflage August 2004
Originaltitel: *The Cartoonist*
© 1990 by Sean Costello
© dieser Ausgabe 2004 by Festa Verlag, Leipzig
Umschlaggestaltung: www.babbarammdass.de
Druck und Bindung: Finidr, s.r.o
Alle Rechte vorbehalten

ISBN 3-935822-77-4

PROLOG

Sonntag, 12. Juli 1972

Sie waren zu dritt unterwegs: Scott Bowman saß am Steuer, Brian Horner auf dem Beifahrersitz und Jake Laking hinten. Es war noch früh am Morgen: 5 Uhr 35. Im Osten tauchte jetzt der feuerrote Bogen der aufgehenden Sonne auf, der mit jeder Minute mehr vom Himmel einnahm. Es sah so aus, als öffne sich ein schläfriges Auge. Scott hatte das Fenster an der Fahrerseite ganz heruntergekurbelt und hielt sein müdes Gesicht immer wieder in den kühlen Fahrtwind. Er hatte zunehmend Schwierigkeiten, sich auf die vom nächtlichen Nieselregen glitschige Straße zu konzentrieren.

»Komm schon, Jake«, sagte er, nach hinten gewandt, »ich bin völlig fertig. Und so angetrunken, wie ich bin, sollte ich, bei Gott, nicht weiterfahren. Also, sag schon: Wo sind wir hier überhaupt?«

Vom Rücksitz des VW-Käfers war ein besoffenes Kichern zu hören. Gleich darauf schaltete Jake die Innenbeleuchtung ein und faltete so geräuschvoll wie umständlich die Straßenkarte vom Südosten Neuenglands auseinander.

»Hab nicht den blassesten Schimmer«, erwiderte er nach einer halben Ewigkeit. Jake war auf ihrer Tour theoretisch für die Navigation verantwortlich. Wie gesagt, theoretisch. In der Hoffnung, irgendwo einen Campingplatz oder ein billiges Motel zu finden, waren sie schon vor fast einer Stunde kurz hinter Boston von der Interstate 90 nach Norden abgebogen.

Wieder das Kichern von hinten: »Tja, sieht so aus, als hätten wir uns verfahren.«

»Na, super!« Scott hämmerte mit der Faust auf das Lenkrad. Neben ihm hing Brian benebelt auf dem Beifahrersitz und döste vor sich hin. »Wirklich super.«

Jakes gute Laune war wie weggeblasen: »Jetzt bleib mal locker! Ist doch scheißegal, wo wir sind. Wir machen doch einen drauf, schon vergessen?« Er kramte in der Vordertasche seiner ausgewaschenen Levis herum und fischte schließlich einen kleinen Plastikbeutel heraus. »Außerdem hab ich hier was Nettes, das uns alle wieder gut drauf bringt!« Er wedelte mit dem Beutel herum, wobei er fast Scotts rechtes Ohr erwischt hätte.

»Was ist das?« Scott versuchte, im Rückspiegel zu erkennen, was Jake da hervorgeholt hatte. Gerade noch rechtzeitig, um den Wagen in eine scharfe, nicht markierte Kurve zu manövrieren, wandte er den Blick wieder der schmalen Landstraße zu.

»Ich hab die kleinen Spaßmacher in dieser Bar in Boston besorgt«, berichtete Jake unbeirrt. »Ein paar Züge von diesem vorzüglichen Kraut, und dir wird's völlig schnuppe sein, wo du gerade bist.«

»Dope?«, fragte Scott entnervt. »Das ist ja wohl das Letzte, Mann! Ich dachte, das hättest du spätestens in der High-School aufgegeben. Weißt du eigentlich, wie tief wir in der Scheiße sitzen, wenn wir mit dem Zeugs hier im Auto erwischt werden? Wir sind jetzt in den Staaten, du Vollidiot. Das hier ist nicht Kanada. Wir verlieren unsere Medizin-Studienplätze – und das ist noch nicht mal das Schlimmste, was uns erwarten könnte.«

Scott schüttelte den Kopf – zum Teil, um seinen Ärger auszudrücken, aber vor allem, um wieder klare Sicht zu bekommen. Er hatte mehr getrunken, als er gewohnt war, und nun ließ seine Konzentrationsfähigkeit gefährlich nach. Die Autobahn war ja noch eine leichte Übung gewesen – schnurgerade und so breit, dass man meistens ganz mechanisch hatte fahren können. Aber wo immer sie jetzt gelandet sein mochten: Hier brauchte er jedes bisschen Konzentration, das er aufbringen konnte. Die Straße war nicht beleuchtet und kurvig, streckenweise geradezu tückisch.

Eine merkwürdige Stille machte sich im Auto breit. Nur Brian wälzte sich – mit seinem für einen Linebacker (Anm. d. Ü.: Mittelfeld-Verteidiger im American Football) typischen massigen Körper – im zerschlissenen Sitz hin und her und schien nichts von der niederdrückenden Stimmung zu bemerken.

Jake konnte an einer kleinen *Aufmunterung* nichts Schlimmes finden. Sie wollten doch nur Spaß haben und ihre Zulassungen zur Medizinischen Hochschule feiern. Das war der Hauptzweck ihrer kleinen Reise. Nebenbei wollten sie natürlich auch die jeweiligen Universitäten ansehen, an denen sie Studienplätze ergattert hatten.

Aber es war Scotts Auto. Und Scott war ›der Vernünftige‹ von ihnen.

Sie fuhren weiter. Scott kam die Landstraße mit den Zickzackkurven endlos lang vor. Seit fast einer Stunde gab es kaum noch Anzeichen von Zivilisation. Seitdem hatte er nur ein Hinweisschild gesehen, und das war vor lauter Schießpulverspuren unleserlich gewesen. Er war an einem Punkt angelangt, an dem er einfach nur an einem ruhigen Plätzchen anhalten und sich ausschlafen wollte.

Hinten loderte Jakes Feuerzeug auf. Scott hörte ihn tief inhalieren und kurz darauf ein Husten unterdrücken. Einen Moment später war im Rückspiegel eine glühende Zigarettenspitze zu sehen, und kurz darauf hatte Scott den Joint unter der Nase.

Scott stieß ihn weg: »Ich versuch zu fahren.« Prompt verschwand der Joint wieder hinter ihm. Das Kraut machte Scott nervös. Er wollte das, was er endlich durch lange und harte Arbeit erreicht hatte, nicht wegen etwas so Pubertärem wie einem Beutel Haschisch verlieren. Während er den Wagen in die nächste Kurve lenkte, musste er sich wieder einmal über das paradoxe Phänomen Jake Laking wundern. Trotz Stimmungsschwankungen war sein Freund in Leistungen und Auftreten brillanter als jeder andere, den Scott kannte. Aber es konnte auch passieren, dass sich Jake ohne jede Vorwarnung in die Art Hinterwäldler und lautstarken Proleten verwandelte, wie man sie nachts in Striplokalen und tagsüber in den Warteschlangen vor dem Sozialamt antreffen kann.

Auf dem Rücksitz stimmte Jake den Refrain eines alten High-School-Liedes an: *»Gelb und blau, gelb und blau. Wir sind die Champions und machen euch zur Sau.«*

Die Straße wand sich scharf nach links. Während Scott in die Kurve bog, strichen die Scheinwerfer an einem windschiefen Straßenschild vorbei.

»Old Burwash Road«, las Scott laut vor. »Schau mal, ob du das auf der Karte finden kannst.«

Der fröhliche Barde auf dem Rücksitz zeigte keine Reaktion. Brian tauchte kurz aus seiner Benommenheit auf und grunzte irgendetwas.

»Schalla-la-Schalla-la. Bumm-bumm-ba.«

Scott blickte in den Rückspiegel. Er war jetzt echt sauer und drauf und dran, Jake zur Schnecke zu machen. Da schrie Brian: »Pass auf!«, griff ins Steuer und drehte es panisch nach rechts.

Scott sah gerade noch, wie ein Kätzchen pfeilschnell aus dem hohen Gras am Straßenrand auf den Asphalt schoss. Der Schwanz war steil nach oben gerichtet, die Augen funkelten im Scheinwerferlicht in unheimlichem Rot. Der gelbbraune Körper erstarrte mitten auf der Fahrbahn und wartete auf den tödlichen Zusammenprall.

Scott schob Brians Hand zur Seite, drehte das Steuer weiter nach rechts und lenkte die Vorderräder vorsichtig auf den losen Sand des Seitenstreifens, nur knapp an dem vor Angst gelähmten Tier vorbei. Der nasse Sand setzte sich an den Rädern fest und verlangsamte die Fahrt, als halte eine Riesenhand den Wagen zurück.

Der Kopf der Kleinen erschien als Erstes, schnellte wie bei einer winzigen Varietékünstlerin aus dem Grasvorhang hervor. Ihr Körper folgte, und dann stand sie da, nicht einmal vier Meter entfernt, starr vor Schreck, wie eine Sekunde zuvor die kleine Katze. Sie trug ein weißes Rüschenkleid, glänzende, weiße Schuhe und konnte kaum älter als zehn Jahre sein. Ihre Haare wirkten wie gesponnenes Silber und flatterten anmutig in der leichten Brise. Ihre runden, angsterfüllten

Augen fixierten Scott mit dem Blick sicherer Todeserwartung, einem Blick, in dem das gleiche rote Feuer flammte wie in den Augen des Kätzchens, als es mitten auf der Straße erstarrt war. Im Licht der Scheinwerferkegel erschien sie blass, ja fast transparent, gespenstisch und unwirklich.

Doch das Geräusch, das zu hören war, als der vordere Teil des VWs sie erfasste, war nur allzu real. Es klang so, als prasselte Hagel auf Blech.

Es klang nach Tod.

Es dauerte nur Sekunden. Doch während dieses katastrophalen Zwischenfalls sollte Scott Bowman erfahren, wie relativ Zeit sein kann. Es kam ihm so vor, als ob sich endlose Folter im schlimmsten Fegefeuer in diese wenigen Sekunden presste. Die Zeit dehnte sich bis in alle Ewigkeit.

Die Folter ging weiter und weiter und weiter.

Die niedrige Stoßstange des Käfers erwischte die Kleine direkt über den Knien. Wie ein getroffener Kegel fiel sie um, direkt auf die schräg abfallende Motorhaube. Ihr Kopf prallte mit einem metallischen »Klonk« auf. Es war ein dumpfer, tödlicher Laut, der Scott noch aus unzähligen Albträumen wecken sollte.

Gleich darauf rollte sie hoch. Ihre schlanken Beine wirkten so, als hätten sie gar keine Knochen, und bogen sich nach rechts, während ihre Arme sich wie Windrädchen in kleinen, lächerlichen Kreisen drehten. Jetzt war ihr Gesicht direkt vor Scott, nur ein paar Zentimeter entfernt. Ihre Augen waren glasig, aber immer noch auf ihn gerichtet, obwohl sie fast sicher schon tot war.

Sie sieht mich an. Oh, lieber Gott, sie sieht mich direkt an ...

Dann knallte ihr Gesicht mit einem scharfen Geräusch so heftig gegen die Windschutzscheibe, dass sie zerbarst. Die glitzernden Scherben fielen nach innen und stachen wie wütende Hornissen. Der nächste Augenblick kam ihm so vor, als werde das Mädchen ewig dort hängen bleiben, während die leblosen Augen ihn anklagend anstarrten. Dann war es fort, zur Seite gerutscht, in die fahle schwindende Nacht.

Der Wagen schlingerte zweimal hin und her, das Heck rutschte zurück auf den Asphalt und kam schleudernd über dem verblassten Mittelstreifen zum Stehen. In der Windschutzscheibe war ein faustgroßes, gezacktes Loch. Daneben sickerte eine kleine, fast unbedeutend wirkende Blutspur wie ein Rinnsal zur linken Seite. Durch das Loch drang kühle Luft und strich über Scotts angstbleiches Gesicht.

Es roch nach Blut – wie bei einer Schlachtung.

Er schloss die Augen und versuchte, die Zeit zurückzudrehen. Alles, was er brauchte, waren ein paar Sekunden.

Er wollte zu dem Augenblick zurückkehren, in dem das Kätzchen aufgetaucht war. Diesmal würde er das dumme Ding einfach überrollen und weiterfahren, ohne einen einzigen Blick zurückzuwerfen. Satzfetzen schossen ihm durch den Kopf, verzweifelt gestammelte Gebete, die sich an irgendeinen Gott richteten, ob christlich, heidnisch oder was auch immer; Hauptsache, dieser Gott erhörte seine Bitten.

Oh lieber Gott lass sie leben bitte lass sie leben tu alles was du willst aber lass sie leben ich flehe dich an ...

Scott zitterte wie in Krämpfen, jede Faser seines Körpers brannte vor purem Entsetzen. Als er mit den Fingern sein Kinn betastete, stieß er auf Blut, sein eigenes Blut. Es rann aus einer erbsengroßen Wunde. Offenbar hatte ihn eine Salve herumfliegender Glasscherben erwischt.

Ein Traum bitte lass es einen Traum sein ...

Langsam öffnete er die Augen. Er sah seine Freunde nicht an, sondern blickte auf die Windschutzscheibe – in der verzweifelten Hoffnung, sie sei wieder heil, das faustgroße Loch samt dem Spinnennetz aus Rissen verschwunden, die Blutspur gelöscht.

Aber das Loch war dort ... Genau wie das Blut.

Die Wirklichkeit hatte ihn wieder.

Er hörte, wie eine Tür laut zugeschlagen wurde.

Leise, bestürzte Stimmen, die durcheinander sprachen.

Gleich darauf glitt Scott aus dem Wagen und folgte den Silhouetten seiner Freunde, die jetzt gebückt auf die kleine, zusammengesunkene Gestalt auf der Straße zuliefen. Während die anderen zurückwichen, fiel er neben dem Mädchen auf die Knie. Er war kein Arzt, noch nicht. Aber er wusste, dass die Kleine tot war. Genauso, wie er wusste, dass ein Teil von ihm zusammen mit ihr gestorben war. Als er seine Hand an ihren Hals legte, schlackerte ihm ihr Kopf entgegen. Ihre Augen waren immer noch geöffnet, starrten ihn immer noch mit leerem Blick an.

»Fass sie nicht an«, sagte Brian in die morgendliche Stille hinein. »Du könntest ihre Wirbelsäule verletzen.«

»Sie ist tot, du Arschloch«, bemerkte Jake kalt.

Beim Klang von Jakes Stimme sah Scott auf. Sein Herz tat einen Sprung.

Jakes Augen – normalerweise von einem sanften, blassen Grün – wirkten jetzt so, als erhellten sie mit ihrem bernsteinfarbenen Glanz die Straße, während er sie in beide Richtungen schweifen ließ und den Blick anschließend dem angrenzenden Wald zuwandte. Er stand mit vorgezogenen Schultern da, den Kopf grübelnd zur Seite geneigt. Einen Augenblick lang tauchte vor Scott das Bild einer angespannten Wildkatze auf, die Gefahr riecht und sich bereitmacht, ihrem Opfer den Bauch aufzuschlitzen.

In diesem Moment wurde Scott jeder einzelne Gedanke seines Freundes bewusst. Weil er die gleichen Gedanken hatte.

Brian Horners riesiger Körper zeichnete sich gegen den indigoblauen Himmel ab. Er schwankte hin und her, starrte wie benommen auf das Kind und begann gleich darauf zu wimmern. Erst jetzt wurde ihm nach und nach klar, was geschehen war.

Als Scott sich wieder der Kleinen zuwandte, merkte er, dass sie ein Albino war. Das erklärte die geisterhafte Blässe, das schneeweiße Haar ... und diese Augen! Ihnen fehlte jedes Pigment, deshalb hatten sie das Scheinwerferlicht rot reflektiert.

Rot war auch ihr Blut, das zähflüssig und warm an seiner Hand klebte. Inzwischen hatte sich eine Pfütze aus Blut gebildet, die ihren zerschmetterten Schädel wie ein gotteslästerlicher Heiligenschein umrahmte.

Die Welt stand Kopf. Die Dunkelheit, die schon auf dem Rückzug gewesen war, kehrte plötzlich wieder und breitete sich in Scotts Blickfeld wie pechschwarze Tinte aus. Er hörte eine barsche, vorwurfsvolle Stimme – Jakes Stimme. Dann gruben sich klauenartige Finger in seine Schulter. Aber die Stimme klang wie sehr weit weg und hohl, als dringe sie vom Grunde eines dunklen, leeren Brunnens zu ihm empor.

Und jetzt stürzte er in diesen Brunnen hinab ... tiefer und tiefer ... Immer schneller drehte sich die Spirale.

Auf dem Grund wartete das weiße Gesicht des Kindes auf ihn.

Und Augen, die wie Feuer brannten.

1

15. August 1988

Am Morgen seines 37. Geburtstags wachte Scott Bowman durch seinen eigenen erstickten Schrei auf. Er saß aufrecht im Bett und zerrte mit geballten Fäusten an der Bettdecke, so dass der nackte Rücken seiner Frau bloßlag. Er hatte ein panikartiges Gefühl in der Magengrube, und zu seinem eigenen Erstaunen liefen Tränen an seinen stoppeligen Wangen hinunter. Während er orientierungslos und verschwitzt im Bett saß, kullerte eine einzelne Träne auf seine Lippen und drang in seinen Mund. Sie schmeckte salzig auf der Zunge, ein warmer, intimer Geschmack, den er beinahe schon vergessen hatte. Für Tränen hatte es seit sehr langer Zeit keinen Grund mehr gegeben.

Er stellte fest, dass er geträumt hatte. Sofort versuchte er, die Bilder zurückzurufen, die eben noch so plastisch gewesen waren. Aber wie so oft drängten sich andere Gedanken und Wahrnehmungen dazwischen, so dass er tief in seinem Gedächtnis kramen musste.

Er schloss die Augen und versuchte, sich zu konzentrieren. Da war ein steriler, weißer Raum ohne Fenster gewesen. Es war heiß dort gewesen, und er hatte das bedrückende Gefühl gehabt, er sei hier von aller Welt vergessen worden, eingesperrt ... Aber das war alles, was er ins Bewusstsein zurückholen konnte.

Er öffnete die Augen, starrte auf den gebräunten Rücken seiner schlafenden Frau und lauschte ihren regelmäßigen Atemzügen. Gleich darauf, als müsse er sich von ihrer realen Existenz überzeugen, streckte er die Hand nach ihr aus und berührte sie. Krista fuhr zusammen, seufzte leicht und ließ sich zurück in den Schlaf sinken. Scott musste ein wenig lächeln: Krista würde wahrscheinlich sogar während einer Bombenexplosion weiterschlafen. Sie selbst führte es auf ihr reines Gewissen zurück. Es gab einfach nichts, das ihr nervend durch den Kopf ratterte, wenn es Zeit war, die Lebensbatterien wieder aufzuladen.

Während Scott die Hand wieder zurückzog, bemerkte er, wie wichtig der Körperkontakt zu seiner Frau für ihn in diesem Moment war, wichtig wie ein festes Kneifen, das einen wieder zurück in die Realität holt. Es gab ihm die Sicherheit, dass das hier echt war: Krista, das Schlafzimmer, ihr gemeinsames Leben – nicht diese karge, enge Zelle. In dem Traum, der ihm so realistisch und erschreckend logisch vorgekommen war, hatte sein normales Leben nicht mehr existiert. Alles war ihm mit einem Mal auf grausame Art und Weise genommen worden.

Und schon kamen die Bilder in erschreckender Klarheit wieder. Scott schwang die Beine aus dem Bett und blieb wie erstarrt, die Fäuste auf die Matratze gestemmt, sitzen. Eine leichte, durch die Seeluft feuchte Morgenbrise strich durch die dünnen, pfirsichfarbenen Vorhänge und plusterte sie wie von Geisterhand auf. Scott sah aus dem Fenster und ließ den Blick zu den Nebelschwaden über dem See schweifen, ohne sie wirklich wahrzunehmen.

Immer noch hatte er die trostlosen Bilder seines Traums vor Augen.

Der weiße Raum war das Schlüsselbild: Es war nicht ein beliebiges Zimmer, sondern eine Gummizelle gewesen. Während seiner Ausbildung zum Psychiater hatte Scott nur eine einzige irrationale Angst gekannt: trotz geistiger und seelischer Gesundheit in einer Gummizelle zu landen. Es hatte so eine Zelle im Keller des Krankenhauses, in dem er gelernt hatte, gegeben – eine stickige, finstere Kammer, die bis in ihren letzten Winkel mit einer fünfzehn Zentimeter dicken Gummischicht ausgekleidet war. Der Geruch von altem Schweiß und rasender Wut früherer Insassen war aus jedem Winkel der schmutzigen Zelle gesickert, es hatte wie in einem Raubtierkäfig gestunken. Scott hatte nur selten allein hinuntergehen müssen, aber bei solchen Gelegenheiten hatte er jedes Mal vor Angst gezittert, panisch wie ein Kind, das auf einen Kleiderschrank zugeht, aus dem kurz zuvor unheimliche Geräusche wie ein Kratzen oder leises, wütendes Knurren gedrungen sind.

In seinem Traum war Scott in genau so einer Gummizelle eingekerkert gewesen, er hatte die Bilder jetzt klar vor Augen. Seine Arme hatten in einer Zwangsjacke gesteckt, und er war mit Drogen voll gepumpt, die sein Hirn benebelten. Seine Familie, der man weisgemacht hatte, er sei unheilbar geisteskrank, hatte ihn aufgegeben. Und die Leute da draußen, die Leute, die ihn therapierten, waren anonym geblieben und unzugänglich gewesen. Keine seiner Äußerungen wurde ernst genommen, Ärzte und Pfleger hielten sie für das irre Geschwafel eines Geisteskranken. Aber er war nicht irre. Allerdings würde es, falls er nicht bald entlassen werden sollte, irgendwann zu spät sein, um ...

An diesen Teil des Traums kam er nicht mehr heran. Angesichts des warmen, goldenen Lichts des erwachenden Augustmorgens war er auch keineswegs sicher, ob er den Rest überhaupt wissen wollte. Letztendlich war es doch nur ein Traum gewesen.

Dennoch blieb ein schlechtes Gefühl zurück, das wie eine feuchte Decke auf ihm lastete, ein Gemisch aus Angst, Einsamkeit und der sehr realen Empfindung körperlicher Krankheit. Es war ein Gefühl plötzlicher Kälte, das er sehr genau kannte und das ihn schon einmal vor zehn Jahren erwischt hatte. Damals, in der mitternächtlichen Stille seiner Praktikantenbude, war er beim lauten Schrillen des Telefons aus dem Schlaf geschreckt. Irgendein Verwandter hatte ihm mitgeteilt, seine Eltern seien im Schlaf bei lebendigem Leibe verbrannt. Von der großen, alten Villa in Rockliffe sei nichts als Schutt und Asche geblieben.

»Was für morbide Gedanken ...«, dachte Scott, innerlich zitternd. Warum hatte ausgerechnet dieser Tag unter solch düsteren Vorzeichen beginnen müssen?

Erneut warf er einen Blick auf seine schlafende Frau. Die

Wärme, die von Krista und seinem Zuhause ausging, gab ihm Trost: *Ich bin in meinen eigenen vier Wänden, bei meinen Lieben,* sagte er sich. Das leere Gefühl in seinem Inneren war absurd, durch nichts als einen Traum hervorgerufen. Er beschloss, es einfach zu begraben.

Gleich darauf angelte er sich seinen Bademantel vom Haken hinter der Tür und streifte ihn über. Der Wecker war auf halb acht gestellt, aber es war gerade erst Viertel nach sechs. Er hatte nicht vor, wieder einzuschlafen, also schaltete er den Wecker aus und verließ das Schlafzimmer. Leise schlich er über die Dielen des Flurs bis zur Treppe, blieb jedoch aufgrund irgendeiner plötzlichen Gefühlsregung stehen und trat gleich darauf den kurzen Rückweg zum Zimmer seiner Tochter an. Lautlos öffnete er die Tür und spähte hinein.

Die ›Ghostbuster‹-Tapete mit ihren kleinen Verbotsschildern tat seinen Augen weh, jeder einzelne Geist schien ihn anzugrinsen und ihm aus dem durchgestrichenen, roten Kreis entgegenzuspringen ...

Kaths Messingbett funkelte in der Morgensonne. Die Glasoberfläche ihrer Kommode war mit winzigen Plastikschlümpfen übersät, die einen so schroffen Gegensatz zu den ersten Spuren der nahenden Pubertät bildeten, dass er den Anblick fast schon als tragisch empfand. Mascara, Kajalstift und Modeschmuck waren jetzt noch Spielzeug, aber bald, viel zu bald, würde Kath all das bitterernst nehmen. Seine zehnjährige Tochter, zugedeckt mit einer leichten Sommerdecke, lag zusammengerollt auf der Seite, den sonnengebräunten Arm liebevoll um Jinnie, ihre Flickenpuppe, geschlungen. Von seinem Beobachtungsposten an der Tür aus betrachtete Scott die ungezähmten Locken ihres feinen, goldfarbenen Haares.

Auf Zehenspitzen durchquerte er das Zimmer und beugte sich über das Bett seiner Tochter. Kaths Mund, ein kleines, dunkles, von erdbeerroten Lippen umrandetes Oval, war leicht geöffnet, die Stupsnase ins Kissen gedrückt. Ihr niedliches, rundes Gesicht strahlte vor sommerlicher Bräune. Die

Liebe, die Scott in diesem Moment für seine Tochter empfand, war so heftig, dass es fast schon wehtat. Er gab ihr einen zarten, fast schüchternen Kuss auf die vollen Wangen und ging dann still und leise aus dem Zimmer.

Noch während Scott die Tür hinter sich schloss, überfiel ihn eine derartig heftige, kaum zu kontrollierende Beklemmung, dass es ihn selbst zutiefst erschreckte. Scott wurde sich jäh bewusst, dass er nur deshalb in Kaths Zimmer gegangen war, um nachzusehen ... sich zu vergewissern, dass sie auch wirklich dort war. Sicher war das verrückt: Er hatte sich noch immer nicht aus diesem verrückten, bedrückenden Traum gelöst.

Unten in der Küche bereitete sich Scott ein leichtes Frühstück, das aus Toast und Kaffee bestand, danach polterte er zurück nach oben, um zu duschen und sich zu rasieren, wobei er viel lauter war als nötig. Als er feststellen musste, dass der Lärm seiner Waschrituale weder Frau noch Tochter aufgeweckt hatte, spürte er einen kleinen Anflug von Enttäuschung. Einen Augenblick lang kam ihm die wunderbare, aufmüpfige Idee, sich krankzumelden, einfach blauzumachen. Er würde zurück ins Bett krabbeln und dann zusammen mit seinem kleinen Freund Krista wecken. Schließlich hatte er heute Geburtstag.

Doch schon wandte sich die Stimme seines Gewissen mit der üblichen Unnachgiebigkeit gegen die süße Versuchung. Es würde heute ein harter Tag im Klinikum werden – zumindest bis vierzehn Uhr. Danach würde er den Babysitter für eine Gruppe Medizinstudenten spielen müssen. Für diesen zusätzlichen Stressfaktor konnte er kein Mitgefühl erwarten. Jedes Jahr versprach er sich selbst aufs Neue, die Dozentenstelle an der Universität zu kündigen, und jedes Jahr nahm er lächelnd die Wiederernennung entgegen.

Widerwillig beschloss er, sich zusammenzureißen und seinen Pflichten nachzukommen. Schließlich wartete heute Abend noch eine ›Überraschungs‹-Party auf ihn. Die Vorfreude versetzte ihn jetzt schon in Hochstimmung und gab ihm neue

Energie. Krista arrangierte jedes Jahr irgendeine Art von Geburtstagsfete für ihn, und er sah keinen Grund, warum sein siebenunddreißigster Geburtstag (»du alter Knacker«, neckte ihn seine innere Stimme) eine Ausnahme bilden sollte. Scott genoss diese Gewissheit Jahr für Jahr und ertappte sich dabei, wie er voller Erwartung vor sich hin grinste. Was nicht heißen sollte, dass Krista Bowman völlig berechenbar war. Zwar war sie stets liebevoll, besorgt, mütterlich und sexy – aber in anderer Hinsicht war nie vorherzusagen, was Mrs. Drapers jüngste Tochter, Krista Marie, als Nächstes anstellen oder auf die Beine stellen würde. Und das machte einen Grundzug ihres Charakters aus.

An der Haustür, kurz bevor er sich auf den zwanzig Minuten langen Weg zum Health Sciences Center in Ottawa machte, überkam Scott der überwältigende Drang, laut loszubrüllen und damit das ganze Haus zu wecken, vielleicht auch den ganzen See. Aber er blieb standhaft. Stattdessen ging er zur Garage hinüber, stieg in den Wagen und legte eine Kassette ein. Während er auf dem Schotterweg den Hügel hinauffuhr, versuchte er, sich die abendliche Party vorzustellen. Bestimmt würden sie viel Spaß miteinander haben.

Aber das bedrückende Gefühl, das der Traum in ihm ausgelöst hatte, das merkwürdige Gefühl einer bösen Vorahnung wollte und wollte nicht verschwinden. Es begleitete ihn fast den ganzen Tag hindurch, als habe er leichtes Fieber.

2

Nachmittags gegen halb fünf hatte Scott den frühmorgendlichen Traum und die Mordsangst, die er ihm eingejagt hatte, nahezu vergessen. Während er auf dem Krankenhausflur der Station ›Two Link‹ mit seinen Studenten sprach, waren seine Gedanken mehr oder weniger schon zu Hause auf der Sonnenterrasse, wo er sich später gemütlich entspannen und in Ruhe sein Bierchen schlürfen würde, so herrlich kalt, dass man es kaum in den Händen halten konnte. Ihm war heiß, und durch die stickige Luft der psychiatrischen Abteilung für chronisch Kranke drang ein nicht gerade angenehmer Geruch. Dicht gedrängt standen in Hufeisenform sechs Studenten in strahlend weißen, gebügelten Praktikantenkitteln um ihn herum, die ihm wissbegierig zuhörten. Sie waren auf ihrer Visite bereits bei fünf Patienten gewesen und die Fälle kurz durchgegangen. Scott war der Meinung, damit sei es mehr als genug für heute. Die letzte Patientin würde Mrs. Stopa sein. Er lockerte seine Krawatte und begann mit der abschließenden Anamnese.

»Mrs. Stopa ist dreiundneunzig Jahre alt.« Scott griff nach der Hand der alten, benommenen Polin, die vor ihm auf der Untersuchungsliege saß. »Sie hat eine Form von gewöhnlicher Altersdemenz – ›altersbedingter Verfall‹ ist der Begriff, den das Lehrbuch verwendet.« Das Lehrziel für den heutigen Nachmittag bestand darin, die Studenten an die Freuden des Alterns, genauer gesagt, der so genannten Vergreisung, heranzuführen. »Wie Sie sehen können, vegetiert sie förmlich dahin, ein Fall kompletter Geistesschwäche.«

Ehrlich gesagt, war Mrs. Stopa ein Paradebeispiel für Apathie. Sie starrte mit leerem Blick auf ihren Schoß, sie sabberte, ihre Kiefer mahlten unaufhörlich vor sich hin und erzeugten dabei nichts als grässliche Schmatzlaute. Sonst gab es leider kaum etwas, was Scott über die Alte hätte sagen können, und als sie plötzlich einen fahren ließ, verdrückten sich die Studenten diskret.

Scott beendete die Übungsstunde: »Gut, Freunde. Es ist schließlich Freitag. Wie wär's, wenn wir Schl– ...«

»He, Leute! Schaut euch das mal an!«

Eine junge, attraktive Studentin rief quer durch den Flur nach ihnen. Sie blickte fasziniert über die Schulter eines älteren Mannes, dessen Oberkörper in Kreuzgurten steckte, die ihn daran hinderten, aus dem Rollstuhl zu kippen. Auf den ersten Blick sah es so aus, als sei mit dem alten Mann nicht viel mehr los als mit seiner Mitpatientin Mrs. Stopa. Seine dürre Gestalt versank fast in der für senile Alte üblichen Anstaltstracht: ärmelloses Unterhemd, blaue Schlafanzughose, gestellt vom Krankenhaus, braune Filzlatschen. Außerdem umgab ihn der unverwechselbare Geruch nach Ammoniak. Sein scharfes Gesicht hatte tiefe Falten, vom Kinn hing ein Speichelfaden bis zu dem mit Essensresten voll gekleckerten Lätzchen. Die kleinen, dunkelbraunen, fast schwarz wirkenden Augen erinnerten an die Knopfaugen einer Stoffpuppe und unterstrichen den leeren Gesichtsausdruck.

Doch als Scott sich dem Alten näherte, flackerte plötzlich etwas in dessen Augen auf, was auf eine unvermutete geistige Aktivität schließen ließ. Es war so schnell wieder vorbei, wie es gekommen war. Aber innerhalb dieses Moments, der nur einen Atemzug lang andauerte, meinte Scott etwas ... Lauerndes in diesen von Krähenfüßen umrahmten Augen entdeckt zu haben. Verstärkt wurde dieses merkwürdige Gefühl durch das, was der Mann mit seinen Händen anstellte. Mit seiner Linken hielt er ein Zeichenbrett fest gegen seine Knie gedrückt, während er mit dem Bleistift in der rechten Hand zeichnete.

Scott hatte bereits von diesem alten Kerl gehört, ihn aber noch nicht persönlich zu Gesicht bekommen. Der behandelnde Therapeut und Chef der Psychiatrie, Vince Bateman, hatte den Fall des alten Herrn bei einer der Besprechungen, die regelmäßig mittwochmorgens stattfanden, als *diagnostisch schwer einzuordnen* eingestuft. Aus medizinischer Sicht erfüllte der Patient die meisten Kriterien für eine altersbedingte Demenz, dagegen sprach jedoch seine, wie Bateman behauptete, fast unglaubliche künstlerische Begabung. Der Alte war mit dem Rettungswagen eingeliefert worden, er war ohne Bewusstsein gewesen und hatte keinerlei Papiere bei sich gehabt, die ihn hätten ausweisen können. Bateman hatte ihn der Einfachheit halber auf den Namen *der Zeichner* getauft.

»Los, kommt her«, rief die Studentin nochmals. »Das müsst ihr sehen! Das ist einfach der Hammer!«

Die Gruppe versammelte sich um den alten Mann und

bestaunte neugierig die flinken, scheinbar zufälligen Bewegungen des Bleistifts auf dem Zeichenblock. Mit einem ungeduldigen Blick auf die Uhr stellte sich Scott zu ihnen.

Ungeachtet der Störung seiner Privatsphäre fuhr der Alte mit dem Skizzieren fort und schaukelte dazu im Takt der Musik, die aus dem Radio neben ihm drang. Es war eines jener alten Transistorradios, die vor mehr als zwanzig Jahren so populär gewesen waren, lange bevor Walkmans und Ghettoblaster eingeführt wurden. Ein Streifen alten, schmuddeligen Kreppbands hielt das rissige und ramponierte Gehäuse zusammen.

Scott blickte auf den Zeichenblock des Alten, und sofort war seine Ungeduld wie weggeblasen. Als kleiner Junge war Scott ein richtiger Comic-Fan gewesen und hatte, von *Sergeant Rock* bis *Richie Rich,* alles verschlungen. Aber so etwas wie das hier hatte er noch nie gesehen.

Der Zeichner hatte Action-Szenen entworfen, deren einzelne Sequenzen durch die für die klassischen Comics typischen gerahmten Kästen liefen. Die Cartoons zeigten zwei Männer beim Boxkampf. Auf dem Letzten der Serie war zu sehen, wie einer von ihnen bäuchlings auf der Matte lag, während der andere mit gespreizten Beinen über ihm stand und die Arme triumphierend nach oben streckte. Vom Ohr des Unterlegenen sickerte, schwarz wie Blei, Blut auf den Boden; der Alte war gerade dabei, die Einzelheiten des besiegten Körpers auszuarbeiten. Der Bleistift bewegte sich mit unglaublicher Genauigkeit und Geschwindigkeit. Kein Zweifel, die Zeichnungen waren von hoch professioneller Qualität. Nein, dachte Scott, es war mehr als das: Sie wirkten geradezu lebendig.

»Was ist mit ihm, Dr. Bowman?«, fragte einer der Studenten.

»Na ja, das weiß keiner so genau«, antwortete Scott, während er versuchte, sich den Vortrag von Dr. Bateman ins Gedächtnis zu rufen. »Ein namenloser Landstreicher, den man bewusstlos im Park nahe des QE-Parkways gefunden hat. Er gehört nicht zu meinen Patienten. Aber wenn ich mich richtig erinnere, hat man bei ihm im Gegensatz zu den meisten anderen namenlosen Obdachlosen, die hier eingeliefert werden, keine klassischen Zeichen von Alkoholismus feststellen können.«

Scotts Blick streifte erneut den Mann im Rollstuhl. Für eine oder zwei Sekunden fühlte er sich durch das ständige Kratzgeräusch des Bleistifts irritiert.

»Er ist einfach fantastisch!«, sagte das Mädchen, das den Alten zuerst entdeckt hatte. »Seht mal, wie schnell er ist. Fast so, als müsse er dabei kaum auf das Blatt schauen.«

»Meint ihr, dass er wirklich debil ist?«, wollte ein indischer Student mit leiser Stimme wissen.

Noch während Scott den Mund aufmachte, um zu antworten, kam ihm eine hohe, fast feminine Stimme zuvor. »Tja, meine verehrten Damen und Herren Doktoren, es sieht ganz so aus, als treffe diese Diagnose zu.«

Scott und sein Gefolge drehten sich um und sahen sich Dr. Bateman gegenüber, der die Frage auf seinem Weg durch den Flur zufällig mitgehört hatte.

Scott spürte, wie die alte Abneigung gegen seinen Kollegen in ihm hochstieg. Was seine Tätigkeit als Klinikpsychiater betraf, konnten Bateman nur wenige das Wasser reichen, und das wusste er selbst leider nur zu gut. Sein Ego hatte den Umfang eines Grizzlybären, und er war auch ähnlich grob, was die Zusammenarbeit mit ihm beinahe unerträglich machte. Schon hatte er – ohne sich auch nur durch einen Blick mit Scott zu verständigen – die Leitung der Diskussion an sich gerissen.

»Als dieser alte Herr vor zwei Wochen bei uns eingeliefert wurde, hatte er nichts bei sich als zerrissene Lumpen und einen Rucksack, der dieses Zeichenbrett, einen Haufen alter Zeichnungen und ein Bündel Bleistifte enthielt.« Bateman korrigierte den Sitz seiner Gucci-Krawatte und schnipste einen störenden Fussel vom Ärmel seines edlen Fischgrät-Jacketts. »Noch ehe die Ärzte ein Untersuchungsergebnis hatten, erlangte er sein Bewusstsein wieder und legte mit seinen

Zeichnungen los. Einer meiner Assistenzärzte hatte ihn in seiner Sprechstunde, diagnostizierte richtigerweise eine altersbedingte Geistesschwäche und ließ ihn zu uns verlegen. Er wird auf der Station für chronisch Kranke bleiben, bis man ihn in ein passendes Heim verlegen kann – vielleicht nach Saint Vincent oder in eine ähnliche Einrichtung.«

»Aber was ist mit seinen Zeichnungen? Jemand, der so ein künstlerisches Talent hat, kann doch nicht einfach altersschwachsinnig sein, oder?«, hakte der Inder nach.

Ein plötzlicher Ausdruck von Ratlosigkeit legte sich wie eine rasch vorüberziehende Wolke über Batemans Gesicht. Er strich sich nachdenklich über den Schnauzbart, bevor er antwortete. Seine Worte schienen ihm fast körperliche Schmerzen zu bereiten. Es war überaus schwer für Vince Bateman, eine Unsicherheit zugeben zu müssen. »Leider muss ich gestehen, dass ich in Bezug auf seine künstlerischen Arbeiten ratlos bin. Es könnten möglicherweise Handlungen sein, die aus seinem Unterbewusstsein hervorgehen und etwas mit seiner Vergangenheit zu tun haben. Vielleicht ist es etwas, das er früher ganz ohne Anstrengung oder viele Gedanken getan hat. Da diese Art von Altersdemenz in Zyklen auftritt, kann es auch sein, dass er nur in mehr oder weniger klaren Momenten zeichnet. Die Tatsache, dass er während dieser Phasen nicht kommuniziert, könnte auf einen anderen Defekt zurückzuführen sein, vielleicht auf Aphasie als Sekundärwirkung eines Schlaganfalls. Oder er hat ganz einfach beschlossen, seine Umwelt zu ignorieren.«

Die Ratlosigkeit war von Batemans Gesicht verschwunden und zeigte sich stattdessen auf den Gesichtern der Studenten. Typisch für Bateman, dass er einfach über die Köpfe der Neulinge hinwegredete.

Scott beschloss, Batemans Diagnose zu erläutern – er war sauer und wollte außerdem endlich nach Hause. »Damit, liebe Leute, will Dr. Bateman nur sagen, dass wir nicht die geringste Ahnung haben, wie der alte Mann tickt. In mancher Hinsicht passt er perfekt in die Schublade für Altersdemenz.

Aber es gibt auch wesentliche Züge, die überhaupt nicht mit dieser Diagnose übereinstimmen.«

Batemans Gesicht lief rot an. Noch mehr als Unordnung hasste er es, wenn jemand anderes in aller Öffentlichkeit seine Worte richtig stellte. Scott musste den Kopf zur Seite drehen, um ein selbstzufriedenes Grinsen zu verbergen.

»Hier, in diesem Rucksack, liegt ein ganzer Haufen seiner Arbeiten«, bemerkte Bateman. Er deutete auf einen schweren Wollbeutel, der hinten am Rollstuhl hing. »Vielleicht möchten Sie das ja mal durchsehen. Die meisten sind ziemlich makaber und grausam und erinnern an Horror-Comics. Viele Zeichnungen scheinen sich auf Ereignisse aus den Nachrichten der letzten Zeit zu beziehen, hauptsächlich Katastrophenmeldungen. Übrigens ein weiterer Beweis, der meine Theorie zyklisch auftretender, geistig klarer Momente unterstützt. Wir nehmen an, dass er diese Geschichten im Radio hört und daraus eigene Comic-Versionen kreiert.« Danach zog sich Bateman mit den Worten »Wenn Sie mich jetzt entschuldigen würden« zurück.

Und weg war er. Voller Elan schwebte er mit ausschweifenden, affektierten Schritten durch die Gänge – und Scott fragte sich zum wiederholten Mal, welchem Geschlecht dieser Mann wohl den Vorzug gab.

Immer noch in sich hineingrinsend, näherte sich Scott dem Rollstuhl. »Lassen Sie uns mal einige von denen hier anschauen. Und dann packen wir's für heute, einverstanden?« Während seine Studenten eifrig nickten, langte er in den Rucksack.

»Auuuuu-tsch!«, brüllte Scott und zog seine Hand hastig zurück. Aus seinem Zeigefinger quoll Blut, die Tropfen klatschten auf die Armlehne des Rollstuhls. Als einige auf dem nackten Arm des Künstlers landeten, schreckte der Alte wie bei einem Schlag zusammen. Andere Tropfen sprenkelten den Boden zu Scotts Füßen, was aber keiner bemerkte. Alle Augen richteten sich auf seinen Finger.

»Herrgott, noch mal ...«, schrie Scott auf und versuchte

seinen Ausbruch gotteslästerlicher Flüche zu bremsen, während sein vorwurfsvoller Blick ins dunkle Innere des Beutels wanderte. »Was zum T– ...?«

Eine Studentin mit deutlichem Übergewicht und Spuren jugendlicher Akne zückte ein halb verbrauchtes Päckchen Papiertaschentücher und reichte es Scott hinüber. Gleich darauf spähte sie so vorsichtig in den Beutel, als rechne sie damit, etwas werde sie gleich anspringen. Als sie sich davon überzeugt hatte, dass keine Gefahr drohte, steckte sie ihre Wurstfinger hinein und holte unter Rascheln ein Blatt Papier hervor, dessen Rand blutverschmiert war.

»Sie haben sich am Papier geschnitten«, bemerkte sie altklug und zog ein Bündel Zeichnungen heraus.

Der Zeichner blätterte zu einer neuen, leeren Seite vor und fuhr mit seinen Bleistiftzeichnungen fort, ohne dass er etwas von all der Aufregung mitzubekommen schien.

Scott untersuchte seinen Finger. Die Schnittwunde war schmal, aber erstaunlich tief. Mit einem kleinen Druckverband würde er die Verletzung schnell verarzten können, allerdings brannte sie höllisch. Während er auf den schmuddeligen alten Mann hinabblickte, überlegte Scott, wann er seine letzte Tetanus-Spritze bekommen hatte.

»Alles in Ordnung, Herr Doktor?«, fragte der Inder.

»Ist nicht weiter tragisch, es schmerzt nur ein bisschen.« Scott lehnte sich zu der übergewichtigen Studentin hinüber, die die Zeichnungen bereits durchblätterte. Trotz seiner Absicht, baldmöglichst nach Hause zu fahren, war sein Interesse durch die letzte Bemerkung Batemans erneut geweckt: Demnach bezogen sich einige der Zeichnungen auf aktuelle Nachrichtenmeldungen. Er schaute gespannt auf den Stapel Blätter, den das Mädchen Seite für Seite durchging.

Bateman hatte Recht gehabt. Viele der Skizzen waren recht makaber. In diesen Szenen schaufelten sich halb verrottete, Leichen schändende Ungeheuer aus Gräbern heraus, aufgedunsene Meereskreaturen grapschten aus veralgten Tiefen des Ozeans nach den Beinen ahnungsloser Badender, und irgendein großes, dunkles, wabberndes Etwas lauerte gierig unter dem Bett eines schlafenden Kindes.

Diese letzte Bildfolge erinnerte Scott an die nächtlichen Ängste, unter denen Kath bis vor kurzem gelitten hatte. Fast jede Nacht war sie zu völlig unchristlicher Stunde, um sich schlagend und schreiend, aufgewacht und hatte behauptet, irgendetwas sei unter ihrem Bett, irgendein schuppiges, feuchtes Wesen glibbere dort herum und greife nach ihren Zehen.

»Wie wär's denn hiermit?«, unterbrach Scott seinen Gedankengang und hielt eines der Blätter mit der unversehrten Hand hoch. »Bestimmt erinnern Sie sich noch an die Dauerberichterstattung über das Flugzeugunglück der 747 in Uplands, ist ja noch nicht lange her.« Die Bilderfolge zeigte eine schnittige, riesige Boeing, die außer Kontrolle geriet, am Ende des Rollfelds hin und her schlitterte und, mit dem Bug voran, in einem angrenzenden Maisfeld in zwei lichterloh brennende Hälften zerbarst. »Sieht ganz so aus, als hätte Dr. Bateman Recht gehabt«, bemerkte er wie im Selbstgespräch.

Beeindruckt vertieften sich die Studenten in die Zeichnungen. Nach einer Weile schlug Scott vor, den Rest ohne ihn anzuschauen. Er sei schon spät dran. In seinen Gedanken war er bereits auf dem Heimweg.

Die Studenten wollten ebenfalls gern los. Sie dankten Scott für die Zeit, die er sich für sie genommen hatte, legten die Zeichnungen zurück in den Beutel und marschierten durch den Krankenhausflur davon. Dabei unterhielten sie sich angeregt über den seltsamen alten Mann und das vor ihnen liegende August-Wochenende.

Während Scott sich zum Gehen anschickte, bemerkte er aus dem Augenwinkel irgendeine Bewegung. Als er stehen blieb und sich umdrehte, sah er gerade noch, wie sich ein einzelnes Zeichenblatt aus der welken Hand des Künstlers löste. Scott bückte sich, um es aufzuheben; seine Neugier zwang ihn, sich den Inhalt genauer anzuschauen.

Auch bei diesen vier Cartoons ging es um eine Horrorgeschichte. Anfangs war eine einsame Gestalt in einem heruntergekommenen, von Spinnweben durchzogenen Zimmer zu sehen. Die Gestalt stand vor einem kunstvoll anmutenden Kamin, der die Form eines Löwenkopfs hatte, und hackte mit einer Axt die Holzbohlen des Fußbodens auf. Das letzte Bild zeigte, wie die Gestalt unter den Bohlen einen mumifizierten Leichnam entdeckte, dessen Herz von einem Messer durchbohrt war. Die toten Hände hielten irgendeinen rechteckigen Gegenstand fest an die Brust gedrückt.

Die herausragende Qualität der Bilder beeindruckte Scott. Was für ein Talent!

Während er die Zeichnungen zurück in den Beutel stopfte, blickte er nochmals auf die aktuelle Arbeit des Alten. Die fast mechanische Hartnäckigkeit, mit der er skizzierte, die unheimliche Fülle von Einfällen, die einfach aus ihm herauszuströmen schienen, zogen Scott in ihren Bann. Er konnte nur schwer akzeptieren, dass in einem Gehirn, das ein solches Talent hervorgebracht hatte, völlige Leere herrschen sollte. Schon nach dem ersten Eindruck war Scott versucht gewesen zu glauben, es müsse irgendeine Möglichkeit geben, zu ihm durchzudringen, einen Weg geben, mit ihm zu kommunizieren. Ihm war klar, dass sein Interesse an diesem Patienten nur teilweise beruflicher Natur war, zum größten Teil beruhte es auf purer Neugier. Es reizte ihn einfach, mehr über den Mann zu erfahren. Einiges an seinem comicartigen Stil kam Scott entfernt bekannt vor und versetzte ihn in die Tage seiner Kindheit zurück, als er geradezu verrückt nach Comics gewesen war. Vielleicht hatte dieser Greis einmal einen der Klassiker wie *Tales from the Crypt* oder *The Vault of Horror* illustriert. Immerhin war es eine interessante Möglichkeit – vielleicht hatte er eine verkalkte Berühmtheit vor sich!

Unmittelbar neben Scott tauchte plötzlich eine Krankenschwester auf: »Dr. Bowman ...«

Scott antwortete nicht, er hatte nicht einmal die Stimme der Frau gehört. Während er gebannt auf die Zeichnung starrte, die der Künstler gerade angefangen hatte, durchzuckte ihn das Gefühl von einem Déjà-vu. Dabei fiel ihm eine ähnliche Begebenheit ein: Vor vielen Jahren hatte er in einem bayerischen Dorf plötzlich das Gefühl gehabt, einen Ort zu kennen, an dem er vorher noch nie gewesen war. Damals hatte er gerade irgendein primitives Folterwerkzeug in einem verstaubten Museum des Mittelalters inspiziert. Krista hatte sich über ihn lustig gemacht und behauptet, wahrscheinlich sei er in einem früheren Leben mit einem ähnlichen Folterwerkzeug öffentlich gedemütigt worden – als Strafe für die unaussprechlichen Dinge, die er mit einer Pfarrerstochter angestellt habe.

Aber warum ausgerechnet jetzt? Die Zeichnung hatte noch nicht einmal richtige Formen angenommen, es waren bislang nur runde, irgendwie gerippte Objekte in geometrischer Anordnung zu erkennen ...

»Dr. Bowman?«, sprach ihn die Schwester nochmals an.

Der Alte zeichnete jetzt zügiger, er versah das Ganze mit Struktur und Räumlichkeit; das Kratzen des über die Seite huschenden Bleistifts glich einem heiseren Flüstern. Die runden Objekte wurden zu Zylindern ... zu Fässern ... Es waren vier Fässer. Aber was sollte das rippenartige Muster? Vielleicht Reifen, die die Fässer in gleichen Abständen schützend umgaben. Sie kamen ihm irgendwie bekannt vor.

»Dr. Bowman!«

Scott wandte den Kopf halb zu der Schwester herum, blickte aber gleich darauf wie unter Zwang zurück auf die Zeichnung. Wie mit Zauberhand versah der Alte eines der Fässer blitzschnell mit einer Blume, die einer Rose glich. Und schon skizzierte er, immer noch im selben rasanten Tempo, eine Reihe parallel liegender Latten, die die Fässer miteinander verbanden. Sie wirkten wie Bohlen, hatten aber außergewöhnlich geschwungene Kanten.

Scott fragte sich, wo und wann er das alles schon einmal gesehen hatte. Etwas in seiner Erinnerung sagte ihm, dass es erst kürzlich gewesen sein konnte.

Als er eine Hand auf seinem Unterarm spürte, drehte er sich schließlich um. Das Gesicht der Krankenschwester war vor Verzweiflung schon rot angelaufen. »Ähm, ja, tut mir Leid«, sagte er, »aber ich ...« Sofort konzentrierte er den Blick wieder auf die Zeichnung, wobei er versuchte, die Formen, ihre geometrische Beziehung zueinander und die große, weiße Rose irgendwo in seiner Erinnerung zu orten.

»Ihre Frau ist auf Leitung dreizehn«, bemerkte die Krankenschwester.

»Danke.« Scott fühlte sich so plötzlich zurück in die Wirklichkeit geholt, als sei er aus einem Traum gerissen worden.

»Hinten im Besprechungszimmer ist ein Telefon frei«, teilte ihm die Schwester kopfschüttelnd mit und ging weiter.

Als Scott sich widerstrebend vom Rollstuhl abwandte und auf den Weg machte, um den Anruf entgegenzunehmen, unterbrach der Alte seine Bleistiftskizzen und sah dem Arzt mit starrem Blick hinterher. Am Ende des Flurs blieb Scott kurz stehen, da er den Blick spürte. Er drehte sich nicht um, sondern setzte seinen Weg gleich darauf fort. Doch in diesem kurzen Moment des Zögerns überlief ihn eine solche Gänsehaut, als habe jemand auf seinem Grab getanzt.

Er holte einen Verband aus dem Versorgungsschränkchen, wickelte ihn um den Finger und ging danach zum Telefon im Besprechungszimmer. Sein Finger pochte höllisch, außerdem hatte er Hunger und Durst und wollte nur noch nach Hause.

Doch als er Kristas muntere, kräftige Stimme hörte, waren der alte Mann und das eigenartige Déjà-vu-Gefühl schnell vergessen.

Wenn auch nur für einen kurzen Augenblick.

Das Zwielicht und die schärfer hervortretenden Schatten des Spätnachmittags erfassten die einsame Gestalt auf dem Flur, die im Rollstuhl am Fenster saß. Mit den Fingerspitzen berührte der Alte behutsam, fast zärtlich die gerinnenden Blutstropfen auf seinem Unterarm und verdrehte dabei die dunklen Augen. Die versiegelten Lippen zuckten.

Es dauerte ein Weilchen, bis er sein Zeichnen fortsetzte.

3

»Hallo, Schatz.«

Kristas Stimme klang leise und weit entfernt. Das laute Dröhnen eines Rennboots im Hintergrund verriet Scott, dass sie das drahtlose Telefon mit hinunter zum See genommen hatte.

»Ebenfalls hallo«, begrüßte er sie lächelnd. Ihm war klar, dass sie wohl gerade die Geburtstagsparty für ihn vorbereitete.

»Bin froh, dass ich dich erwischt hab ...« Sie drehte sich etwas vom Hörer weg und ihre Stimme klang für einen Moment schärfer und lauter: »Kathleen! Vorsicht, dort unten ist giftiger Efeu! Entschuldigung, Liebster. Ich wollte dir nur sagen, dass wir kein Bier mehr haben. Die Swains sind heute Nachmittag vorbeigekommen und haben alles weggetrunken. Und ich weiß doch ganz genau, dass deine Gedanken bei dem heißen Wetter eher um ein großes, kaltes Budweiser kreisen als um deine kleine, süße Frau.«

Da hatte sie allerdings Recht.

»Das ist lieb, Schatz. Vielen Dank. Ich bring dann noch was von unterwegs mit und bin bald zu Hause.«

»Alles klar. Bis gleich.« Sie legte auf.

Plötzlich hatte Scott solche Sehnsucht nach ihr, dass es fast schon schmerzte.

Auch er legte auf und machte sich dann mit schnellen Schritten auf den Weg zum Krankenhausparkplatz.

Die Verzögerung, die durch die Begegnung seiner Studenten mit dem Zeichner entstanden war, und sein Zwischenstopp am Getränkeladen ›Brewer's Retail‹, wo er den Vorrat an Budweiser aufstockte, schienen zu Scotts Vorteil gewesen zu sein. Als er schließlich wieder ins Auto stieg, hatte der Feierabendverkehr bereits nachgelassen, so dass er es in Rekordzeit bis zum Stadtrand schaffte.

Während seiner Heimfahrt musste er noch ein- oder

zweimal an den alten Künstler, die obskure Zeichnung und ihren merkwürdigen Inhalt denken, an den er sich vage von irgendwoher zu erinnern glaubte. Aber es war ein herrlicher, sonniger Tag, er war bester Laune, und nach einer Weile konzentrierte er sich voll aufs Fahren.

Der Volvo Turbo war Scotts Ein und Alles und der einzige übertriebene Luxus, den er sich geleistet hatte, nachdem sie das neue Haus in den Gatineaus – der lang gestreckten, grünen Hügelkette auf der Quebec-Seite des Ottawa-Flusses – gekauft hatten. Die Schnelligkeit und Elastizität des Wagens gaben Scott das wunderbare Gefühl, immer noch jung zu sein. Und an diesem Augustnachmittag – seinem Geburtstag! – fühlte er sich ganz besonders jung, ja geradezu übermütig.

Immer wieder ging ihm eine Melodie durch den Kopf und wetteiferte mit der Musik vom Band, *La fin du jour* von André Gagnon.

Happy birthday to me, happy birthday to me, happy birthday, lieber Scotty ...

Jetzt hieß es auch schon Endspurt, er lenkte das Auto geschmeidig durch die Kurven und Serpentinen der schmalen Gatineau Road. Schließlich blinkte er und bog an einem staubigen Straßenschild mit der Aufschrift ›Sleepy Hollow‹ links ab. Um das Fahrgestell vor den Schlaglöchern der unebenen, holprigen Nebenstraße zu schützen, fuhr er im Schneckentempo. Vor einer Reihe grüner Briefkästen hielt er kurz an, fischte seine Post heraus – Rechnungen, Zeitschriften, ein paar Briefe – und fuhr gleich wieder weiter. Kurz darauf gaben Lücken in der Reihe der Birken, die das Ufer säumten, den Blick auf den See frei. Das Wasser wirkte kühl und einladend, die kleinen Wellen tanzten wie Quecksilber über die blaugrüne Oberfläche.

Die kurvige Auffahrt der Bowmans lag hinter dichten, sommerlich wuchernden Büschen verborgen, und Scott musste genau hinschauen, damit er sie nicht verpasste. Ein Brett aus Kiefernholz mit der Aufschrift ›Sandy Point Hideaway‹ markierte den Schotterweg zum Haus. So hatte Krista ihr

Zuhause nach ihrem Geburtsort, einem winzigen Dorf am Atlantik, benannt. Ihre Mutter lebte immer noch dort, in einem kleinen Landhaus direkt am Meer.

Nachdem Scott die letzte Kurve genommen hatte und in die Einfahrt eingebogen war, sah er auf sein verwinkeltes, mit Zedernholz verkleidetes Haus – und erblickte auch Kathleen, die ihm zur Begrüßung bereits entgegenstürmte. Er parkte vor der Garage, stellte den Motor ab und ließ das Seitenfenster hinunter. Sofort umfing ihn die Nachmittagshitze wie der heiße Atem eines Drachens.

»Dad!«, rief Kath.

»Hallo, Kleines«, sagte Scott und nahm durch das Fenster ihren Kuss entgegen. Sie trug einen orangeweiß gestreiften Badeanzug, der ihr feucht auf der Haut klebte. Kath war ausgesprochen hübsch; wie ihre Mutter war sie hoch aufgeschossen, hatte einen bräunlichen Teint und kornblumenblaue Augen. Kaths Brüste begannen bereits zu knospen, wie Scott jüngst verblüfft und mit leichter Bestürzung bemerkt hatte. Ihr Heranwachsen verdeutlichte ihm sein eigenes Älterwerden, ihre Entwicklung erinnerte ihn daran, dass die Zeit – zumindest in seinen Augen – inzwischen den schnellsten Gang eingelegt hatte und davonraste. In diesem Augenblick, am Abend seines siebenunddreißigsten Geburtstags, glich seine Tochter einer erwachsenen Frau in Miniaturformat. Scott blickte sie beinahe ehrfürchtig an.

Gleich darauf trat Kath zur Seite, damit ihr Vater aussteigen konnte.

Leise tickte der abkühlende Motor unter der Haube.

»Und wo treibt sich deine Mom herum?«, fragte Scott und klemmte sich die Post und die drei Sixpacks unter den Arm.

»Vorne auf der Terrasse, sie schmeißt gerade den Grill an. Oh ...« Kath hielt den kleinen Finger ihrer linken Hand hoch, damit Scott ihn inspizieren konnte. Er war rot und geschwollen. »Schau mal, wohin mich die Wespe gestochen hat.«

»Oh, was für ein fieses, kleines Miststück«, antwortete Scott. Er sah sich den winzigen, roten Stich und die quaddelige

Wölbung ringsum an. Zum Glück war Kath nicht allergisch. Das hier war ihr erster Wespenstich. »Tut es sehr weh?«

Kath schüttelte den Kopf und lächelte. »Jetzt nicht mehr. Mom hat den Stich mit Backpulver verarztet.«

Scott zeigte ihr den Verband an seinem Finger. »Mich hat's heute auch erwischt.« Er imitierte ihre Schnute: »Kannst du es wieder heile küssen?«

Eifrig drückte Kath einen übertriebenen Kuss auf Scotts Fingerspitze, was ihm höllisch wehtat, doch er lächelte mit zusammengepressten Zähnen. »Danke, Liebes.«

»Jody Loomis war heute hier«, berichtete Kath. »Weißt du was? Sie ist zwölf und hat so einen ekligen, weißen Pickel genau am Mundwinkel. Kein Wunder: Sie putzt sich nie die Zähne, und ihr Bruder Tommy hat mir erzählt, dass sie sogar Jungs küsst ... igitt! Und ...«

Scott legte den Arm um seine Tochter. Während sie auf das Haus zugingen, informierte sie ihn über die Höhepunkte ihres Tages. Wie immer hatte Kath mehr Spaß gehabt als ihr Vater. Krista begrüßte die beiden an der Vordertür. Sie trug ein rosa Haarband und einen Bikini, einen Hauch von Nichts, den er nie zuvor an ihr gesehen hatte ... und der eigentlich auch jetzt kaum zu sehen war.

Er spürte, wie sich bei ihm etwas höchst bedenklich regte.

»Hallo, Doktor! Guck mal, was ich hier habe ...«

Krista hielt ihm einen eisgekühlten Krug hin, der nur darauf wartete, mit Bier gefüllt zu werden. Es gibt doch einen Gott, beschloss Scott und legte seine Hand an Kristas Wange. Nachdem sie ihm einen Kuss gegeben hatte, folgte Scott ihr ins Haus. Die Post legte er im Vorbeigehen auf dem Pfosten des Treppengeländers ab.

Es dauerte keine Minute, da schlürfte er schon das lang ersehnte Gebräu. Während er am Wohnzimmerfenster stand und das Bier in großen Schlucken hinunterstürzte, sah er zu, wie seine Tochter den Hang zum Anlegesteg hinunterhüpfte, um sich wieder zu ihren Freunden zu gesellen. Als er hörte, dass Krista oben im Haus herumkramte, musste er wieder an ihren aufreizenden Bikini denken. Plötzlich fühlte er sich nicht nur aufgegeilt, sondern auch wild entschlossen, auf der Stelle Sex mit ihr zu haben – und wenn er sie dazu überreden musste. Er leerte das Bier mit einem Zug und eilte zur Treppe.

Aber offenbar bedurfte es gar keiner Überredungskunst: Krista schien es ähnlich zu gehen. Nackt bis auf die Bikinihose stand sie vor dem Badezimmerspiegel und fuhr sich mit den Fingern lässig durch die Locken ihres dichten, kastanienbraunen Haars. Aus dem Spiegel schienen ihre Brüste ihm verheißungsvoll zuzuwinken.

An Kristas Brüsten – besser gesagt: ihrer Wirkung auf Scott, die an Hörigkeit grenzte – war etwas, das ihn schon vor langer Zeit davon überzeugt hatte, dass Darwin Recht hatte. Jedenfalls stammte Scott selbst ganz gewiss von einem Orang-Utan ab.

»Wie wär's damit«, fragte sie mit gespielt schamhaftem Lächeln.

»Gegenfrage: Möchte sich der Löwenzahn dem Gewicht eines Mistkäfers beugen?«, antwortete Scott und entledigte sich seiner Hose in einem Tempo, als sei sie gerade mit einem Stinktier in Berührung gekommen. In Sekunden stand er nackt da, halb erigiert und grinsend, mit einem Socken in der einen und einer Fruit-of-the-Loom-Unterhose in der anderen Hand.

Doch Krista streifte sich bereits ein burgunderfarbenes T-Shirt über. »Starkes Stück«, sagte sie grinsend. Und weg war sie.

Scott knurrte, während sich seine Erregung noch steigerte. Er kannte dieses Spielchen: zuerst neckische Zurückweisung, später, im Bett, einfach *unglaublicher Sex.* Das war eines der Dinge an Krista, die dazu beitrugen, dass ihre Beziehung immer neu und voller Überraschungen blieb. Krista erlaubte ihm nie, irgendetwas als selbstverständlich anzusehen.

Er sprang unter die Dusche, blieb dort eine ganze Weile und ließ die heißen Wasserstrahlen die Anspannungen der Arbeitswoche fortspülen.

4

Nachdem Scott geduscht hatte, setzte er sich in einen Liegestuhl auf der Sonnenterrasse, schlürfte sein zweites Bier und blickte auf den Pike Lake hinaus. Durch die umliegenden Hügel brach die Dämmerung hier früh ein; schon jetzt, um halb acht Uhr abends, wurde das Licht schwächer. Dennoch hielt die fast greifbare, dunstige Augusthitze an. Es war so, als hätte sich ein weicher Filter vor die Augenlinse geschoben, was der Aussicht einen beinahe traumhaften Anstrich verlieh. Scott konnte da draußen Bob Anderson erkennen. Der unerschrockene Fischer tuckerte in seinem Aluminium-Kahn dahin, die verschwommene Silhouette kauerte über der Angelschnur und einem Bier. Anderson war ein pensionierter Landwirt für Milchprodukte und lebte mit seiner Frau in einem renovierten Landhaus, das nur fünf Minuten Fußweg entfernt an der Cottage Road lag. Scott war etwas überrascht darüber, dass Bob ohne seinen Busenfreund Fred Mills unterwegs war, dessen Sohn den kleinen Jachthafen auf der gegenüberliegenden Seite des Sees betrieb. Soweit man wusste, hatten die beiden alten Kerle auf diesem See seit Menschengedenken zusammen geangelt.

Es war dieser Blick von der Sonnenterrasse auf den See, der den Ausschlag dafür gegeben hatte, das Haus im letzten Dezember zu kaufen. Die frühere Besitzerin war eine bekannte Künstlerin, sie hatte das Haus selbst entworfen und gebaut, sogar die Grube für das Fundament eigenhändig ausgehoben. Das Zimmer unterhalb der Terrasse, das die Bowmans jetzt als Fernseh- und Musikzimmer nutzten, war ihr Atelier gewesen. Wenn man seine Nase in diesem Raum in eine bestimmte Richtung hielt, nahm man immer noch einen entfernten Hauch von Lösungsmitteln und Ölfarben wahr. Das kleine Zimmer mit seinem gemütlichen Licht war Scotts Lieblingsplatz. Hier konnte er in Ruhe lesen, nachdenken und entspannen.

Krista stand direkt vor ihm am Grill und piekte in die Koteletts. Kath war noch unten am See und lachte und kreischte zusammen mit ihren Freunden.

»Sag mal, was möchtest du heute Abend denn noch so unternehmen?«, fragte Scott in der Hoffnung, ein paar Hinweise auf seine Party zu erhaschen. Bis jetzt hatte niemand seinen Geburtstag auch nur erwähnt, und er bekam langsam das flaue Gefühl, dass man ihn vergessen hatte.

»Ach, weißt du, ein bisschen lesen, bisschen fernsehen, mich selbst ein bisschen bemitleiden.« Krista krauste die Nase und drehte sich nach ihm um. »Ich hab meine Tage.«

»Wie gemein!«, sagte Scott und war jetzt sicher, dass sie seinen Geburtstag tatsächlich vergessen hatte. »Überhaupt nicht schön.«

»Was ist mit deinem Finger passiert?« Krista schloss den Deckel des Grills.

»Hab mich an einem Blatt Papier geschnitten.« Einen Moment lang musste er an die rätselhafte Zeichnung denken.

Da Krista für seine Verletzung nur ein leichtes Seufzen übrig hatte, befasste sich Scott erneut mit dem momentanen Problem. Er suchte das Gesicht seiner Frau nach der Andeutung eines Grinsens ab, nach einem versteckten Augenzwinkern, nach irgendetwas, das ihm verriet, dass sie ihn auf den Arm nahm. Aber da war nichts. Sie sah müde aus und beinahe etwas ärgerlich.

Plötzlich fühlte er sich alt, verletzt und deprimiert.

Krista warf ihm die Andeutung eines matten Lächelns zu und ging zurück ins Haus.

Verdammt, dachte Scott, *sie hat es tatsächlich vergessen!*

Er stand auf und holte sich das vierte Bier, ließ es in seinen Krug gluckern und nahm es mit ins Fernsehzimmer, wobei er auf dem Weg versehentlich etwas verschüttete. Er zappte durch die Programme, fand nichts als Nachrichtensendungen und schaltete die Glotze mit einem Stöhnen wieder aus. Danach griff er nach der Abendzeitung und blätterte sie lustlos durch, entdeckte beim flüchtigen Durchsehen jedoch nichts als Chaos und warf sie wieder zur Seite. Er blickte auf den antiken Farnständer aus Rosenholz, den er schon seit über einem Jahr restaurieren wollte, und hätte sich beinahe die Arbeitshandschuhe übergestreift. Doch er sah ein, dass er den Ständer wahrscheinlich ruinieren würde, wenn er jetzt versuchte, mit einem Bauch voller Bier daran zu arbeiten.

Schließlich griff Scott zum Telefon und wählte Gerrys Nummer in Ottawa. Gerry St. Georges war sein bester Freund. Er hatte noch niemals seinen Geburtstag vergessen. Scott hatte mittlerweile eine zwanzig Jahre alte Sammlung alberner Weihnachts- und Geburtstagsgeschenke, die er Gerry verdankte: Gummi-Dildos, Hundescheiße aus Ton, Plastikkotze, falsche Risse für den Fernsehbildschirm, Riesenbrüste zum Umschnallen und obszöne Postkarten der schlimmsten Art. Gerry war ein halbes Jahr älter als Scott, ein großer, kräftiger Mann mit ausgeprägtem Beschützerinstinkt. Er war Polizist im Bezirk Ottawa.

Bei Gerry ging keiner ans Telefon.

»Abendessen«, rief Krista von der obersten Treppenstufe.

Scott trank sein Bier in großen Zügen leer. Als er aufstand, stellte er fest, dass er ziemlich blau war. Leicht torkelnd erklomm er die ersten Stufen und musste aufgrund seines veränderten Wahrnehmungsvermögens kichern.

Sie nimmt mich nur auf den Arm, stimmt's?

Aber auch beim Abendessen erwähnte niemand das Thema Geburtstage oder Partys. Nicht einmal Kath verriet irgendwelche Anzeichen einer stillen Verschwörung. Sie saß neben Scott und nagte an den Resten eines gegrillten Koteletts.

Er probierte es noch einmal. »Und was hat mein großes Mädchen heute Abend noch vor?«

War da was? Ein verräterisches Augenzwinkern? Eine geheime Botschaft, die unauffällig zwischen Mutter und Tochter ausgetauscht wurde?

»Wir sind alle bei Lita zur Pyjama-Party eingeladen und dürfen dort übernachten.« Kaths Augen sahen ihn bettelnd an. »Mom hat gesagt, ich soll dich fragen ... Kann ich hin, Dad? Bitte!«

»Willst du denn nicht lieber zu Hause bei deinem lieben, *alten* Vater bleiben?«

Kath sah ihn enttäuscht an. »Um was zu machen?«

»Okay«, sagte Scott und fand sich schließlich mit der Wahrheit ab. »Du kannst hingehen.«

»Bist du sauer?«

Es war Viertel vor neun und fast dunkel. Krista hatte sich in einen matronenhaften Schal gewickelt, auf dem Sofa im oberen Stockwerk zusammengekuschelt und las *Legion* von Blatty. Kath war seit einer Stunde fort.

Und ob er sauer war!

»Nein.« Er saß Krista gegenüber im Sessel und blätterte durch eine medizinische Fachzeitschrift. »Warum sollte ich?«

»Tja, *du* bist zwar hier der Seelenklempner«, antwortete Krista mit funkelnden Augen, »aber *ich* denke, du bist sauer.«

Wollte sie ihn etwa ködern, aus der Reserve locken?

»Ich geh jetzt ins Fernsehzimmer«, sagte Scott mit einem kindischen »Das-hast-du-davon«-Ton in der Stimme. Er ließ die Zeitschrift fallen und stand auf. Während er mit erhobenem Haupt aus dem Zimmer stolzierte, meinte er zu sehen, wie Krista heimlich auf ihre Armbanduhr blickte. Dann las sie weiter. Keine Anzeichen eines Widerspruchs.

Er stampfte die Stufen hinunter, nachdem er sich – das wievielte war es jetzt? – das fünfte Bier eingeschenkt hatte. Na gut, dann war er eben beleidigt. Nur weil er Psychiater war, hieß das noch lange nicht, dass er vor kleinen Durchhängern und Unsicherheiten gefeit war. Sich an Dinge wie Geburtstage zu erinnern, sie zu zelebrieren, war ein Zeichen der Liebe. Und in dieser Hinsicht stand Scott keineswegs über den Dingen, er brauchte die Bestätigung. Er war Kristas wegen schon immer unsicher gewesen. Vom körperlichen Standpunkt aus betrachtet, war sie von jeher ein weit attraktiverer

Mensch als er. Ihr Aussehen übertraf das seinige in einem solchen Ausmaß, dass Scott jahrelang vor Partys und öffentlichen Anlässen, bei denen Krista den Blicken anderer Männer ausgesetzt war, insgeheim zurückgeschreckt war. Er wusste, dass er sie nicht zu Hause einsperren konnte, und hatte ihr gegenüber kein Wort über seine Ängste verlauten lassen. Aber die Männer liefen ihr wie schwanzwedelnder Köter hinterher. Er wusste, dass Krista ihn liebte, wusste, dass sie glücklich war. Aber dennoch ... Manchmal war es beängstigend. Beängstigend, wie sehr er sie brauchte.

Um neun Uhr klingelte das Telefon. Scott, der immer noch verletzt und verärgert war, ließ es läuten und wartete darauf, dass Krista oben abhob. Beim siebenten Klingeln ging er zu Kaths Mickymaus-Telefon hinüber und griff nach dem Hörer. Micky grinste ihn schadenfroh an.

»Hallo«, sagte er etwas zu scharf. Über sich konnte er Krista durchs Zimmer schlurfen hören.

»Scott! Alles Gute zum Geburtstag!«

Es war Gerry.

Scott erwiderte Mickys Grinsen. »Danke, Mann. Ich bin wirklich froh, dass sich irgendwer daran erinnert.« Wie pubertär! Aber die Worte waren bereits draußen. Jetzt war die Katze aus dem Sack.

»Wer hat's denn vergessen?«

»Ach, nur der gesamte Bowman-Harem.«

»So, so, wirklich?« gluckste Gerry. »Das fällt mir schwer zu glauben. Hast du mal 'ne Anspielung fallen lassen?«

Scott stöhnte.

»Na ja, vielleicht solltest du das. Wie auch immer, was gibt's Neues? Hast du deine Meinung wegen eurer Reise geändert?«

»Nein. So gern ich auch würde, ich kann einfach nicht mitfahren.«

Die Reise nach Boston war während der letzten Tage ein allabendlicher Zankapfel zwischen Krista und ihm gewesen. Krista wollte am Sonntag losfahren, bei ihrer Schwester Klara am Saint Lawrence übernachten und dann am frühen

Montagmorgen nach Boston weiterfahren, um eine Woche bei ihrer Halbschwester Caroline zu verbringen. Krista wünschte sich, dass Scott sie begleitete, aber wie die meisten Dinge hatte sie auch diese Spritztour einer spontanen Eingebung folgend geplant. Die nächste Woche eignete sich für Scott denkbar schlecht. Er steckte bis zum Hals in Arbeit, die er nicht einfach liegen lassen konnte.

»Es ist doch nicht etwa deshalb, weil dich Caroline in jeder Diskussion schlägt, oder?«

Scott lachte in sich hinein. »Es ist verdammt schwer, sich in einer Auseinandersetzung gegen jemanden zu behaupten, der immer Recht hat, so viel ist klar.«

Caroline, die ein paar Jahre älter war als Scott, hatte es zu einem Doktortitel in Sozialer Anthropologie und einer vollen Professorenstelle am Pine Manor College gebracht, einer Hochschule für reiche höhere Töchter in Cambridge, nahe Harvard. Sie hatte in den Sechzigerjahren in Berkeley promoviert und war durch und durch von diesem radikalisierten Umfeld geprägt. Voller Stolz hatte sie sogar ein gerahmtes Foto auf dem Kaminsims zur Schau gestellt, das zeigte, wie sie während einer Uni-Revolte den Einsatztruppen der Polizei den Mittelfinger entgegenstreckte. Caroline war eine engagierte Feministin und nahm – auch wenn sie ein gutmütiger und großzügiger Mensch war – oft Anstoß an Scotts eher traditionellen Ansichten über die Beziehungen zwischen Männern und Frauen. Sie war neun Jahre vor Krista geboren und der einzige Nachwuchs aus der ersten Ehe ihrer gemeinsamen Mutter. Sie und Krista standen sich wirklich sehr nah, und Scott musste sich vorsehen mit dem, was er über sie sagte. Aber abgesehen von dem, was er als Carolines »dogmatischen Zug« betrachtete, mochte er sie sehr gern.

»Aber nein, Caroline ist nicht der Grund. Jedenfalls nicht dieses Mal. Ich hab nächste Woche den Arsch voll zu tun mit diesem ganzen administrativen Mist, alles Sachen, vor denen ich mich einfach nicht drücken kann. Traurig, aber wahr.«

Wenn es in seiner Ehe überhaupt ein Problem gab, überlegte Scott in der kurzen Gesprächspause, dann dieses: Krista fand, dass er zu viel Zeit bei der Arbeit und zu wenig Zeit zu Hause, bei seiner Familie, verbrachte. Es war die alte Leier, eine, mit der die meisten Ärzte zu leben lernten – oft als Geschiedene. Die wenigen wirklich schlimmen Auseinandersetzungen, die Krista und er im Laufe ihres Zusammenlebens ausgetragen hatten, waren fast immer um dieses Thema gekreist. Ein- oder zweimal hatte sich daraus sogar ein wirklich hässlicher Streit entwickelt. Den letzten großen Krach hatten sie vor gar nicht allzu langer Zeit gehabt, kurz nachdem sie das Haus am See gekauft hatten.

Mit dem Verkauf ihres Hauses in Ottawa hatten sie einen riesigen Reibach gemacht: Der Wert war in den acht Jahren, in denen es ihnen gehört hatte, um mehr als das Doppelte gestiegen. Und auch mit dem Grundstück am See hatten sie ein gutes Geschäft gemacht. Die Künstlerin, der es gehörte, hatte es mit dem Verkauf eilig gehabt, da sie das Geld so schnell wie möglich benötigte. Kristas Schlussfolgerung war ganz einfach: Warum sollte Scott weiterhin so hart arbeiten, wenn er sich jetzt eigentlich auch zur Ruhe setzen konnte? (Zwar würden sie dann, wohlgemerkt, nicht gerade luxuriös leben können, aber durchaus angenehm und immer noch genügend Geld übrig haben, um ihrem Kind die beste Ausbildung zu sichern.) Warum sollte er sich so kaputtmachen, wenn er doch wegen der Arbeit in den Ausschüssen und dieser administrativen, Zeit verschwendenden Projekte sowieso ständig herummeckerte? Sie erwarte, sagte sie, von ihm natürlich nicht, dass er sich jetzt schon völlig zur Ruhe setze, könne aber nicht einsehen, warum er sich nicht wenigstens die Abende und Wochenenden freihalten könne. Schließlich sei er doch Psychiater und kein Herzchirurg, verdammt noch mal!

Als er, um sich selbst zu verteidigen, das Thema in fieser Weise auf Kristas teuren Geschmack gelenkt hatte, war ein wirklich hässlicher Streit entbrannt. Zumindest konnte ihm keiner nachsagen, dass er in seiner Ehe irgendwelche psychologischen Winkelzüge anwendete. Wenn er sich stritt, geschah es aus dem Bauch heraus.

»Ich vermute, du hältst mich auch schon für einen alten, langweiligen Zwangsneurotiker«, beendete Scott die Gesprächspause.

Gerry lachte: »Ich finde, du bist ein Arschloch ... aber das netteste Arschloch, das mir jemals über den Weg gelaufen ist.« Scott strahlte. »Hör mal, ich war heute bei euch drüben und hab dir ein Geschenk dagelassen, aber du musst es suchen gehen. Ich hab es hinter einem losen Stein im Kamin oben bei euch versteckt.«

Scotts Neugier war im Nu geweckt. Er liebte Überraschungen – jedenfalls die erfreulichen. Der Kamin war im Eltern-Schlafzimmer, aber Scott waren dort noch nie lose Steine aufgefallen.

Er begann, die Lunte zu riechen. Also doch eine Verschwörung!

»Ich muss los«, sagte Gerry, ehe Scott ihn aushorchen konnte. »Ich wünsch dir einen schönen Geburtstag. Und lass lieber mal 'ne Anspielung fallen, bevor es dafür zu spät ist.«

»Danke, Kumpel. Tschüss und bis bald!« Scott hörte Gerry kichern, als er den Hörer zurück in Mickys Hand legte.

Hinter einem losen Stein im Kamin ...

Beinahe schon wieder gut gelaunt, polterte Scott grinsend die Stufen zur mittleren Etage hinauf, trottete weiter zur nächsten Treppe, blieb kurz stehen, um ins Wohnzimmer zu spähen (und festzustellen, dass Krista verschwunden war), und machte sich danach auf den Weg nach oben. Als er sich übermütig um den Treppenpfosten schwang, stieß er mit den Fingern gegen die Briefe, die er vorher auf dem Pfosten abgelegt hatte, und verstreute sie dabei versehentlich über den gesamten Fußboden. Während er sich leise fluchend bückte, um sie wieder aufzuheben, fiel sein Blick auf einen Brief, der in Winnipeg abgestempelt war. Es war zwar die Adresse des Absenders angegeben, aber kein Name. Die Handschrift war eindeutig weiblich.

Plötzlich und ohne plausiblen Grund hatte er aus dem Bauch heraus ein Gefühl böser Vorahnung, ähnlich dem, mit dem er an diesem Morgen aufgewacht war. Er riss den Briefumschlag auf. Während er die Stufen hinaufging, las er die einzige darin enthaltene, handgeschriebene Seite.

Lieber Scott,
selbst beim Schreiben dieser Zeilen kann ich noch nicht fassen, was ich Ihnen mitteilen muss. Brian ist tot. Wir haben ihn vor drei Wochen beerdigt, aber erst jetzt finde ich die Zeit und den Mut, seine Freunde im weiteren Umkreis zu benachrichtigen. Es geschah im Krankenhaus, es war ein absurder, tragischer Unfall. Brian wurde wegen eines Herzstillstands in die Notaufnahme gerufen. Er wollte dem Patienten einen Elektroschock verpassen, doch in dem Moment, als er die Elektroden ansetzte, gab es eine Fehlzündung, der Apparat ging irgendwie nach hinten los und versetzte ihm einen tödlichen Stromschlag. Seine Kollegen haben über eine Stunde lang versucht, ihn wiederzubeleben, aber sie konnten ihn einfach nicht zurückholen.

Brians Herz war sowieso schon angegriffen. Ich vermute, es lag an seinem Übergewicht. Er hat gutes Essen geliebt.

Es war ein schreckliches, schreckliches Unglück. Unsere Anwälte werden Klage einreichen, aber das bringt Brian auch nicht zurück. Er war ein guter Ehemann, ein guter Vater und ein guter Freund.

Obwohl wir beide, Scott, uns nie begegnet sind, habe ich das Gefühl, Sie zu kennen. Brian hielt sehr viel von Ihnen und hat oft von Ihnen gesprochen. Er hat mir erzählt, was vor Jahren geschehen ist, die Geschichte, an der er selbst, Sie und ein weiterer Mann namens Jake beteiligt waren. Ich musste ihm schwören, das Geheimnis für mich zu behalten, aber das spielt jetzt wohl keine Rolle mehr. Hauptsächlich schreibe ich Ihnen jetzt wegen dem, was er mir erzählt hat. Es muss furchtbar gewesen sein, besonders für Sie. Und dennoch habe ich das Gefühl, dass Sie das Richtige getan haben. Das Leben geht eben weiter.

Mit Bedauern und besten Grüßen
Delia Horner

Delias Brief, besonders der letzte Absatz, riefen in Scott eine Erinnerung hervor, die unter harten Schichten der Verdrängung vor sich hin gemodert hatte. Jahrelang hatte er sich bemüht, diese Erinnerung aus seinem Gedächtnis zu löschen. Jetzt erfasste ihn tief im Inneren ein solches Grauen, dass er zitterte und nach einem Halt suchen musste. Benommen lehnte er sich gegen den Türrahmen zum Schlafzimmer und starrte mit leerem Blick vor sich hin.

Wie im Traum nahm Scott seine Frau wahr, die in provokanter Pose und von einem Kissenberg gestützt vor dem Kamin lag. Im Kamin knisterte ein fröhliches Feuer, und Krista trug ihre gewagteste Reizwäsche. Vor ihr stand ein Behälter mit dicken Eiswürfeln, der eine Flasche edelsten Champagners kühlte. Daneben funkelten im Feuerschein zwei ihrer besten Kristallkelche.

Als Krista jetzt aufstand, wirkte sie eher erschrocken als sexy. Scott versuchte zu lächeln, versuchte so zu tun, als sei alles in Ordnung, als sei er ganz begeistert von dieser kleinen Intrige, die Gerry und Krista hinter seinem Rücken gesponnen hatten. Krista sah wirklich aufreizend aus. Wenn sie ihm nur einen Moment Zeit ließ, würde er gleich bei ihr sein, ihr zuprosten und später mit ihr schlafen ...

Aber er konnte nicht, die Erinnerung hinderte ihn daran.

Krista fasste ihn an der Armbeuge: »Scott, was ist los?«, fragte sie besorgt. »Du siehst schrecklich aus.« Als sie gleich darauf den Brief in seiner Hand bemerkte, schwang eine böse Vorahnung in ihrer Stimme mit, so dass sie schwankte. »Ist jemand gestorben? Jemand aus der Familie?«

»Nein, Kris. Keiner aus der Familie. Erinnerst du dich noch an die Jungs, mit denen ich die Studienjahre bis zum ersten Examen durchgezogen habe? Jake Laking und Brian Horner?«

Krista nickte, während sie in ihrem Gedächtnis kramte. Scott hatte die beiden seit den Tagen vor ihrer Hochzeit nicht mehr erwähnt.

»Es ist Brian Horner. Er ist derjenige, der gestorben ist.«

»Oh, Liebling. Das tut mir Leid. Aber – es ist doch schon

Jahre her, dass ihr eng miteinander befreundet wart. Als ich dich eben so in der Tür stehen sah, so verloren und blass, da dachte ich ... Ich weiß auch nicht. Du hast mir einen ganz schönen Schrecken eingejagt.«

Scott knüllte den Brief zusammen und schnipste ihn ins Feuer, wo er zunächst in einer bläulichen Flamme aufging und sich dann zu feiner schwarzer Asche zusammenkräuselte.

»Mir geht's gut«, erklärte Scott und nahm seine Frau in die Arme. »Ich hab ein paar zu viele intus, das ist alles.«

»Meinst du, du schaffst noch ein Letztes?«, fragte Krista, während sie den Verschluss ihres BHs aufschnappen ließ.

»Darauf kannst du wetten«, sagte Scott und legte sich mit ihr vor das offene Feuer. Wie sich herausstellte, war sein Geburtstagsgeschenk keineswegs hinter einem Stein versteckt.

Später schliefen sie dort ein.

Und zu Scotts Erleichterung hatte er in dieser Nacht überhaupt keine Träume.

5

Scott wachte am Samstagmorgen kurz vor zehn auf. Er hatte einen Kater, und sein Körper war vom Schlafen auf dem Teppich ganz steif. Neben ihm, in einem Kübel voller Wasser, schwamm die leere Champagnerflasche. Als er sie entdeckte, musste er lächeln und an die vergangene Nacht denken ...

Doch das Lächeln verging ihm, sobald ihm Delia Horners Brief und die davon ausgelösten Erinnerungen einfielen. Es wunderte ihn, dass Brian seiner Frau von den schrecklichen Geschehnissen erzählt hatte. Er selbst hatte sich schon vor Jahren geschworen, mit Krista niemals darüber zu sprechen.

Am Fußende des Bettes fand er ein kleines, unbeholfen verpacktes Geschenk, und als er es öffnete, kehrte sein Lächeln zurück. Es war von Kath: eine unsägliche Kreatur, die sie aus Ton geformt hatte. Er stellte sie auf die Kommode, neben das gerahmte Foto seiner Eltern, und wandte sich den Flügelfenstern zu.

Der See da draußen wirkte aufgewühlt und der Himmel durch und durch grau, wie Zinn. Im Osten lauerte eine schwere Gewitterwolke am trüben Horizont, bedrohlich wie ein finsterer Koloss, der vorläufig nur sein Haupt und den kräftigen Torso zur Schau stellt. Es würde bald ein Sturm aufziehen. Typisches Wochenendwetter!

Als Scott sich vom Fenster abwandte, drang von draußen ein schriller Schrei zu ihm nach oben, so hoch und unvermittelt, dass er zusammenfuhr und erschrak. Dann sah er, wie Kath und ihre Freundin Lita am Anlegesteg herumgaloppierten und sich spielerisch mit viel Gekreisch schubsten. Erleichtert zog er seine Badehose an, griff nach einem Handtuch und schlenderte die Treppe hinunter.

Krista lag auf dem Fußboden des Wohnzimmers und verrenkte sich gerade zu einer nicht sehr damenhaften, aber faszinierenden Aerobic-Übung. Als sie gleich darauf ihre Position veränderte und die Beine bis an die Grenzen des Möglichen spreizte, stieg in Scott das unschöne Bild auf, wie sie mittendurch gerissen wurde. Sie versuchte ein Lächeln, das jedoch zu einer Art Grimasse wurde. Scott warf ihr einen Kuss zu und trat durch die mit Fliegengitter versehene Schiebetür nach draußen.

Kath eilte den Pfad hinauf, um ihn zu begrüßen. Als Scott sich hinabbeugte, um sie hochzuheben, warf sie sich in seine Arme. Ihr Körper fühlte sich klitschnass und kalt an. Dann gab sie ihm einen herzhaften Kuss und umschlang seinen Nacken mit ihren kräftigen, braun gebrannten Armen: »Haste mein Geschenk gekriegt?«

»Ja, hab ich, und es war allerliebst«, sagte Scott. Das, was er da ausgepackt hatte, war ein bunter, klumpiger Lehmmann mit Glotzaugen, einem Schweinerüssel, hochstehenden Haaren und einem breit grinsenden Mund mit Hasenzähnen.

Als originell konnte man dieses Geschenk vielleicht bezeichnen, aber ganz bestimmt nicht als allerliebst. »Und du meinst wirklich, er sieht mir ähnlich?«

»Sei nicht albern, Dad. Ich hab ihn mir doch ausgedacht. Aber wo du's jetzt selbst erwähnst ...«

Kath lachte und Scott setzte sie wieder auf dem Boden ab.

»Gehst du schwimmen?«, fragte sie und deutete auf sein Handtuch.

»Ich bin mir noch nicht sicher. Kennst du jemanden, der mir vielleicht Gesellschaft leisten würde?« Er stellte fest, dass Kaths Freundin Lita verschwunden war.

»Vielleicht«, sagte Kath kokett.

Scott lief bis zum Ende des Anlegestegs und bückte sich, um sein Handtuch dort abzulegen. Als er sich wieder aufrichtete, gruben sich zwei starke, kleine Hände in seinen Allerwertesten und versetzten ihm einen solchen Stoß, dass er Hals über Kopf in den kühlen blauen Sees stürzte. Als er wieder auftauchte, jetzt hellwach, schoss Kath über ihn hinweg und landete mit einer Arschbombe direkt hinter ihm. Scott tat so, als würde er sie verfolgen, worauf Kath die Leiter hochkletterte und ihn unter spielerischem Gekreische mit Wasser bespritzte. Er stieg hinter ihr her und setzte sich neben sie auf den Anlegesteg.

»Hast du einen Kater?«, fragte sie mit erwachsen klingender Stimme.

»Nur einen klein...«, erwiderte Scott und hielt mitten im Satz inne: Mit weit aufgerissenen Augen starrte Kath entsetzt auf ihr Handgelenk. »Was ist, Kleines? Was ist los?« In seiner Fantasie machten sich bereits Heerscharen von Blutegeln über seine Tochter her.

»Mein Armband! Ich habe mein Armband verloren!« Sie wandte den Blick zum Wasser. »Es muss bei meiner Wasserlandung abgefallen sein. Oh Daddy, was soll ich jetzt nur tun?« Sie war den Tränen nahe.

Im Juni hatte Scott ihr zum Geburtstag ein schlichtes Silberarmband geschenkt, und Kath hatte es seitdem mit fast religiöser Ehrfurcht getragen. Nun war dort, wo das Armband gesessen hatte, nur noch ein dünner, weißer Streifen zu sehen.

»Kannst du es für mich zurückholen, Daddy? Bitte!«

Die Augen mit den Händen abschirmend, blinzelte Scott argwöhnisch in die trüben, von Algen durchwucherten Tiefen. Tatsächlich meinte er dort unten, ungefähr zwei bis drei Meter vom Steg entfernt, irgendetwas schwach glitzern zu sehen.

»Wir werden es finden, Süße. Bleib ganz ruhig. Wie wär's, wenn du ins Fernsehzimmer läufst und nach Daddys Tauchmaske suchst? Sie müsste in der Krempelkiste neben der Werkbank liegen.«

Im Nu und mit wilder Entschlossenheit schossen Kaths braun gebrannte Beine den Hügel hinauf. Binnen einer Minute war sie keuchend mit der schwarzen Tauchmaske in den Händen zurück.

»Hier.« Sie reichte ihm die Maske herüber. »Kannst du mein Armband sehen?«

»Ich glaub schon«, sagte Scott, während er sich die Maske überstreifte. »Mach dir keine Sorgen.«

Er stellte sich an den Rand des Anlegestegs, atmete in kurzen, kräftigen Zügen ein und aus und schätzte die Fallkurve beim Springen ab. Immer noch konnte er irgendetwas Silbernes so schwach wie einen Stern am bewölkten Himmel in den schlammigen Tiefen glitzern sehen. Der See wurde hier schnell tief; nur ein kleines Stück vom Steg ging es bereits vier bis fünf Meter hinunter – das war einer der Gründe, warum er froh war, dass seine beiden Frauen so gute Schwimmerinnen waren.

Nachdem er noch einmal tief Luft geholt hatte, sprang er los. Schon sank er, gefolgt von sprudelnden Luftblasen, tiefer und tiefer. Dichtes Seegras reckte sich ihm mit hin und her wogenden Fingern entgegen. Der Körperkontakt mit den langen, durchsichtigen Fasern war so unangenehm, dass es ihn schauderte. Das Wasser war kühler hier unten, fast eisig kalt.

Scott sah sich näher um und entdeckte schon bald das Armband. Es war in einem Büschel von Algen gelandet, die einen großen Felsblock überzogen. Wie würde Kath ihn loben! Voller Vorfreude schnappte Scott schnell nach der silbernen Schlinge und stieß sich kräftig mit den Füßen ab, um Schwung für seinen Aufstieg zu holen.

Die Erleuchtung kam ihm, als er wieder in die oberen wärmeren Wasserschichten gelangte – und dieses Aha-Erlebnis traf ihn mit solcher Wucht, dass die Gedanken ein fast hörbares Klicken in seinem Kopf verursachten.

Die Unterseite der Anlegestelle sah genauso aus wie die kuriose Bleistiftzeichnung! Jene, die dieses durchdringende Déjà-vu-Gefühl in ihm hervorgerufen hatte. Der senile, alte Künstler hatte die Unterseite *seines* Anlegestegs abgebildet!

Noch ehe er wieder an der Oberfläche aufgetaucht war, wurde Scott bewusst, wie völlig absurd diese Feststellung war ... Dennoch: Wenn sein Gedächtnis ihn nicht täuschte, war die Ähnlichkeit nicht zu verkennen. Scott hatte die Unterseite des Anlegestegs erst ein einziges Mal gesehen, und zwar Ende April, als er gemeinsam mit Gerry den Steg ins gerade getaute Wasser gelassen hatte. Die frühere Hausbesitzerin hatte allein gelebt und deshalb bei der Konstruktion ihres Bootsstegs Wert auf eine leichte Handhabung gelegt. Sie hatte im flachen Wasser, nahe am Ufer, einen schmalen Laufsteg errichtet, dessen drei kurze Abschnitte auf gusseisernen Pfählen montiert waren. Der breite Hauptteil des Stegs war ein einfaches, vier Mal vier Meter großes Quadrat aus Zedernholz, das, ähnlich einem Schwimmdock, durch an der Unterseite befestigte Fässer an der Wasseroberfläche gehalten wurde. Im Winter konnte man diesen Teil leicht an Land ziehen und im Frühjahr wieder zurück in den See befördern. Scott hatte an jenem kühlen Apriltag nur einen kurzen Blick auf die verkrustete Unterseite des Stegs geworfen, aber ihm waren dabei diese ungewöhnlichen Fässer mit ihrem engmaschigen Rippenmuster und den aufgedruckten Rosen aufgefallen. Jetzt war seine Erinnerung wieder glasklar.

Scott zog sich am Steg hoch und setzte sich, etwas verwirrt und aus dem Gleichgewicht gebracht, auf die Kante. Kath ließ sich neben ihn plumpsen und untersuchte mit hoffnungsvollen Blicken seine Hände.

»Hast du's gefunden?«

Als Scott die rechte Hand öffnete, in der das kleine Silberarmband verborgen war, schrie Kath begeistert auf. Sofort griff sie nach dem Schmuckstück, legte es an und küsste ihn mit voller Wucht auf den Mund. Genau in diesem Moment tauchte Lita auf und Kath schoss davon, um ihr jedes Detail der Beinahe-Katastrophe zu schildern. Und während sie den Weg hochraste, bewunderten ihre Augen das Armband wie einen neu gefundenen Schatz.

Es war selbstverständlich unmöglich, konnte nur ein Zufall sein. Das war die einzige sinnvolle Erklärung. Ganz bestimmt hatte der alte Zeichner etwas völlig anderes skizziert, etwas, das der Wirklichkeit zufällig ein wenig ähnelte und deshalb bei Scott bestimmte Erinnerungen ausgelöst hatte. Genau so musste es sein. Denn wie und wann sollte der Alte die Unterseite des Anlegestegs, *seines* Stegs, gesehen haben? Vielleicht kannte er die Künstlerin, die früher hier gewohnt hatte, überlegte Scott, ohne dass er selbst es glauben konnte. Und falls das zutraf: Wie sollte er wissen, wer *jetzt* hier wohnte?

Und wenn er es doch weiß?, widersprach Scotts Kopf mit einem dieser abstrusen Gedankengänge, die manchmal durch absurde Ereignisse heraufbeschworen werden. *Was ist, wenn der Alte tatsächlich weiß, dass ich hier lebe? Und falls ja, hat er dann versucht, mir auf diese Weise etwas mitzuteilen? Indem er die Zeichnung als eine Art Zeichen benutzt hat?*

Aber nein, natürlich nicht. Der Mann war doch völlig weggetreten, da war kein Funken von Verstand mehr übrig. Und selbst wenn er versucht haben sollte, ihm etwas mitzuteilen, warum mit etwas so Absonderlichem wie einer Skizze, auf der die Unterseite des Anlegestegs abgebildet war? Falls er tatsächlich wissen sollte, wo Scott wohnte, warum zeichnete er dann nicht einfach das Haus? Es war zum Verrücktwerden!

Ungeachtet der Kälte, die den aufkommenden Sturm ankündigte, blieb Scott nass und zitternd sitzen und dachte über die Zeichnung nach. Er versuchte sich jede Einzelheit dieser kurzen bizarren Momente, die er am gestrigen Nachmittag allein mit dem Alten verbracht hatte, ins Gedächtnis zu rufen. Zuerst war da das unheimliche Gefühl gewesen, dass er diese Dinge schon einmal gesehen haben musste, dann war die Schwester mit einer Nachricht für ihn vorbeigekommen ... Und hatte der alte Mann sich in diesem Augenblick nicht besonders beeilt? Hatte er nicht begonnen, schneller zu zeichnen? Als ob er befürchte, Scott könne ihn verlassen, ohne die vollständige Zeichnung gesehen, ohne den Zusammenhang erkannt zu haben?

Scott schüttelte den Kopf und stand auf, während vor seinem geistigen Auge das Bild des sabbernden, wahnsinnigen Alten auftauchte, dessen Fähigkeiten so fehl am Platz schienen. Er versuchte, gedanklich wieder festen Boden unter die Füße zu bekommen: Sicher war nur seine Fantasie mit ihm durchgegangen, oder?

Aber es half nichts. Die Verbindung, die sein Verstand hergestellt, auf die er sich fixiert hatte, konnte er nicht leugnen und beim besten Willen nicht wieder aus der Welt schaffen, sosehr er auch nach Gegenargumenten suchte. Als sein Blick zum wiederholten Mal in die Tiefe schweifte, kam er zu dem Schluss, dass es nur einen Weg gab, die Sache ein für alle Mal zu klären. Abrupt drehte er sich um und eilte mit schnellen, nervösen Schritten den Hügel hinauf.

Auf der Suche nach seiner wasserfesten Minolta-Kamera durchwühlte Scott den gesamten Schrank des Fernsehzimmers. Schließlich fand er sie, noch immer in ihrer ursprünglichen Verpackung, hinter einem Satz unbenutzter Golfschläger. Seine beiden Frauen hatten ihm die kompakte, mit einem Plastikgehäuse verkleidete Kamera im letzten Jahr zu Weihnachten geschenkt. Er hatte sie am ersten Weihnachtstag ausgepackt, einige Fotos von seinen Lieben vor dem geschmückten Baum gemacht und den Apparat gleich wieder weggepackt. Tatsächlich hatte er den Film immer noch nicht entwickeln lassen, die fast unbenutzte Filmrolle steckte noch im Gehäuse. Wie praktisch! So brauchte er keinen Film zu besorgen und konnte sich die Fahrt in die Stadt sparen.

Als er das Blitzlicht ausprobierte, stellte er fest, dass es noch funktionierte. Nach einem flüchtigen Blick in die Bedienungsanleitung eilte er wieder nach draußen. Kath begleitete ihn ein Stückchen.

»Was willst du damit?«, fragte sie und deutete auf die knallgelbe Kamera, die von seinem Handgelenk baumelte.

»Ich muss da was unter dem Steg überprüfen.«

Kath verzog das Gesicht. »Dad, hast du mir nicht gesagt, dass ich niemals da runtergehen soll? Ist das nicht gefährlich?«

»Nur für kleine Mädchen.«

Die Kamera fest an sich gedrückt, tauchte Scott erneut in den See, machte ein paar schnelle Stöße abwärts und wendete gleich darauf, um die Unterseite des Stegs zu untersuchen. Von hier unten aus, mit den Füßen über der Felsplatte schwebend, konnte er die vier verkrusteten Fässer und – trotz des trüben Lichts – sogar ihr engmaschiges Rippenmuster erkennen. Jetzt konnte er auch die Embleme mit den weißen Rosen ausmachen; sie waren ausgeblichen, aber unverkennbar die Markenzeichen der alten White-Rose-Ölbehälter. Das alles sah, soweit er sich erinnern konnte, der Zeichnung verdammt ähnlich. Allerdings konnte er von hier aus kein Beweisfoto schießen. Die Skizze war aus größerer Entfernung und tieferem Winkel gezeichnet gewesen.

Scott strampelte zurück zur Oberfläche, um tief Luft zu holen. Kath, die an der Leiter stand und zu ihm hinuntersah, kniff ihr kleines Gesicht besorgt zusammen.

»Bleib nicht so lange da unten, okay?«

»Okay, mein Schatz.«

Er kletterte auf den Anleger und winkte einem näher kommenden Motorboot zu. Bob Anderson und Fred Mills kehrten gerade von ihrer frühmorgendlichen Angeltour zurück. Mit stolzem Grinsen hielt Bob eine Schnur hoch, an der einige fett aussehende Hechte hingen. Mittlerweile kannte Scott ihre Gewohnheiten: Angeln von sieben bis elf, danach zu Bob nach Hause, um belegte Brote und Bier zu vertilgen, dann wieder raus bis vier Uhr nachmittags.

Mit der Kamera in der Hand und den Füßen voran schoss Scott wie ein Speer ins Wasser. Während er hinabsank, hörte er das sanfte Tuckern von Andersons kleinem Außenbordmotor. Innerhalb von Sekunden drang er bis zum Grund vor und landete auf der gleichen glitschigen Felsplatte wie zuvor, inmitten von brusthohen Algen. Scott gab sich alle Mühe, ihre Ekel erregenden Auswüchse zu ignorieren, und spähte stattdessen zum Steg hinauf.

Ja, bei Gott, da war es! Genau das Muster, das er am Vortag auf der Zeichnung gesehen hatte, das Muster, das die Erinnerung ausgelöst hatte: vier gerippte Fässer, die ausgeblichenen Rosen und die geschwungenen Linien. Die Linien waren nichts anderes als die Holzlatten des Stegs – von unten gesehen, verzerrt durch die kleinen Wellen an der Wasseroberfläche.

Scott richtete die Kamera darauf und schoss ein Foto. Im grellen Weiß des aufleuchtenden Blitzes wurde jedes Detail deutlich sichtbar.

Direkt hinter ihm verlief eine heimtückische Unterströmung und wuchs zu einem kalten Strom an, dessen Algen wie Tentakel über seinen Rücken strichen. Als sich ein langer Strang wie ein lose sitzender Gürtel um seine Taille legte, erschauerte Scott, teils wegen der eiskalten Unterströmung, vor allem aber wegen des widerlichen Gefühls, das dieses Seegras auf seiner Haut verursachte. Er duckte sich und machte sich bereit für den schnellen Aufstieg zurück zur Wasseroberfläche ...

In diesem Moment glitt er aus. Sein rechter Fuß rutschte ab. Der glitschige, von Algen überzogene Stein, auf dem er gestanden hatte, rollte ein Stückchen das steile Gefälle des Seebettes hinunter und prallte so gegen einen Felsbrocken, dass er Scotts Schienbein einklemmte.

Panisch, als habe ihn ein Blitzschlag getroffen, stierte Scott auf sein Bein. Als er lautlos aufschrie, entwich ein Teil der so kostbaren Luft und blubberte an die Oberfläche.

Zwar zerrte er so heftig an seinem Bein, dass ihm der Schmerz durch den Knöchel schoss, aber das Bein ließ sich nicht bewegen. Also versuchte er, den großen Felsbrocken wegzurollen, anfangs mit dem freien Fuß, danach mit den Händen, aber er musste dabei nach oben stoßen, und dazu war der Stein zu schwer.

Während sich weitere Algen um seine Brust, seine Arme, seine Beine schlangen, blieb Scott fassungslos und wie erstarrt stehen. Die kalte Unterströmung wurde noch kälter. Er zerrte nochmals an seinem eingeklemmten Bein, versuchte, irgendwie die Selbstbeherrschung zu bewahren. Noch war er nicht bereit, sich den Ernst der Lage einzugestehen. Er versuchte es mit dem anderen Fuß, drehte und zog, aber es war vergeblich. Sein Bein rührte sich nicht von der Stelle.

Und schließlich dämmerte ihm, wie ausweglos seine Lage war, und ihn packte das Entsetzen.

Mein Gott, ich sitze wirklich fest!

Seine Hand ließ die Kamera los, die, sich immer wieder überschlagend, an die Oberfläche stieg. Wie im Totentanz wiegten sich Tentakeln aus Seegras in der Unterströmung hin und her ... berührten ihn, streiften ihn, wanden sich um ihn.

Hinter der Tauchermaske wurden Scotts Augen immer größer. *Teufel noch mal!*, fluchte sein Kopf in sinnloser Wut. *Ich sitze fest! Mein Gott! Warum hab ich denn niemanden zur Sicherheit mitgenommen?*

Der Drang nach Luft machte ihm den Hals so eng, als drücke ihm jemand die Kehle zu. Er kniete sich nieder, suchte nach einer Art Hebelkraft, umfasste sein Bein mit den Händen und stemmte es mit aller Kraft gegen den Untergrund, bis seine Muskeln sich verkrampften.

Aber er konnte sein Bein nicht befreien. Es war wie angewachsen, die Steine hielten es fest. Wieder zerrte er daran, bis die Anstrengung wie Feuer in seinen Sehnen brannte. Da, endlich gewann er einige Zentimeter, so dass er sein Bein bis zur Hälfte der Wade befreien konnte – wenn auch auf Kosten einiger sich ablösender Hautfetzen.

Scott spürte eine Welle der Erleichterung. Nur noch einmal kräftig ziehen und dann würde er frei sein ...

Doch sein nächster Ruck bewirkte überhaupt nichts, im Gegenteil: Der Stein verlagerte sich erneut und presste sich noch fester gegen die Mauer aus Felsblöcken.

Der Drang nach Luft wurde zunehmend körperlich spürbar – unmöglich, dagegen anzugehen. Scott war klar, dass es nicht mehr lange dauern konnte, bis er seinen Rachen zwangsläufig aufreißen und das Seewasser einatmen würde.

Dunkelheit legte sich um ihn und trübte sein Sichtfeld. Mitten in dieser Dunkelheit stieg ein grausames Bild in ihm auf: Er sah die abgekauten Gliedmaßen eines Tieres vor sich, das sich in einer Falle wand. Erneut schob sich Scott vor und zurück – nicht nur, weil er sich vom Seegrund lösen wollte, sondern auch, weil er dieses Bild loswerden wollte. Er lehnte sich gegen die Felsbrocken, benutzte die Ferse als Keil und drückte sich mit Macht dagegen. Aber der Fels war zu glatt, sein Fuß rutschte abermals ab, wobei er sich den Ballen stieß. Er versuchte es noch einmal, ohne den geringsten Erfolg.

Vor Angst wie gelähmt, starr vor Schreck, hing er regungslos dort unten im Wasser. Und wieder bahnte sich Luft aus seinen Lungen den Weg nach draußen, stieg in kleinen Blasen an die Oberfläche. Vergeudete Luft.

Das kann doch einfach nicht wahr sein!, schrie seine Seele in die grünschwarze Stille hinein. *Unmöglich, dass ich hier unten im See festklemme, das ist doch heller Wahnsinn. Nein! NEIN! Komm schon, Scott, zieh! Zieh!! ZIEH!!*

Plötzlich war es so, als breche ein innerer Damm, als durchströme ihn heiße, unbändige Wut. Scott nahm den Kampf auf, tanzte wie wild herum, fuchtelte mit den Armen, als seien sie Windräder, grub seinen Fuß fest in den Grund des Sees, der ihn dort unten in seinen Klauen hielt. Und erzeugte durch seinen verrückten Tanz nichts als Schlammwirbel, die ihm jede Sicht nahmen, und Atemnot, die ihm die Brust heftig zusammenpresste. Jeder Muskel verlangte, dass er den Mund aufriss und seine Lungen Sauerstoff einatmeten! Benommen sah er zur Oberfläche hinauf, zum Licht, zur Luft ... so verdammt nah! Und er kämpfte weiter, so dass er den Rest seiner Kräfte und seiner kostbaren Sauerstoffreserve verbrauchte.

Egal, was er tat, es war sinnlos. Er saß fest wie ein Fisch im Netz. Durch seine wilden Verrenkungen hatten sich die Algen nur noch fester um ihn geschlungen.

Ein weiterer Luftstoß entwich seiner Brust, die sich wie ein Schraubstock immer weiter verengte.

Warum kommt denn niemand? Bob! Krista! Bitte! BITTE!

Scott Bowman dachte an seinen Tod. Nur knapp vier Meter unter seinem eigenen Anlegesteg würde er gleich ertrinken.

Plötzlich schnappte es in seinem Kopf: Er tauchte in Leere ein, in reine, ursprüngliche Leere, jenseits aller schlichten Angstvorstellungen. Er würde sich dem Drang nach Luft nicht länger widersetzen. Luft war jetzt sein Ein und Alles, das Zentrum seines schwindenden Universums, und Scotts Körper gehorchte diesem alles übertönenden Befehl. Hilflos öffnete er den Mund und atmete tief ein. Und das Wasser bahnte sich den Weg durch Zugänge, die von der Natur dafür nicht vorgesehen waren.

Als die Erstickungswelle wie Feuer durch sein Hirn toste, quollen seine Augen hervor. Seine Brust wehrte sich wütend und versuchte, das Wasser aus den Lungen zu vertreiben. Von weit her hörte er das mechanische Tuckern von Andersons Außenbordmotor – vielleicht waren es aber auch die rasselnden Knochen des Sensenmanns. Scott war es egal, er konnte keinen klaren Gedanken mehr fassen. Er war nur noch ein verzweifeltes Tier, das sich jetzt mit solcher Wildheit aufbäumte, dass sich die Sehnen aus den Knochen lösten.

Aber sein Bein ließ sich nicht bewegen.

Sein Gehirn schwoll an, unzählige Bilder strömten in grellen Farben auf ihn ein, Wasser trat an die Stelle der Luft.

Scott war dabei zu ertrinken.

Durch Nebelschleier, die sich dichter und dichter um ihn legten, sah er den Anker, der wie irgendein bizarres Seeungeheuer mit silbernen Schuppen und speerförmigen Flossen durchs Wasser schnitt. Nahe einer seltsam verlockenden, tödlichen Euphorie, unfähig, noch irgendetwas zu erfassen, sah Scott mit dumpfer Ehrfurcht zu, wie das Ding näher und näher rückte.

Und dann bemerkte er das gelbe Nylontau.

Direkt über ihm war Bob Andersons Boot. Und es zog einen Anker hinter sich her.

Getrieben von letzten Überlebensinstinkten, richtete Scott den Blick auf das Tau und stürzte sich darauf. Als er es in den Händen hielt und bemerkte, wie es sich unter seinem Griff straffte, stemmte er den freien Fuß gegen den Felsbrocken, der den anderen Fuß festhielt, und drückte ein letztes Mal dagegen.

Oben an der Wasseroberfläche gab Anderson mit dem Außenbordmotor Vollgas.

Und Scotts Bein löste sich aus der Falle.

6

Nachdem Scott das Seil losgelassen hatte, strampelte er blindlings nach oben, hoch zum Licht und der rettenden Luft. Direkt unter dem Anlegesteg schnellte er an die Oberfläche, stieß mit dem Kopf gegen eines der Fässer und warf sein Gesicht dem erlösenden Sauerstoff im knappen Luftraum entgegen. Mit den Fingern griff er zwischen die Holzlatten des Stegs und krallte sich daran wie an Landehaken fest. Hustend und spuckend riss er den Mund auf und sog gierig die Luft ein ... die köstliche Luft, die lebendige Luft. Die Stimme seiner Tochter klang hoch, hektisch und überschlug sich vor Angst, während sie seinen Namen schrie, doch sie erfüllte ihn mit einem seltsamen Triumphgefühl. Dass er sie hörte, hieß: Er war am Leben! Darauf hatte er nicht mehr zu hoffen gewagt.

Jetzt kniete Kath auf dem Steg nieder, spähte durch die Bretter hindurch und griff nach Scotts Fingern. Dann war auch Krista da, deren Stimme Angst und Hysterie verriet und wie das Echo ihrer Tochter klang.

»Scott! Oh, allmächtiger Gott! Alles in Ordnung? Oh, du Mistkerl, du hast mich zu Tode erschreckt! Kommst du da allein wieder raus? Oh, Gott ... Oh, *Gott!*«

Kurz darauf waren Bob Anderson und Frank Mills über ihm, und Scott konnte aus seiner Froschperspektive erkennen, wie sie alle ihn durch die Risse im Holz anstarrten. In seiner Kehle stieg ein irres Lachen auf und erzeugte nichts als Husten. Mehrmals spuckte er einen ganzen Mund voll Seewasser aus, blickte mit brennenden Augen durch die Stegbretter nach oben ... und atmete.

Andersons dröhnender Befehl beendete mit einem Schlag das panische Hin und Her weiblicher Stimmen: »Jetzt reicht's! Ihm fehlt nichts. Wir müssen ihn nur da unten rausholen.«

»Oh, Scott ... ich dachte, du wärst ... ich ...«

»Fred, bring die Dame zurück ins Haus ...«

»Nein«, sagte Krista und zerrte an Andersons Ärmel. »Mir geht's gut. Ich möchte helfen.«

Bob kniete sich mit einem Bein nieder und blickte Scott mit seinen ruhigen braunen Augen an. »Meinen Sie, dass Sie Ihren Hintern irgendwie da unten rauskriegen, Scotty?«

Beim Versuch zu antworten, brachte Scott nichts als eine heftige Hustenattacke hervor, die wie der Schrei eines Tieres klang. »Ich ... ich kann mich nicht bewegen ...«

Er zitterte hilflos. Seine Muskeln waren von den immensen Strapazen stark angegriffen. Arme, Beine und der Bauch wurden von höllischen Krämpfen geschüttelt. Er klammerte sich so heftig an den Steg, als seien seine Fingerkuppen dort angenagelt. Noch konnte er sich nicht vorstellen, dass er je wieder loslassen würde.

Und natürlich spürte er die Angst, sie war immer noch da. Diese Todesangst, die so frisch war wie eine blutende Wunde. Wenn er unter dem Steg herauskommen wollte, blieb ihm nichts anderes übrig, als wieder zu tauchen – nochmals da hinunter, hinab in die Finsternis des Wassers. Momentan war er dazu einfach nicht in der Lage.

»Nein ...«, keuchte er, während er abermals nach Luft schnappte. »Ich bleib noch eine Weile hier.«

Krista, sie trug immer noch ihren hautengen Aerobic-Anzug, sprang kurz entschlossen in den See. Unter dem Steg tauchte sie wieder auf, schwamm zu ihrem Mann hinüber und legte ihm beruhigend eine Hand auf den Unterarm. Seine Muskeln waren steif und hart.

»Komm schon, Liebling. Lass uns versuchen, dich hier rauszuholen.« Wenn sie zum äußeren Rand des Stegs gelangen wollten, mussten sie allerdings erst einmal vier stützende Querbalken hinter sich bringen, die zum Teil unter Wasser lagen. »Wir nehmen uns einen Abschnitt nach dem anderen vor.«

Krista packte sein Handgelenk und zog ihn mit behutsamem, aber bestimmtem Griff fort. Sie sah seinen Augen an, dass er wieder schreckliche Angst hatte.

Zögernd gab Scott nach.

»Einmal tief Luft holen, Liebster, und dann lass es uns versuchen, okay?«

Scott nickte bedächtig und atmete ein. Dann tauchte er zusammen mit Krista unter.

Blitzschnell gelangten sie zur gegenüberliegenden Seite des ersten Querbalkens, wobei Scott einen so gewaltigen Satz machte, dass er sich den Kopf schon wieder stieß – dieses Mal an der Kante eines Metallverbindungsstücks.

»Vorsichtig, Liebster«, sagte Krista. »Es wird alles wieder gut. Es sind nur noch drei, nur drei ... oh, Scott, ich dachte, du wärst ...« Sie hatte Tränen in den Augen. »Komm, mein Schatz, nur noch drei.«

Und langsam, einen Abschnitt nach dem anderen, schafften sie es.

Endlich am äußeren Rand des Anlegestegs angelangt, streckte Scott einen Arm aus und hielt sich an der Kante fest. Völlig erledigt legte er seine Wange an die raue Holzoberfläche.

Krista blieb im Wasser, unmittelbar neben ihm, strich ihm übers Haar und flüsterte ihm etwas ins Ohr. Bob und Fred hockten direkt über ihm.

»Okay, Kumpel«, sagte Bob. »Lassen Sie Ihre Frau jetzt los, wir ziehen Sie hoch.« Er griff nach Scotts Handgelenk. »Kommen Sie schon, Doktor. Einfach loslassen. Sie sind jetzt im grünen Bereich. Kommen Sie!«

Langsam lösten sich seine Finger. Mit Kristas Hilfe hievten die beiden Alten Scotts starren, zitternden Körper, der gut neunzig Kilo wog, aus dem Wasser.

Wie ein toter Fisch klatschte Scott auf die nasse, glitschige Oberfläche des Stegs. Leichte Wunden überzogen sein Bein wie Rallyestreifen, aber es gab keine offensichtlichen Anzeichen für einen Bruch. Krista kniete sich neben ihn, küsste sein Gesicht, fuhr mit ihren Fingern durch sein wirres Haar. Kath war während der letzten Minuten völlig in Vergessenheit geraten. Jetzt stand sie am Ufer, ein Stückchen entfernt vom Steg, ließ einen Mundwinkel hängen und stocherte mit zwei Fingern darin herum. Als Scott sie endlich bemerkte und so dastehen sah, fühlte er, wie sich sein Herz – genau wie der übrige Körper – vor Schmerz verkrampfte.

Während die nackte, seine Seele zermürbende Panik nach und nach verflog, streckte er die Hand nach seiner Tochter aus. Langsam, fast schüchtern kam Kath zu ihm und ergriff sie.

Eine ganze Weile verharrten sie so. Keiner rührte sich, weder Scott mit seinen beiden Frauen noch Bob und Fred, die still daneben standen. Schließlich halfen sie ihm mit vereinten Kräften zuerst auf die Beine, dann den Hügel hinauf und ins Fernsehzimmer, in seinen Lieblingsraum, wo man immer noch einen leichten Hauch der von der Malerin benutzten Lösungsmittel und Ölfarben wahrnehmen konnte.

»Ich möchte euch allen danken!«, sagte Scott. Sein Atem ging immer noch zu schnell. »Ihr habt da draußen mein Leben gerettet. Ja, das habt ihr wirklich.«

Mittlerweile war eine halbe Stunde vergangen. Bob hatte vorgeschlagen, einen Krankenwagen zu rufen, aber Scott hatte sich widersetzt und unter Husten und Keuchen versichert, ihm gehe es gut, er müsse sich nur etwas ausruhen. Krista hatte sein Bein mit einer perfekt sitzenden Mullbinde versorgt, während Fred oben in der Küche Tee gekocht hatte. Scott versuchte an seinem zu nippen (Krista musste die Tasse für ihn halten, denn mit seinen zitternden Fingern schaffte er das nicht), aber der Tee kam ihm prompt und in einem riesigen, seine Eingeweide zerreißenden Schwall wieder hoch.

Inzwischen hatte der Himmel die Farbe von dunklem Schiefer angenommen, schon klatschten die ersten Regenspritzer auf die Fliesen der Terrasse. Während sich ein Sturm zusammenbraute, schaukelten die Birken und Fichten so unruhig hin und her, als wollten sie sich gleich von den Wurzeln lösen und die Flucht ergreifen. Am fernen, von Nebel verhangenen Himmel grollte der Donner. Es klang fast so, als knurre ein leerer Magen.

Scott lag eingekuschelt in eine dicke Daunendecke auf dem Ausklappsofa im Fernsehzimmer. Neben ihm saßen Krista auf der einen, Kath auf der anderen Seite. Seine Tochter sah unter ihrer Sommerbräune sehr blass aus, ihre Augen glänzten verdächtig. Scott wurde bewusst, dass sie einen Schock erlitten hatte, was ihn trotz seiner eigenen Beschwerden stark beunruhigte. Immer noch so angezogen, als posierten sie für ein heraustrennbares Poster der Zeitschrift *Feld & Fluss*, waren Bob und Fred zwischen Sofa und Farbfernseher stehen geblieben. Die beiden Alten sahen so aus, als sei ihnen die Situation irgendwie peinlich, und wirkten seltsam fehl am Platz. Während Fred in seinen Gummistiefeln von einem Bein aufs andere trat, kaute Bob nervös auf seiner Pfeife herum.

Jetzt nahm Bob die Pfeife aus dem Mund, weil er etwas sagen wollte. Dabei stopfte er den Daumen in den leeren Pfeifenkopf. »Wir hatten einfach nur Glück, Scott.« Er deutete mit dem Pfeifenstiel auf Kath. »Deine Kleine da drüben ist diejenige, die dich gerettet hat.«

Als Scott Kath den Arm um die Taille legte, fuhr sie, aufgeschreckt aus ihren trüben Gedanken, sofort hoch. Sie versuchte zu lächeln, aber es gelang ihr nicht ganz. Kurz darauf wurden ihre Augen wieder glasig.

Da Scotts erster Tauchgang ihr Angst gemacht hatte, war Kath stehen geblieben, hatte nach seinem zweiten Sprung atemlos Wache gehalten und gewartet, dass er wieder an der Oberfläche auftauchte. Als die Kamera, umgeben von einem Schwarm Luftblasen, hochgegluckert kam, war ihr bewusst geworden, dass etwas nicht stimmte, und sie hatte nach Hilfe gerufen. Die beiden Angler hatten bereits drüben bei Bob zu Hause angelegt und wollten gerade aus dem Boot klettern, als sie Kaths Rufe hörten. Schnell waren sie zurück an Bord gesprungen, hatten Vollgas gegeben und in Windeseile die kurze Strecke offenen Wassers durchschnitten, die zwischen den Häusern der Andersons und der Bowmans lag.

»Hätte sie nicht in genau diesem Moment losgebrüllt«, sagte Bob, ohne den Satz zu beenden. Er klopfte seinem Partner auf den Rücken. »Obwohl – es war der alte Fred hier, dem der Einfall kam, dass wir den Anker hinter uns herziehen könnten.«

Mit verlegenem Lächeln betrachtete Fred seine Stiefelspitzen. »Waren Sie da unten eingeklemmt, Scotty?«, fragte er. »Auf dem Seegrund?«

Scott nickte, und das Nicken bewirkte einen kurzen Krampf. Krista, die es merkte, drückte ihn noch fester an sich. Und sogar Kath kehrte kurz aus ihrer trüben Gedankenwelt zurück, um seinen zitternden Arm zu streicheln.

Scott, der immer noch mühsam atmete, versuchte, seinen Rettern die Schrecken des letzten Tauchgangs zu beschreiben. Danach schwieg er.

Bob legte eine Hand auf Freds Schulter und deutete mit dem Kinn auf Scott, der immer noch zitterte, obwohl er die Augen kaum noch offen halten konnte. Er war körperlich erledigt – ein Zustand, den Bob Anderson nur zu gut kannte. Oft genug war es ihm selbst am Ende eines Arbeitstages so gegangen, wenn er sechzehn Stunden lang unter der unbarmherzigen Julisonne auf dem Feld geschuftet hatte.

»Lass uns mal gehen«, sagte er zu seinem Freund, der zustimmend nickte.

»Danke noch mal«, murmelte Scott, als die zwei Alten aufbrachen.

Dann sank sein Kopf zentnerschwer aufs Kissen, während ihn wohltuende Dunkelheit umfing, der er sich bereitwillig überließ. Unterdessen zuckten die ersten Blitze über den stürmischen, mit Elektrizität aufgeladenen Sommerhimmel. Unruhig warf sich Scott hin und her, durchschlief aber den Sturm, der bis zum Mittag tobte, und wachte erst am späten Nachmittag wieder auf.

Mit einem erstickten Schrei fuhr er hoch. Wieder spürte er, wie der See ihm die Kehle zudrückte. Aber es war nur ein Kissen, das er sich während des Schlafs über das Gesicht gezogen hatte. Es war zwar federleicht, hatte ihm im Traum jedoch das Gefühl zu ertrinken gegeben. Als Krista seinen Schrei hörte, stapfte sie in Windeseile die mit Teppichboden ausgelegte Treppe hinunter zu ihm ins Fernsehzimmer und rief alarmiert seinen Namen.

»Mir geht's gut«, sagte Scott. »Hab mir selbst einen Schrecken eingejagt. Das ist alles.« Er rollte sich auf die Seite und versuchte, sich aufzurichten.

Erst jetzt wurde ihm klar, welchen Schaden sein kurzer Kampf unter Wasser angerichtet hatte. Seine Gliedmaßen fühlten sich an, als habe jemand, während er sich träge seinen Träumen hingegeben hatte, die Knochen mit flüssigem, von Kies durchsetztem Zement ausgegossen, der mittlerweile gehärtet war. Alle Muskeln muckten bei der kleinsten Bewegung vor höllischem Schmerz hörbar auf. Als er sich nach vorn lehnte, um sich selbst irgendwie aus dem Bett zu schieben, zogen sich seine Bauchmuskeln zu einem unglaublichen Krampf zusammen. Um die Schmerzen zu lindern, musste er Krista bitten, seine Beine durchzudrücken, damit er sie ausstrecken konnte. Mit ihrer Hilfe setzte er sich schließlich auf die Bettkante, wo er wütend mit einer persönlichen Bestandsaufnahme begann.

Wie sich herausstellte, waren die steifen, empfindlichen Muskeln noch das geringste Problem. Der Schmerz hatte sich seinen Weg direkt in die Knochen gebahnt. Schon bei der geringsten Bewegung fühlte er sich so, als habe irgendjemand Metallfüllungen mit scharfen, gezackten Kanten in jedes seiner Gelenke implantiert. Seine Wirbelsäule glich einer Turnierlanze, die man ihm vom Kopf bis zum Hintern durch den Körper getrieben hatte. Trotz Kristas perfektem Verband pochte der Schmerz in seinem Bein. Die Hüfte war eine einzige empfindliche Schwellung: Bei Scotts letztem Befreiungsversuch waren die Gelenkkapseln und einige der umliegenden Muskelfasern zerrissen – eine Verletzung, die sich noch lange bei jedem Wetterwechsel böse bemerkbar machen würde, wie er wusste. Außerdem zirkulierte das Blut noch nicht wieder in den Gliedern: Sie waren so kalt wie die eines Leichnams. Seine Finger schmerzten. Seine Zehen schmerzten. Seine Zähne schmerzten ... Sogar seine Kopfhaut schmerzte.

Er stöhnte auf. Und als Krista ihn bemutterte, ließ er sie gewähren.

»Oh, du mein armer Liebling«, gurrte sie. »Das muss ja furchtbar für dich gewesen sein.« Sie streichelte seine stoppelige Wange. »Ich wusste erst gar nicht, was ich denken sollte, als ich Kath da unten so schrecklich schreien hörte. Ich dachte, sie hätte sich verletzt oder so was. Ihre Freundin Lita ist wie ein erschrockenes Karnickel davongerannt.« Als sie ihn noch fester an sich drückte, zuckte er zusammen. »Dem Himmel sei Dank, dass du es überstanden hast. Möchtest du irgendwas? Etwas zu essen oder trinken? Wie geht's deinem Bäuchlein?«

Scott lächelte und entdeckte dabei, dass auch diese Muskeln schmerzten. Er merkte, dass Krista in einem leichten Schockzustand war. Wahrscheinlich würde sie völlig ausrasten, sobald auch nur die Tür hinter ihrem Rücken zuknallte.

»Mein Hals tut vom Husten weh«, sagte er. »Ich glaube nicht, dass ich jetzt schon richtig schlucken kann. Aber ich würde ganz gern nach oben gehen.«

Krista half ihm auf die Beine. Für einen Moment wurde ihm etwas schwindelig, und das Zimmer schien sich um ihn herum zu drehen, aber das gab sich bald. Während er mit den Treppenstufen kämpfte und sich dabei fest auf Krista sowie das Geländer auf der anderen Seite stützte, wurde ihm seine eigene Schwäche bewusst – und dabei musste er plötzlich an den Zeichner und dessen verschrumpelten Körper denken.

Was ihn auf die Minolta brachte.

Am oberen Ende der Stufen angekommen – von hier aus war ein Teil des Wohnzimmers einzusehen –, entdeckte Scott seine Tochter. Kath hockte auf dem Fußboden und schaute sich die *Bugs-Bunny-Show* im Fernsehen an. Er sah auch, dass ihr Blick nicht auf die Mattscheibe, sondern auf ihre Hände gerichtet war, die starr und eng ineinander verschlungen in ihrem Schoß lagen.

Als Kath ihre Eltern kommen hörte, fuhr sie erschrocken herum. Während die beiden ins Zimmer humpelten, schenkte sie ihnen ein müdes Lächeln.

Mit professionellem Blick erkannte Scott sofort, dass das Verhalten seiner Tochter Ausdruck eines schweren emotionalen Traumas war. Während der drei oder vier Minuten, in denen Scott um sein Leben kämpfte, hatte Kath erstmals in ihrem Leben wirkliche Angst empfunden, nackte Angst. Und wie ein Junkie, der sich gerade seinen Schuss gesetzt hat, musste sie erst einmal wieder davon herunterkommen. Obwohl Kaths Reaktion ihm Sorgen bereitete, glaubte er zu wissen, was sie durchmachte. Die pure Angst hatte auch ihn dort unten, auf dem Grunde des Sees, an den Rand des Wahnsinns getrieben.

»Ich werd' mich ein Weilchen aufs Sofa legen«, sagte er.

»Möchte ein bisschen bei meinem Mädchen bleiben.« Kath half ihrer Mutter, Scott auf die Couch zu betten.

»Bist du sicher, dass ich dir nicht doch irgendetwas holen soll?«, fragte Krista, nachdem Scott ausgestreckt und zugedeckt auf dem Sofa lag.

»Mir geht's gut. Wirklich.« Gleich darauf fragte er – beiläufig, wie er hoffte, was ihm allerdings schlecht gelang – die beiden: »Hat jemand meine Kamera gefunden?«

Krista schüttelte den Kopf: »Welche Kamera?«

»Hab ich ganz vergessen«, murmelte Kath, deren Miene ein schlechtes Gewissen verriet und gleichzeitig unglücklich wirkte.

»Was hast du überhaupt da unten getrieben?«, fragte Krista.

Scott wollte den wirklichen Grund nicht verraten, denn angesichts dessen, was geschehen war, schien er von ziemlich weit hergeholt.

»Nichts Besonderes. Ich hatte nur plötzlich die Idee, die Minolta auszuprobieren. Dort unten, tief in den Algen, tummelten sich ein paar Sonnenbarsche. Ich wollte sie gern fotografieren. Würdest du mal nachsehen? Nach der Kamera, meine ich?«

»Na gut, Monsieur Cousteau«, sagte Krista. »Alles, was dein Herz begehrt.« Sie küsste ihn sanft auf die Stirn. »Ich bin nur froh, dass es dir gut geht.« Mit breitem Lächeln ließ sie ihn mit seiner Tochter allein.

Scott klopfte auf den Rand der Couch. »Komm und setz dich zu mir«, sagte er liebevoll. Kath kam seinem Wunsch zwar nach, reagierte jedoch eher mechanisch und wie benommen. Er zog sie nah zu sich heran und küsste sie auf die Wange. Ihre Haut fühlte sich fiebrig an.

»Mir fehlt nichts, Kleines«, sagte er. Kaths Unterlippe zitterte, als sie versuchte, ihre Tränen zu unterdrücken. »Mir ist nichts passiert. Und Bob hatte Recht, weißt du. Ich muss dir dafür danken.« Das Zittern verwandelte sich in den Anflug eines Lächelns. Aber eine einsame Träne trat ihr doch aus den Augen, rollte die Wange hinunter und fiel auf Scotts Handrücken.

»Geht's dir wirklich gut, Daddy?«, fragte Kath, während ihre Augen in Tränen schwammen.

»So gut wie eh und je.«

Kath umarmte ihn so abrupt und heftig, dass es ihm wehtat, und ließ den Tränen mit heftigem Schluchzen freien Lauf. Immer noch zitternd, tat Scott sein Bestes, um sie zu trösten.

Krista hatte sich eine von Scotts Windjacken wie ein Cape um die Schultern gelegt und ging barfuß den Hügel zum See hinunter, wobei sie darauf achtete, auf dem nassen Gras nicht auszurutschen. Der Himmel, der inzwischen so weit aufgeklart war, dass die Sonne hier und da durch die Wolkendecke blinzelte, verfinsterte sich schon wieder, und es lag etwas Unruhiges in der Luft. Als Krista den Anlegesteg betrat, hörte sie das Platschen und Gluckern des Wassers unter ihren Füßen und zog die Jacke enger um sich. Dieser verrückte Morgen hatte ihr Denkvermögen vorübergehend lahm gelegt, so dass sie eine Weile brauchte, bis ihr wieder einfiel, wozu sie eigentlich hergekommen war.

Die Kamera.

Während sie auf der Suche nach der Minolta ihre Runden über den Steg machte, tauchten in ihrem Inneren plötzlich ungelöste Fragen auf. *Sonnenbarsche?*, wiederholte eine Stimme in ihrem Kopf. Warum sollte er hier nach *Sonnenbarschen* tauchen? Aber sie fand keine Antwort darauf, sondern spürte nur unendliche Erleichterung, dass er noch lebte.

Krista hatte fast schon aufgegeben, als sie die Kamera plötzlich doch noch entdeckte. Sie hatte sich in den zum Teil unter Wasser liegenden Ästen einer Trauerweide verfangen, die am Rande ihres Grundstücks stand. Wie die Fragen in ihrem Kopf tauchte der Fotoapparat unvermittelt auf, um gleich wieder zu versinken. Sie musste bis zu den Knien ins Wasser waten, um ihn herauszuholen. Ihre Jeans wurde dabei ganz nass, aber das machte ihr nichts aus. Sie hob die Kamera aus dem Wasser und verstaute sie sofort in irgendeiner Tasche, da es sie nervte, wie das flache, gelbe Gehäuse im Zwielicht des heraufziehenden Gewitters funkelte.

Als Krista vom See zurückkehrte, stellte sie fest, dass ihr Mann und ihre Tochter beide auf dem Sofa eingeschlafen waren. Es sollte noch eine gute Stunde dauern, bis sie wieder aufwachten. Zu diesem Zeitpunkt erreichte der Sturm, der jetzt wesentlich heftiger als am Morgen tobte, seinen Höhepunkt. Ein ohrenbetäubender Donnerschlag weckte Vater und Tochter, die wie aus einem Mund erschrocken aufschrien.

7

»Wen willst du anrufen?«

Sie waren bereits zu Bett gegangen, obwohl es erst 22 Uhr 30 war. Scott lehnte an der Kopfstütze des Bettes, Krista hatte sich dem Telefon zugewandt und hielt den Hörer in der Hand. Kath war in ihrem Zimmer und schlief. Ehe Scott unter die Bettdecke gekrochen war, hatte er einige Valium-Tabletten eingenommen. Ihm war klar, dass das Valium nicht viel gegen die Schmerzen ausrichten würde, aber er hoffte, es würde ihm wenigstens das Einschlafen erleichtern. Bei dem, was sein Körper gerade durchmachte, half momentan nur Ruhe.

»Caroline«, erwiderte Krista. »Ich hab's heute Nachmittag schon mal versucht, aber sie hat nicht abgenommen. Ich wollte ihr nur Bescheid sagen, dass Kath und ich an diesem Wochenende doch nicht zu ihr nach Boston kommen.«

»Warum nicht?«, wollte Scott wissen, aber er kannte die Antwort bereits.

»Du weißt genau, warum. Ich kann dich doch in diesem Zustand nicht alleine lassen.«

»Hör zu, Kris. Leg wieder auf und lass uns für eine Minute darüber reden, ja?« Sie gab nach. »Es gibt nicht den geringsten Grund, warum du nicht fahren solltest. Mir geht's jetzt wieder gut. Ich werde zwar noch ein paar Tage Schmerzen haben, aber das ist auch alles. Am Montag bitte ich Steve Franklin, sich mal meine Hüfte anzusehen ...«

»Du wirst am Montag ganz bestimmt nicht zur Arbeit fahren«, sagte Krista. »Herrje, Bowman, ich kann's einfach nicht fassen. Da liegst du hier, wärst fast ertrunken und denkst schon wieder an die Arbeit? Ich dachte, wenn du überhaupt irgendwas unternimmst, dann machst du die Woche frei und kommst am Dienstag vielleicht nach Boston nach. Mit dem Flieger. Natürlich nur, wenn es dir bis dahin wieder besser geht.«

Daher also wehte der Wind!

»Ich hab ja überhaupt nichts von Arbeit gesagt«, bemerkte Scott. »Wenn ich mich am Montag auch nur halb so mies fühle wie heute, werde ich bestimmt nicht arbeiten gehen. Ich hab nur gesagt, dass ich Steve mal einen Blick auf meine Hüfte werfen lasse.« Steve Franklin war mit Scott befreundet und orthopädischer Chirurg. »Ich kann die Woche nicht frei nehmen, Schatz, das haben wir doch bereits geklärt. Es liegt einfach zu viel an!«

Er zog sie nahe zu sich heran, wobei sie sich ein bisschen sträubte. »Warte mit deiner Entscheidung noch bis morgen, ja? Wenn du unbedingt willst, dann ruf Caroline an, aber sag ihr, du kommst wie geplant. Ihr könnt euch nach wie vor eine richtig schöne Zeit machen. Ja?« Krista nickte widerwillig. »Und falls ich irgendwie Hilfe brauche, bitte ich Gerry rüber, aber ich bin mir sicher, dass ich gut klarkomme. Mir tun nur die Muskeln weh.« Er grinste. »Jedenfalls genehmige ich mir morgen 'ne nette kleine Budweiser-Therapie zur Schmerzbetäubung ... Es gibt wirklich keinen Grund, sich um mich zu sorgen.«

Krista war zwar nicht ganz überzeugt, gab sich aber geschlagen. Sie drehte sich zur Seite und rief bei Caroline an.

Danach schlief sie in derselben Körperhaltung, Scott den Rücken zugewandt, gleich ein.

Um Mitternacht zeigte das Valium endlich Wirkung. Scott konnte zwar nicht richtig schlafen, aber immerhin fühlte er sich geistig und körperlich sehr benommen, wie unter Watte. In Anbetracht der Umstände war das für ihn fast schon so etwas wie Entspannung. Krista, die neben ihm schlummerte, schlief sehr unruhig, wahrscheinlich träumte sie. Vom Flur, der zu Kaths Zimmer führte, war kein Laut zu hören. Das ganze Haus schlief.

Draußen machten sich die letzten Ausläufer des Sturms als leiser, böiger Wind bemerkbar, der gelegentlich auffrischte. Bei diesen plötzlichen Luftzügen bauschten sich die zarten Vorhänge vor dem offenen Nordfenster und tanzten so auf und ab, dass die Gardinenhaken klirrten. Hin und wieder ächzten die Metallverbindungsstücke des Landestegs in einsamer Verzweiflung. Irgendwo da draußen auf dem See antwortete ein Haubentaucher mit seinem Schrei.

Doch Scott nahm keines dieser Geräusche wahr. Die Wellen ... Er hörte nur die Wellen. Sie rollten heran, brachen sich, strichen über die Fässer, streichelten das Ufer wie geübte Fingerspitzen, hämmerten auf ihn ein, griffen nach ihm ... Das Geräusch erinnerte ihn an die Algen, die sich im Totentanz gewiegt hatten. Wie unter einem Zwang lauschte er dem gleichförmigen, hypnotischen Rhythmus.

Eingelullt von der Geräuschkulisse, schlief er irgendwann ein. Und glitt abwärts, immer weiter abwärts.

Auf dem Grund angekommen, tauchte er mit den Füßen voran in eine Lache schwarzen Wassers. Aber es war gar kein Wasser, sondern Treibsand, ein modriger, klebriger Morast, in dem er jetzt schon bis zur Taille steckte und von Sekunde zu Sekunde schneller versank. Um ihn herum breitete sich eine formlose, graugrüne Masse aus, ein Nebel, der so dick war, dass er wie flüssig wirkte.

Jetzt durchbrachen Schritte die Stille – gemächliche, lockere Schritte, die einen bestimmten Takt einhielten. Scott brüllte etwas durch den flüssigen Nebel, doch aus seiner Kehle drang kein Laut, nur ein großer Luftstrom, der hoch in die Dunkelheit blubberte. Vergeudeter Sauerstoff.

Die Schritte verwandelten sich in ein gespenstisch blasses Gesicht mit blutroten Augen, das körperlos im trüben Licht zu schweben schien. Das koboldhafte Grinsen dieses Gesichtes wirkte irgendwie vertraut. Es trieb auf ihn zu, schien durch irgendeine Schutzschicht aus Schlamm zu dringen ... und wurde zu Kaths Gesicht, das übermütig grinste.

Aber ihre Augen waren immer noch rot ... rot, stumpf und voller Hass.

Als er blinzelte, war es wieder seine Kath, die wunderbare Kath mit den blauen Augen, die ihren orangeweiß gestreiften Badeanzug trug. Sie bewegte sich auf den Morast zu, beugte sich herausfordernd zu ihm herüber und lächelte.

»Hallo, Daddy«, sagte sie mit einer Stimme, die nicht ihr gehörte. »Du wirst da drin sterben.«

Von Kaths Hand baumelte die gelbe Minolta. Lachend hielt sie ihm die Kamera vor die Augen. Als gleich darauf das Blitzlicht aufflammte, war weit über ihm die Unterseite des Landestegs in jeder Einzelheit zu erkennen.

»Hilf mir, mein Liebling«, sagte Scott, während grelle Punkte auf seiner Netzhaut tanzten. »Um Himmels willen, hilf mir!«

Aber Kath grinste nur, beugte sich noch weiter über das morastige Loch und reichte ihm die Kamera. »Hier, Daddy. Jetzt kannst du *mich* fotografieren.«

Scott spuckte Treibsand aus. Er spürte, wie er zwischen seinen Zähnen knirschte. Ihm war klar, dass der Treibsand ihn bald verschlingen würde.

Doch er nahm die Kamera und hielt sie sich vor die Augen.

Und als das Blitzlicht durch den Dunstschleier drang, sah er durch den Sucher, dass es nicht seine Tochter war, die er fotografierte, sondern irgendetwas anderes. Etwas mit blutleerer weißer Haut, silbernem Haar ... und hasserfüllten roten Augen. Er kannte diese Augen. Sie wirkten wie die eines Tieres, das wie gebannt im grellen Scheinwerferlicht eines näher kommenden Wagens sitzen bleibt.

Als sich der kühle Treibsand bis in seine Nasenlöcher vortastete, ließ er die Kamera fallen. Sie trieb davon, in die graugrüne Masse über seinem Kopf. Da er kaum noch Luft bekam, hob er das Kinn aus dem Morast, der mittlerweile schon in seine Ohren drang.

Kaths Gesicht hatte sich wieder vom Körper gelöst. Jetzt verschwamm es vor seinen Augen, verzerrte sich, fiel auseinander, verspritzte Blut ...

Aber es konnte ihm nichts mehr anhaben. Nein. Denn jetzt legte sich der Treibsand auch über seine Augen. Und er ertrank darin, sank tiefer und tiefer und *tiefer* ...

Scotts Schrei erschreckte Krista so, dass sie selbst aufschrie und davon aufwachte. Als sie ihre Augen aufschlug, stellte sie fest, dass sich Scott bei dem Versuch, sich im Bett hinzuknien, in die Laken verwickelt hatte.

»Scott«, rief sie und griff nach seinem völlig erstarrten Arm. »Scott, was ist los?«

Schweißnass und wie eine Maschine keuchend, öffnete Scott die Augen. Als er die vom Wind aufgebauschten Gardinen, die vertrauten Umrisse des Schlafzimmermobiliars und Krista entdeckte, ließ er sich gegen die Kopfstütze fallen.

Krista zog ihn hinunter, küsste ihn und kuschelte sich in Löffelstellung eng an seinen Rücken. Leise und beruhigend sprach sie auf ihn ein, während draußen der Wind ums Fenster strich.

Ehe er wieder einschlief, bat Scott sie noch, das Fenster zu schließen.

Sie tat es, ohne irgendwelche Fragen zu stellen. Als sie zurück ins Bett kam, fiel Scott auf, dass die hauchdünnen Gardinen am Fenster jetzt ganz leblos herunterhingen.

Nachdem das Fenster geschlossen war, fühlte er sich wohler. Jetzt konnte er die Wellen nicht mehr hören.

Er sank in tiefen und diesmal traumlosen Schlaf.

Als die Morgendämmerung ihr bleiches Licht über den Himmel ergoss, eilte Krista ins Zimmer ihrer Tochter, um sie zu trösten. Auch Kath hatte schlimme Träume gehabt.

Aber Scott merkte nicht einmal, dass Krista nicht mehr bei ihm war.

8

Nachdem sie Kath beruhigt hatte, ging Krista wieder ins Bett. Eine Stunde lang döste sie und warf sich unruhig hin und her, dann stand sie auf. Obwohl sie so schlecht geschlafen hatte, konnte sie es im Bett nicht länger aushalten.

Im trüben Licht des anbrechenden Morgens blieb sie nackt im Zimmer stehen und sah lange auf ihren Mann herunter. Er lag auf der Seite, hatte die Knie angezogen, einen Arm locker um sein Kopfkissen geschlungen und atmete tief. Seine Mundwinkel zuckten wie die eines scheuenden Pferdes. Krista fiel auf, dass seine Augen unter den Lidern unruhig hin und her huschten. Sie fragte sich, was er wohl träume.

Auf einen Schlag wurde ihr klar, dass sie heute Morgen beim Erwachen das Bett auch hätte leer finden können – und jeden Morgen für den Rest ihres Lebens. Noch ein, zwei Minuten dort unten auf dem Seegrund, und sie hätten mit dem Schleppnetz nach dem Leichnam ihres Mannes gesucht, anstatt ihn lebendig an die Oberfläche zu zerren, wo er heftig nach Luft geschnappt und um sich geschlagen hatte.

Bei dem Gedanken bekam Krista eine Gänsehaut, all ihre Härchen stellten sich auf. Sie griff nach ihrem Morgenmantel und streifte ihn über.

Plötzlich wollte sie ihn wecken, plötzlich beunruhigte es sie, dass er so still dalag. Ihre Sorge um ihn war so stark, beängstigend und irrational, dass sie selbst merkte, wie unsinnig sie sich verhielt. Dennoch konnte sie dem Drang, ihn aufzuwecken, in die Arme zu nehmen und seine Stimme zu hören, kaum widerstehen.

Während sie sich vorbeugte, um ihn zu wecken, warf sie einen Blick auf die Digitaluhr am Bett, zögerte kurz und beschloss dann, ihn schlafen zu lassen. Schließlich war es erst Viertel nach sechs.

Als spüre er Kristas innere Unruhe in den tiefen Traumgefilden seines Schlafes, seufzte Scott und drehte sich mitsamt dem Kopfkissen auf den Rücken. Immer noch zitterig, aber erleichtert, überließ Krista ihn dem heilsamen Schlaf.

Sie war nicht überrascht, als sie Kaths Daunendecke zurückgeschlagen und das Bett leer fand. Sie trat ins Zimmer, strich über die Kuhle, die Kaths Körper im Bett hinterlassen hatte, und stellte fest, dass sie bereits ausgekühlt war. Besorgt hastete sie ins Erdgeschoss und suchte ein Zimmer nach dem anderen nach Kath ab.

Aber nirgendwo waren Spuren von ihr zu finden, sie hatte nicht einmal die übliche Schüssel mit Schokoladenflocken gegessen. Langsam, aber sicher, bekam Krista regelrecht Angst. Sie trat auf die Terrasse hinaus und blickte durch den feinen Morgennebel zum See.

Einsam und allein saß Kath draußen auf dem Landesteg; sie wirkte wie irgendeine liebreizende Gestalt auf einem Ölgemälde.

Krista wickelte sich fester in den Morgenmantel, ging barfuß durch den Tau auf ihre Tochter zu, die völlig in Gedanken versunken war, und setzte sich neben sie. Der *Bowman-Harem,* wie Scott seine beiden Frauen gern nannte, war beisammen. Kaths Füße baumelten im Wasser; sie sah einem Vogeltrio, Seetauchern, zu.

»Toll, wie die das machen, was, Mom?«, sagte sie, als die Vögel ohne jeden Laut nacheinander ins Wasser eintauchten. Kaths Stimme klang apathisch und flach.

Krista fand den Tonfall ihrer Tochter so alarmierend, dass ihr Kopf momentan ganz leer war und ihr keine Antwort darauf einfiel. »Tja«, erwiderte sie schließlich, »jedenfalls können sie ihren Atem lange anhalten. Mal sehen, wie lange sie ...«

»Was ist gestern mit Dad passiert, Mom?«

Krista wandte das Gesicht ihrem Kind zu, das im schwachen Licht der Morgendämmerung so zart und verletzlich wirkte. »Es war genau so, wie er es gestern im Fernsehzimmer erzählt hat, Liebes. Dein Daddy ist da unten in den Felsen stecken geblieben und konnte sich nicht mehr befreien.«

Zwischen Kaths müden Augen bildete sich eine steile Falte. Mit einem der sonnengebräunten Füße schlug sie so heftig auf das Wasser, als wolle sie es bestrafen. Gleich darauf sah sie ihre Mutter offen an und hielt deren Blick so fest, wie es nur Kinderaugen vermögen. Bei der nächsten Frage schienen ihre Lippen zu zittern. Es war eine Frage, die sie schon seit gestern Morgen beschäftigte. »Hätte er ertrinken können, wirklich ertrinken?«

Auf diese Frage gab es nur eine einzige Antwort, eine Antwort, die Krista ganz und gar widerstrebte. Einen Augenblick lang fühlte sie sich feige und überlegte, ob sie Kath eine Lüge auftischen und ihr erzählen sollte, dass ihr Vater ein oder zwei Minuten später auch aus eigener Kraft davongekommen wäre. Aber sie verwarf den Gedanken, Kath etwas vorzumachen, genauso schnell, wie er ihr gekommen war. Hier verbot sich jede Lüge, denn später würde Kath ihr das ewig nachtragen.

Die Antwort bestand zwar nur aus einer einzigen Silbe schlichter Bestätigung, aber sie würde der Vorstellung, die allen Kindern eigen ist – *meinen Eltern wird niemals etwas geschehen* –, den Boden entziehen.

»Ja, mein Liebes«, erwiderte Krista, »er hätte ertrinken können.«

Kath sagte nichts, aber ihre Augen nahmen wieder den glasigen, leeren Ausdruck an, den sie auch gestern Morgen im Fernsehzimmer gehabt hatten. Gleich darauf stand sie auf.

»Ich möchte nachsehen, ob's ihm gut geht«, erklärte sie leise.

Krista griff nach ihrer Hand. »Jetzt nicht, mein Liebling. Er schläft noch, lass ihn schlafen. Es geht ihm gut, du kannst später zu ihm.«

Zögernd blickte Kath zum Schlafzimmerfenster ihrer Eltern hinauf. Dann setzte sie sich wieder und plantschte mit den Füßen gedankenversunken im Wasser. Nach einer Weile ging sie schwimmen.

An diesem sonnigen Sonntagmorgen rappelte sich Scott gegen neun Uhr mühsam hoch und setzte sich auf den Bettrand. Sein erster Gedanke war, dass er sich noch nie so zerschlagen gefühlt hatte ... Selbst gestern war es nicht derart schlimm gewesen. Und jetzt machte ihm auch noch sein Kopf zu schaffen. Er fühlte sich so, als habe er gerade eine wochenlange Zechtour hinter sich.

Das Valium, dachte er, als er mit wackeligen Beinen aufstand. *Das Valium hat mich geschafft.* Während er wie betrunken hin und her schwankte, tat er unsicher einen Schritt nach vorn. Um das Gleichgewicht zu bewahren, musste er sich am Nachttisch abstützen. Er wartete, bis sein Kopf etwas klarer wurde, und schlurfte dann vorsichtig ins Badezimmer. Am liebsten hätte er geduscht, doch als er daran dachte, dass er dabei zehn oder mehr Minuten stehen musste, entschied er sich stattdessen für ein Bad. Ein ausgedehntes Bad in einer Wanne mit heißem Wasser würde seinen lädierten Muskeln sowieso mehr nützen.

Während er auf der Toilette saß und ewig lange pinkelte, platzte Krista herein und ließ ihm das Badewasser ein. Genauso plötzlich verschwand sie auch wieder, um bald darauf mit einem Tablett zurückzukehren, auf dem ein Becher mit heißem Kaffee und mit Ei überbackene Toastscheiben standen. Sie half ihm ins Wasser, dessen Hitze gerade noch erträglich war, und stellte das Tablett am Wannenrand ab.

»Wund?«, fragte sie und zauste mit den Fingern an seinen Brusthaaren.

Scott nickte, während er den Toast gierig verschlang. Plötzlich hatte er einen Bärenhunger. »Und das ist noch untertrieben«, fügte er hinzu, nachdem er das Brot mit Kaffee hinuntergespült hatte.

Krista begann, die Wadenmuskeln an Scotts rechtem Bein durchzukneten. Er genoss es so, dass er die Augenlider auf Halbmast sinken ließ. Hastig brachte er sein Frühstück hinter sich und streckte sich danach so aus, dass das Wasser ihm bis zum Kinn reichte.

»Gestern Nacht hast du mir einen ganz schönen Schrecken eingejagt, mein Lieber«, sagte Krista, während sie sich einen riesengroßen Badehandschuh überstreifte und die Muskeln an seinem Oberschenkel zu bearbeiten begann.

Fragend sah er sie an. »Was meinst du damit?«

»Erzähl mir bloß nicht, dass du dich nicht daran erinnern kannst. An den Albtraum? Du hast dich im Bett aufgesetzt, bist fast aufgestanden und hast mich dann gebeten, das Fenster zu schließen.«

Scott schüttelte den Kopf. Das Letzte, woran er sich erinnerte, war Kristas Anruf bei Caroline in Boston, und selbst davon wusste er nur noch Bruchstücke. *Das Valium*, dachte er wieder, kramte in seinem Gedächtnis und versuchte, sich irgendetwas von dem, was nach dem Anruf geschehen war, vor Augen zu rufen. »Ich kann mich nicht daran erinnern.«

»Kaum zu glauben.« Krista unterbrach ihre Massage kurz. »Ich meine, immerhin hast du doch im Bett gekniet und mich direkt angesehen, als du mich gebeten hast, das Fenster zuzumachen.«

Scott erklärte ihr, die Amnesie sei eine der Nebenwirkungen von Valium, insbesondere, wenn man es in einer Stress-Situation einnehme. Vor allem deswegen sei Valium auch ein beliebtes Beruhigungsmittel vor Narkosen und Operationen. Krista nickte geduldig, aber ohne sonderliches Interesse.

»Und wie steht's mit deiner Reise nach Boston?«, fragte Scott gleich darauf.

»Ich weiß noch immer nicht, ob ich überhaupt fahren soll.«

Krista blickte auf ihre angewinkelten Knie. »Es wäre schrecklich, wenn dir hier irgendetwas zustoßen würde, während du ganz allein bist. Du könntest hinfallen oder ...«

»Oder was?«, fragte Scott, ohne ernsthaft eine Antwort zu erwarten. »Hör mal, ich mach dir ein Angebot: Falls du fahren möchtest, kannst du den Volvo nehmen.«

Kristas Gesicht strahlte so auf wie das eines Kindes am Weihnachtsmorgen, verdüsterte sich aber genauso schnell wieder. »Versuchst du etwa, mich loszuwerden, Scott Bowman? Hast du eine Affäre?«

Eine Sekunde lang dachte Scott, sie meine es ernst. Er wollte ihr gerade sagen, wie lächerlich er die Frage fand, als Krista kicherte und ihn nass spritzte. »Ist das mit dem Volvo wirklich dein Ernst?«, fragte sie mit sonnigem Lächeln.

»Würde ich je spaßen, wenn's um den Volvo geht? Jedenfalls gefällt es mir gar nicht, wenn ich mir vorstelle, dass du die ganze weite Strecke mit dem Chevette fährst, ob neu oder nicht. Falls du mit der verdammten Karre einen Unfall hättest ...« Er beugte sich hinüber, um sie zu küssen, wobei Badewasser auf ihre Hose spritzte. »Einverstanden? Ich möchte, dass du fährst.«

Das war eine glatte Lüge. Er freute sich überhaupt nicht darauf, allein zu Hause zu bleiben; es würde das erste Mal seit ihrem Einzug sein. Nicht, dass er Angst oder so etwas hatte ... Er war einfach höchst ungern allein, das war seine ganz persönliche Neurose.

Dennoch fuhr er mit den Verhandlungen fort: »Die Reise wird euch beiden gut tun. Falls ich irgendetwas brauche, ruf ich Gerry an. Und die Andersons sind ja auch nur fünf Minuten entfernt. Heute geht's mir sowieso schon viel besser.«

Krista zog skeptisch die Augenbrauen hoch.

»Abgemacht?«, fragte Scott locker.

»Abgemacht«, erwiderte Krista, nachdem sie ein Weilchen überlegt hatte. »Ich fahre.«

Inzwischen war es Mittag geworden. Sie standen bei dem voll geladenen Volvo, Scott im Bademantel, Krista in Shorts und kurzem, gelben Trägerhemdchen. Ebenso belustigt wie verblüfft stellte Scott fest, dass seine beiden Frauen so viele Klamotten und weiß Gott was eingepackt hatten, dass sie damit wohl bis ins nächste Jahrhundert auskommen würden. Es war ein klarer, heißer Tag, ideal für die Fahrt in einem klimatisierten Sportwagen.

»Und vergiss nicht ...«, sagte Scott, während Krista sich zum Rücksitz beugte, um die Kühltasche sicher zu verstauen, »dass du beim Tanken ...«

»... nur *Super* nehmen darfst«, ergänzte Krista. Bereits zum dritten Mal ging Scott mit ihr sein Zwanzig-Punkte-Programm für Pflege und Wartung des Volvo durch. Wenn es um den Wagen ging, verhielt sich Scott wirklich wie ein altes Waschweib.

»Ich werd schon gut für dein Baby sorgen«, sagte Krista. »Okay?«

Scott gab ihr einen Klaps auf den Hintern. Er fühlte sich schon viel besser, das Bad hatte Wunder gewirkt und ihn gelockert. »Wo ist denn Kath?«

Kristas Lächeln schwand. Auf ihrer Stirn tauchte dieselbe steile Falte auf, die auch Kath verunzierte, wenn sie sich Sorgen machte. »Unten am Anlegesteg. Sie verhält sich immer noch ein bisschen ... komisch, weißt du. Ich glaube, dein Unfall ist ihr ziemlich nahe gegangen. Ich geh sie holen.«

»Nein, lass mich gehen.«

Als er zu ihr stieß, saß sie mit angezogenen Beinen, das Kinn auf die Knie gestützt, auf dem Anlegesteg. Sie trug eine hübsche, bräunliche Kombination aus Shorts und einem kurzärmeligen Hemd. Und sie weinte.

Scott spürte, wie etwas in seiner Brust ihm zu schaffen machte. Er setzte sich neben sie, nahm sie in die Arme und wiegte sie hin und her. »Was ist los, mein Flickenpüppchen?«

Kath sah mit nassen Augen zu ihm empor, lächelte schwach und brach in ein tränen- und spuckefeuchtes Kichern aus.

Seit ihrem fünften Lebensjahr hatte niemand mehr *Flickenpüppchen* zu ihr gesagt.

»Weißt du noch, warum ich dich früher so genannt hab?«

»Weil ich mir ständig die Klamotten zerrissen hab und Mom sie dauernd flicken musste?«

»Genau.« Er drückte sie fest an sich. »Also, Frau Doktor, was ist los?«

Nachdem sie einen Augenblick still nachgedacht hatte, als fürchte sie, der nächste Satz könne irgendwie peinlich sein, sprach Kath ihre Frage schließlich aus: »Kommst du auch klar, Daddy? Ich meine, wenn wir weg sind?«

»Aber natürlich, Liebes. Mir geht's wieder gut. Es ist alles ausgestanden, mein Liebling.«

»Versprichst du mir, nicht schwimmen zu gehen, bis ich wieder da bin?«

Kaths liebevolle Worte lösten in seinem Inneren Bilder aus, bei denen es ihn eiskalt überlief, so dass er unwillkürlich schwieg. Eigentlich hatte Scott seine Tochter beruhigen, ihr die kindlichen Ängste nehmen wollen. Doch das sanfte Schaukeln des Anlegestegs brachte ihn aus dem Gleichgewicht und schlug ihm so auf den Magen, dass er nervös zuckte. Als er über das Wasser blickte, glaubte er da draußen irgendetwas auszumachen, das sich bewegte. Etwas Dunkles, Unförmiges. So plötzlich, als habe jemand ein Streichholz entzündet, flackerte furchtbare Angst in ihm auf.

Doch es war nur eine vereinzelte Regenwolke, die langsam am Himmel dahinsegelte und sich als dunkler Schatten im See spiegelte.

»Ich geh auf keinen Fall schwimmen, Kindchen. Schwimmen ist für deinen alten Herrn ab sofort verboten. So lange, bis seine kleine Rettungsschwimmerin wieder da ist.« *Oder auch auf immer und ewig,* dachte er mit morbidem Pessimismus. »Also, los geht's, auf nach oben. Deine Mutter wartet schon ... Und ich glaube, sie will dir bei dieser Reise das Steuer überlassen.«

Kaths Mundwinkel verzogen sich zu einem Lächeln. »Ich

hab dich lieb, alter Kumpel.« Energisch wischte sie sich die Tränen von den Wangen.

»Und ich dich.«

Als Scott vom Anlegesteg auf festen Boden trat, war ihm wohler. Lächelnd griff er nach der Hand seiner Tochter. Gemeinsam machten sie sich auf den Weg zum Haus. Kath gab sich größte Mühe, den humpelnden Scott zu stützen.

»Macht es dir auch wirklich nichts aus, dass ich den Volvo nehme?« In Kristas Freude – sie liebte den Volvo – schwang ein leichtes Schuldgefühl mit.

»Nein, überhaupt nicht«, schwindelte Scott. Er warf einen Blick auf das düstere Innere der Garage und den staubigen, zweifarbigen Chevette, der ihm den Volvo bis zu Kristas Rückkehr ersetzen musste. »Rufst du mich an, wenn du bei deiner Schwester bist?«

»Genau das hatte ich eigentlich vor, Monsieur.« Krista verdrehte die Augen. Klara, ihre ältere Schwester, wohnte mit ihrem Mann am nördlichen Ufer des Saint Lawrence. Von Klara aus war man mit dem Auto in zehn Minuten in Prescott, an der Grenze zu den Vereinigten Staaten. Das Verhältnis zwischen Krista und ihrer einzigen hundertprozentig blutsverwandten Schwester – Caroline war ja ihre Halbschwester – war, milde ausgedrückt, gespannt.

Im besten Fall konnte man ihre Stippvisite bei Klara als Pflichtbesuch bezeichnen. »Ich hoffe, sie ist nicht gerade wieder in ihrer alkoholischen Phase.«

»Hat sie denn auch andere?«, fragte Scott. Er beugte sich ins Fahrerfenster, um Krista zum Abschied zu küssen, und humpelte gleich darauf zum Beifahrerfenster hinüber, um auch seiner Tochter einen Kuss zu geben. »Amüsiert euch, ihr zwei!« Er kehrte zu Krista zurück. »Und ruf mich an!«

»Mach ich.«

Krista winkte ihm zu, legte schwungvoll einen Gang ein und bretterte den Hügel hinauf. Es dauerte nicht einmal eine Minute, bis sie aus seinem Blickfeld verschwunden waren. Zurück blieb nur eine grauweiße Staubwolke über den Baumkronen.

9

Als das Brummen des Motors nur noch so leise wie das Summen irgendeines Insekts zu hören war, ging Scott quer durchs Haus zur Terrasse hinüber und ließ sich in einen Liegestuhl sinken. Zwar gab es Dinge, die er drinnen hätte erledigen können, aber ihm war noch nicht danach, durch das jetzt leere Haus zu streifen.

Seine beiden Frauen fehlten ihm bereits.

Er versuchte, sich mit dem Gedanken zu trösten, welch herrliches Sommerwetter heute war. Ein heißer, diesiger Tag, dessen Ruhe und Frieden fast hypnotisch wirkten. Nicht einmal irgendein Motorboot oder Flugzeug störte die Stille. Die einzigen wahrnehmbaren Geräusche waren die der Natur ringsum: das Zirpen einer einsamen Zikade, das träge Tschirpen von Singvögeln, das leise Säuseln einer leichten Brise in den Pinien. Nur der See lag kühl und ruhig da und hielt seine Geheimnisse unter der wie Quecksilber schimmernden Oberfläche verborgen.

Wie nicht anders zu erwarten, wanderten Scotts Gedanken erneut zum Seegrund hinunter. Als er jetzt daran zurückdachte, wurde ihm klar, dass sein Hirn bereits damit begonnen hatte, das Erlebnis *einzukapseln,* wie es in seiner Fachsprache hieß – dass eine Art Verdrängungsprozess eingesetzt hatte. Denn als er versuchte, sich die näheren Umstände des Geschehens vor Augen zu führen, musste er feststellen, dass es ihm nicht gelang. Dagegen konnte er sich mühelos ins Gedächtnis rufen, wie Krista ihre Aerobic-Übungen vollführt hatte oder Kath ihm auf dem Weg zum See entgegengerannt war, um ihn zu begrüßen. Die Erinnerung an seinen Kampf unter Wasser war bereits so durchlässig wie die an irgendeinen Traum.

Als Psychiater war Scott klar, dass er es hier mit einer Art eingebauter Sicherheitsvorrichtung der Psyche zu tun hatte. Jedem Input, den das Hirn als unerträglich einschätzte, verweigerte es schlicht und einfach den Zutritt, leugnete die

Erfahrung – oder milderte sie, wie in diesem Fall, zumindest so weit ab, dass sie als gar nicht wirklich geschehen abgespeichert wurde. Selbstverständlich hatte er das verzweifelte Gefühl zu ersticken nicht vergessen, genauso wenig wie das alles beherrschende, wahnsinnige Entsetzen, das ihn gepackt hatte, als er zu sterben glaubte. Aber die schneidend scharfen Ecken und Kanten waren inzwischen geglättet und die Erfahrungen nicht mehr unmittelbar präsent, sondern in der Erinnerung auf barmherzige Weise eingetrübt – so, als sei das alles schon Jahre her oder nur ein Traum.

Von dieser schlauen Sicherheitsvorrichtung im Hirn sprangen seine Gedanken als Nächstes zu Delia Horners Brief und zu den davon ausgelösten düsteren Erinnerungen – Erinnerungen an Geschehnisse, die Jahrzehnte zurücklagen. Dass das Gedächtnis in diesem Fall funktionierte, war zwar eine weitere erstaunliche Fähigkeit des Geistes, aber eine, die keineswegs dem Selbstschutz diente. Scott hielt diese Fähigkeit sogar für so schädlich und selbstzerstörerisch, dass sie das Hirn im schlimmsten Fall in eine nutzlose, breiige Masse verwandeln konnte. Diese Fähigkeit machte es möglich, sich bestimmte Ereignisse blitzschnell ins Gedächtnis zurückzurufen und all die Schrecken, die das Hirn so mühsam verdrängt hatte, sofort und akkurat mit allen grässlichen Einzelheiten ins Bewusstsein zurückzuholen.

Gestern Abend hatte er beim Lesen von Delia Horners Brief jenen Sommermorgen längst vergangener Tage noch einmal so durchlebt, als sei er unmittelbar gewärtig. Diese wenigen Sekunden, die sich bis in alle Ewigkeit gedehnt hatten, waren mit so scharfen, erschütternden Details vor seinem geistigen Auge aufgeblitzt, dass er einen Moment lang gefürchtet hatte, überzuschnappen und fortan empfindungslos und innerlich leer dahinzuvegetieren.

Er lehnte sich im Liegestuhl zurück und erlaubte seinem Hirn, das alles nochmals zu verarbeiten. Er hätte es auch gar nicht verhindern können, selbst wenn er gewollt hätte.

In all diesen Jahren – sechzehn waren es inzwischen – hatte sich das Schamgefühl als das Schlimmste und Hartnäckigste erwiesen. Es sah so aus, als werde er es niemals loswerden. Und selbst jetzt, während er allein auf der Terrasse saß, war er der Scham wie einer Krankheit ausgesetzt, wie einer nässenden, elenden Beulenpest. Er konnte sie fast riechen. Seine Muskeln waren angespannt, die Handflächen feucht vor Schweiß, während sein Hirn ihn zwang, durch mühsam errichtete Schichten der Verdrängung zu stoßen, zurück zu dem voll gestopften Volkswagen und jener dunklen, gewundenen Straße.

Du bist weggerannt, höhnte eine fast vergessene Stimme. *Du hast dich aus dem Staub gemacht!*

Diese Feststellung, an der nicht zu rütteln war, fuhr sengend heiß wie ein Stromschlag durch seinen Körper.

An jenem Morgen war es noch dunkel gewesen. Und still ... Es war während dieser kurzen, fast mystischen Zeitspanne geschehen, in der die Nacht dem Tag weicht. Scott hatte über dem toten Kind gekniet, während sein Verstand gefährlich nah an einen inneren Abgrund geriet, von dessen Existenz er bislang gar nichts gewusst hatte. Und dann hatte er nach oben geblickt, direkt in Jakes Augen, und hatte gewusst, was sein Freund gerade dachte. Es hatte nichts mit übernatürlichen Dingen wie Telepathie zu tun gehabt, sondern nur daran gelegen, dass sie alle drei im selben Moment dasselbe gedacht hatten.

Wir müssen abhauen!

Sie hatten sich verfahren, waren völlig betrunken und meilenweit von den heimatlichen Gefilden entfernt. Als Scott scharf auf die Bremse getreten war, hatte Lakings Beutel mit Marihuana seinen Inhalt über den ganzen Rücksitz verteilt ... Und das Kind war tot, daran war nichts mehr zu ändern.

Ohne dass auch nur ein Wort gewechselt wurde, war allen eine Sache sofort klar gewesen: Falls sie an Ort und Stelle blieben und sich zu ihrer Tat bekannten, waren sie geliefert.

Also hatten sie sich in den Käfer gequetscht und aus dem

Staub gemacht. Aufgrund ihres Schocks und der Angst waren sie aufs Geratewohl gefahren und ständig von einer Straße auf die nächste abgebogen. Da sie sich auf der Flucht befanden, war es ihnen völlig gleichgültig gewesen, wo sie landen würden. Das Einzige, was zählte, war, möglichst schnell und möglichst weit vom Tatort wegzukommen. Sie wollten nichts anderes, als Abstand zu dem entsetzlichen Erlebnis am frühen Morgen gewinnen – ein Erlebnis, das sich ihnen für immer ins Gedächtnis brennen sollte.

Auf der Terrasse seines Hauses in Gatineau Hills rückte Scott im Liegestuhl vor und verschränkte die Arme vor dem Körper, als bereite er sich auf einen Flugzeugabsturz vor. Seine Augen waren zwar auf den See gerichtet, aber von einem Schleier überzogen. Er nahm nichts wahr. Niemals hatte er an Gott geglaubt – zumindest nicht an einen Gott im herkömmlichen Sinne –, aber jetzt spürte er das Auge der Gerechtigkeit auf sich. Genau wie damals, vor all den Jahren.

Später an jenem Morgen hatte es geregnet. Es war ein plötzlicher, reinigender Schauer gewesen, der die Blutspuren vom Wagen tilgte. Am Stadtrand von Boston hatten sie aufgetankt und waren mit der Füllung bis nach Springfield in Vermont gekommen. Dort hatten sie an einer Waschanlage mit Selbstbedienung gehalten und mit dem Staubsauger Jakes Marihuana vom Rücksitz entfernt. Danach hatten sie ihr gesamtes Geld zusammengelegt und eine neue Windschutzscheibe für den VW besorgt. Wie es der Zufall wollte, hatte die Autoglaserei in Springfield sogar eine passende Scheibe vorrätig gehabt und Zeit, sie zu montieren, da keine anderen Kunden warteten. Schon eine Stunde später waren sie wieder auf der Straße gewesen. Sie hatten sich achtsam an die Geschwindigkeitsbegrenzungen gehalten und nicht ein Wort miteinander gewechselt.

Vier Stunden später waren sie an der Grenze nach Ontario. Nach den üblichen Fragen hatte der Zollbeamte sie einfach durchgewinkt. Keine Spur von Verdacht. Erst danach hatte sich die von Angst gespeiste Energie, die sie die ganze Zeit über am Laufen gehalten hatte, nach und nach verflüchtigt. Da war ihnen schließlich gedämmert, wie unsäglich widerlich sie sich verhalten hatten. Zwei oder drei Kilometer nördlich der Grenze hatte Scott den Wagen auf den Randstreifen gelenkt, sein Gesicht in den Händen vergraben und losgeheult. Brian Horner – seit dem Unglück hatte er kein Wort mehr gesprochen – hatte ebenfalls geweint, so heftig, dass Wellen von Schluchzern den ganzen Körper erschütterten. Jake hatte hinten im Wagen nervös herumgezappelt und durch die neue Windschutzscheibe gestarrt. Es war ihm anzumerken, was er dachte: *Wären wir drei uns doch niemals begegnet ...*

Sie waren eine Weile dort geblieben, jeder in seine eigenen trüben Gedanken verstrickt. Auf der Heimfahrt hatten sie sich nicht einmal die Mühe gemacht, sich auf irgendeine Geschichte zu einigen, um ihre vorzeitige Rückkehr – eine Woche früher als geplant – zu erklären.

Scott bekam immer noch eine Gänsehaut, wenn er daran dachte, was Jake als Letztes zu ihm gesagt hatte, während sie bei Nieselregen vor dem Haus von Jakes Eltern im südlichen Teil von Ottawa gehalten hatten: *Falls du die Nerven verlierst, Bowman, falls du ausrastest und dich irgendwie über diese Sache auslässt, dann bring ich dich um, Mann. Dann bist du tot, das ist mein voller Ernst.*

Die Nerven hatte Scott nicht verloren, wohl aber seinen Verstand, jedenfalls beinahe. In den ersten zwei Wochen hatte er überhaupt keinen Schlaf gefunden. Jedes Mal, wenn er die Augen schloss, tauchte die Kleine auf, krachte auf die Motorhaube, schlug gegen die Windschutzscheibe, blieb in der schnell wachsenden Pfütze ihres eigenen Blutes liegen. Scott wurde depressiv, verlor jeden Antrieb und Appetit. Schließlich verschlimmerte sich sein Zustand so, dass er ins Krankenhaus musste.

Anfangs hatten die Ärzte angenommen, es könne das Pfeiffer'sche Drüsenfieber sein oder auch ein Magengeschwür. Später hatten sie auf einen Hirntumor und schließlich auf Krebs getippt. Als sie nichts finden konnten, um irgendeine dieser Diagnosen zu erhärten, hatten sie die psychiatrische Abteilung eingeschaltet. Scotts Psychotherapeut war ein großer Mann mit sanfter Stimme; später hatte Scott bei ihm studiert und ihn unter all seinen Professoren am höchsten geschätzt. Diesem Mann hätte er um ein Haar alles erzählt. Beinahe hätte er ihm die ganze Geschichte gebeichtet.

Aber letztendlich hatte er dann doch alles für sich behalten, wo es weiter an ihm nagte und ihn bis in die Träume hinein verfolgte.

In diesem ersten endlos langen Jahr war es ihm so vorgekommen, als breche sein Leben Stück für Stück auseinander. Wegen seines Klinikaufenthalts konnte er nicht rechtzeitig zu Semesterbeginn an der Medizinischen Hochschule erscheinen, was ihn fast den Studienplatz gekostet hätte. Während er sich von seinen Eltern und Freunden mehr und mehr zurückzog – Jake war in Harvard, Brian in Winnipeg –, vergrub er sich in die Lehrbücher. Dennoch war sein Notendurchschnitt an der untersten Grenze, so dass ihn seine Professoren mehr als einmal zu sich zitierten.

Doch mit der Zeit hatte das enorme Arbeitspensum, das er zu bewältigen hatte, wie Balsam gewirkt. Diese ersten vier Studienjahre vergingen wie im Fluge, vielleicht half auch das. Jedenfalls verwandelte sich die stets präsente Erinnerung an jenen tragischen Sommermorgen nach und nach in etwas, das nur noch undeutlich und unterbewusst vorhanden war, und das war eine Gnade für ihn.

Aber diese Erfahrung hatte ihn verändert. Verschwunden war der großspurige, selbstsichere junge Mann, der unbedingt Geburtshelfer hatte werden wollen. Verschwunden der Junge mit den wachen Augen, der geglaubt hatte, das Leben habe nur Gutes mit ihm vor. Wie sollte er seinen Facharzt in Geburtshilfe machen und Babys auf die Welt verhelfen, wenn er noch vor Studienbeginn einem Menschen auf brutale Weise, aus purer Unachtsamkeit das Leben geraubt hatte? Wie sollte die Zukunft irgendetwas anderes für ihn bereithalten als Schuld- und Schamgefühle?

Die Scham ... diese unaussprechliche Scham, die alles überdauerte, das Entsetzen und selbst das schlechte Gewissen. Sie verließ ihn nie, selbst als die Albträume nach und nach ausblieben.

Doch dann war er Krista begegnet, und selbst das Schamgefühl hatte sich mit der Zeit vermindert. Am Anfang ihrer Ehe hatte er eine Weile wieder Albträume gehabt, aber inzwischen hatte sich Scott noch mehr verändert, durch Kristas Liebe. Und durch ihr Kind. Zu diesem Zeitpunkt hatte er sich auch schon für sein Fachgebiet entschieden. Und als er sich zum Facharzt für Psychiatrie ausbilden ließ, was ihm dabei half, sein Inneres tiefer zu erforschen, waren die alten Wunden allmählich verheilt.

Irgendwann hatte er alles tief in seinem Inneren vergraben. Nicht vergessen, aber begraben.

Ehe sich Scott an diesem Abend auf einen schweren Kampf mit der Schlaflosigkeit einließ (den er schließlich gewann), rief er noch Vince Bateman unter dessen Privatnummer an. Er erzählte seinem Abteilungsleiter von dem schlimmen Erlebnis, bei dem er fast ertrunken wäre, und sagte, er werde sich den Montag freinehmen. Allerdings versprach er, an der jährlichen Budgetkonferenz der Abteilung am Montagabend teilzunehmen, wofür Bateman dankbar war, denn diesmal war Scott mit der Leitung dran.

Krista rief um zwanzig Uhr dreißig an und teilte ihm mit, es gehe ihnen gut. Klara sei so angetrunken und feindselig wie üblich und hacke wie immer auf ihrem grummelnden Schlappschwanz von Ehemann herum. Scott verbrachte eine ganze Weile damit, Krista zu versichern, er fühle sich schon viel besser und sei nur noch ein bisschen steif. Wohlweislich vermied er es, seine Hüfte zu erwähnen, die schrecklich pochte und Schuld daran war, dass er wie ein Krüppel humpelte. Danach kam Kath an den Apparat. Zu seiner Erleichterung stellte er fest, dass sie wieder viel normaler klang: fröhlich, unerschrocken und aufgeregt wegen der Reise. »Ich hab dich lieb«, sagte sie und schickte ihm ein feuchtes Küsschen durch die Leitung. Als sie auflegte, tat Scott das Herz ein bisschen weh. Es wäre ihm am liebsten gewesen, hätte er die ganze Woche blaumachen und sich zu ihnen nach Boston verdrücken können.

Vielleicht lag es an der Schmerztablette, die er vor dem Zu-Bett-Gehen eingenommen hatte, jedenfalls gewann er irgendwann im Laufe der Nacht den Kampf gegen die Schlaflosigkeit und fiel in traumlosen Schlummer. Recht spät am nächsten Morgen genehmigte er sich nach einer entspannenden Dusche ein riesiges cholesterinreiches Frühstück und zog sich danach an. Ehe er das Haus verließ, holte er fast gedankenlos den Film aus der Minolta und steckte ihn ein. Als er in der Garage war und merkte, dass dort nur Kristas Chevette auf ihn wartete, bekam er einen leichten Schreck. Er hatte völlig vergessen, dass sie seinen Volvo genommen hatte.

Auf dem Weg in die Stadt drehte er das Radio fast auf volle Lautstärke, damit es das Geratter des Chevette übertönte. Es war ein grauer, trüber Tag. Und es sah ganz danach aus, als könne es bis in alle Ewigkeit so bleiben.

10

Wie der Verkäufer im Foto-Shop ihm mitteilte, würden die Abzüge in einer Stunde fertig sein, er könne, falls er wolle, darauf warten. »Vielleicht möchten Sie in der Zwischenzeit auf einen Kaffee und Donuts ins *Dunkin* gehen? Ist gleich nebenan.«

Das war ihm recht. Der Kaffee ging ihm herunter wie süße, warme Medizin.

Während er auf die Fotos wartete, war er seltsam aufgeregt. Unmittelbar nach dem Erlebnis, bei dem er fast ertrunken wäre, hatte er den alten Künstler und die eigenartige Zeichnung, die etwas tief in seinem Gedächtnis Vergrabenes geweckt hatte, beinahe vergessen. Seine durch und durch rationale Einstellung dazu hatte sich in der Zwischenzeit nicht geändert: Sicher würde sich alles als völlig belanglos erweisen.

Und dennoch ...

Er trank den Kaffee aus und verließ das *Dunkin' Donuts.* Als er zum Foto-Shop zurückkehrte, liefen seine Abzüge gerade über das schmale Transportband; er konnte sie durch die Seitenwände aus Plexiglas erkennen.

Bei den ersten Fotos musste er lächeln: Es waren Schnappschüsse vom ersten Weihnachtsfest, das sie im neuen Haus gefeiert hatten.

Ganz oben lag eine Aufnahme von Kath, die vor dem mit Spielzeug und Lametta geschmückten Baum hockte und mit den schönsten ihrer zahlreichen Weihnachtsgeschenke angab. Dann folgte ein Bild von Krista und ihm, das Kath geknipst hatte, wobei sie einen Finger dilettantisch vor die Linse gehalten hatte. Krista, die vor Freude feuchte Augen hatte, umarmte ihn. Ihre neuen (und keineswegs billigen) Diamantohrringe funkelten prächtig im Schein des Blitzlichts. Und hier war noch eines von Kath, die eine neue blaue Skijacke über dem baumwollenen Schlafanzug mit Alf-Motiven trug. Auch die folgenden Bilder lösten allesamt schöne Erinnerungen aus.

Und dann kam langsam die algengrüne, unterbelichtete Aufnahme das Transportband hinunter, die er unter dem Anlegesteg geschossen hatte.

Scott schnappte mühsam Luft. Es war zwar ein lausiges Foto, würde aber seinen Zweck erfüllen. Er würde es mit der Zeichnung vergleichen können.

Auf den letzten beiden Abzügen war überhaupt nichts zu sehen.

Während sich seine Neugier mit jeder Minute verdreifachte, bezahlte er die Fotos und brach zur Klinik auf.

Er ging direkt ins Zimmer des Alten, fand dort aber keine Spur von ihm. Das Bett war ordentlich gemacht, der Rollstuhl fehlte. Als Nächstes sah Scott im Aufenthaltsraum nach. Nachdem er festgestellt hatte, dass dort niemand saß, trat er ins Schwesternzimmer nebenan.

»Entschuldigung«, sagte er zu der Dienst habenden Schwester, »wo ist der Patient aus 209 C?«

»Der Zeichner?« Die Schwester kicherte. »Der ist mit seinen Kumpels draußen, macht mit dem Bus 'nen Ausflug in den Sonnenschein. Ist vorgeschrieben, dass die Tattergreise einmal in der Woche an die Luft kommen, ob sie's mitkriegen oder nicht.« Sie kreuzte die fülligen Arme über der ausladenden Brust. »Warum? Haben Sie heute wieder Studenten da?«

»Nein, ist auch nicht so wichtig, danke. Ich sehe dann später nach ihm.«

Enttäuscht ging er zu einem Telefon, um eine Nachricht für Steve Franklin, den orthopädischen Chirurgen, durchzugeben. Doch während er den Hörer abnahm, kam ihm plötzlich eine Idee. Er legte wieder auf und kehrte hastig ins Zimmer des Alten zurück.

Nach kurzer Suche fand er die Künstlermappe, die jemand so, dass sie nicht zu sehen war, hinten im Schrank des Alten verstaut hatte. Außer ihm selbst befanden sich nur ein Patient und seine beiden Besucherinnen im Zimmer, die Scott kaum beachteten, während er die Mappe sorgfältig durchging.

Als Scott das, wonach er suchte, gefunden hatte, wich alles Blut aus seinem Gesicht. Die einzige Zeichnung, die er am Freitag gesehen hatte, bildete jetzt nur noch den Auftakt einer unglaublichen Serie von Cartoons, die zwei Blätter ganz und gar füllten. Während er sie musterte, zitterten ihm die Finger.

Es konnte keinen Zweifel mehr daran geben, dass die Zeichnung seinen Landesteg darstellte, das erkannte er deutlich, ohne sie erst mit dem Foto vergleichen zu müssen. Die erste Skizze sah genau wie vorher aus: Sie zeigte die gerippten Fässer, die Ornamente mit der weißen Rose und die Latten aus Zedernholz aus verzerrter Perspektive von unten. Nur spiegelte sich auf der geriffelten Wasseroberfläche jetzt die Silhouette eines Tauchers, der in vorgebeugter Haltung auf dem Landesteg stand. Auf der zweiten Abbildung, die das mittlere Drittel des Blattes einnahm, sprang der Taucher mit den Füßen voran ins Wasser. Auf der dritten Zeichnung war die Gestalt von kopfhohen Algen umzingelt. Während ein großer Strom von Luftblasen aus seinem Mund aufstieg, glotzte der Taucher entsetzt auf sein Bein, das im Felsgestein festklemmte.

Als er sich das nächste Blatt vornahm, standen Scott Schweißperlen auf der Stirn. Der Taucher sah ihm keineswegs ähnlich, natürlich nicht, es war ja nur ein Cartoon ... Aber Situation und Umgebung waren eindeutig wiederzuerkennen.

Die nächste Zeichnung zeigte, wie sich der Taucher hoffnungslos in den Algen verfangen hatte. Die leeren Augen, die denen einer Puppe ähnelten, waren so verdreht, dass nur noch das Weiße zu sehen war. Der Mund, in den jetzt Wasser eindrang, war zu einem Schrei des Entsetzens aufgerissen. Über der Gestalt zeichneten sich Rumpf und Kiel eines Bootes ab. Im Vordergrund hingen ein Tau und ein funkelnder Anker. Im Hintergrund waren zwei blutrote, dämonische Augen zu sehen, die boshaft aus den trüben Tiefen zum Taucher hinaufstarrten. Aus den Felsen ragte eine von Adern durchzogene, reptilienartige Klaue, die nach den Knöcheln des Tauchers griff.

Die letzte Zeichnung sah Scott wie durch einen Nebelschleier, der sich dichter und dichter um ihn legte. Es war die Nahaufnahme einer von Algen umschlungenen Hand, die sich vorstreckte, um das rettende Tau zu erreichen ...

Und es verfehlte.

»Mister?«, sagte eine Stimme hinter ihm. »Ist Ihnen nicht gut?«

Scott spürte Gallenflüssigkeit in der Kehle. Irgendjemand drückte ihm eine Hand auf den nass geschwitzten Rücken. »He, Sie da, Sie setzen sich wohl besser hin. Sie sehen ganz blass um die Nase aus.«

Scott spürte, wie ihn Hände zum Bett des Zeichners geleiteten. »Betty«, murmelte eine andere Stimme, »hol eine Schwester.« Scott gehorchte ohne Widerstand. Immer noch hingen seine Augen an der letzten Abbildung.

Bateman saß vorgebeugt in seinem Chefsessel, die Zeichnungen hatte er vor sich auf dem Schreibtisch ausgebreitet. Seine lebhaften, haselnussbraunen Augen huschten interessiert von Bild zu Bild. Scott, der sich inzwischen besser fühlte, saß ihm gegenüber an dem imposanten Teakholz-Schreibtisch. Im Zimmer des Alten wäre er fast ohnmächtig geworden.

Umgeben von Ordnung und gesammeltem Wissen, war Bateman in seinem Büro ganz und gar in seinem Element. Auf seinem Schreibtisch, der auf jeder Seite von wahren Mauern aus Lehrbüchern und Publikationen flankiert wurde, befanden sich lediglich eine Schutzunterlage, eine ausziehbare Leselampe und ein leerer Ablagekorb für Postein- und -ausgänge. Der Rest der riesigen, glänzenden Schreibtischplatte war leer.

Wie ein stummer Diener stand daneben eine kleine, schwarze Tafel, die makellos sauber gewischt war. Vom Platz an diesem Schreibtisch aus präsidierte Bateman wie ein Landesfürst über die Abteilung. Man hätte ihm glatt zugetraut, dass er eine funkelnagelneue Guillotine in petto habe.

So sehr Scott den Snobismus des Chefs der Psychiatrie im Umgang mit den Kollegen auch verabscheute, musste er doch einräumen, dass Bateman in seinem Beruf Hervorragendes leistete. Als Wunderkind, das mit *cum laude* in Harvard promoviert hatte, war er seinen Kollegen, was die klinische Psychiatrie betraf, tatsächlich haushoch überlegen. In dieser Hinsicht war er wirklich phänomenal. Außerdem hatte Bateman ein besonderes Interesse am Paranormalen, und das schloss ungewöhnliche Dinge, Ereignisse und Menschen ein.

Es war eine Nebenbeschäftigung, die er so gerissen in seine Forschung hineingeschmuggelt hatte, dass der Etat sie abdeckte. Seine Vorliebe für die Parapsychologie war einer der Hauptgründe dafür, dass seine Kollegen ihn für ein wenig verschroben hielten. Auf einem Bücherregal über Batemans Kopf führten zwei einschlägige Werke die Reihe von zehn oder zwölf Abhandlungen an – allesamt in Leder gebunden –, die Bateman auf diesem Gebiet verfasst hatte.

Scott hatte seinem Chef bereits von dem Vorfall im See berichtet und auch erwähnt, wie er darauf gekommen war, eine Verbindung zwischen der ersten Zeichnung des Alten und der eigenen Person herzustellen.

»Da ist ja wirklich eine tolle Entdeckung«, stellte Bateman mit echter, fast jungenhafter Begeisterung fest. »In Anbetracht dessen, was Sie zweifelsfrei bestätigen können, haben wir hier einen Fall von echter Präkognition, der kaum zu widerlegen sein dürfte.« Er strich sich über den bleistiftdünnen Schnauzbart.

Scott schob ihm weitere Blätter zu, die er auf der Schreibtischunterlage ausbreitete. Ehe er sie betrachtete, richtete er Blatt für Blatt mit den perfekt manikürten Fingern so aus, dass die Zeichnungen eine gerade Reihe bildeten.

»Wenn mich nicht alles täuscht«, sagte Scott und deutete auf den ersten Cartoon einer neuen Serie, »ist das hier das Flugzeug der Air Canada, das vor wenigen Wochen in Uplands verunglückt ist. Falls Sie sich erinnern: Es ist noch während des Starts am Ende der Rollbahn explodiert.«

»Ja, fürchterliche Katastrophe. Mehr als dreihundert Tote. Die Zeichnungen sind verblüffend.«

»Und das hier«, Scott deutete auf ein anderes Blatt, »ist das Restaurant am Sussex Drive. Erinnern Sie sich daran? An den Bombenanschlag der Terroristen im letzten Monat?«

»Ja, schrecklich.« Bateman nickte. »Der alte Junge hat also die ganze Zeit über versucht, uns etwas mitzuteilen.«

»Jedenfalls sieht es ganz danach aus.« Scott war die Ehrfurcht deutlich anzumerken. »Dabei hatten wir doch angenommen, dass er von all dem im Radio gehört und erst danach die Zeichnungen fabriziert hat. Fast unglaublich, dass er diese Katastrophen in Wirklichkeit vorhergesehen hat.

Mein Gott, ich wünschte, das hätte ich schon vor meinem Tauchgang gewusst.«

Scott schwieg nachdenklich. Genau wie Krista war er ein realistischer Mensch. Was Dinge wie das Hellsehen, außersinnliche Wahrnehmungen, Telekinese und ähnlichen faulen Zauber betraf, war er stets ein Skeptiker gewesen. Aber das hier ... war allzu fantastisch, um es als belanglos abzutun. Erneut rief er sich die Begegnung mit dem Zeichner am Freitagnachmittag ins Gedächtnis. Als die Krankenschwester vorbeigekommen war, um Scott mitzuteilen, Krista sei am Apparat, hatte er offensichtlich ein schnelleres Tempo vorgelegt. Der alte Kerl hatte tatsächlich versucht, ihn mit seinen Zeichnungen vor dem Tauchgang im See zu warnen.

Scott deutete auf den zweitletzten Cartoon der Serie, die sich auf sein Erlebnis auf dem Seegrund bezog. Darauf waren die bösartigen, roten Augen zu sehen, die von unten heraufspähten, und die Reptilienklaue, die nach dem Knöchel griff. »Und was ist damit?«, fragte er. »Warum, glauben Sie, will er uns weismachen, dass im See irgendein Ungeheuer haust?«

»Vielleicht hängt es mit dem zusammen, was Sie vorhin über diesen Mann gesagt haben, wenn es auch nur eine Hypothese ist. Vermutlich war er irgendwann einmal ein Profi-Zeichner. Ich könnte wetten, dass er für Horror-Comics oder irgendwelche Magazine gearbeitet hat.« Bateman strich sich über den Schnauzbart. »Falls das stimmt, dann ist die Idee, dass irgendein gewalttätiges Monster sein Unwesen in Ihrem See treibt, nur eine Ausschmückung. Sozusagen die Glasur, ein Überbleibsel aus seinem früheren Berufsleben als Comic-Zeichner. Die simple Botschaft, die er zu vermitteln versucht – *he, Doktor, Sie werden da unten ertrinken* –, hat er in die Theatralik eines Groschenhefts gekleidet, denn dafür hat er von jeher ein Gespür. Wenn Sie nach einer einfachen Botschaft suchen, müssen Sie nur hinter die Tünche des Horror-Comics blicken.«

Scott nickte. Wenn man das ungestüme Talent des Alten berücksichtigte, schien diese Deutung plausibel. »Sind Sie jemals auf Ähnliches gestoßen?«

»Es gibt jede Menge Literatur darüber«, erwiderte der ältere Psychiater und deutete mit großspuriger Geste auf die Bücherregale in seinem Rücken. »Zahllose Abhandlungen, über alles und jedes, deren Verfasser von der Existenz solcher Phänomene ausgehen. Das reicht von der Präkognition bis zu so verrückten und wunderbaren Dingen wie der Pyrokinese oder der Hirnkontrolle mittels Telepathie. Aber nein, persönlich habe ich so etwas wie das hier noch nie erlebt, nicht aus erster Hand.

Angesichts der psychischen Fähigkeiten, die Ihr Mann offensichtlich besitzt«, fuhr Bateman in dozierendem Ton fort, »macht die Tatsache, dass er im klinischen Sinne senil ist, das alles noch viel interessanter. In den Siebzigerjahren haben die Franzosen ein Experiment mit Ratten durchgeführt, denen sie Zahlen zuordneten. Per Computer wurden dann diejenigen nach dem Zufallsprinzip ausgewählt, die geopfert werden sollten. Eine Ratte pro Tag. Die Wissenschaftler haben die überlebenden Ratten beobachtet und nach Anzeichen auffälligen Verhaltens gesucht. Sie konnten statistisch signifikant beweisen – außerdem war das Experiment jederzeit reproduzierbar –, dass kleinere Gruppen von Ratten, jeweils fünf oder sechs, tatsächlich auffällige Verhaltensmuster entwickelten. Und mehr als die Hälfte der Ratten, die mit dem Sterben als Nächste dran waren, gehörte zu der jeweiligen Kleingruppe.

Außerdem hat sich in den Siebzigern eine russische Forschungsgruppe mit Versuchen an Kaninchen befasst. Zu einem festgesetzten Zeitpunkt wurden kleine Kaninchen in einiger Entfernung zu ihren Eltern getötet. Auch bei diesem Experiment konnten die Forscher einen bestimmten Grad von psychischer Perzeption nachweisen. Denn unmittelbar vor oder zu dem Zeitpunkt der Tötung wurden viele Elterntiere auffällig unruhig.

Worauf ich hinauswill, ist Folgendes: Offenbar hat der Mensch größere Probleme als andere Lebewesen damit, an den Teil seines Hirns heranzukommen, der für die besondere

Wahrnehmungsfähigkeit zuständig ist. Das liegt am Neocortex, dem phylogenetisch jüngsten Teil der Gehirnrinde« – er griff sich mit dem grazilen Finger an die Stirn – »der ein Skeptiker ist. Er weigert sich, bestimmte Botschaften aufzunehmen, die er von niedrigeren, tierischen Schichten empfängt, die in evolutionsbiologischer Hinsicht älter sind. Aber dieser Zeichner mit seiner geschrumpften, lädierten Großhirnrinde ... Möglich, dass er irgendwie auf ähnliche Weise reagiert wie die französischen Ratten und die russischen Kaninchen.« Bateman grinste weise.

Scott, dessen Blick immer noch auf den Zeichnungen ruhte, nickte zustimmend. Allerdings hatte er eigentlich gar kein Interesse an irgendwelchen Erklärungen. Schließlich hatte er Beweismaterial vorliegen, und das reichte ihm aus. »Und was sollen wir jetzt mit ihm machen?«

»Befassen Sie sich mit ihm, beobachten Sie ihn«, erwiderte Bateman, als habe er einen Trottel vor sich. »Isolieren Sie ihn. Morgen früh werde ich als Erstes dafür sorgen, dass er ein privates Einzelzimmer erhält. Außerdem werde ich eine Krankenschwester anweisen, ihn ständig zu überwachen.« Als Bateman grinste, flackerte etwas in seinen Augen auf, das Scott nicht sympathisch war. »Vielleicht haben wir jetzt einen kleinen Wahrsager vor Ort, der uns ganz persönlich zur Verfügung steht.« Batemans schmale Lippen verzogen sich zu einem humorlosen Lächeln. »Das wär doch was, oder? Wenn er durchhält, wird er im Herbst bei der Jahrestagung für Parapsychologie in New Orleans einen ausgezeichneten Fall für die Präsentation abgeben. Vielen Dank dafür, Scott, dass Sie mich einbezogen haben. Dafür schulde ich Ihnen etwas.«

Er stand auf.

»Keine Ursache«, entgegnete Scott. »Ich war nur schwer beeindruckt ... von diesen verdammten Zeichnungen.« Er zögerte und warf erneut einen Blick auf die bedrohlichen, roten Augen des Seeungeheuers. Dies war das einzige Blatt, auf dem Scott irgendeine Kolorierung entdeckt hatte. Er reichte es Bateman. »Welchen Farbstoff hat er Ihrer Meinung nach für die Augen verwendet?«

Bateman hielt das Blatt in den Lichtkegel der Schreibtischlampe und kratzte mit dem Daumennagel an der dünnen roten Farbschicht. Dann zuckte er die Achseln und gab Scott das Blatt zurück. »Sieht wie Blut aus.«

11

»Können Sie es herausbekommen?«

Der Laborant kratzte sich am bärtigen Kinn. »Das kann ich jetzt noch nicht sagen, Dr. Bowman. Die Probe ist schrecklich klein.«

Nachdem Scott Batemans Büro verlassen hatte, war er direkt ins Labor der Hämatologie gegangen, das sich im Kellergeschoss der Klinik befand. Batemans Hypothese, es könne sich bei dem Farbstoff um Blut handeln, hatte bei Scott eine Gänsehaut ausgelöst. Er wollte diese Sache geklärt wissen. Schließlich war es ja durchaus möglich, dass der Alte zu krankhaften Selbstverstümmelungen neigte, auch wenn die körperlichen Anzeichen dafür fehlten.

»Können Sie das nicht in irgendeiner Flüssigkeit oder so was auflösen? Die Sache ist wichtig!«

»Kann's versuchen.« Der Labortechniker kratzte den Farbstoff ab und trug ihn auf einer flachen, kleinen Platte auf. »Aber das wird ein bisschen dauern. Wo kann ich Sie erreichen?«

»Am besten, Sie piepsen mich über Funk an. Heute Nachmittag bin ich die meiste Zeit in der Klinik unterwegs.«

Anschließend ging Scott in sein Büro, teilte seiner Sekretärin im Vorzimmer mit, er sei jetzt für niemanden zu sprechen, und sperrte die Tür hinter sich ab. Während er die Beine auf einen Stuhl legte, ging er die Zeichnungen gründlich durch.

Als er die Skizzen im Zimmer des Alten zum ersten Mal gesehen hatte, war es ihm so vorgekommen, als müsse er die ganze Katastrophe noch einmal durchleben. Bei geschlossenen Augen hatte er tatsächlich spüren können, wie die Algen sich um seine Haut wanden und das Wasser ihm die Kehle zuschnürte. Mehrere Sekunden hatte er unter Schock gestanden, bis sich in seinem Kopf schließlich die einzige Schlussfolgerung durchsetzte, die wenigstens ansatzweise plausibel war. Zum selben Schluss war er auch am Morgen des Zwischenfalls unter dem Landesteg gekommen. Dies alles konnte nur an irgendeinem absonderlichen und höchst komplexen Zusammentreffen verschiedenster Umstände liegen. Es war bloßer Zufall.

Selbstverständlich hatte sein Verstand nach dieser Krücke gegriffen. Diese Erklärung erschien ihm immer noch recht verlockend, allein schon deswegen, weil sie so vernünftig klang.

Aber welcher enorme und völlig unwahrscheinliche Zufall sollte das gewesen sein?! Abgesehen von dem Seeungeheuer, lag der einzige Unterschied zwischen Zeichnungen und Wirklichkeit darin, dass die Hand auf dem Cartoon das rettende Tau nicht erreicht hatte.

Hatte sich der Alte in diesem Punkt geirrt? Inzwischen glaubte Scott seinen Prophezeiungen, obwohl ihm nichts lieber gewesen wäre, als die ganze Angelegenheit als völlig verrückt abzutun. Oder hatte er selbst es irgendwie geschafft, dem ihm vorherbestimmten Tod ein Schnippchen zu schlagen?

Er schüttelte den Kopf. Er watete hier durch einen ganzen Sumpf von Fragen, die jeder Vernunft spotteten.

Gleich darauf ließ er die Zeichnungen los, so dass sie ungehindert auf die Schreibtischplatte segelten. Wie so oft, wenn er im Büro eine ruhige Minute fand, wandte er sich dem gerahmten Familienfoto auf dem Regal hinter sich zu. Aber das Foto stand nicht am gewohnten Platz.

Scott sprang so hastig auf, dass er die verletzte Hüfte strapazierte. Nachdem er einen Augenblick lautlos vor sich hin geflucht hatte, durchsuchte er das ganze Büro nach dem Bild.

Schließlich meldete er sich über die Gegensprechanlage bei seiner Sekretärin.

»Ja, Dr. Bowman?«, war Claires Stimme zu hören.

»Aus meinem Büro ist ein Foto verschwunden, Claire, das Foto von meiner Familie. Vermissen Sie auch irgendetwas?«

»Nicht dass ich wüsste, Doktor, aber ich werd mal genauer nachsehen.«

»Ja bitte, wenn's nicht zu große Mühe macht. Noch etwas, Claire: Erkundigen Sie sich, wer hier sauber gemacht hat. Kann ja sein, dass das Foto beim Putzen heruntergefallen und der Rahmen zerbrochen ist. Und dann haben die aus Angst nichts gesagt. Aber an diesem Foto hab ich besonders gehangen, und ich kann es nicht wieder abziehen lassen, weil ich kein Negativ besitze.«

»Wird erledigt.« Claire schaltete die Sprechanlage aus.

Etwas durcheinander nahm Scott wieder Platz und fuhr sich mit den Händen unbewusst an die Hüfte. In letzter Zeit hatte es in der Klinik einige Probleme mit kleineren Diebstählen gegeben: Aus unbeaufsichtigten Handtaschen war Geld verschwunden, aus offenen Garderoben Kleidung entwendet worden. Das Klauen hatte so lange angehalten, bis man schließlich zwei Leute vom Putzpersonal dingfest gemacht hatte. Einige der vermissten Dinge waren in ihren Spinden wieder aufgetaucht. Allerdings begriff Scott nicht ganz, was irgendjemand mit einem Foto anfangen sollte – bis ihm wieder einfiel, dass der Messingrahmen eine Antiquität und kostbar war. Aber warum fehlte dann nichts anderes?

Mit einem letzten skeptischen Blick auf die Zeichnungen verstaute er sie in einer der oberen Schreibtischschubladen. Danach rief er bei Steve Franklin an.

12

Als Scott am späten Nachmittag die letzten der längst überfälligen therapeutischen Abschlussberichte diktierte – es hatte sich jede Menge angesammelt –, meldete sich seine Vorzimmerdame über die Gegensprechanlage.

»Ein Anruf für Sie, Doktor, die Hämatologie.«

Ehe Scott den Anruf entgegennahm, ließ er sich einen Moment Zeit, weil er seine Beine in eine bequemere Position bringen wollte. Vorhin hatte Steve Franklin seine Hüfte geröntgt und untersucht und ihm mitgeteilt, die Gelenkkapsel sei im Kern geschädigt. Nichts Ernstes, aber, wie Scott schon vermutet hatte, eine Sache, die sich im Laufe der kommenden Jahre immer wieder bemerkbar machen würde – höchstwahrscheinlich sogar sein Leben lang. Steve hatte ihm einige starke Schmerztabletten und das Rezept für ein entzündungshemmendes Mittel mitgegeben, das Scott in der Klinikapotheke eingelöst hatte. Anschließend war er in sein Büro zurückgekehrt und hatte sich darangemacht, einige der trockenen, langweiligen Dinge aufzuarbeiten, für die er unter der Woche normalerweise kaum Zeit fand. Meistens musste er einen Teil seiner Freizeit darauf verwenden.

Während er den Hörer abnahm und sich meldete, fischte er die Zeichnungen aus der Schublade und breitete sie vor sich auf dem Schreibtisch aus. An den Stellen, wo der Laborant den Farbstoff weggekratzt hatte, waren die bösartigen Augen des Ungeheuers auf dem Seegrund weiß und leer.

»Hallo, Dr. Bowman, Mike von der Hämatologie. Es ist tatsächlich Blut.«

»Menschliches?«

»Ja, menschliches, Blutgruppe A negativ.«

»Danke, ich weiß Ihre Hilfe sehr zu schätzen.«

Während er auflegte, machte sein Herz einen Satz und klopfte unruhig. Der Alte hatte die Blutgruppe Null negativ, das hatte er seinem Krankenblatt entnommen, ehe er Steve Franklin konsultiert hatte.

Wenn es nicht sein eigenes Blut ist, wessen dann?

Als Scott unwillkürlich die immer noch verbundene Kuppe seines rechten Zeigefingers berührte, wurde es ihm schlagartig klar.

Er griff in die Hüfttasche, kramte die Brieftasche hervor, ging die Plastikfächer durch, zog die Karten heraus und ließ sie eine nach der anderen auf die Schreibtischplatte fallen – die ärztliche Zulassung, den Mitgliedsausweis der kanadischen Ärztevereinigung, Visa, American Express. Schließlich fand er, was er gesucht hatte: eine hellblaue Karte mit leichten Eselsohren. Die hatte er vom Roten Kreuz bekommen, als er einmal (und nie wieder) Blut gespendet hatte. Darauf waren Name, Adresse und Blutgruppe vermerkt: A negativ.

Es war verrückt – beinahe zu verrückt, um ernsthaft darüber nachzudenken –, aber nach kurzer Zeit glaubte Scott zu wissen, was geschehen war. Er hatte einiges über das Paranormale gelesen (selbstverständlich mit dem belustigten Interesse des Skeptikers, dennoch waren ihm ein paar Grundregeln bekannt) und zwei, drei der besseren Filme gesehen, die sich mit hellseherischen Gaben und ähnlichen Dingen befassten. In der Regel musste irgendein physischer Kontakt zwischen dem Medium und seiner Versuchsperson hergestellt werden. Häufig geschah das durch etwas so Einfaches wie das Berühren der Hände. Falls etwas daran war, würde Blut sicher dieselbe Wirkung erzielen, oder? Nachdem er sich den Finger an einem Blatt des Alten geschnitten hatte, war es dem Zeichner offenbar gelungen, sich etwas von diesem Blut zu sichern. Es hatte als Verbindung zwischen ihnen gedient. Und der Alte hatte damit die Augen auf der Skizze koloriert. Das Blut erklärte auch, warum er sich an diesem Tag nicht auf einen der Studenten, sondern auf Scott konzentriert hatte.

Während er am Schreibtisch saß und sich bemühte, der Sache auf den Grund zu gehen, merkte Scott mit leichtem Schrecken, dass er von jetzt auf nachher zu jemandem geworden war, der an Präkognition glaubte. Wenn er dieses Phänomen als gegeben nahm, musste er, was den Alten betraf, völlig umdenken. Als ihm das klar geworden war, ertappte er sich dabei, dass er in Gedanken alles, was er bislang als unstrittige Tatsachen betrachtet hatte, einer Prüfung unterzog. Er ging sogar so weit, seine ganze bisherige Vorstellung von Realität in Frage zu stellen. Wenn es so etwas wie Präkognition gab – und inzwischen war er davon fest überzeugt –, welche wunderbaren Dinge (oder Schrecken) mochten dann noch existieren, knapp außerhalb der Reichweite des normalen menschlichen Begriffsvermögens? Wie viele der zahllosen anderen Dinge, die er sein Leben lang mit einem Lachen abgetan hatte, waren womöglich ganz real? Das gab ihm ein seltsames Gefühl, irgendwie so, als sei er aus der Spur geraten, von der Weltkugel gepurzelt und auf einem fremden Planeten gelandet. Einem Planeten, der der Erde zwar in jeder Hinsicht glich, sich aber dennoch in tief greifender, grundlegender Weise davon unterschied.

Scott spürte, wie sich seine Kehle vor Panik verengte. Dass irgendein Tattergreis sein Blut dazu benutzte, in die Zukunft zu sehen, war ja schon schlimm genug. Aber warum war der Alte dann auch noch so pervers gewesen, das Blut für die Zeichnung zu verwenden? Dieser Aspekt war es, der ihm wirklich unter die Haut ging und ihm zu schaffen machte.

Allerdings war da, abgesehen von allem anderen, eine Frage, die ihn auch weiterhin brennend interessierte. War der Zeichner tatsächlich nur ein Tattergreis, der den Verstand verloren hatte? Falls er wirklich so altersdement war, wie er wirkte, wie konnte er dann irgendeinen psychischen Strom anzapfen und daraus seine Visionen beziehen? War es nicht durchaus möglich, dass man, sofern man sich ernsthaft bemühte, zu dem Alten durchdringen konnte, vielleicht mit der Hilfe von Hypnose? Soweit Scott wusste, hatte das bisher noch niemand versucht. Traurig, aber wahr: In der Medizin hängte man denjenigen, bei denen man Altersdemenz vermutete, schnell das entsprechende Etikett um. Und wenn das erst einmal geschehen war, schenkte man den Betroffenen kaum noch Beachtung.

Seltsam erregt, verstaute Scott die Zeichnungen wieder, stand vom Schreibtisch auf und humpelte durchs Zimmer. Er würde versuchen, zu dem verrückten alten Zeichner durchzudringen, der Dinge sehen konnte, die eigentlich kein Mensch hätte sehen dürfen.

Er würde sich alle Mühe geben. Und falls er Erfolg hatte ... dann gab es, bei Gott, einige Fragen, die nach Antworten verlangten.

Festgebunden am Rollstuhl, saß er ganz allein in dem schlecht beleuchteten Krankenzimmer, nahe am Fenster. Wie beim letzten Mal trug er ein Unterhemd und eine hellblaue Schlafanzughose – die typische Krankenhaustracht eines alten Mannes, die ihm jede Individualität zu nehmen schien. Seine Augen waren auf den Heizkörper gerichtet, während er das Klemmbrett auf den angewinkelten Knien balancierte.

Und er zeichnete. Scott konnte den Bleistift schon vom Gang aus hören: *kratz, kratz ... kratz, kratz, kratz ...*

Scott machte einen Schritt durch die Tür – und blieb wie angewurzelt stehen. Es war keine bewusste Handlung, er hatte seinem Körper nicht befohlen, innezuhalten, er hatte es einfach von sich aus getan. Eingerahmt von der Tür, blieb er stehen und gab dem Instinkt oder Reflex – was es auch gewesen sein mochte – nach, der ihn am Betreten des Zimmers gehindert hatte. All seine Sinne waren angespannt, wie er merkte. Er spürte, wie das Adrenalin durch seinen Körper schoss, so dass sich das Blut in seinem Hals staute und sein Atem sich heftig beschleunigte.

Seltsamerweise machte sich hier Scotts grundlegende physiologische Ausstattung bemerkbar. Was er gerade erlebte, war eine massive Reaktion auf die ganze Situation – etwas, das Laien als *Flucht- oder Kampf-Instinkt* bezeichnen. Es ist ein Instinkt, mit dem man völlig automatisch auf Gefahr oder Furcht reagiert, und er ist allen höheren Lebensformen eigen. Dieser Instinkt drängte ihn jetzt, sich entweder zur Wehr zu setzen oder auf der Stelle wegzurennen.

Aber warum? Welche Gefahr sollte ihm hier drohen?

Mit leicht benebeltem Kopf lehnte sich Scott an den Türrahmen. Das nicht verbrauchte Adrenalin erzeugte ein Schwindelgefühl. Erneut blickte er zu dem alten Mann im Rollstuhl hinüber, taxierte ihn, versuchte ihn im Licht der Vernunft einzuschätzen.

Oh, heilige Vernunft, dachte er und spürte einen Anflug von Verrücktheit, *du trügerischste aller menschlichen Gaben. Er ist doch nur ein Schwächling von nicht mal einem Zentner. Du könntest ihm genauso mühelos das Genick brechen, wie du seinen Bleistift knickst ...*

Jetzt bewegte sich der Bleistift schneller über das Blatt, genau wie beim letzten Mal, als Scott in der Nähe gestanden hatte. Es klang wie ein raues, abgehacktes Flüstern. Angespornt von dem Geräusch, tat Scott einen weiteren Schritt vorwärts und stürmte dann fast ins Zimmer. Während er bis zum Rollstuhl vordrang und sich darüber beugte, musterte er das Blatt auf dem Klemmbrett. Aber es war nichts Besonderes darauf zu sehen, nur zwei oder drei makaber wirkende Friedhofsszenen – ziemlich durchgeknallt, aber nichts sagend.

Scotts Körper entspannte sich vor Erleichterung. Seufzend zog er einen Stuhl heran, setzte sich zwischen den alten Mann und den Heizkörper und versuchte, sich in das Blickfeld des Zeichners zu schieben. Ohne auf Scott zu achten, fuhr dieser fort zu skizzieren, während das Radio neben ihm krächzte und dröhnte.

»Hallo«, sagte Scott, um eine beruhigende, gleichmütige Stimme bemüht. Aber sein Mund war heiß und trocken, so dass die Worte nur schwer herauskamen. »Können Sie mich hören?«

Als sich der Blick des Alten im Zwielicht der Dämmerung fast unmerklich verlagerte, zuckte Scott zusammen. Wieder ertappte er sich dabei, wie er den Mann taxierte, wie einen Gegner fixierte, mit dem eine körperliche Auseinandersetzung unvermeidlich schien.

In physischer Hinsicht konnte der Alte ihm nichts anhaben. Seine hellseherische Fähigkeit war zwar eine unheimliche Gabe, bot aber allenfalls einen schwachen Ausblick auf die

Zukunft, was ein ungewöhnliches, aber nicht unbekanntes Phänomen darstellte. Es war eine nicht kontrollierbare, nicht vorsätzliche Sache.

Warum dann diese blinde Angst? Warum hab ich dennoch das Gefühl, hier in größerer Gefahr zu schweben, als wenn ich die Eiger-Norwand ohne Seil erklimmen würde?

Scott versuchte es erneut: »Ich möchte, dass Sie mit dem Zeichnen aufhören und sich mit mir unterhalten«, sagte er so gelassen wie möglich. »Ich möchte, dass Sie mit mir reden. Ich weiß, dass Sie es können, das weiß ich wirklich. Warum hören Sie nicht mit dem Zeichnen auf und reden mit mir? Ich will Ihnen nichts Böses, Sie können mir vertrauen.«

Scott fuhr in diesem sanften, vortastenden, eintönigen Singsang fort, während er im Zwielicht das uralte Gesicht nach irgendeinem Zeichen des Begreifens absuchte – nach einem Blinzeln der Augenlider, einem verräterischen Zucken des Mundwinkels oder einer anderen, kaum wahrnehmbaren Veränderung, die zeigte, dass der Alte ihn verstand.

Oder aber verriet, dass der Zeichner ihm ganz bewusst etwas vormachte. Diese Möglichkeit versetzte Scott einen plötzlichen Schock. Seine Gedanken wanderten zum Abend seines Geburtstages zurück, zum Esstisch bei ihm zu Hause. Damals hatte er die Gesichter von Krista und Kath genauso forschend gemustert, allerdings nicht nach Zeichen des Verstehens, sondern der bewussten Täuschung gesucht.

War der Mann womöglich ein Simulant? Es war eine verlockende, wenn auch nicht sonderlich plausible Erklärung für sein Verhalten, eine Möglichkeit, die er nicht allzu leichtfertig verwerfen durfte.

»Es gibt nichts, vor dem Sie Angst haben müssten«, sagte er leise, obwohl er bei diesem seltsamen kleinen Mann keine Angst spüren konnte, nicht die kleinste Spur von Angst. »Ich bin hier, um Ihnen zu helfen. Wir Ärzte und Schwestern hier sind alles Fachleute, die Ihnen helfen möchten. Aber dazu müssen Sie auch selbst mitarbeiten, mit uns reden, uns an Sie heranlassen.«

An diesem Punkt hörte Scott auf und schob seinen Stuhl zum Heizkörper zurück. Blonde Zwillingsmädchen, die vierzehn Jahre alt sein mochten, waren soeben in der Tür aufgetaucht. Sie kicherten und halfen einem o-beinigen alten Herrn, der sich auf eine Gehhilfe stützte, ins Zimmer. Eine von ihnen nannte ihn Großpapa. Als die andere die Lampe über seinem Bettgestell anknipste, fiel das schwache, gelbliche Licht bis zum Gesicht des Zeichners herüber.

Im jetzt helleren Zimmer sah Scott erneut zu dem Künstler, der immer noch zeichnete und dabei sabberte. Wie hatte er auch nur für einen Augenblick annehmen können, er sei ein Simulant? Wahrscheinlich hatte er Gespenster gesehen, während er allein mit ihm im fast dunklen Zimmer gesessen hatte. Als er ihn jetzt betrachtete, kam er zu dem Schluss, es müsse wohl leichter sein, einen von Kaths Goldfischen zum Reden zu bringen.

Als die Zwillinge ihrem Großvater ins Bett halfen und Scott den Rücken zuwandten, griff er, einer plötzlichen Eingebung folgend, nach dem unentwegt kratzenden Bleistift. Er hoffte, den Künstler damit zu überrumpeln und vielleicht zum Reden zu bringen. Doch der Alte hielt mit überraschender Kraft am Bleistift fest, seine dürren Finger legten sich wie Stahlklammern um das Holz. Scott wusste zwar selbst nicht, warum, aber anstatt lockerzulassen, zerrte er daraufhin noch heftiger an dem Stift.

Die sonst so ziellos und leer blickenden Augen des Alten fixierten Scott mit jäher Wut. Seine Lippen zogen sich zurück, während tief aus seiner Brust ein dumpfes Grollen drang. Es klang wie das Knurren eines Raubtiers und bahnte sich seinen Weg nach oben, bis es drohend aus der Kehle kam.

Scott zog die Finger so schnell zurück, als habe er glühende Kohle angefasst. Seine Kehle war trocken, vergeblich versuchte er zu schlucken.

Jetzt war an dem Alten auch ein penetranter Geruch auszumachen, ein ätzender Gestank, der weit stärker war als der hier übliche. Scott war es gewohnt, dass es auf der Station für chronisch Kranke stets schlimm nach Fäkalien und Ammoniak roch. Aber diesen Gestank kannte Scott bislang nur von rolligen Katern, die miteinander kämpften – es war ein wilder, moschusartiger, urzeitlicher Geruch.

Leicht hin und her schwankend, rappelte Scott sich hoch. Inzwischen beobachteten die Zwillinge, die ihren Großvater in die Mitte genommen hatten, ihn ebenso verwundert wie schockiert. Auf dem Gang kam eine Krankenschwester vorbei und blieb sprachlos in der Tür stehen.

Wieder starrte der Alte auf den unsichtbaren Punkt zwischen Klemmbrett und Heizkörper. Und zeichnete weiter, als sei Scott gar nicht anwesend und niemals hier gewesen.

»Hallo, hier Doktor Bowman. Bitte verbinden Sie mich mit Doktor Bateman.«

Scott war ins Schwesternzimmer am Ende des Korridors gegangen, um im Besprechungszimmer der Psychiatrie anzurufen. Die für neunzehn Uhr angesetzte Konferenz sollte in zehn Minuten beginnen.

Gleich darauf war Bateman am Apparat.

»Vince, hier ist Scott. Hören Sie, es ist mir leider etwas dazwischengekommen. Ich werd's nicht zur Konferenz schaffen.«

»Wie bitte? Das kann doch wohl nicht Ihr Ernst sein, Scott, schließlich leiten Sie die verdammte Sitzung. Lassen Sie mich jetzt nicht hängen!«

Scott spürte einen Anflug von schlechtem Gewissen. Man würde von Bateman als Chef erwarten, dass er für Scott einsprang. Aber er handelte wie unter einem Zwang und wollte unbedingt weiter versuchen, zu dem Zeichner durchzudringen. Das Gerangel um den Bleistift hatte ihn nachhaltig beeindruckt: Der Mann war unglaublich stark. Noch vor kurzem hatte Scott Gewichte von mehr als neunzig Kilo gestemmt. Und dennoch hatte er es nicht geschafft, dieser knotigen Faust den Bleistift zu entwinden.

Und dieses verzerrte Gesicht des Alten, dieses drohende Knurren ... Und die Augen ...

»Tut mir Leid, Vince, aber Sandra Dunphy von der Verwaltung wird ja sowieso die meiste Zeit reden. Ich hatte eigentlich nur vor, das Protokoll der letzten Sitzung durchzusprechen, und wollte den Rest ihr überlassen.«

Schweigen am anderen Ende der Leitung, danach ein tiefer Seufzer. »Ich hasse es, unvorbereitet zu sein, Bowman, kann so was wirklich nicht ausstehen.« Bateman legte auf.

Immer noch leicht benommen, kehrte Scott ins Zimmer des Alten zurück. Auf dem Gang begegnete er den Zwillingen, die gerade aufbrachen. Sie musterten ihn argwöhnisch.

Das alte Gespenst war inzwischen in seinem Rollstuhl eingeschlafen. Das Klemmbrett steckte zwischen den mageren Oberschenkeln. Der Bleistift, um den der Alte noch vor wenigen Minuten wie ein aufgebrachtes Kind gerangelt hatte, baumelte locker in der schlaffen Hand. Die Augen des Schlafenden lagen tief in den Höhlen, waren aber nur halb geschlossen. Im Zwielicht glänzte das, was von den Augäpfeln zu sehen war, wie Zinn. Sein Atem ging leise und stoßweise. Der Großvater auf der anderen Seite des Zimmers lag still und friedlich in seinem Bett und schnarchte zufrieden. Die anderen zwei Betten waren nicht belegt.

Als Scott diesmal das Zimmer betreten hatte, war seine instinktive Reaktion nicht stärker gewesen als bei simpler Neugier. Während er das Gesicht des Alten beobachtete, langte er nach dem Bleistift, darauf gefasst, dass sich die magere, skelettartige Hand erneut darum schließen würde. Aber sie rührte sich nicht.

Scott nahm seine Beute an sich und musterte sie mit gewisser Ehrfurcht, obwohl es nur ein ganz normaler Bleistift war: ein sechseckiger HB mit Radiergummi und der blauen Aufschrift *Castell*. Gleich darauf streckte er die Hände nach dem Klemmbrett aus. Diesmal zuckte der Alte zusammen, aber das war auch schon alles. Scott packte das Brett und trat einen Schritt zurück.

Der Künstler hatte seine jüngsten Werke unter einen Stoß leerer Blätter geklemmt. Nachdem Scott sie herausgezerrt hatte, steckte er dem Alten das Klemmbrett wieder zwischen die Schenkel und den Bleistift in die Hand. Die Zeichnungen nahm er mit, als er das Zimmer verließ. Noch auf dem Gang begann er damit, jeden Cartoon im flackernden Schein der Neonröhren sorgfältig zu inspizieren. Anfangs kam es ihm so vor, als hätten sie keinerlei realen Hintergrund.

Bis er sich die letzten Zeichnungen vornahm. Wie schon einmal, auf dem Seegrund, war es so, als greife eine eiskalte Hand nach seinem Herzen. Er war entsetzt.

Die ganze Serie bestand aus nächtlichen Szenen. Die erste Zeichnung zeigte die Gesamtansicht eines Friedhofs mit vielen Bäumen. Auf der zweiten fiel ein Grabstein auf: Zwei übereinander geschichtete Marmorquader stützten eine pyramidenförmige Stele, die von einem Kruzifix gekrönt wurde. Das Kreuz war beschädigt, ein Seitenarm sowie ein kleiner Teil des Kopfstücks fehlten. Die Inschrift, bis auf drei oder vier Buchstaben nicht lesbar, war in den unteren Marmorstein eingeritzt. Das Mondlicht fiel auf eine grässliche Hand im Vordergrund, eine verweste, gekrümmte Hand, die wie eine Klaue die flüchtig angedeutete Erde durchstieß. In der dritten Abbildung der Serie bahnte sich ein verrotteter, einäugiger Leichnam mit der Schulter den Weg aus der beengenden Grabstelle. Es war die klassische Horror-Szene eines Cartoons, allerdings so beängstigend realistisch gezeichnet, dass es Scott einen Moment lang so vorkam, als könne er den Gestank nach Moder und Verwesung riechen.

Die nächste Abbildung konfrontierte ihn mit einer weiteren unheimlichen Szene: Der Grabstein ragte darauf im Vordergrund auf; der Leichnam schlurfte auf eine niedrige Steinmauer zu, hinter der eine schmale Straße lag; auf einem Hügelkamm zeichnete sich ein knorriger, entlaubter Baum gegen einen übertrieben groß gemalten Mond ab; ganz links leuchteten auf der gewundenen Straße, noch recht weit entfernt, die Scheinwerfer eines Autos auf.

Die fünfte Abbildung zeigte den Leichnam, der die Arme wie Frankensteins Monster ausstreckte, mitten auf der von Mondlicht erhellten Straße. Von dem Wagen, der gerade die Steigung vor dem Friedhof erklomm, waren nur die runden Lichtkreise der Scheinwerfer zu sehen. Die folgende Zeichnung hatte eine ganz andere Perspektive: die vom Rücksitz des Wagens aus. Es waren zwei Köpfe von hinten zu erkennen – der Lockenkopf der Fahrerin und der des Kindes, vermutlich ein Mädchen, das neben ihr saß. Die Fahrerin hatte einen Arm vor ihr Gesicht gehoben. Direkt vor der Windschutzscheibe, von den grellen Scheinwerfern geblendet und wie erstarrt, stand der verweste Mann und winkte. Es war die Sekunde vor dem Zusammenstoß, der unvermeidlich erfolgen würde.

Die folgende Szene – sie vermittelte höchste Dramatik – war von einem Platz genau hinter der Fahrerin aus gezeichnet. Die Perspektive schloss den Beifahrersitz und die Windschutzscheibe mit ein. Jetzt krachte der Untote durch das Schutzglas, wobei ihm ein Teil des Kinns abgeschnitten wurde. Sein einziges totes Auge baumelte an der wurmzerfressenen Wange herunter. Das Kind, jetzt eindeutig als Mädchen zu erkennen, war außer sich vor Entsetzen und schrie. Der Mund war zu einem lautlosen Schrei aufgerissen, das Gesicht nur wenige Zentimeter von der toten Kreatur entfernt, die in einem Wirbel funkelnder Scherben durch die Frontscheibe brach.

Auf der letzten Zeichnung – sie traf Scott wie ein Schrapnell – stand der Wagen mit eingedrücktem Kühler an der Steinmauer. Im Hintergrund war zu sehen, wie sich der Untote in die Tiefen des Knochenackers zurückzog. Ein Arm hatte sich aus der Gelenkkapsel gelöst, so dass er in völlig unnatürlichem Winkel herunterhing. Das Wageninnere war pechschwarz, von seinen Insassen war nichts zu erkennen. Fast hörbar zischte Dampf auf und wich unter der Motorhaube hervor.

Der Wagen war ein Volvo.

Mein Gott, nein, lass bitte nicht zu, dass es meine beiden sind! Bitte nicht meine beiden Frauen!

Scott streckte die Hände vor und fand schließlich die Wand, an der er sich abstützen konnte. Im Geiste hörte er wieder Batemans Worte: *Wenn Sie nach einer einfachen Botschaft suchen, müssen Sie nur hinter die Tünche des Horror-Comics blicken ...*

»Wachen Sie auf! Los, wachen Sie auf, Sie verdammter Mistkerl!«

Erneut stand er im Zimmer des Zeichners, schüttelte ihn und bemühte sich verzweifelt, ihn zu wecken. Aber der Alte hing weiter schlaff im Rollstuhl und reagierte nicht. Wären nicht die kaum hörbaren pfeifenden Atemgeräusche gewesen, hätte Scott ihn für tot gehalten.

»Kommen Sie schon«, flehte er. Sein beherrschtes Flüstern steigerte sich zum hysterischen Brüllen: »Los, los, machen Sie endlich die Augen auf!«

Er schüttelte den Mann noch heftiger und grub seine steifen Finger in dessen knochige Schultern. Doch der Kopf des Alten schwang nur locker hin und her, als sei sein Genick gebrochen.

»Reden Sie mit mir!«, schrie Scott ihn an. »Was hat das alles zu bedeuten? Ist das meine Frau? Meine Tochter? Was wird passieren?«

In diesem Moment eilte eine Krankenschwester ins Zimmer. Der Anblick, der sich ihr bot, konsternierte sie so, dass ihr Gesicht rot anlief. »Doktor Bowman!«, japste sie. »Was machen Sie denn da?«

Scott beachtete sie gar nicht. Inzwischen schüttelte er den Alten so heftig, dass die paar Zähne, die ihm verblieben waren, aufeinander schlugen.

Die Schwester fiel ihm in den Arm: »Doktor Bowman!!!« Sie rief es nicht, sondern brüllte es heraus, so laut sie konnte.

Scott ließ den Zeichner, der noch immer keinen Laut von sich gegeben hatte, widerstrebend los und zog sich torkelnd zurück. Ihm war schwindelig. Erst jetzt dämmerte ihm, dass er den Alten beinahe umgebracht hätte.

Im hinteren Teil des Zimmers jammerte der Großvater der Zwillinge wie ein einsamer Wolf auf der Suche nach Gefährten.

Nachdem die Krankenschwester Scotts Arm freigegeben hatte, blieben beide nebeneinander stehen, schwiegen betroffen und starrten auf den alten Mann. Sein Kahlkopf, von dem sich die Haut schälte, hing schlaff nach vorne. Aus den Mundwinkeln rann Speichel, tropfte auf das Hosenbein des Schlafanzugs und bildete dort dunkle Flecken.

Fluchtartig verließ Scott das Zimmer, die Faust um die Zeichnungen gekrallt. Während er durch die Außentüren der Station stürmte, um in sein Büro im zweiten Stock zurückzukehren, verfolgte ihn das klägliche Gejammer des Großvaters.

13

Erst beim sechsten Läuten des Telefons nahm Kristas Schwester Klara ab.

»Klara, hier ist Scott.«

»Hi ...«

»Hör mal, sind Krista und Kath schon weg?« Er wusste zwar, dass sie bereits losgefahren sein mussten, hoffte jedoch inständig, dass irgendetwas Unvorhergesehenes sie aufgehalten hatte. Nach der Digitaluhr auf seinem Schreibtisch war es jetzt 19:12.

»Ja, schon seit heute früh. Deine Frau war mal wieder so gereizt wie üblich. Hat sich so aufgeführt, als wüsste sie alles besser, die kleine Klugscheißerin. Stimmt was nicht? Du klingst ziemlich fertig.«

»Tut mir Leid, Klara, aber ich hab jetzt keine Zeit für Erklärungen.«

Er trennte die Verbindung und wählte gleich darauf

Carolines Nummer in Boston. Caroline nahm schon beim ersten Klingeln ab.

»Scott? Hi!«

»Sind Sie schon da?«, platzte Scott ohne jede Einleitung heraus. »Krista und Kath?«

»Nein«, erwiderte Caroline knapp, da sie merkte, wie dringend Scott die Sache war. »Noch nicht. Was ist ...?«

»Scheiße.«

»Scott, was ist los? Ist bei dir alles in Ordnung?«

Scott schwieg einen Augenblick, atmete schwer und versuchte sich zusammenzureißen. Er konnte Caroline unmöglich von der ganzen Sache erzählen – jedenfalls jetzt noch nicht. Es hatte keinen Sinn, sie noch weiter zu beunruhigen. Möglicherweise hatte das alles ja gar nichts mit seinen beiden Frauen zu tun, vielleicht hatte er einfach überreagiert. Sein Volvo war ja bei weitem nicht der Einzige im ganzen Land ...

Dennoch war ihm die Sache unheimlich. Mittlerweile fiel es ihm schwer, die Zeichnungen des Alten als bedeutungslos abzutun. Nach diesen Unterwasser-Szenen jetzt auch noch der Volvo auf dem Cartoon – das traf zu sehr ins Schwarze, als dass er es als puren Zufall hätte ansehen können. Das Problem lag darin, dass er zum Zeichner durchdringen musste, wenn er sich Klarheit verschaffen wollte. Und das hatte sich bislang als unmöglich erwiesen.

»Tut mir Leid«, sagte er schließlich. »Ja, ist alles bestens hier. Ich bin einfach nur ein bisschen nervös und hätte gern mit Krista gesprochen. Wir haben uns gekabbelt, ehe sie losfuhr. Wollte mich nur entschuldigen.«

»Machst du dir Sorgen, weil sie mit dem Wagen unterwegs sind?«

»Tja, ein bisschen schon.«

»Na ja, das brauchst du aber nicht. Krista ist eine gute Fahrerin. Wahrscheinlich haben sie den Nachmittag damit verbracht, in all diesen neuenglischen Antiquariaten herumzustöbern. Und selbst wenn sie durchgefahren sind, könnten sie jetzt noch gar nicht da sein. Sicher treffen sie hier bald ein.«

»Wahrscheinlich hast du Recht.« Zwar klangen Carolines Worte einleuchtend und beruhigend und er hätte ihr gern geglaubt – konnte es aber nicht. »Danke«, sagte er. »Sag ihr bitte, dass sie mich gleich anrufen soll, wenn sie da ist, ja? Ich bin später zu Hause erreichbar.«

»Mach ich. Wie geht's dir denn überhaupt? Wie ich gehört hab, hast du deinen Frauen neulich Morgen einen ganz schönen Schrecken eingejagt.«

»Mir selbst auch. Aber jetzt geht's mir wieder gut. Tschüss, Caroline.« Er legte auf. Ihm war zwar klar, dass es unhöflich war, aber das war ihm in diesem Moment egal.

Er ließ den Blick wieder zu den Zeichnungen schweifen: zu der Frau und dem Kind im Auto; zum Gesicht des kleinen Mädchens, das zu einer übertrieben gezeichneten Maske des Entsetzens verzerrt war; zu dem verwesten Monster, das durch die Windschutzscheibe krachte; zu dem demolierten Wagen, dessen Inneres nichts verriet. Und dabei musste er an die eiskalte Strömung am Grunde des Sees denken und an die Algen, die ihn dort unten wie Leichentücher umfangen hatten – als sei er in Atlantis gelandet.

Gleich darauf griff er wieder zum Telefon und wählte die Auskunft in Massachusetts an, wo ein Mann mit scharfer, nasaler Stimme abnahm. »Auskunft, bitte nennen Sie mir den gewünschten Ort.«

»Boston. Die Polizei.«

»Die Bereitschaftspolizei?«

»Ja.«

Es summte kurz in der Leitung. Dann meldete sich eine Stimme vom Tonband, diesmal eine weibliche, und sagte die Nummer an. Als sie die Ansage wiederholte, legte Scott auf. Er hatte die Nummer der Polizei fast schon eingegeben, drückte jedoch kurz entschlossen auf die Trenntaste. Was, zum Teufel, sollte er diesen Leuten erzählen? Plötzlich kam er sich leicht verrückt vor.

Entschuldigen Sie, Herr Wachtmeister, aber ich bin ein Seelenklempner aus Kanada und weiß aus verlässlicher Quelle, dass meine

Frau und meine Tochter in Lebensgefahr sind. Aus welcher Quelle? Also gut: Um ehrlich zu sein, von diesem hundert Jahre alten Zeichner, denn er hat gewisse Bilder fabriziert, wissen Sie, und, na ja ... Vertrauen Sie mir einfach, ja? Die beiden sind in einem pechschwarzen Turbo der Marke Volvo unterwegs – netter Wagen, der wird Ihnen gefallen, wenn Sie ihn finden, und das hoffe ich doch. Sie müssen jetzt irgendwo in Neuengland sein.

Scott holte tief Luft und versuchte, seine Gedanken zu ordnen. Was er der Polizei auch erzählte, es musste überzeugend klingen. Und so dringlich, dass es sie veranlasste, nach dem Wagen zu suchen. Vielleicht konnte er behaupten, das Auto sei ihm gestohlen worden ... Aber woher hätte er dann wissen sollen, wo die Diebe hingefahren waren? Oder er konnte sagen, die Fahrerin sei schwer psychotisch und aus einer Klinik abgehauen. Außerdem habe sie ein Kind entführt und sei jetzt auf dem Weg nach Boston, um dort eine reiche Tante umzubringen ...

Mein Gott, es war so schwer, irgendeinen klaren Gedanken zu fassen. Das deutliche Bild zerschmetterter Körper und eingedrückten Metalls ließ bei ihm alle Sicherungen durchbrennen und hinderte ihn daran.

Er drehte die Zeichnungen um, schloss die Augen und lehnte sich zurück. Gleich darauf beugte er sich wieder vor und griff erneut zum Telefon.

»Gerry«, sagte er laut in die Stille hinein, die in seinem Büro nach Dienstschluss herrschte. Er wählte die Nummer der Polizeidienststelle in Ottawa. Nach zweimaligem Läuten nahm jemand ab.

»Polizei Ottawa, Sergeant Gennings am Apparat.«

»Hier ist Doktor Bowman.« Scotts Stimme schwankte. »Können Sie mir sagen, ob Gerry St. Georges heute Abend Dienst hat?«

»Einen Augenblick, bitte.«

Scott fasste Hoffnung. Gerry war ein Freund, ein guter

Freund. Falles es irgendeine Möglichkeit gab, die Polizei in den Vereinigten Staaten einzuschalten und sich ihre Unterstützung zu sichern, würde Gerry es wissen – und nicht allzu viele Fragen stellen. Gegenwärtig fühlte sich Scott nicht in der Lage, seine Gründe irgendjemandem darzulegen, nicht einmal Gerry.

»St. Georges«, meldete sich Gerry laut und munter.

»Gerry, ich bin's, Scott.«

»Scott, du treulose Tomate, wo hast du denn gesteckt? Ich ...«

»Hör mal, Gerry, ich brauch deine Hilfe.«

»Klar doch, Mann. Um was geht's denn?«

»Krista und Kath sind irgendwo in Neuengland unterwegs, mit dem Volvo. Ich muss sie dringend erreichen. Ich glaube, sie sind in Gefahr, Gerry ... ernsthaft in Gefahr. Ich weiß nicht genau, wo sie jetzt stecken, aber sie fahren nach Boston, also müssten sie inzwischen zumindest schon in Maine sein. Besteht irgendwie die Möglichkeit, dass du die Polizei dort einschaltest, damit sie den Wagen sucht und anhält?«

»Meine Güte, ganz schön viel verlangt, Kumpel. Welche Gefahr besteht denn überhaupt?«

»Stell bitte keine Fragen, Gerry, verlass dich einfach auf mein Wort, ja?«

»In Ordnung«, erwiderte Gerry nach kurzem Zögern. »Werd sehen, was ich tun kann. Hast du irgendeine Idee, welche Straße sie genommen haben könnten?«

»Letztes Mal haben wir erst die 302 genommen und danach die Interstate 95 bis nach Boston.«

»Na ja, wenn Krista sich an die Hauptverkehrsstraßen hält, müsste sie eigentlich leicht zu finden sein. Ist sie ein Gewohnheitstier?«

»Nein«, erklärte Scott ohne zu zögern.

»Soll ich dich zu Hause anrufen?«, fragte Gerry.

»Ja, ich fahr gleich heim.« Was sollte Scott auch anderes tun.

14

Auf der letzten Strecke vor dem Haus begann der Chevette zu stottern und zu spucken. Scott hatte den Wagen hart rangenommen und die Tacho-Nadel bei jedem Schalten ins rote Feld getrieben, so dass jetzt auch der Temperaturanzeiger gefährlich rot blinkte.

Ehe er die Klinik verlassen hatte, war er nochmals zu dem Alten ins Zimmer gegangen, aber der Künstler schlief immer noch fest in seinem Rollstuhl am Fenster. Als Scott sich auf den Weg nach draußen gemacht hatte, waren ihm die Blicke der Krankenschwestern so gefolgt, als hätten sie es mit einem Aussätzigen zu tun. Wahrscheinlich hatten sie bereits von seiner Begegnung mit dem Alten gehört. Neuigkeiten verbreiteten sich schnell über den Buschfunk der Klinik.

Er parkte vor dem Haus, sprang aus dem Wagen und knallte die Tür hinter sich zu. Sein Bein beschwerte sich über die Belastung, doch Scott bemerkte es kaum. Auf dem Weg zum Haus zögerte er, denn es kam ihm so vor, als machten sich dessen leere Augen über ihn lustig. Ihm war innerlich kalt, und er fühlte sich wie ein Feigling. Ohne seine Familie wirkte das Haus nur wie eine Ansammlung von Steinen und Brettern; Echos spukten darin herum. Plötzlich konnte er den Gedanken, dort allein hineinzugehen, nicht ertragen.

Er blieb auf dem Weg stehen, vergrub die Hände in den Achselhöhlen und blickte zum stürmischen Himmel hinauf. Die Wolken da oben waren voller Leben, segelten in großen Flotten, die einander Schlachten lieferten, auf dem aufgewühlten Meer des Windes dahin. Der Mond – fast schon zum Vollmond gerundet – schien sich gegen die Flut zu stemmen. Eine feuchte Brise streifte Scotts Gesicht und kündigte Regen an. Von seinem Standort aus konnte er den See zwar nicht sehen, doch er wusste, dass auch das Wasser von Leben wimmelte. Er konnte hören, wie es dort unten, in der schwärzlichen Tiefe, herumkroch ...

Fröstelnd eilte er ins Haus.

Als ihn die Dunkelheit der Diele umfing, blieb er erneut stehen und versuchte, das seltsame Gefühl abzuschütteln, das ihm das Haus vermittelte. Der Gang vor ihm weitete sich zum Wohnzimmer, das nur als verschwommener Schatten auszumachen war. Im Dunkeln kam es ihm so vor, als sei es irgendwie verändert worden. Unvermittelt hatte er das beängstigende Gefühl, nicht allein im Haus zu sein.

Und da bemerkte er sie; eine kleine, schwarze Gestalt, die sich dunkel von ihrer Umgebung abhob und an der nahen Wand lehnte. Fast wäre er gleich wieder aus der Tür gerannt. Stattdessen griff er nach dem Lichtschalter und sorgte dafür, dass die Hundert-Watt-Birne die Diele erhellte.

Sofort verwandelte sich die Gestalt an der Wand in Jinnie, Kaths Flickenpuppe. Leicht hysterisch lachte Scott auf. Mit ihren Stummelhänden und dem ausgepolsterten Mondgesicht kam ihm Kaths Puppe wie eine deformierte Liliputanerin vor, die gerade die Agonie des Verstrahlungstodes erlitt. Er konnte sich nicht erklären, was Kinder an dieser Puppe fanden, aber in den letzten Jahren waren Flickenpuppen wie warme Semmeln weggegangen. Kath liebte ihre Puppe, tat so, als sei sie ihr eigenes kleines Kind, und nahm sie sogar mit ins Bett. Scott nahm an, dass Kath Jinnie am Sonntagmorgen gegen die Wand gelehnt und dort vergessen hatte, obwohl er sich nicht daran erinnern konnte, sie vorher hier gesehen zu haben. Er fragte sich, ob Kath sie vermisste.

Er hob die Puppe auf, klemmte sie sich unter den Arm und durchkämmte Zimmer für Zimmer, wobei er alle Lampen einschaltete, die er finden konnte. Heute Abend machte ihn die Dunkelheit nervös.

Schließlich setzte er sich, Kaths Puppe auf dem Schoß, auf einen Sessel am Mickymaus-Telefon im Fernsehzimmer und begann zu warten. Hin und wieder sah er durch die Schiebetür nach draußen, auf den See, in dem sich das Mondlicht spiegelte.

15

Kath war eingenickt. Das wunderte Krista, denn normalerweise musste Kath ihre Puppe Jinnie im Arm haben, ehe sie auch nur daran dachte, die Augen zu schließen. Lächelnd betrachtete Krista das Profil ihrer schlafenden Tochter. Mittlerweile häuften sich die unverkennbaren Anzeichen dafür, dass Kath in die Pubertät kam. Dass sie ihre Puppe zu Hause vergessen hatte, war noch das mindeste. Meine Güte, sie entwickelte ja sogar schon Brüste und klagte über Krämpfe im Unterleib, die Krista daran erinnerten, dass sie selbst auch zu den Frühreifen gezählt hatte. Wenigsten war sie schon zwölf Jahre alt gewesen, als das alles losging – aber mit zehn?!

Kristas Laune wurde endlich wieder besser, wie sie selbst merkte. Am Vorabend, bei ihrer Schwester, war sie trübsinnig und unterschwellig auch wütend gewesen. Und diese Stimmung war heute am frühen Nachmittag in heftige Wut umgeschlagen, als sie gemerkt hatte, dass sie irgendwo in den Waldwegen der White Mountains gelandet waren und sich im wahrsten Sinne des Wortes auf dem Holzweg befanden. Sie hatte sich selbst versprochen, sich auf dieser Reise von Klara auf keinen Fall provozieren zu lassen, aber dieses Versprechen hatte sich als nutzlos erwiesen.

Wie ihre Mutter war Klara jemand, der über alles und jedes herzog. Mit dieser ablehnenden Haltung reagierte sie auf alles, was ihr begegnete. Und ein Lieblingsziel ihrer Angriffe war Scott, den sie bei jeder Gelegenheit nach Kräften schlecht machte. Krista war zwar klar, dass die Hasstiraden ihrer Schwester vor allem vom Alkohol beflügelt wurden, dennoch führten Klaras rohe und unbegründete Attacken unvermeidlich dazu, dass sie selbst in die Defensive geriet. Am Sonntagabend hatte Krista versucht, ihrer Schwester ausführlich davon zu erzählen, wie Scott beinahe ertrunken wäre. Hauptsächlich auch deshalb, um ein wenig von der Spannung abzubauen, die sich bei ihr selbst aufgrund dieses Erlebnisses angestaut hatte. Doch Klara war ihr schon nach wenigen Sekunden mit ätzenden Bemerkungen ins Wort gefallen.

»Willst du damit sagen, dass dieser Seelenklempner von Ehemann mit einem Kater tauchen gegangen ist? Mein Gott, was hast du doch für einen verantwortungslosen Mistkerl geheiratet. Und was erwartet er von dir und deinem Kind, während er auf dem Seegrund Entenmuscheln sammelt?« Wütend starrte sie Joe an. »Wenn *mein* Mann jemals Lust hätte, eine solche Nummer abzuziehen, würde ich ihn glatt umbringen.«

Krista, die angespannt und zornig war und gleichzeitig Mitleid mit ihrem Schlappschwanz von Schwager empfand, entschuldigte sich früh und ging zu Bett. Ruhelos warf sie sich die ganze Nacht hin und her und stand am Morgen schon eine Stunde vor dem Hahnenkrähen auf – ehe Klara Gelegenheit hatte, sie erneut in die Mangel zu nehmen. Flüsternd verabschiedete sie sich von Joe, ließ einen Zettel für ihre schnarchende Schwester da und scheuchte Kath hoch, noch ehe sie ihren Frühstückstoast aufgegessen hatte. Die Erleichterung darüber, dass ihre Flucht so glatt verlaufen war, und der viel versprechende blaue Himmel gaben ihr Hoffnung, dass ihre Reise trotz allem doch noch gut verlaufen würde.

Die Auseinandersetzung mit ihrer Schwester war schon schlimm genug gewesen, doch so zwangsläufig, als braue sich langsam ein Sturm zusammen, sollte es bald noch viel schlimmer kommen. Der Zollbeamte an der Grenze war offenbar mit dem falschen Bein zuerst aufgestanden und ganz scharf darauf, sie zu drangsalieren. Eine gute halbe Stunde verbrachte er damit, sich über den geöffneten Kofferraum des Volvo zu beugen und jedes einzelne Gepäckstück zu durchwühlen, das er finden konnte. Zurück blieb ein wildes Durcheinander. Zehn Minuten, nachdem sie die Landesgrenze nach Vermont überquert hatten, hielt sie ein Polizist wegen Verstoßes gegen die Geschwindigkeitsbeschränkung an und zwang sie, mit ihm zusammen mehr als zehn Kilometer zurück zur Polizeiwache irgendeiner kleinen Stadt zu fahren, damit sie dort die Geldbuße zahlte. Kurz vor Montpellier ging ihr das Benzin aus. Danach zeigte ihr ein erboster Tramper den Stinkefinger. Und auf der Terrasse vor dem McDonald's in Barre ging eine mordlustige Seemöwe im Sturzflug auf sie los.

Aber der Gipfel aller Katastrophen sollte erst noch kommen, nachdem sie die Stadtgrenze von Lincoln in New Hampshire passiert hatten.

»Eh, Mom, ich glaub, wir hätten da hinten rechts statt links abbiegen müssen«, meldete sich Kath. Es war eine Feststellung, in der ein vorwurfsvolles »Hab-ich's-dir-nicht-gleich-gesagt?!« mitschwang.

Kath, die auf die Straßenkarte des Automobilclubs gesehen hatte, hatte es ihr tatsächlich rechtzeitig gesagt. Trotzdem war Krista links abgebogen, eigentlich ohne jeden einleuchtenden Grund. Es war ihr einfach ... richtig vorgekommen, so, als habe es sich von selbst ergeben. Erst später war ihr aufgefallen, dass sie sich recht seltsam verhalten hatte. Denn von Natur aus war sie doch gar nicht so impulsiv, schon gar nicht, wenn sie ein bestimmtes Ziel hatte. Sicher, sie hatte den abrupten Wechsel des Straßenzustands bemerkt: Die Asphaltdecke wies hier alle möglichen Risse auf und sah verblichen aus. Dabei hatte sie an die von der Sonne verbrannten Lehmbrocken denken müssen, mit denen sie als Kind auf dem Kartoffelacker von Onkel Albert gespielt hatte. Und die Straßen wurden jetzt auch schmaler. Aber die Umgebung hatte so heimatlich gewirkt. Die peinlich sauberen Bauernhöfe und kultivierten Felder hatten sie an Neufundland erinnert, wo sie geboren war.

Doch nach fünfundzwanzig oder dreißig Kilometern hatte der Asphalt plötzlich aufgehört, einfach so. Die unbefestigte Landstraße, die hier begann, war nur noch am Rand betoniert. Rechts wurde sie von Ansiedlungen gesäumt, links von einem Weg für Dinosaurier oder sonstige Urviecher. Nachdem sie eine halbe Stunde auf dieser Straße geblieben waren, hatte Kath vorgeschlagen, einfach umzudrehen. Aber Krista hatte wieder nicht auf sie gehört, sondern war weitergefahren. Aus zwei Gründen: Zum einen hatte sich die Straße mehr als ein dutzend Mal geteilt, ohne dass an irgendeiner Abzweigung ein Hinweisschild aufgetaucht wäre – und das bedeutete, dass die Chance, bald wieder auf eine Stadt zu stoßen, gleich Null war. Zum anderen widersprach das Umkehren ihrem Naturell. So etwas hatte ihr noch nie gelegen. Manchmal war das auch gut so ... aber längst nicht immer.

Es dauerte nicht lange, da hatten sie vierzig oder mehr Kilometer ins Nirgendwo zurückgelegt. Krista nahm an, dass sie sich irgendwo südlich von Mount Hancock befinden mussten, einem mehr als dreizehnhundert Meter hohen Berg, der auf der Straßenkarte nur als winziges Dreieck verzeichnet war. Mit knapp fünfundzwanzig Stundenkilometern krochen sie auf einem vom Rinnsalen und Schaglöchern durchzogenen Feldweg dahin, der links und rechts von Bäumen gesäumt wurde. Bäume, nichts als Bäume, deren Kronen einander berührten, deren Laub sich miteinander verschränkte, so dass sie wie durch einen Tunnel fuhren. Auf beiden Seiten setzten sich die Baumreihen bis ins Endlose fort. An manchen Stellen sah es so aus, als könnten sie die Weiterfahrt blockieren. Hin und wieder brachen die Strahlen der Spätnachmittagssonne durch den Tunnel, aber alles in allem wirkte die Atmosphäre düster.

Sie hatten jede Orientierung verloren.

Allerdings ließ sich Kath davon nicht aus der Fassung bringen, das war nicht ihre Art. Genau wie ihr Vater sah sie fast jede Situation von der Sonnenseite her. Sie schob ein Band ins Kassettendeck: *Thriller* dröhnte los und machte der Stille ein Ende. Das Video in Kaths Kopf spulte die Szene ab, in der Michael Jackson über einen von Nebel verhangenen Friedhof stolziert und Vincent Price mit seinem legendären Bass Unheil und Verderben prophezeit. Kath, Zeit ihres jungen Lebens ein Jackson-Fan, ließ die Glieder zucken und vollführte einen Breakdance, wenn auch nur mit den Beinen.

Sie fuhren weiter und weiter, nie schneller als fünfzig. An

manchen Stellen bremste Krista so scharf ab, dass die Reifen quietschten und der Volvo fast zum Stehen kam. Die laute Musik machte ihr nichts aus – sie dämpfte das metallische Scheppern und Knirschen des Fahrgestells.

Die Straße, sofern man überhaupt von einer Straße sprechen konnte, war wirklich schlimm.

Kath hielt nach Tieren Ausschau und ließ ihren Blick von einer Seite zur anderen schweifen. Vorhin hatte sie ein paar Kaninchen entdeckt, außerdem ein Rehkitz, das noch wacklig auf seinen Beinen stand.

»He, Mom, is' doch toll hier, nich'?«, schrie sie so laut, dass sie die Musik übertönte.

Krista nickte und dachte bei sich: *Tja, wirklich toll. Völlig orientierungslos am Arsch der Welt. Müde und gerade dabei, den Wagen deines Vaters zu Schrott zu fahren. Wirklich zum Totlachen, Mädchen.*

Nach weiteren zwanzig Minuten – sie hatten nicht einmal zehn Kilometer hinter sich gebracht – entdeckte Kath in einer sonnigen Lichtung einen Mann, der gerade frisch gefällte Baumstämme auf den Anhänger eines kleinen, roten Traktors lud. Auf einem der Kotflügel lag eine Kettensäge, die im Sonnenschein funkelte.

»Sieh mal, Mom, da drüben.« Kath deutete auf die Lichtung.

Krista bremste ruckartig ab und hielt sofort an, denn es kam ihr so vor, als habe sie gerade den letzten Überlebenden auf dem Planeten Erde gesichtet. Der Waldmensch richtete sich auf, wischte sich die Hände an den Hosenbeinen seines Overalls ab und wandte sich der Straße zu. Gleich darauf stieg Krista aus und ging mit steifen Beinen zur anderen Wagenseite hinüber. Dabei stellte sie fest, dass der Autolack mit einer dicken, grauen Staubschicht überzogen war.

»Entschuldigen Sie«, rief sie ins Gehölz hinein und schwenkte die Hand über dem Kopf. Der Mann winkte zurück und stapfte durch das Unterholz auf sie zu.

Plötzlich schüchterte seine enorme Größe Krista ein.

»Ja, Ma'am?«, fragte er fast unterwürfig, während er mit sicherem Schritt die Böschung erklomm. Sein Grinsen wirkte sympathisch und freundlich, außerdem war er jünger, als Krista ursprünglich gedacht hatte. Aus der Nähe betrachtet sah er nicht älter als achtzehn oder zwanzig aus. »Was kann ich für Sie tun?« Er zog ein blaues Halstuch aus der Hüfttasche, rieb sich damit über die Stirn und steckte es wieder weg. »Ham Se sich verfahr'n?«

»Tja, bin vorhin, nahe bei Lincoln, falsch abgebogen.«

Sein Mund verzog sich zu einem noch breiteren, wissenden Grinsen. »Passiert oft. Wohin woll'n Se denn?«

»Na ja, eigentlich nach Boston, aber im Augenblick wär ich schon froh, wieder auf die Hauptstraße zu kommen.« Über die Schulter sah sie zu dem Feldweg hinüber, auf dem sie zuletzt gefahren waren. »Oder überhaupt auf irgendeine richtige Straße.«

»Teufel noch mal, is' doch 'ne leichte Übung.« Er wandte sich halb um und deutete irgendwohin. Dabei nahm er sein Ziel so ins Visier, als sei der ausgestreckte Arm ein Gewehrlauf. »Fahrn Se einfach auf'm Weg weiter, den Se gekommen sind. Nur müssen Se sich rechts halten, wo der sich gabelt. Dann sind Se in Null Komma nix wieder auf der gepflasterten Straße.« Immer noch grinsend trat er einen halben Schritt näher. »Sind Se aus Kanada?«

»Ja«, erwiderte Krista und wich zur Fahrerseite des Volvo zurück. »Stimmt genau.«

Als die solide Breite der Motorhaube zwischen ihnen lag, war ihr schon wohler. Jetzt grinste der Typ Kath an, die immer noch auf ihrem Sitz herumhopste. Das Fenster war geschlossen. Der Bursche wirkte zwar durchaus freundlich ... Aber er roch schlecht und war einen ganzen Kopf größer als Scott, der immerhin auch gut einen Meter fünfundachtzig maß. Und seine Augen wirkten irgendwie seltsam. Sie wanderten allzu häufig hin und her, und eines war so nach außen gedreht, als spähe er heimlich auf einen Punkt in ihrem Rücken. Kristas Fantasie neigte dazu, mit ihr durchzugehen.

Schließlich hatte sie den Film *The Texas Chainsaw Massacre* noch gut in Erinnerung. Falls sich dieser Bursche in den Kopf setzen sollte, sie beide in den Wald zu schleppen, würden sie kaum eine Chance zur Flucht haben – Aerobics hin oder her.

»Danke für Ihre Hilfe«, sagte sie und ließ sich schnell auf den Fahrersitz gleiten. »Schönen Tag noch.« Insgeheim war ihr diese Phrase zwar zuwider, aber hier schien sie ihr angebracht.

Er kramte erneut das Halstuch hervor und wischte sich nochmals über die Stirn. »Wünsch ich Ihnen auch, Ma'am. Und denken Se dran: bei der Gabelung rechts halten.«

Während Krista losfuhr, beobachtete sie ihn im Rückspiegel. Er blieb noch einen Augenblick stehen, um ihnen nachzusehen, dann steckte er das Halstuch weg und machte sich auf den Rückweg zum Traktor.

Die Safari zu den baumreichen Ausläufern der White Mountains hatte sie gute drei Stunden gekostet. Um die Zeit wieder hereinzuholen, verzichteten sie darauf, zum Abendessen anzuhalten. Stattdessen knabberten sie beim Fahren ihre Brote, die mit Käse, Tomaten, Schinken und Salatblättern belegt waren.

Nach der Uhr am Armaturenbrett war es inzwischen 22.00 Uhr. Krista war klar, dass Caroline mittlerweile schon auf sie warten würde, aber sie waren immer noch auf der 122, gut vier Stunden von Boston entfernt. Sie hatte kurz überlegt, ob sie anhalten und nach einem Telefon suchen sollte, aber sie rechnete mit Carolines Verständnis, denn sie und ihre Halbschwester waren sich recht ähnlich.

Während sie durch die hereinbrechende Nacht fuhr und Kath leise neben ihr schnarchte, dachte sie voller Liebe an Scott. Nach dem Schrecken, den er ihr am Samstagmorgen eingejagt hatte, war ihr deutlich bewusst geworden, wie viel er ihr bedeutete, wie sinnlos ihr Leben – abgesehen von ihrer Liebe zu Kath – ohne ihn wäre. Scott kannte seine Frau in- und auswendig und liebte sie wahnsinnig, daran hegte sie keinerlei Zweifel. Die gesamten zehn Jahre ihrer Ehe hindurch hatte er sie sozusagen auf Händen getragen.

Allerdings hatte Krista mitunter das beunruhigende Gefühl, dass es irgendwo tief in seinem Inneren etwas nicht sonderlich Erfreuliches gab, das Scott ihr vorenthielt. Irgendein dunkles Geheimnis, was es auch sein mochte. Im Laufe der Jahre hatte sie es immer weniger gespürt, dennoch gab es Zeiten ...

Wie zum Beispiel am Freitagabend, am Abend seines Geburtstages. Was hatte in dem Brief gestanden, den er an diesem Tag erhalten hatte – in dem Brief mit der Nachricht, dass sein früherer Kommilitone gestorben war? Was hatte er ihr verschwiegen? In seinem Gesicht hatte sich pures Entsetzen gespiegelt. Selbst wenn sein bester Freund Gerry gestorben wäre, hätte sie ein solcher Gesichtsausdruck verblüfft. Warum hatte er den Brief so ins Feuer geschleudert, als müsse er sich von einer zappelnden Schlange befreien?

Vor Jahren, als sie frisch verheiratet gewesen waren, hatten ihm Träume, nächtliche Albträume, so zu schaffen gemacht, dass er oft schreiend und schweißüberströmt aus dem Schlaf gefahren war. Und er hatte danach stets behauptet, er könne sich an den Inhalt dieser Träume überhaupt nicht erinnern. Und da waren noch andere Dinge gewesen, die ihr aufgefallen waren: Manchmal, wenn sie beide allein gewesen waren und Krista sich beim Fernsehen in seine Armbeuge geschmiegt hatte, war es ihr eindeutig so vorgekommen, als nehme er sie gar nicht wahr, als sei er der Wirklichkeit völlig entrückt. Das war ein recht unheimliches Gefühl gewesen.

Doch das war Schnee von gestern, wie sie sich selbst sagte. Inzwischen hatten sie ein wunderbares Familienleben, und auch die Zukunft sah rosig aus. Sie würden gemeinsam alt werden und Fett ansetzen. Scott fehlte ihr, wenn sie nicht beieinander waren, aber sie wusste auch, dass er solche Trennungen auf Zeit schwerer nahm als sie. Nach ein paar Tagen ließ er sich dann irgendwie gehen, trank zu viel, aß nichts Gescheites und vergaß auch, aufzuräumen oder sauber zu machen. Obwohl er, wenn Krista zu Hause war, häufig kochte und putzte – es schien ihm wirklich Spaß zu machen. Er war nicht notorisch schlampig oder nachlässig, nur brauchte er seine Familie um sich herum. Sie war der Kitt, der ihn zusammenhielt. Auch das war für Krista ein beruhigendes Gefühl: Ihr Mann brauchte sie wirklich. Und sie machte kein Hehl daraus, dass sie dieses Gefühl genoss.

Jenseits des Horizonts flackerten am Himmel, der von Elektrizität aufgeladen war, die grellen Blitze eines Hitzegewitters auf. Es sah so aus, als explodierten dort Bomben. Im steten Licht der Scheinwerfer fielen Krista die Blätter der Bäume am Straßenrand auf: Windböen rüttelten sie so durch, dass ihre silbernen Unterseiten zu sehen waren. Kristas Mutter hatte immer behauptet, das sei ein sicheres Anzeichen für aufkommenden Sturm.

Verärgert von der Aussicht, dadurch womöglich noch später anzukommen, drückte Krista noch ein bisschen stärker aufs Gaspedal. Die Tachonadel zeigte jetzt auf hundertzehn. Im Volvo kam ihr das gar nicht so schnell vor, besonders jetzt nicht, denn auf der Strecke war buchstäblich nichts los. Der Wagen hatte eine ausgezeichnete Straßenlage, und Krista bremste nur ab, wenn sie durch kleine Städte oder Dörfer fuhr, was inzwischen kaum noch vorkam.

Plötzlich trat sie so scharf auf die Bremse, dass der Wagen mit knirschenden Reifen zum Stehen kam. Vor der Windschutzscheibe waren leuchtende, bernsteinfarbene Augen aufgetaucht, die, wie sich jetzt herausstellte, Waschbären gehörten. Es war eine ganze Bärenfamilie – eine Mutter mit zwei Kleinen –, die gemächlich und hintereinander über den Asphalt schlurfte. Nachdem sie, offenbar ohne sonderliches Interesse, kurz zum Wagen herübergeschaut hatten, verschwanden die drei jenseits des Seitenstreifens im hohen Gras.

Kath fuhr mit einem letzten Schnarcher hoch. »Was ist los?«

Krista fuhr wieder an. »Nichts, Kleines, nur eine Bärenfamilie.« Dennoch hatte ihr Herzschlag sich heftig beschleunigt.

Kath drehte sich im Sitz um und blinzelte durch das Heckfenster. »Schade, ich hab sie verpasst.«

»Ich auch, da haben sie noch mal Glück gehabt.«

Kath lächelte, um gleich darauf – wandlungsfähig wie ein Chamäleon – das Gesicht zur Schmollmiene zu verziehen. »Wo ist Jinnie?«

»Zu Hause, in deinem Zimmer, nehme ich an«, erwiderte Krista und dachte: *Sie ist immer noch ein kleines Mädchen, zumindest wenn sie schläft.*

»Ich hab sie vergessen ... ups!« Kath pupste – zwar leise, aber dennoch nicht zu überhören. »Hab gefurzt!«, kicherte sie.

Krista unterdrückte ein Lachen. »Sag nicht *furzen,* das ziemt sich nicht für eine Dame.«

»Hab doch gar nicht *furzen* gesagt, sondern *ge*-furzt.«

»Kath«, mahnte Krista mit gespielter Strenge.

»Was soll ich denn sonst sagen?«

»Gar nichts. Wenn du furzt, sagst du besser gar nichts und versuchst, es einem anderen in die Schuhe zu schieben.«

Kath lachte. »Sind wir bald da?«, fragte sie nach kurzer Pause.

»Ist nicht mehr weit. Bist du müde?«

»Hm.« Sie wischte sich etwas Feuchtes aus dem Augenwinkel. »Hoffentlich geht's Daddy gut.«

»Bestimmt, Liebes. Du hast doch gestern Abend selbst mit ihm gesprochen, am Telefon.«

Der Volvo schwenkte gerade in eine scharfe Kurve, die erst über einen Buckel und dann steil hinunter führte. Vorsichtig lenkte Krista den Wagen durch die Kehre und sah danach zu Kath hinüber.

»Tja«, sagte Kath ohne rechte Überzeugung. »Allerdings ... *Mom!!*«

Aus purem Instinkt heraus – ihr blieb nur noch Zeit, einen kurzen Blick auf den kommenden Straßenabschnitt zu werfen

– trat Krista mit voller Kraft auf die Bremse, so dass der Wagen wild herumschleuderte und sich drehte.

16

Die leichte Brise gewann schnell an Kraft, wurde zum tosenden Wind, der sich so schnell vorwärts zu bewegen schien, als laufe er vor irgendetwas – etwas Düsterem – davon. In der Ferne dröhnten Donnerschläge wie Fußtritte von Riesen. In scharfem Gegensatz zu diesen Geräuschen, die nur sporadisch zu hören waren, hatte sich eine unheimliche Stille, die Ruhe vor dem Sturm, über alles gelegt. Es war eine Stille, die einen verrückt machen konnte, eher trostlos als friedvoll, die Art von toter Stille, die einem düstere Gedanken eingibt.

Scott, der in dieser Stille einsam und allein dasaß, zog nur wenig Trost aus dem kalten Würfel des Lichts, mit dem ihn das Fernsehzimmer umgab. Die Nacht da draußen kam ihm fast flüssig vor, flüssig wie schwarzes Wasser, das sich an den Scheiben sammelte und nur darauf wartete, dass er die Lampen gedankenlos löschte, damit es hineinströmen und ihn verschlingen konnte. Als ihn ein Luftzug an seinem Platz neben dem Mickymaus-Telefon streifte, bekam er eine Gänsehaut, denn er trug nur ein kurzärmeliges Hemd. Schon seit zwei Stunden saß er mit Kaths Flickenpuppe im Schoß da.

Als er jetzt seine Position im Sessel verlagerte, war er dankbar dafür, dass das Quietschen die Stille unterbrach, die kurz zuvor noch so unantastbar gewirkt hatte. Er fühlte sich genauso steif wie an dem Tag, an dem er fast ertrunken wäre, deshalb stand er auf und ging zur Stereoanlage hinüber. Er wählte etwas, das er sich bisher nur ein einziges Mal angehört hatte: Bachs ›Goldberg-Variationen‹, gespielt von Glenn Gould. Die Anlage im Musik- und Fernsehzimmer war alt und ihre automatische Steuerung längst kaputt. Unbeholfen senkte Scott die Nadel auf die LP. Es gab ein raues, knirschendes Geräusch ... und dann füllten kühle, präzise Klavierakkorde den Raum. Er stellte die Lautstärke so ein, dass die Musik gerade noch zu hören war.

Danach ging er zu dem kleinen Kellerkühlschrank hinüber, fischte das letzte Sixpack Bier heraus und kehrte zu seinem Platz am Telefon zurück. Nachdem er eine Dose aufgerissen und sie mit einem einzigen wohltuenden Schluck geleert hatte, erfasste ihn unverzüglich ein leichtes Schwindelgefühl.

Es war noch nicht so spät, dass Krista nicht mehr hätte anrufen können. Es konnten hundert harmlose Dinge dazwischen gekommen sein und er wusste nur allzu gut, dass Krista sich von ihrem Ziel durch nichts abbringen ließ, wenn sie sich etwas Bestimmtes in den Kopf gesetzt hatte. Wenn sie jetzt mit ihrer Tochter nach Boston fuhr, dann tat sie genau das, mochte kommen, was da wolle. Und nichts, wenn nicht gerade ein Wirbelsturm oder eine nukleare Katastrophe, würde sie daran hindern.

Als er an Kristas – manchmal enorme – Willensstärke dachte, musste Scott trotz all seiner Sorgen und Ängste lächeln. Während der Jahre seiner Facharztausbildung war es Kristas Stärke gewesen, die ihn mehr als einmal davor bewahrt hatte, den ganzen verdammten Bettel einfach hinzuschmeißen. Krista war eine Kraft an sich; selbst in ihrer Abwesenheit ließ sich ihre Präsenz nicht leugnen. Das ganze Haus strahlte ihre Berührung, ihren Geschmack, ihr Wirken aus.

Während Scott die zweite Dose Bier aufriss, ertappte er sich dabei, dass seine Gedanken unwillkürlich zu dem Tag zurückwanderten, an dem er ihr zum ersten Mal begegnet war.

Er war damals seit genau drei Wochen in Sandy Point, Neufundland gewesen und hatte sich gerade erst in Doktor Friths Praxis für Allgemeinmedizin eingearbeitet. Scott war für Frith eingesprungen, nachdem der praktische Arzt einen zweiten Herzinfarkt erlitten hatte. Wie der erste Infarkt war auch der zweite recht glimpflich verlaufen, aber der alte Hausarzt hatte ihn als Warnzeichen betrachtet und sich dafür entschieden, sechs Monate zu pausieren. Scott, der darauf aus war, sich eine kleine finanzielle Reserve anzulegen, ehe er sich spezialisierte, war im hinteren Teil einer Ärztezeitschrift, der Zeitschrift der Kanadischen Ärztevereinigung, auf Friths Anzeige gestoßen und hatte sich beworben. Wie sich herausstellte, war seine Bewerbung die einzige gewesen.

Frith führte seine Praxis nach einem einfachen System: Er hatte zwei Untersuchungs- und Behandlungsräume, zwischen denen er hin- und herpendelte. Seine Arzthelferin, eine Teutonin namens Eva Underhoffer, mit der nicht zu spaßen war, sorgte dafür, dass die Praxis wie eine gut geölte Maschinerie lief. Scott musste nur von einem Raum zum anderen wechseln, um dort einen neuen Patienten lächelnd und auf ihn wartend vorzufinden – das Wiegen und die Urinproben waren bereits erledigt.

An diesem Tag hatte die Arzthelferin, nachdem sie eine ältere Diabetikerin gewogen hatte, Scott beiseite genommen und ihn in ihrem schroffen, überheblichen Ton angekündigt, er werde seine nächste Patientin vielleicht als »ein wenig unangenehm« empfinden – wie die Underhoffer es in der ihr eigenen diskreten Terminologie auszudrücken beliebte. Es handle sich um ein junges Mädchen (einen »Hie-ppy«), das in »andere Umstände« geraten sei und jetzt nach einem Ausweg suche. Auf solche Ansinnen konnte die Underhoffer nur mit finsteren Blicken und eifernder Selbstgerechtigkeit reagieren.

Flankiert von der Arzthelferin, deren Waden ihn an Fässer erinnerten, hatte sich Scott in Raum 2 begeben und dort Krista Draper, damals noch Teenager, vorgefunden. In ein Laken gehüllt, hatte sie auf dem Untersuchungstisch gesessen und war bei seinem Anblick heftig errötet. In dieser Anfangszeit war Scott sowieso stets nervös gewesen, als Arzt noch ein Grünschnabel, der mit einem Kopf voll auswendig gelernter Fakten samt einer schwarzen Tasche voller Unerfahrenheit durch die Gegend taumelte. Aber irgendetwas an diesem Mädchen hatte ihn sofort umgehauen. Nichts, das er damals mit einem Namen hätte belegen können. Vielleicht war es etwas in diesen großen, gletscherblauen Augen, in ihrem forschenden, aufgeweckten Blick. Was immer es auch war, jedenfalls ertappte er sich plötzlich dabei, dass er einen trockenen Mund hatte, stotterte und kaum in der Lage war, die Arzt-Patienten-Farce durchzuziehen. Wäre er impulsiver (und sehr viel weniger professionell) gewesen, hätte er vielleicht gesagt: »He, wie wär's, wenn wir beide in die Stadt gehen, uns ein Eis holen, ein bisschen auf der Mole entlangschlendern und diese ganze Sache mit der Abtreibung wie zwei vernünftige Erwachsene durchsprechen.« Stattdessen hatte er all die Fragen gestellt, die von ihm erwartet wurden, auf ihrer Karteikarte Notizen eingetragen (Frith hatte die Karte peinlich genau alle achtzehneinhalb Jahre ihres Lebens hindurch geführt) und sie anschließend untersucht.

Und dieses eine Mal war Scott tatsächlich froh gewesen, dass er Friths dicke, übereifrige Arzthelferin dabei hatte. Der stählerne Blick aus ihren nordischen Augen hatte dafür gesorgt, dass er sich überaus professionell verhielt. Dennoch hatte er Notiz von diesem Mädchen genommen, von ihrer glatten, olivbraunen Haut, von dem dichten Schamhaar, von der Wärme, in die seine behandschuhten Finger eintauchten. Später hatte er Ekel vor sich selbst ... und dennoch eine seltsame Hochstimmung empfunden.

Als sie sich ein paar Tage später zufällig trafen, geisterten beide aus ganz unterschiedlichen Gründen abends auf der Mole herum: Scott sehnte sich nach einer Familie und seinem Zuhause und wägte das Für und Wider einer Zusatzausbildung zum Facharzt ab; Kristas Gedanken schwankten zwischen Abtreibung und Selbstmord hin und her. Bei der Vorstellung, dass Krista seine völlig unangemessene Erregung im Untersuchungszimmer der Frith'schen Praxis wahrscheinlich bemerkt hatte, war Scott vor Verlegenheit rot geworden. Aber Krista war in ihre eigenen turbulenten Gedanken versunken gewesen, fast hätte sie ihn jetzt nicht wiedererkannt.

Als er auf Krista stieß, saß sie auf dem zerfallenden Ausläufer der Mole, hatte den Blick verträumt in die Ferne gerichtet und musste auf jeden, der sie dort sah, wie eine wunderliche

Gestalt aus vergangenen Jahrhunderten wirken, die darauf wartete, dass das Schiff ihres Geliebten in der Dünung auftauchte. An diesem Abend hatte sie sich mitten in einem qualvollen Übergangsstadium befunden. In den letzten Wochen war sie durch die harte Schule heftiger Nackenschläge gegangen und vom Mädchen zur erwachsenen Frau gereift. Schließlich endete es damit, dass Scott sie in die Arme nahm und tröstete. Als es später in Strömen regnete, küsste er sie, strich ihr über das nasse Haar und flüsterte, es werde schon alles gut werden. Noch ehe er die Mole verließ, war er bis über beide Ohren verknallt. Nachdem er sie nach Hause gebracht hatte und zu seiner engen Koje in der Klinik zurückgekehrt war, hatte er stundenlang mit einer Art Phantomschmerz im Herzen wach gelegen.

Sieben Monate später, Kristas Bauch war inzwischen auf die Größe eines Basketballs angeschwollen, heirateten sie. Einen Monat später kam das Kind auf die Welt, das sie Kathleen Marie tauften.

Auch darüber hatte Scott seit Jahren nicht mehr bewusst nachgedacht: über die Tatsache, dass er nicht Kaths leiblicher Vater war. Anfangs, ehe Kath geboren war, hatte das an ihm genagt. Aber selbst damals war ihm klar gewesen, dass dieses Nagen vor allem mit seinem eigenen, ach-so-empfindlichen Ego zu tun hatte. Ein anderer Mann war mit dem Mädchen, das er liebte, zusammen gewesen, ein anderer Mann war in sie eingedrungen. Krista, die seine Empfindungen spürte, versicherte ihm, es sei nur eine einmalige Sache gewesen, mit einem Jungen, in den sie die ganzen letzten Schuljahre hindurch verschossen gewesen sei. »So was kann auch nur mir passieren«, hatte sie an jenem Abend auf der Mole gesagt. »Ich probier's ein einziges Mal – und schon bin ich schwanger.«

Aber als Kath erst einmal auf der Welt war und ihn mit ihrem niedlichen, runden Gesicht zu verzaubern begann, hatte er sich erneut bis über beide Ohren verknallt. Kath war ganz und gar *seine* Tochter. Wehe jedem Mann, der sich erdreisten sollte, das in Frage zu stellen.

Als das Telefon im Fernsehzimmer schrillte, fuhr Scott wie in einem Krampf zusammen. Kaths Puppe rollte von seinem Schoß auf den Fußboden, wo sie mit dem Kopf nach unten als formloses Stoffbündel landete. Mit einem Satz schnappte er sich den Hörer, der in der Hand der Mickymaus klemmte.

»Hallo?«

»Dr. Bowman?«

Es war Vince Bateman. Angesichts der Uhrzeit und der Situation war Scott über diesen Anruf ebenso erstaunt wie verärgert.

»Ich weiß, es ist schon spät«, sagte Bateman, ohne Scotts Antwort abzuwarten, »aber ich habe gerade ...«

»Hören Sie, Vince«, unterbrach ihn Scott, »ich verstehe ja, dass Sie wegen der Besprechung sauer sind. Tut mir Leid, aber ich kann mich im Augenblick nicht damit befassen. Ich erwarte nämlich einen wichtigen Anruf und muss die Leitung freihalten.«

»Um die Besprechung geht's aber gar nicht«, erwiderte Bateman. »Außerdem ist sie trotz Ihrer Abwesenheit bemerkenswert gut gelaufen. Ich rufe Sie in meiner Eigenschaft als Stationschef an, Scott. Was ich eigentlich sagen wollte, ist Folgendes: Gerade eben hat mich die Aufsicht auf der anderen Leitung informiert, dass Sie am frühen Abend eine ziemliche Szene hingelegt haben, eine Szene bei unserem medial veranlagten Patienten. Stimmt das?«

»Ja, aber ...«

»Was, zum Teufel, geht hier vor, Scott?« In Batemans Stimme schwang ein offener Vorwurf mit. »Nach dem, was die Schwester sagt, hätten Sie den alten Mann ernsthaft verletzen können. Ein solches Verhalten macht sich gar nicht gut, mein Freund. Was läuft da schief? Stehen Sie vielleicht unter übermäßigem Stress?«

Als er jetzt darüber nachdachte, musste Scott zugeben, dass es tatsächlich nach einer schlimmen Szene ausgesehen haben musste. Und es stimmte auch – er hatte es selbst gemerkt, als die Schwester ihn daran gehindert hatte, den Mann weiter zu schütteln –, dass er den Alten, gebrechlich wie er war, um ein Haar ernsthaft verletzt hätte.

Dennoch merkte Scott, wie ihn Batemans herablassender Unterton zur Weißglut brachte. Ganz abgesehen davon, dass er dieses Gespräch jetzt nicht führen wollte.

»Wir sprechen ein andermal darüber, einverstanden, Vince?«

»Ich hätte nicht angerufen, wenn ich die Sache nicht für wichtig gehalten hätte ...«

»Es geht um den Zeichner und einige seiner Skizzen«, erklärte Scott. »Ich fürchte, Krista und Kath sind in Gefahr, könnten einen Unfall mit dem Auto haben. Bitte verstehen Sie, dass ich die Leitung freihalten muss. Krista hätte längst anrufen müssen.« Als er seine Ängste in Worte fasste, wären Scott fast die Tränen gekommen. »Vielleicht versucht sie ja gerade, zu mir durchzukommen, während die Leitung durch unser Gespräch besetzt ist.«

»Oh.« Batemans ursprünglich heftiger Ton schwand. »Nun ja, vielleicht gibt es ja gar keinen Grund zur Sorge. Solche Leute können sich auch einmal irren, wissen Sie ...«

»Auf Wiederhören, Vince.«

»Wiederhören«, sagte Bateman und fügte hastig hinzu: »Geben Sie mir Bescheid, falls ... Auf Wiederhören, Scott.«

Mit einem verzweifelten Seufzer hob Scott Kaths Puppe auf und setzte sie auf die Tischplatte. Ihr Kopf sackte schlaff nach vorn. Er warf einen Blick auf die Uhr. Als er sah, dass es bereits auf Mitternacht zuging, fuhr ihm die Angst so heftig in den Rücken, als habe ihn ein Skorpion gestochen.

Sie hätte längst anrufen müssen.

Sie hätte anrufen müssen ...

Als das Telefon eine halbe Stunde später erneut klingelte, schrie Scott erschrocken auf, während er den Hörer ans Ohr nahm.

»Scott, hier ist Gerry.«

Scott sank das Herz in die Hose. Es hätte Krista sein müssen, dann hätte er diese ganze verdammte Angelegenheit vergessen können. Er hätte ihr sagen können, dass er sie liebte, wäre danach ins Bett gegangen und hätte die ganze Sache seiner überhitzten Fantasie zugeschrieben. Aber es war Gerry, und das verschlug Scott die Sprache. Da er das Schlimmste befürchtete, wollte ein Teil seines Ichs gar nicht hören, was sein Freund ihm mitzuteilen hatte.

Gerry rief jedoch nur an, um ihm zu versichern, die Polizei von Maine und Massachusetts werde volle Amtshilfe leisten. Er hatte den Polizisten mitgeteilt, es gehe um einen Fall von Kindesentführung, sie aber davor gewarnt, Gewalt anzuwenden: Vermutlich handle es sich bei der Kidnapperin um die vom Kind getrennt lebende leibliche Mutter. Da sich die Strafvollzugsbehörden nur ungern in häusliche Streitigkeiten einmischten, hatte er außerdem erwähnt, Mutter und Kind seien in einem gestohlenen Wagen unterwegs.

Nachdem sich Scott bei seinem Freund bedankt und für seinen kurz angebundenen Ton entschuldigt hatte, klemmte er das Telefon wieder in die Hand der Mickymaus.

Er machte ein weiteres Bier auf und stürzte es in hastigen, durstigen Zügen hinunter. Müde und hungrig wie er war, machte das Bier ihn sofort betrunken. Seine Muskeln schmerzten, genau wie seine Hüfte, und jetzt tat ihm auch noch der Kopf weh.

Das Donnergrollen da draußen rückte ständig näher, hin und wieder flammten im Süden grelle Blitze auf.

Sie hätte längst anrufen müssen, ging es ihm wieder und wieder durch den Kopf.

Sie hätte anrufen müssen …

Als Scott gegen halb zwei Uhr morgens nach dem Sixpack Bier neben sich griff, fand er nur noch leere Dosen vor. Beim Aufstehen schwankte er. Er ging zur Stereoanlage hinüber, hob die Nadel von der Schallplatte – schon seit fast einer

Stunde zirkulierte sie im Leerlauf und stieß immer wieder gegen das innere Etikett –, kehrte zum Telefon zurück und rief Caroline in Boston an. Das Gespräch war kurz, die Nachricht eindeutig.

Sie hatten sich noch immer nicht bei Caroline gemeldet.

Scott entschuldigte sich für die nächtliche Störung, worauf Caroline erwiderte, das sei schon in Ordnung und er solle sich keine Sorgen machen. Nachdem er sich von ihr verabschiedet und aufgelegt hatte, versuchte er zu lesen – zuerst eine wissenschaftliche Fachzeitschrift, danach ein Groschenblatt –, starrte jedoch nur auf die ewig gleichen Zeilen, ohne ihren Inhalt zu erfassen. Gegen zwei Uhr forderte der Alkohol sein Recht, so dass er wie betäubt einschlief, ohne dass die Bilder ihn losließen. Immer wieder hatte er im Traum die Zeichnungen vor Augen, nur gehörte das Gesicht jetzt Kath.

Stunden später – jedenfalls kam es ihm so vor, in Wirklichkeit war nur eine einzige Stunde vergangen – fuhr er bei einem heftigen Donnerschlag auf. Der sommerliche Sturm tobte inzwischen so heftig, dass der Strom ausgefallen und das Haus in Dunkel getaucht war. Allerdings funkelte das Zimmer in dem Moment, als Scott die Augen aufschlug, im Widerschein eines grellen Blitzes. Während dieses kurzen Augenblicks strahlender Helligkeit fiel sein Blick auf Kaths Flickenpuppe, die vor ihm auf der Tischplatte thronte: Ihr plumper Körper war aufgeschlitzt, so dass die Füllung in einem hässlichen, grauen Bausch hervorquoll. Aus einem Winkel des mit Grübchen verzierten Mundes rann frisches Blut.

Gleich darauf wurde es wieder dunkel, und als hier und da ein Blitz aufflackerte, war die Puppe wieder ganz, war wieder die gute alte Jinnie.

Irgendwann dämmerte der Morgen herauf.

Beim ersten Tageslicht rief Scott noch einmal bei Caroline an.

»Wahrscheinlich haben sie einfach in irgendeinem Motel

übernachtet«, meinte sie. Allerdings verriet ihre Stimme, dass auch sie sich inzwischen Sorgen machte. Beide wussten sie, dass es Krista gar nicht ähnlich sah, sich nicht zu melden. Auch dieses Gespräch war kurz.

Nachdem er seine übervolle Blase entleert hatte, holte sich Scott das schnurlose Telefon und machte sich damit auf den Weg zum See. Der Sturm hatte inzwischen eine Atempause eingelegt, es fiel nur leichter Nieselregen. Die saubere, kühle Luft roch nach regenfeuchtem Laub. Auf halbem Weg zum See hinunter entdeckte Scott ein vierblättriges Kleeblatt und bückte sich instinktiv, um es zu pflücken, entschied sich jedoch dagegen und markierte die Stelle stattdessen mit einem abgebrochenen Zweig. Er nahm sich vor, damit zu warten, bis Kath wieder bei ihm war, und dann so zu tun, als habe er das Kleeblatt gerade erst entdeckt ...

Während Scott sich alle Mühe gab, seine Sorgen zu verdrängen, setzte er den Weg zum See hinunter fort. Ringsum war das Grün blau gesprenkelt: Viele der dicken Blaubeeren, die man hier im August ernten konnte, hatten sich bereits vom Strauch gelöst und lagen auf dem Boden. Jenseits des Landestegs kräuselte eine Böe die Wasseroberfläche, um gleich darauf durch die Birken am Seeufer zu fahren und an ihren papierdünnen Blättern zu rütteln. Im Westen türmten sich zahlreiche noch nicht entladene Gewitterwolken übereinander und trieben wie in einer Regatta ungestüm dahin. Hinter Scott, im Osten, kämpfte die aufgehende Sonne um ihre Vorherrschaft. Ihr Licht erzeugte ein fast fluoreszierendes, gelbliches Grün, das unheimlich wirkte, als es die Hügel einhüllte und sie vor dem Hintergrund des rötlich übergossenen Himmels aufleuchten ließ.

Scott trat auf den Landesteg hinaus, blieb am Rand stehen und starrte in das aufgewühlte Wasser. Unwillkürlich versuchte er sich auszumalen, wie es wäre, ins Wasser einzutauchen, sich bis zu den Zehen zu strecken und in hohem Bogen hineinzuspringen ... Dabei wurde ihm so schwindelig, dass er sich schnell wieder auf festen Boden zurückziehen musste.

Mein Gott, ich wünschte, das Telefon würde endlich läuten. Er konnte dessen stummes Gewicht in der Jackentasche spüren. Ob so oder so: Alles war besser, als derart im Dunkel zu tappen.

Ach ja, wirklich?

Er nahm am Picknicktisch Platz, legte die Füße auf die Bank, stützte das Gesicht in die Hände und schaukelte in stiller Qual vor und zurück. Der Gedanke, seiner Frau und seiner Tochter könne etwas zugestoßen sein, war ihm unerträglich, erfüllte ihn mit ohnmächtiger Angst ... nein, etwas noch Stärkerem. Seitdem er diese Zeichnungen entdeckt hatte, die möglicherweise mit seiner Familie zu tun hatten, war Scott ein einziges Nervenbündel, ging auf Schatten los, malte sich katastrophale Szenen aus, die er nicht verdrängen konnte. Nachts hatte er sich sogar in etwas hineingesteigert, das er für eine von Übermüdung und Stress verursachte Halluzination hielt: Im flackernden Widerschein des Blitzes war es ihm so vorgekommen, als sei Kaths Puppe aufgeschlitzt worden und voller Blut. Jede Minute, die verstrich, ohne dass Krista anrief, bestärkte ihn in der Gewissheit, dass der Alte Recht gehabt hatte und ein Unfall passiert sein musste ... ein schlimmer Unfall. Ihm war kalt, er fühlte sich so leer und ausgehöhlt wie die Fässer, die unter dem Anlegesteg trieben.

Während er in der seltsam aufgeladenen Luft herumsaß, hörte er irgendwann eine Möwe mit so klagender Stimme schreien, dass sie beunruhigend menschlich klang. Als sich Scott zu dem Geräusch in seinem Rücken umdrehte – in seiner Müdigkeit hatte er sich ausgemalt, Kath habe sich aus Spaß an ihn herangeschlichen –, sah er, dass der grauweiße Vogel auf einem Felsen thronte, eine Elritze ausweidete und ihn mit den gelben Augen gleichzeitig argwöhnisch beobachtete. Voller Wut darüber, dass die Möwe ihn unwissentlich derart hereingelegt hatte, schwenkte er die Arme, bis sie davonflog. Während sie sich in die Lüfte schwang, verfolgte ihn ihr Geschrei wie hämisches Gelächter.

Scott schossen Tränen in die Augen, sein Blick verschwamm. Dennoch fielen ihm auf dem Boden nahe am Anlegesteg zwei seltsame rosafarbene Streifen auf. Als er näher hinsah, merkte er, dass es sich um Haarklammern handelte, die Krista gehörten. Gleich darauf fiel ihm ein, dass sie die Klammern aus ihrem Haar gelöst hatte, als sie vor einigen Wochen mit ihm zusammen nackt im See gebadet hatte. Später hatte sie die Suche danach aufgegeben. Scott lächelte, während er die Klammern aufhob. Er nahm sie mit zum Tisch und rief sich dabei alle intimen Einzelheiten jener warmen Nacht ins Gedächtnis zurück.

Es war ein Samstag gewesen. Da Kath bei einer Freundin übernachtete, hatten Krista und er das Wochenende ganz für sich gehabt. Sie waren unten am Bootssteg gewesen, hatten sich ein bisschen betrunken und herumgealbert, bis Krista schließlich vorschlug, schwimmen zu gehen, und sich auszuziehen begann. Scott erinnerte sich noch deutlich an ihre blassen, vorgewölbten Brüste, die sich im körnigen Zwielicht des Mondes so erotisch von der ansonsten gebräunten Haut abgehoben hatten. Ebenso deutlich erinnerte er sich an die vage, Schwindel erregende Angst davor, bei Nacht zu schwimmen, ein Gefühl, das den Nervenkitzel noch erhöhte. *Bis zum Morgen danach,* dachte er grimmig, *bis wir den steinigen Boden und das Unkraut spürten.* Sie hatten gelacht, waren herumgeschwommen und hatten einander nass gespritzt, bis Krista sein Glied in die Hand genommen und hart gemacht hatte. Und dann hatten sie sich geliebt, auf dem Anlegesteg, nackt unter Sternen. Es war schön für sie beide gewesen. Und danach, es war unglaublich, waren sie an Ort und Stelle eingeschlafen, so ineinander verschlungen, dass sie nicht einmal gefroren hatten.

Sofort folgte auf diese Erinnerung eine andere. Seltsamerweise fiel ihm ein, wie Kath mit fünf Jahren einen Eiswürfel verschluckt hatte und fast daran erstickt wäre. Als erlebe sein Gehirn eine Art Kettenreaktion, führte eine Erinnerung zur nächsten. Es dauerte nicht lange, bis ihm eine ganze Kaskade von Erinnerungssplittern in schneller Abfolge durch den Kopf schoss.

Scott hätte nicht sagen können, wie viel Zeit verstrichen war, als der Wind plötzlich auffrischte und es erneut zu regnen begann. Völlig vertieft in das Mosaik von Erinnerungen überhörte er das erste schrille Läuten des schnurlosen Telefons, als es sich in seiner Jackentasche meldete. Beim zweiten Läuten reagierte er und zog es aus der Jacke, nahm jedoch nicht ab. Auf den Regen achtete er nicht. Ihm war nur die eigene Angst bewusst, die schwer auf ihm lastete, auf sein Herz drückte und es zu zermalmen drohte. Bestimmt war es Gerry, der anrief und mit seiner lauten Stimme gleich sagen würde: *Tut mir Leid, Scott, aber sie sind tot ... Sie sind beide tot ...*

Beim dritten Läuten nahm er den Hörer ans Ohr. Die Stimme am anderen Ende – eine hohe, angespannte Stimme, die vertraut klang – schnitt ihm das Wort ab, ehe Scott sich melden konnte.

»Scott?«

Dieses einzige Wort wirkte wie ein schmerzstillendes Mittel. Kummer und böse Vorahnung lösten sich in einem einzigen bebenden, kaum hörbaren Atemzug auf.

Scott fing zu kichern an.

»Hör zu, Scott, du wirst nicht glauben, in welcher Scheiße ich hier stecke ... Lachst du etwa? Es ist mein voller Ernst, Scott ...«

Es war Krista.

»... hörst du mir jetzt endlich zu?«

Ehe Scott antworten konnte, hörte er, wie die Stimme seiner Frau vor Wut scharf wurde und gleich darauf gedämpft klang, weil sie die Hand über die Sprechmuschel gelegt hatte. Sie sprach mit jemandem an ihrem Ende der Leitung – und nicht allzu höflich.

»Würden Sie mich hier, um Himmels willen, ein Privatgespräch führen lassen? Mein Gott noch mal!« Sie war wieder dran. »Nicht zu *fassen*, was das für Volltrottel sind.«

»Was ist da los, Krista?«, fragte Scott, der seine Stimme

endlich wiedergefunden hatte, aber immer noch grinsen musste. »Bist du gesund und munter? Was ist passiert? Als du dich nicht gemeldet hast, dachte ich schon ...«

»Das tut mir Leid, Liebling. Aber lass mich erklären. Oh, es ist eine lange Geschichte. Gestern Abend hab ich mit dem Auto eine gottverdammte Kuh angefahren ...«

»Eine Kuh?« Scott musste schon wieder kichern. Eine Kuh, dachte er mit hysterischer Heiterkeit, nur eine blöde, gottverdammte Kuh.

»Das ist nicht komisch. Wir hätten uns dabei verletzen ... oder sogar draufgehen können. Jedenfalls ist die arme Holsteiner inzwischen nur noch Hackfleisch. Ich hab ihre Hinterbeine mit der Stoßstange erwischt. Der Bauer hat gesagt, er müsse sie erschießen. Weißt du, Kath und ich haben uns gestern Nachmittag völlig verfranzt und, na ja, du weißt ja, wie ich bin, wenn ich irgendwohin muss.«

Allerdings.

»Es war dunkel, und ich bin auf dieser gewundenen Straße ziemlich schnell gefahren ... Wenn Neuengland irgendwas im Überfluss hat, dann sind es solche Straßen mit Zickzackkurven.«

Krista war wirklich fertig, wie Scott an ihrem Endlosmonolog merkte. Dennoch konnte er sein Lächeln nicht unterdrücken. Ihnen war nichts passiert, Gott sei Dank waren sie unversehrt.

»Wir sind um diese scharfe Kurve gebogen – und da waren sie, Kühe, vielleicht sechzig oder so, überall auf der verdammten Straße. Und ein halbes Dutzend Bauern mit Taschenlampen und Hunden. Die Kühe hatten den Weidezaun niedergetrampelt und waren ausgebrochen. Dem Auto ist nicht viel passiert ... ich meine, ich kann noch damit fahren. Der Kühler ist ein bisschen eingedrückt. Ich bin ins Schleudern geraten und im Straßengraben gelandet. Mein Gott, ich bin mir wie eine Kriminelle vorgekommen. Diese Bauern haben mir ganz schön hässliche Blicke zugeworfen ... Und dann mussten sie das Auto auch noch auf die Straße hieven. Egal, aber um dem noch eins draufzusetzen, musste es auch noch zu regnen anfangen. Regen mit Blitz und Donner, es war ein regelrechter Gewittersturm. Und du weißt ja, wie solche Gewitter Kath zu schaffen machen.«

Während er grinsend im Regen saß, nickte Scott vor sich hin. Bei schlimmen Gewittern fiel Kath in die Verhaltensweisen eines fünf oder sechs Jahre jüngeren Mädchens zurück.

»Jedenfalls war ich fix und fertig. Deshalb hab ich einen Bauern gefragt, wie weit es zum nächsten Motel ist. Er sah so aus, als würde er mir lieber erzählen, ich solle ... na ja, du kannst es dir sicher ausmalen ... Aber er hat's mir dann trotzdem gesagt. Also sind wir losgefahren, wobei ich wie Espenlaub gezittert hab, nachdem wir die Kuh erwischt hatten. Und Kath war völlig verängstigt und verhielt sich wie eine Dreijährige.«

Während er zuhörte, wanderte Scott den Hügel hinauf zurück zum Haus. Erst jetzt kam ihm zu Bewusstsein, dass er im Augustregen dagesessen und im Geiste Nachrufe auf die beiden Menschen verfasst hatte, die ihm auf der ganzen Welt am meisten bedeuteten. Ohne dass er es merkte, zertrat er mit der Schuhsohle den vierblättrigen Klee, den er mit einem Zweig markiert hatte. Nur die Höhepunkte in Kristas heruntergerasseltem Bericht drangen bis in die Gehirnbereiche vor, in denen er sie sortieren konnte, aber das spielte keine Rolle. Was zählte, war allein Kristas Stimme – diese lebhafte, entnervte Stimme, die in ihrer Erregung in den alten neufundländischen Dialekt ihrer Kindheit zurückgefallen war ... Was zählte, war allein die Tatsache, dass sie noch am Leben war. Das Auto, die Kuh, der Zeichner – nichts davon war wesentlich.

»Schließlich fand ich das Motel, *Nomad's Notch.*« Krista lachte spöttisch. »Wenn du mich fragst, würde *Nomad's Crotch* schon eher passen (Anm. d. Ü.: *Nomad's Notch*: Nomadenherberge; *Nomad's Crotch*: frei übersetzt Geschlechtsteil eines Nomaden). Was für ein Saftladen!« Sie senkte die Stimme zu einem Flüstern. »Oh, Scheiße, dieser kleine Dreckskerl, der Motel-

Besitzer, hat das eben mitgehört. Ich wollte dich anrufen, als ich hier ankam«, fuhr sie in normalem Tonfall fort. »Es war spät, schon nach Mitternacht, und ich wusste, du würdest dir Sorgen machen. Aber wegen des Gewitters ist das Telefonnetz zusammengebrochen, das Stromnetz auch. Also mussten Kath und ich im Dunkeln in diesen matschigen Hof hinaus und nach Zimmer siebzehn suchen. Und da stellt sich heraus, dass uns diese kleine Ratte die Bruchbude ganz am Ende der Reihe zugewiesen hat, mit undichtem Dach, ohne Heizung und mit einer vermoderten, alten Matratze. Als ich heute Morgen aufwachte, hatte ich überall am Arsch Abdrücke von den Sprungfedern.«

Krista war drauf und dran, die Beherrschung zu verlieren. Scott hatte das Gefühl, sie werde vielleicht zu weinen anfangen. Erleichtert, wie er war, hatte er verkannt, wie sehr sie dies alles mitgenommen hatte. Im Vergleich zu dem Schicksal, das er sich ausgemalt hatte, kamen ihm Kristas Missgeschicke wie Kleinigkeiten vor. Aber alles war relativ.

»... hab dauernd von dieser armen Kuh geträumt. Als ich sie erwischt hab, hat sie sich eingekotet, Scott. Hat direkt auf die Motorhaube geschissen.« Als Krista ihren Monolog kurz unterbrach, konnte er über die Meilen hinweg ihre lauten Atemzüge hören. »Und dann ...« Jetzt weinte sie tatsächlich, Scott konnte die Tränen fast kullern hören. »Und dann das! Um halb sechs Uhr früh wird meine Zimmertür aufgerissen und diesen beiden gehirnamputierten Polizisten platzen herein!«

»Oh, mein Gott.« Plötzlich fand Scott die ganze Situation zum Brüllen komisch. Gerrys Werk ... Seine Detektivarbeit hatte Früchte getragen.

»Was geht da vor, Scott? Die halten mich für irgendeine Kriminelle, für eine Kidnapperin. Ist doch nicht zu fassen, oder? Ich hab denen meinen Führerschein, den Fahrzeugbrief und all das gezeigt, und Kath hat ihnen gesagt, dass ich ihre Mutter bin, aber die behaupten, sie müssten erst auf so was wie 'ne Unbedenklichkeitsbescheinigung aus Kanada warten.«

Sofort sah Scott eine Möglichkeit, aus der ganzen Sache mit weißer Weste herauszukommen. Vielleicht sogar als Held. »Hör mal, Liebling, lass das Weinen und gib mir deine Nummer im Motel, dann rufe ich dich sofort zurück. Ich werde mich mit Gerry in Verbindung setzen. Mal sehen, ob er diesen ganzen Schlamassel nicht aufklären kann. Offensichtlich hat es da irgendein Missverständnis gegeben.« Aus einer spontanen Eingebung heraus, die er erst Stunden später begreifen sollte, fügte er gleich darauf hinzu: »Und dann buche ich einen Flug und stoße in Boston zu euch ... Zur Hölle mit all den Sitzungen, dem Job und der Psychiatrie.«

»Okay, mein Süßer.« Krista schniefte zwar noch, klang aber wieder beherrschter. »Du bist ein Schatz.« Sie gab ihm die Nummer durch. »Danke. Und das mit dem Auto tut mir Leid.«

»Denk nicht ans Auto. Meine beiden Frauen sind heil und gesund, nur das zählt. Ich hab sowieso schon daran gedacht, den Volvo gegen einen Chevette einzutauschen.«

Als Krista lachte, fühlte sich Scott wie ein Glückspilz.

»Ich liebe dich, Scott.«

»Ich dich auch.«

Als sie auflegten, stand Scott immer noch draußen auf der Veranda im kühlen, erfrischenden Regen.

17

Als sich das Telefon erneut meldete, fuhr Scott zwar zusammen, empfand das Läuten aber nicht mehr als beängstigend, sondern nur noch als ganz normales, angenehmes Geräusch. Er trat von der Veranda ins Haus und nahm mit fröhlichem Hallo ab.

»Scott?« Es war Gerry. »Hör zu, wir haben die beiden gefunden, es geht ihnen gut. Allerdings hat Krista eine Stinkwut.«

»Tja, das weiß ich, sie hat gerade eben angerufen. Danke,

Mann, ich schulde dir einiges und werd dir einen ausgeben.« Scott lachte leise. »Kannst du mir jetzt auch noch aus dieser Patsche helfen? Wenn Krista herausfindet, dass ich hinter all dem stecke – ganz abgesehen von dem verrückten Grund dafür –, dann gnade mir Gott.«

»Das ist die leichtere Übung.«

»Danke, Kumpel. Du musst ja denken, dass ich allzu lange in der Sonne gewesen bin und einen Stich habe.«

»Na ja, du weißt doch, was man sich über Seelenklempner erzählt ... Nein, ganz im Ernst, deine Sorge um die beiden hat mich echt gerührt. Du kannst von Glück sagen, Menschen um dich zu haben, an denen du so hängst.«

»Tja, ich weiß.« Scott gab es einen leichten Stich ins Herz, als er die eigene Situation mit der seines Freundes verglich. Gerrys Frau Steffie hatte ihren Ehemann vor zwei Jahren sitzen lassen – mit einer leer geräumten Wohnung und einem Abschiedsbrief auf dem Küchentisch.

»Kannst du mir jetzt auch den *verrückten Grund* für all das verraten oder muss ich warten, bis die's im Fernsehen bringen?«

»Das ist ja wohl das mindeste, was du verdienst. Allerdings nicht jetzt. Vielleicht nächste Woche bei einem Bier und einem Essen in der *Pizza Hut.* Ich möchte Krista gleich zurückrufen. Ich fliege noch heute nach Boston und treffe mich am Abend mit ihr.«

»Okay, José. Aber lass mir noch zehn, fünfzehn Minuten Zeit, damit ich das *Missverständnis* in den Staaten aufklären kann, ehe du sie anrufst ... Und meide die Sonne.«

»Auf bald«, sagte Scott lachend. »Ich ruf dich wieder an.«

Er legte den Hörer auf die Gabel und machte sich auf den Weg nach oben. Lautlos vor sich hin pfeifend, ging er ins Bad, entledigte sich seiner durchnässten Sachen und hüpfte unter die Dusche. Er fühlte sich großartig, besser als seit Tagen. Und dennoch konnte er, während das heiße Wasser Wunder wirkte, untrüglich spüren, wie die Erschöpfung ihn überwältigte. Er steuerte auf einen regelrechten Kollaps zu, das war ihm klar. Wahrscheinlich würde er den ersten Tag in Boston einfach durchschlafen.

Eine Kuh, dachte er wieder. Keine schlurfenden Zombies aus dem Tal der Toten. Nicht, dass er auch nur einen Augenblick geglaubt hätte ...

Es war dieser Moment, in dem ihm klar wurde, dass der Zeichner trotz allem Recht behalten hatte. In seiner Erleichterung war Scott so zerstreut gewesen, dass er den wahren Kern der Prophezeiung missachtet hatte. Es war tatsächlich eingetroffen: Seine beiden Frauen hatten abends einen Autounfall gehabt, waren auf der Straße mit einem Lebewesen zusammengestoßen.

Und das heißt, dass sie jetzt außer Gefahr sind ... oder nicht?

Er trat aus der Dusche, rubbelte sich energisch trocken und trottete ins Schlafzimmer hinüber. Immer noch ein wenig wackelig auf den Beinen, griff er nach dem Telefon und rief den Reservierungsschalter der Air Canada an. Das Bestmögliche, das man für ihn tun könne, sei die Reservierung eines Fluges nach Montreal samt eines Anschlussfluges nach Boston, wurde ihm mitgeteilt. Mit Air Canada könne er abends um acht aus Ottawa abfliegen und eine Stunde später in Montreal in eine Delta-Maschine umsteigen, um am späteren Abend um fünf vor elf in Boston zu landen. Das passte ihm gut: Der späte Flug würde ihm Zeit lassen, die Dinge in der Klinik zu regeln.

Als Nächstes wählte er die Nummer, die Krista ihm gegeben hatte.

Die Frau, die abnahm, sprach mit einem schleppenden Nordstaatler-Akzent, der Scott affektiert vorkam.

»Morgen, hier *Nomad's Notch.*«

»Hier Dr. Bowman«, erwiderte er mit so viel Autorität, wie er aufbringen konnte. »Bitte geben Sie mir Krista Bowman.«

Der Hörer schepperte, als er gegen irgendetwas Hartes stieß. Scott hatte dabei einen Kunststoff-Tresen voller Kaffeeflecken vor Augen. »Is' für Sie«, hörte er die Frau sagen.

»Scott?«

»Hi, ich hab Gerry erreicht ...«

»Ja, ich weiß.« Krista klang munter und erleichtert. »Diese Gangster sind abgezogen, ohne jede Entschuldigung oder sonst was. Haben nur gesagt: *Hier ist Ihr Führerschein, Lady, Sie können jetzt fahren.* Schweine. Na ja, wenigstens können wir jetzt los. Kath hält das alles für einen Mordsspaß. Ich hab Caroline schon angerufen. Sie hat gelacht, aber ich weiß, dass sie sich genau wie du Sorgen gemacht hat.«

Sie dachte einen Augenblick nach. »Mir geht's jetzt wieder gut, weißt du, du musst also nicht unbedingt nach Boston fliegen. Ich fände es zwar schön, aber ...«

Scott warf erneut einen Blick auf die Zeichnungen, die er vor dem Duschen aufs Bett geworfen hatte. »Sorg einfach dafür, dass der Harem heute Abend um elf am Delta-Ausgang versammelt ist.«

Krista kreischte leise auf, was sie nur tat, wenn sie sich sehr freute.

»Krista?« Scotts Stimme war fast ein Flüstern.

»Ja, Liebling?«

»Kannst du mir einen Gefallen tun?« Er sah die Angst im Gesicht des Kindes auf der Zeichnung und merkte, dass an seinem Haaransatz Schweiß perlte.

»Spuck's schon aus, Kumpel.«

»Fahr heute Abend nicht mehr nach Einbruch der Dunkelheit, ja?«

»Was? Warum denn nicht?«

»Bitte, Liebes. Tu einen Abend lang einfach das, was deinen bekloppten Ehemann beruhigt.«

»Und wie soll ich dich dann am Flughafen abholen?«

»Fahr mit Caroline, dann muss ich mir keine Sorgen machen, okay?«

»Okay.« Krista war zu erschöpft, um weiter nachzuhaken oder mit ihm herumzustreiten. »Bis heute Abend also.« Absichtlich ließ sie in diesen Abschiedsworten ein erotisches Versprechen mitschwingen.

»Alles klar«, erwiderte Scott, der das Signal erkannte. »Ich bin der Mann mit der *Prawda* unter dem Arm und der unreifen Chiquita-Banane, heimlich festgeklebt im Schritt.«

Krista lachte. »Bowman, du bist wirklich ein Blödmann ... Aber ich liebe dich trotzdem. Und tschüss.« Sie legte auf.

Ehe Scott am späten Vormittag zur Klinik aufbrach, faltete er die Zeichnungen zusammen und verstaute sie in der Reisetasche. Er wollte sie Krista zeigen, vielleicht würden sie dann beide herzhaft über diese ganze dämliche Sache lachen. In ein anderes Taschenfach stopfte er Jeans und Jinnie, Kaths Flickenpuppe.

Er war schon auf dem Weg nach draußen, als ihm die Weihnachtsfotos einfielen, die er hatte entwickeln lassen. Er schob sie als Letztes in die Tasche.

18

»Sie wollen mich wohl auf den Arm nehmen.« Krista stand in der glühenden Mittagshitze und starrte den mit Schmieröl verdreckten Automechaniker fassungslos an. Seine Augen, die einen verblüffenden Farbton hatten, ein intensives Flaschengrün, zwinkerten vor Vergnügen. Hinter ihm, auf dem Schotterstreifen, war der Volvo abgestellt, aus dessen eingedrückter Motorhaube zischend Dampf entwich. Dagegen brummte der Motor des Abschleppwagens, der ganz in der Nähe stand, zufrieden vor sich hin. Fast so, als wolle er sich über ihr Missgeschick lustig machen, dachte Krista.

Von *Nomad's Notch* aus war sie genau dreißig Kilometer gefahren, als der Wagen zu stottern und das rote Auge der Temperaturanzeige vorwurfsvoll zu blinken begann. Wie nicht anders zu erwarten, war sie genau hier, am Arsch der Welt, gelandet, als es passierte. Und es hatte sie mehr als eine Stunde gekostet, einen Wagen anzuhalten, der sie in den nächsten Ort mitnahm.

»Nein, Gnädigste, das ist mein voller Ernst. Sie haben ein Loch im Kühler – sooo groß!« Er deutete es mit seinen ölverschmierten Wurstfingern an. »Offenbar hat sich ein Ast durch den Kühlergrill gebohrt, als Sie von der Straße abgekommen sind.« Jetzt lächelten seine grünen Augen, er sah wohl schon die Dollars fließen.

Krista blickte finster zu dem demolierten Wagen hinüber. »Können Sie das reparieren?«

Der Automechaniker rieb sich das Kinn und schlurfte zu seinem Lastwagen zurück, wo er einen Ellbogen am Fenster abstützte und einen Stiefel gegen das lehmverschmierte Trittbrett stemmte. So, wie er dastand, gab er teilweise die Sicht auf das Firmenlogo frei, das an der Fahrertür prangte: ERNIE THURSTON, TEXACO.

»Reparieren kann ich den Wagen schon«, erklärte er nach einer theatralischen Pause. »Brauch dazu aber einen neuen Kühlerblock. Wahrscheinlich muss ich den in Boston besorgen ...«

»Boston?!«, unterbrach ihn Krista. Sie waren immer noch gut dreieinhalb Stunden von Boston entfernt. »Wie lange wird das dauern?«

»Bis zum Nachmittag, schätze ich. Vielleicht sogar bis morgen Vormittag. Muss den alten Kühlerblock ausbauen und mit Greyhound hinschicken. Vielleicht finden wir so einen auch in Portland, falls wir Glück haben.« Er musterte den Volvo mit offener Verachtung. »Diese ausländischen Wagen mögen ja ganz nett und so sein, aber die Einzelteile sind schlampig produziert – der letzte Scheiß!« Als wolle er seiner Meinung, die aus vollem Herzen kam, Nachdruck verleihen, spuckte er aus. »'tschuldigung, Gnädigste.«

Krista biss sich auf die Lippen. Unwillkürlich fiel ihr ein Lieblingsausspruch ihrer Mutter ein, die sie im Plauderton sagen hörte: »Ein Unglück kommt selten allein.« *Also gut, an welchem Punkt soll ich mit dem Zählen anfangen?*, fragte sich Krista bitter. *Erst bringt mich meine Schwester mit ihrer Wichtigtuerei auf die Palme, dann der Zoll, danach der Strafzettel wegen zu schnellen*

Fahrens. Schließlich verfranse ich mich in den Bergen, fahre eine Kuh tot, muss auf einer verlausten Matratze schlafen und werde wegen Entführung festgenommen. Reicht das noch nicht?

Während sie zum zischenden Volvo hinüberblickte, brannte ihr ein dicker Schweißtropfen im Auge. »In Ordnung«, sagte sie resigniert. »Also los.«

Der Mechaniker nickte und spuckte nochmals aus. Gleich darauf stieg er in den Abschleppwagen und setzte so zurück, dass er direkt vor dem Volvo zu stehen kam. Seine grünen Augen funkelten.

In der Zwischenzeit hatte Krista ihre Tochter, die im Straßengraben nach Grashüpfern suchte, zu sich gewunken. Beide quetschten sich auf den Beifahrersitz von Ernie Thurstons Ford. Während sie auf ihn warteten, zupfte Kath gedankenverloren an der Füllung, die aus einem Riss im Kunststoffpolster quoll.

19

Der Zwischenaufenthalt in Montreal dauerte kaum mehr als eine Stunde. Den Großteil der Zeit verbrachte Scott damit, dass er in einer Bar am Abflug-Gate ein Bier genoss. Den recht unbeholfenen Annäherungsversuchen einer beschwipsten Prostituierten schenkte er keine Beachtung.

Nach dem Gespräch mit Krista hatte er am restlichen Vormittag versucht, ein bisschen Schlaf nachzuholen. Aber die Nacht voller Sorgen hatte die Wirkung eines Aufputschmittels, so dass er keine Ruhe finden konnte. Zwar schaffte er es, für eine Stunde einzunicken, fühlte sich beim Aufwachen jedoch noch erschöpfter als zuvor. Als er kurz nach zwölf in der Klinik ankam, zog er sich sofort in sein Büro zurück, wo er einige Stunden damit zubrachte, Briefe zu diktieren und die für diese Woche angesetzten Besprechungen und Termine zu verlegen. Ehe er die Klinik verließ, sah er kurz nach dem Zeichner, der in seinem Rollstuhl saß und fest schlief. Wie die

Krankenschwester, die Bateman mit der Betreuung des Alten beauftragt hatte, berichtete, hatte er sich seit dem frühen Morgen kaum gerührt. Von neuen Zeichnungen war nichts zu sehen.

Während sich Scott in die Schlange einreihte, die darauf wartete, an Bord zu gehen, merkte er, dass er mehr als angesäuselt war, genau wie die Nutte, und ihre hartnäckigen Annäherungsversuche jetzt seltsamerweise als schmeichelhaft empfand. Immer noch winkte und zwinkerte sie ihm von ihrem Hocker an der benachbarten offenen Bar aus zu.

Was für ein anhängliches Straßenhündchen, dachte Scott, musste kichern und winkte zurück. Inzwischen hatte er die grässliche Angst, die ihn letzte Nacht gepackt hatte, fast vergessen. Allerdings nagte trotz der Erschöpfung und der milden, vom Alkohol verursachten Euphorie irgendetwas an ihm, beschäftigte sein Unterbewusstsein. Es war irgendein Detail, das er nicht richtig fassen konnte, das ihm immer wieder entglitt. Irgendetwas passte nicht zusammen, fügte sich nicht recht ins Bild. Es hatte mit den Zeichnungen des Alten zu tun: Irgendetwas daran war widersinnig, ohne dass er es hätte benennen können, aber es war eindeutig in den Bildern enthalten.

Während Scott wartete, wurde ihm vage bewusst, dass er die Arbeiten des Alten mit sich herumschleppte: Sie lagen zusammengefaltet in der Seitentasche seiner TWA-Flugtasche. Es kam ihm so vor, als könne er sie darin spüren – wie ein Gewicht, gerade so schwer, dass die Trageriemen der Tasche unangenehm in seine Schulter schnitten.

»Ihre Bordkarte, bitte. Ihre Bordkarte, Sir?!«

»Was ...?«

Ohne es zu merken, war Scott bis zur Spitze der Warteschlange aufgerückt. Jetzt sah er sich einer gereizten Stewardess aus Puerto Rico in adretter blauer Uniform gegenüber, die ungeduldig die behandschuhten Finger ausstreckte. Der Passagier vor Scott war bereits ans Ende der Zugangsrampe gelangt und bog gerade um die Ecke.

Die Leute hinter Scott murmelten aufgebracht.

Er reichte der Stewardess die Bordkarte.

»Am Ende der Rampe links halten«, erklärte sie. »Sollen wir Ihnen helfen, Sir?«

»Nein, ddd... danke.«

Meine Güte, so betrunken war er doch gar nicht ... Oder doch?

Vorsichtig machte sich Scott auf den Weg. Beim Blick durch die lange, halb durchsichtige Seitenwand der Rampe fiel ihm die konisch geformte Spitze des Flugzeugs auf, die mit einem großen, roten Punkt markiert war. Er musste dabei an eine riesige Brust denken – die wogende, Männer verschlingende Brust in Woody Allens Film *Was Sie schon immer über Sex wissen wollten (aber nie zu fragen wagten).* Danach dachte er an all das eiskalte Gebräu in seinem Magen (er hätte nicht sagen können, wie viele Biere es seit Ottawa gewesen waren) und an die Mitleid erregende, abgehalfterte Hure in der Wartehalle. Er lächelte.

Wie angewiesen, wandte sich Scott am Ende der Rampe nach links. Vom Rollfeld her drang kühle Luft herüber, die nach Treibstoff stank. Er spürte, wie sie an seinem Haar zauste und den Schweiß auf seiner Stirn trocknete. Nachdem er ins Flugzeug gestiegen war, zeigte er der Stewardess kurz die Bordkarte und zwängte sich durch den Gang, bis er seinen Sitz gefunden hatte.

»Möchten Sie etwas trinken, Sir?«

Zusammengekrümmt und halb schlafend saß Scott auf seinem Fensterplatz weit hinten im Flugzeug. Eingelullt vom sanften Vibrieren der Rolls-Royce-Turbinen, war er auf der Stelle friedlich eingenickt. Neben ihm thronte eine Frau, die so übergewichtig war, dass ihr Fett über den Sitz hinaus bis in den Gang schwabbelte. Sie las ein dickes Taschenbuch und roch so schal nach Schweiß wie ein ganzer Sportumkleideraum.

»Nein, danke«, erwiderte Scott. »Ich glaube, ich habe genug gehabt.«

Lächelnd ging die Stewardess weiter, um die übrigen Passagiere mit Getränken vom scheppernden Rollwagen zu versorgen.

Die fette Frau drehte sich zu Scott um, ließ das Taschenbuch in den Schoß sinken und lächelte ihm zu. Hastig (und wohl auch ein bisschen unhöflich, wie er fürchtete) wandte sich Scott dem Fenster zu. Als er einen Blick auf die Armbanduhr warf, ging ihm auf, dass sie tatsächlich gestartet und auf halbem Weg nach Boston waren, ohne dass er es mitbekommen hatte.

Jenseits des Fensters wölbte sich ein klarer, fast wolkenloser Himmel, dessen Horizont einen sanften Bogen beschrieb. Nur eine einzige Wolke, die sich dunkel vor dem sternenbesäten Himmel abzeichnete, trieb gemächlich auf halber Höhe dahin. Ihr oberer Rand verschleierte einen Teil des Mondes und schimmerte schwach. Als Scott mit träumerischem Blick hinübersah, fiel ihm ein, wie der nächtliche Himmel ihn in seiner Kindheit fasziniert hatte. Gemeinsam mit einem Kumpel war er oft auf den Zaun hinten im Garten gestiegen und von dort aus aufs Garagendach geklettert. Beide hatten sie dann in den Himmel gestarrt, so getan, als seien sie Astronauten, und nach Sternschnuppen Ausschau gehalten.

Während Scott den Mond betrachtete, löste er sich nach und nach aus der dunklen Wolke. Zuerst erschien die ausgezackte Sichel, dann die ganze pockennarbige Scheibe – strahlend hell, kugelrund und vollkommen.

Scotts Augen weiteten sich, er spürte Panik. Da war es, segelte an der Kuppel des nächtlichen Himmels entlang – das letzte Teilchen im nervenzerreibenden Puzzle der Zeichnungen. Das Teilchen, das an ihm genagt hatte, das Detail, das er seit dem frühen Morgen im Kopf herumgewälzt hatte.

Der Mond.

Das Auge, das Gott der Nacht vorbehielt.

Wie ein Junkie, dem gerade einfällt, wo er seinen Stoff

versteckt hat, schnappte sich Scott die Reisetasche und kramte die Zeichnungen hervor. Er konzentrierte sich sofort auf die dritte Abbildung, überflog sie hastig, ließ den Blick vom Grabstein im Vordergrund zu dem schlurfenden Leichnam und danach zu dem kahlen Baum wandern, der sich schwarz vor einem übergroßen Mond abzeichnete.

Vor einem Vollmond.

20

Während Scott in der Abflughalle des Flughafens Montreal saß und sein zweites Bier bestellte, fuhr Krista schließlich von Thurstons Texaco-Niederlassung in Fryeburg los. Ernie hatte Recht behalten: Das Besorgen der Ersatzteile und die Reparatur hatten den ganzen Tag in Anspruch genommen. Eine ebenso unangenehme Überraschung war die Rechnung: vierhundertsechsunddreißig Dollar plus achtundachtzig Cents, wohlgemerkt US-Dollar, keine kanadischen. Als sie bezahlte, fiel Krista ihr erstes Auto ein, ein Vauxhall Victor, Baujahr 1965. Sie hatte weniger als die Hälfte der Summe für den ganzen Wagen hingelegt, verdammt noch mal!

Sie waren immer noch drei Stunden von Boston entfernt, zweieinhalb, wenn sie viel Gas gab. Danach würde sie noch den Flughafen Logan International suchen müssen, eine Aussicht, die sie nach all dem, was an diesem Tag sowieso schon passiert war, nicht gerade in Hochstimmung versetzte. Am frühen Nachmittag hatte sie Caroline angerufen, um sie vorzuwarnen, dass sie frühestens gegen Mitternacht mit ihnen rechnen könne, da sie Scott noch vom Flughafen abholen müsse. Anschließend hatten Kath und sie sich eine Frühvorstellung in Fryeburgs einzigem Kino, der *Zauberlaterne,* angesehen, eine Wiederaufführung von Spielbergs *Gremlins.* Obwohl Krista anfangs skeptisch gewesen war, hatte ihr der Film schließlich doch Spaß gemacht. Nach der Hitze des Augusttages, bei der alles an einem zu kleben schien, war die

Klimaanlage des Kinos ein wahrer Segen, und der Film brachte genau die richtige Mischung aus Witzigem und Blutrünstigem, um sowohl den hysterischen Aspekten ihres Frustes als auch ihren Mordgelüsten entgegenzuwirken.

Als sie die Interstate 95, die nach Süden führte, erreicht hatten, dämmerte es bereits. Während Kath ein Nickerchen machte, hielt sich Krista ständig links, als habe sie diese Fahrspur ganz allein für sich gepachtet, und fuhr im angenehmen, wenn auch überhöhten Tempo von hundertzwanzig Stundenkilometern dahin.

Als es dunkel wurde und die ärgerlichen Einzelheiten der letzten beiden Tage langsam verblassten, fiel Krista Scotts seltsame Bitte wieder ein, die Bitte, die er an diesem Morgen am Telefon geäußert hatte: »Bitte fahr nicht nach Einbruch der Dunkelheit.«

Noch deutlicher als an die Worte erinnerte sie sich an den Ton, in dem er es gesagt hatte. Er hatte sie fast angefleht – nicht offen, aber sie hatte es dennoch gespürt. Seine Stimme hatte dabei leicht geschwankt: Er hatte sich zwar alle Mühe gegeben, seine Sorge zu verbergen, aber regelrecht gebettelt.

Warum nur?, fragte sie sich, während die Mittellinie sich endlos weit vor ihr erstreckte. Am liebsten hätte sie es Scotts Charakter zugeschrieben – er neigte dazu, sich Sorgen um sie zu machen – oder ihrer eigenen Fantasie, aber es gelang ihr nicht.

Nun ja, jetzt blieb ihr sowieso nichts anderes übrig, als bei Dunkelheit zu fahren, oder? Entweder fuhr sie die ganze Strecke durch, oder sie würde in einem weiteren *Nomad's Notch* landen. Und eine solche Scheiße wollte sie auf keinen Fall noch einmal erleben, vielen Dank auch.

Sie legte eine Hand auf Kaths Oberschenkel, machte es sich im Sitz bequem und beschleunigte auf hundertdreißig.

Und wieder begann die Temperaturanzeige aufzuleuchten, anfangs nur schwach und mit gelegentlichem Blinken, bald darauf mit demselben anhaltenden Rot wie beim letzten Mal. Nach zwei, drei Kilometern tauchte ein Schild auf, das eine Autowerkstatt an der Ausfahrt Byfield ankündigte. Zu erschöpft, um sich auch nur irgendwie zu ärgern, bremste Krista ab und nahm die Ausfahrt. Nach Byfield waren es noch fünf Kilometer.

Der ölverschmierte Blödmann in der Werkstatt sah Ernie Thurston verdächtig ähnlich, nur war er jünger. *Es hat etwas mit seinem Blick zu tun,* dachte Krista, während sie dem Automechaniker, der gar nicht richtig zuhörte, von den Ärgernissen des heutigen Tages erzählte. Als sie den Kühler erwähnte, kam es ihr so vor, als leuchteten seine Augen genauso auf wie Ernies.

»Wenn heut ein neuer Kühlblock eingebaut wurde, dann hat sich wahrscheinlich bloß 'ne Klemme gelöst«, bemerkte er nur halb bei der Sache. Mit einem Auge fixierte er den tragbaren Farbfernseher auf dem Schreibtisch vor sich, der lautstark ein Spiel der Red Sox übertrug. »Ham Se stark aufs Gas gedrückt?«, fragte er nach einem Blick auf den dampfenden Volvo.

»Ziemlich«, räumte Krista ein. »Ich bin ein bisschen in Eile.«

Sie folgte dem Blick des Mannes und spähte mit zusammengekniffenen Augen durch das vordere Fenster, das mit toten Insekten übersät war. Draußen konnte sie Kath sehen, die ihr verschlafenes Gesicht der Werkstatt zugewandt hatte. Als sie Kath betrachtete, überkam Krista plötzlich heftige, fast Schwindel erregende Liebe für ihr Kind.

»Tja«, bemerkte der Mechaniker selbstzufrieden, nachdem die Diagnose so schnell erledigt war. Bei dieser Art von Reparatur würde er nicht viel von dem Spiel verpassen müssen. »Fahrn Se den Wagen zur ersten Nische da drüben, dann schaun wa mal nach.«

Während der Mechaniker unter der Motorhaube herumwerkelte, ging Krista auf die Toilette, da sie dringend pinkeln musste. Danach schlenderte sie draußen herum. Es war eine sternenklare Nacht und Vollmond. Der Augustmond hatte einen seltsamen Kupferton, wie ein glänzender, neuer Penny. Krista fiel auf, dass neben Schmieröl und Benzin auch der schwach faulige Gestank eines Sumpfes zu riechen war, den sie von hier aus nicht sehen konnte. Die Bewohner der Lüfte machten sich mit lautstarkem Gezwitscher bemerkbar.

Plötzlich fröstelnd und mit einem seltsamen Übelkeitsgefühl im Magen, das der schwache Verwesungsgestank ausgelöst hatte, eilte Krista in die Werkstatt zurück und blieb dort mit verschränkten Armen stehen. Während sie dem Automechaniker zusah, dachte sie über die Schicksalsschläge der letzten vierundzwanzig Stunden nach. Irgendetwas an diesem ganzen traurigen Desaster machte ihr schwer zu schaffen. Sie konnte es zwar nicht genau benennen, aber es beunruhigte sie. Es war das absurde Gefühl, ein Gefühl aus dem Bauch heraus, dass jemand sie von außen gesteuert hatte und immer noch steuerte. Natürlich war das Unsinn und lag sicher an der Erschöpfung, die an ihren Nerven zerrte.

Aber ...

Aber was hatte sie dazu gebracht, dort drüben in New Hampshire die falsche Straße zu nehmen?

War sie nicht einfach einer spontanen Eingebung gefolgt?

Ja, einer plötzlichen Eingebung, und das sah ihr selbst gar nicht ähnlich.

Oder steckte mehr dahinter ...?

(*biege hier ab*)

Eine innere Stimme? Ein innerer Befehl?

(*bieg ab*)

Und hatte es nicht wie die Stimme *eines anderen* geklungen?

(*hier!*)

Ach du lieber Herrgott, nein, dachte Krista und verwarf gleich darauf diesen offensichtlich verrückten Gedanken. *Das ist Blödsinn, Kindchen. Es ist nichts anderes gewesen als dein ganz normaler Wahnsinn: eine alltägliche Situation, die du gründlich vermasselt hast.*

Das Krachen der zuschlagenden Motorhaube brachte sie

sofort zurück in die graue Wirklichkeit der Autowerkstatt. Im Hintergrund waren die lauten, hektischen Töne der Baseball-Übertragung zu hören, das Spiel steuerte auf einen Höhepunkt zu. Kath, die immer noch im Wagen saß, fuhr zusammen und wachte auf. Mit halb geschlossenen Lidern blickte sie sich in der trübe beleuchteten Nische um, igelte sich aber gleich darauf wieder ein, um weiterzuschlafen.

»Klemme war locker, genau wie ich dachte«, bemerkte der Mechaniker, während er zurück ins Büro eilte. Sofort schoss sein Blick wieder zum Fernsehschirm hinüber. Die Stimme des Sportreporters überschlug sich fast vor Begeisterung über den Spielverlauf. »Allerdings müsste noch Frostschutzmittel nachgefüllt werden.«

»Tun Sie alles, was nötig ist«, erwiderte Krista. »Wenn ich nur fahren kann.«

Fünf Minuten später waren sie wieder auf der Straße. Die Temperaturanzeige am Armaturenbrett blieb dunkel und gab kein Lebenszeichen mehr von sich. Gemäß den Instruktionen des Automechanikers schlug Krista die südliche Richtung ein, anstatt den Rückweg nach Norden anzutreten, um von dort aus nach Osten, auf die Interstate 95, abzubiegen. Er hatte gesagt, sie werde etwa fünf Kilometer von der Tankstelle entfernt einen Zubringer zur Interstate finden – und jetzt tauchte auch schon das Schild auf.

Die linke Abfahrt führte zu einer wenig befahrenen Landstraße, die sie an jene erinnerte, die sie am Vortag in New Hampshire entlanggefahren waren. Plötzlich war die Landschaft in eine fast unheimliche Dunkelheit gehüllt. Die Scheinwerfer des Fernlichts reflektierten die Schwärze so, als sei sie eine feste Masse. Hier und da drang schwacher, gelblicher Lichtschein durch die pechschwarze Nacht: Es waren die erleuchteten Fenster von Bauernhäusern, die ein gutes Stück von der Straße entfernt standen. Sie begegneten keinem anderen Fahrzeug.

»Sind wir schon da?«

In ihre eigenen Gedanken vertieft, fuhr Krista zusammen,

als Kath sich plötzlich meldete. »Bald, Liebes, ist nicht mehr weit. Warum schläfst du nicht noch ein bisschen?«

»Bin nicht mehr müde.«

Krista wurde bewusst, dass sich Kath die ganze Zeit über, die ganze verflixte Odyssee hindurch, wie ein wahrer Schatz verhalten hatte. Schließlich hätte sie ja auch Theater machen, herumjammern und damit die Sache noch viel schlimmer machen können, als sie ohnehin schon war. Aber nein. Da zeigte sich wieder mal, wie reif Kath für ihr Alter war. Dabei hätte ein kleiner Wutanfall vielleicht sogar gut getan, vor allem, wenn sie beide gleichzeitig getobt hätten.

Nahe an der gespenstisch wirkenden weißen Mittellinie lag ein totes Murmeltier. Ein großer schwarzer Vogel – eine Krähe oder ein Rabe – zog ein letztes Mal hastig an einem Strang von Gedärmen, ehe er sich in die Lüfte schwang und verschwand. Krista hatte angenommen, dass alle Vögel nachts schlafen. Der Kadaver des Murmeltiers leuchtete im Scheinwerferlicht kurz auf und tauchte gleich darauf hinter dem Wagen ins Dunkel.

»Armes altes Murmeltier«, sagte Kath in einer recht gelungenen Imitation von Mr. Rogers und verrenkte den Hals, um es in der Nacht verschwinden zu sehen. (Anm. d. Ü.: Mr. Rogers bezieht sich auf die Kindersendung »Mr. Roger's Neighbourhood« im amerikanischen Fernsehen, eine Serie im Kinderprogramm von PBS. Ihr Protagonist ist Fred Rogers, der kleine Geschichten erzählt und Lieder singt.)

Nach einem Blick auf die Uhr am Armaturenbrett klemmte Krista den Fuß noch fester aufs Gaspedal. Vor ihnen bog die Straße scharf nach links.

Einen Moment lang steuerten sie auf den dunklen Abgrund des Straßengrabens zu, aber gleich darauf brachte Krista den Wagen wieder auf Spur.

»*Grrr-roße, grüne Klumpen von grässlichen Gedärmen …*«, sang Kath in schrillsten Tönen.

»Kath!«, sagte Krista lachend. »Das gehört sich nicht.« Es war ein Lied, das sie selbst als Mädchen gesungen hatte. Kaths schräger Gesang weckte bei ihr Erinnerungen an Lagerfeuer und nächtliche Gespenstergeschichten.

»Ich weiß«, kicherte Kath. »Komm schon, Mom, sing mit. *Grrrrroße ...*«

Krista stimmte in den Refrain ein: *»... große, grüne Klumpen von grässlichen Gedärmen, Affenpfot und Hundekot ...«*

Der Wagen schoss über eines jener Schlaglöcher hinweg, die einem den Magen umdrehen können. »Huiiii!«, schrie Krista und beschleunigte im Rhythmus des Refrains. Die Straße, die mittlerweile aufwärts führte, fiel nach links steil ab.

»... große, grüne Klumpen von grässlichen Gedärmen, Affenpfot und Hundekot, alles eingewickelt zum Erwärmen, und mir fehlt der Löffel, welche Not ...«

Hinter dem Buckel führte die Straße in einer Zickzack-Kurve scharf nach rechts, schärfer, als Krista erwartet hatte. Sie fuhr viel zu schnell, um das Tempo noch angemesssen zu drosseln.

Kath, die erst nach und nach begriff, was Kristas veränderter Gesichtsausdruck bedeutete, ließ das Lied mit leicht kabarettistischer Pointe ausklingen: *»Doch mir fällt sogleich was ein, ich zieh's mit dem Strohhalm rein ... Schlüüüürrrfff!«* Gleich darauf wandte sie den Blick, um durch die Windschutzscheibe zu spähen.

Irgendjemand stand mitten auf der Straße und schwankte wie ein Betrunkener hin und her.

Im Bruchteil der Sekunde vor dem unvermeidlichen Zusammenprall schossen Krista verschiedene Gedanken durch den Kopf, aber keiner hatte damit zu tun, dass ihr bisheriges Leben an ihr vorbeigezogen wäre. Während dieser kurzen, surrealen Zeitspanne kam ihr gar nicht der Gedanke, dass Kath oder ihr selbst etwas passieren könne. Vielmehr fragte sie sich, was ein Betrunkener mitten in der Nacht, mitten im Nirgendwo, mitten auf der Straße zu suchen habe. Ein Teil ihres Hirns kam in recht kühler Überlegung zu dem Schluss, dass sie auf keinen Fall in den Straßengraben und damit den Wagen zu Schrott fahren würde, nur um diesem Freak auszuweichen (wahrscheinlich war er geistig zurückgeblieben, als Folge ländlicher Inzucht ...)

(Was ist mit seinem Gesicht los?)

Auf keinen Fall würde sie das Leben ihrer Tochter aufs Spiel setzen ...

(Was hat er für seltsame Klamotten an?)

... und ihr eigenes auch nicht. Flüchtig registrierte sie, dass Kath angeschnallt war, sie selbst aber nicht. Gleichzeitig fragte sie sich, wie viel (zusätzlicher) Schaden am Wagen entstehen, ob der Mann beim Zusammenprall sterben und was Scott zu all dem sagen würde.

(Grinst der Mann?)

Ob Instinkt, Reflex oder schlichte Menschlichkeit: Jedenfalls übernahm jetzt irgendetwas die Herrschaft über Kristas Hände, so dass sie das Lenkrad nach rechts riss und versuchte, diesem todgeweihten Mann auf der Straße auszuweichen ...

(Ist das etwa ein Kind?)

Wie ein benommenes Tier wankte und stolperte die Gestalt direkt auf das Auto zu. Krista riss das Lenkrad hart nach rechts.

Kath schrie auf.

Was folgte, war ein grobes Knirschen von Metall – dann zersplitterte die Windschutzscheibe und verwandelte sich in ein Mosaik herumfliegender, stechender Scherben. Die Gestalt wurde mit dem Kopf voran durch die Scheibe geschleudert und landete direkt vor Kath. Für den Bruchteil einer Sekunde – die Zeitspanne eines aufflackernden Blitzlichts – konnte Krista das Gesicht im Schein des Armaturenbrettes sehen. Ein Großteil der einen Gesichtshälfte war wie weggeblasen; der Kiefer hing lose herunter, da die Bänder gerissen waren; aus dem Mund, der weit offen stand, sickerte schwärzliches Blut.

Dann türmte sich irgendetwas Massives vor ihnen auf, leuchtete auf – und Krista wurde aus dem Sitz geschleudert. Als sie mit dem Schädel gegen das Wagendach prallte, kämpfte sie trotz ihrer Benommenheit mit der makabren Vorstellung – der völlig irren Vorstellung –, dass das Gesicht, das soeben durch die Windschutzscheibe gekracht war, einem längst

Verstorbenen gehören müsse. Und diese Vorstellung verfolgte sie immer noch, als sie den Weg durch den Tunnel antrat, in dem der Atem für immer stockt. Und der in eine Dunkelheit führt, die keine Umkehr zulässt.

An einer niedrigen Mauer aus Feldsteinen kam der Wagen plötzlich zum Halt. Aus der eingedrückten Motorhaube wich Dampf. Die eingeklemmte Hupe erwachte zum Leben. Ihr durchdringendes Klagegeheul drang durch die Nacht, die unaufhaltsam auf den Morgen zuging, als sei nichts geschehen.

Nichts rührte sich.

21

Scott beschloss, sich den Drink nun doch zu genehmigen, und bat die Stewardess, ihm etwas Starkes zu mixen. Während er trank, zwang er sich, an positivere Dinge zu denken.

Seine Frauen würden dort sein, alle beide. Entweder würden sie oben in der Ankunftshalle oder an den Gepäckbändern stehen. Bowmans Harem, nahe beieinander, mit allen Anzeichen freudiger Erwartung, bereit, ihn in die Arme zu schließen, die Gesichter ein einziges Lächeln. Sicher, heute war Vollmond – er hatte in seinem Taschenkalender nachgesehen –, aber das war nur ein belangloses Detail, das nun mal zur Szenerie eines Horror-Comics gehörte. Jede gute Friedhofsszene brauchte einen Vollmond, das war ein MUSS. Krista und Kath waren in Boston, sie mussten einfach in Boston sein. Wahrscheinlich waren sie schon vormittags angekommen. Sie würden am Flughafen auf ihn warten, er würde sie dort begrüßen. Und Krista dabei so nahe an sich heranziehen und so fest umarmen, dass ihre Rippen knackten. Kath würde ihm einen Kuss geben, seinen Daumen mit ihrer Hand umschließen und seinen Arm schwenken, während sie nach draußen zum Wagen gingen. Bestimmt würde Krista ihm die ganze traurige Geschichte noch einmal von vorn bis hinten erzählen. Und da sie in Neufundland aufgewachsen war, würde sie auf keinen Fall den Teil auslassen wollen, in dem der Kuhfladen auf der Motorhaube gelandet war.

Alles würde wieder in bester Ordnung sein.

Diese Gedanken verfolgten ihn, bis er in einen unruhigen Schlaf der Benommenheit fiel – die Folge von Erschöpfung, zu viel Alkohol und der Angst, die nicht zu besänftigen war und immer noch an ihm nagte.

Sofort begann der Traum.

Durch den Bodennebel, der über einem Friedhof waberte, war ein Grabstein mit merkwürdiger Form zu erkennen: Er ähnelte dem Stumpf eines amputierten Beins. Der Traum war so realistisch, dass Scott sogar die gotischen Buchstaben der Inschrift ausmachen konnte. Allerdings war er nicht so nahe am Grab, dass er die Worte hätte entziffern können. Plötzlich drang aus dem Boden vor der Gedenktafel ein Geräusch, als reiße die feuchte Erde auf. Von der Verwesung gezeichnete, schwärzliche Finger streckten sich in die frostige Nachtluft. Gleich darauf folgte ein Kopf mit leeren Augenhöhlen. Die schwarze Zunge baumelte auf grässliche Weise heraus, die gelblichen Zähne funkelten im Mondlicht. Danach waren die gebeugten Schultern zu sehen, die in ihren Gelenken knirschten, als sie sich nach und nach mit einem widerwärtig schmatzenden Geräusch aus dem Grab lösten ...

Scott wachte schweißgebadet auf. Über ihn gebeugt stand eine Stewardess neben seinem Sitz. Ihre Hand ruhte auf seiner Schulter. Das Lächeln war aus ihrem hübschen Gesicht verschwunden.

Der Platz neben ihm war leer. Das Flugzeug war bereits auf dem Rollfeld vor dem Logan International gelandet. Scott griff nach seinem Gepäck und eilte den Gang entlang zum Ausgang.

Oben in der Ankunftshalle wartete niemand auf ihn, keine seiner beiden Frauen. Und auch an der Gepäckausgabe war niemand.

Ein Gewicht wie Blei senkte sich auf Scotts Schultern. Von einer öffentlichen Telefonzelle aus rief er Caroline an.

»Nein, immer noch nicht, Scott. Krista hat heute Nachmittag angerufen und mir erzählt, sie hätten irgendwelche Probleme mit dem Auto. Ein Loch im Kühlergrill, glaube ich. Sie hat gesagt, dass sie dich am Flughafen abholt, ehe sie hierher kommt.«

Das bereits vertraute Gefühl böser Vorahnung, inzwischen sein ständiger Begleiter, verdoppelte die Last auf Scotts Schultern. Den Hörer ans Ohr gepresst, blieb er hilflos stehen.

»Soll ich kommen und dich abholen?«, fragte Caroline, als Scotts Schweigen sich in die Länge zog.

»Nein«, erwiderte Scott mit fast versagender Stimme. »Du bleibst besser da für den Fall, dass sie anruft oder auftaucht. Ich warte hier. Von meinem Standort aus kann ich die Ankunftshalle sehen. Hol dir was zu schreiben, dann gebe ich dir die Nummer dieser Telefonzelle durch. Ruf mich an, wenn du irgendwas hörst.«

Scott las ihr die sieben Zahlen vor und legte auf. Dann nahm er in dem Liegesessel am Telefon Platz und begann zu warten – unfähig, die schreckliche Gewissheit, die immer mehr Besitz von ihm ergriff, aus seinem Herzen zu verbannen. Die folgenden vierzig Minuten verbrachte er damit, jedes Gesicht von Menschen, die an ihm vorbeikamen, zu mustern. Einmal fuhr er regelrecht aus dem Sessel hoch, drängte sich unter verärgerten Blicken durch die Menschenmenge und stürzte auf eine Frau mit kastanienbraunem Haar in blauer Windjacke los, die ein Kind dabei hatte. Aber die Frau war höchstens zwanzig und das Kind ein Junge.

Als das Telefon vierzig Minuten später läutete und Caroline ihm schluchzend mitteilte, Krista sei tot, schloss Scott die Augen und brach, völlig am Ende, ohnmächtig auf dem Fußboden der Halle zusammen. Sofort senkte sich Dunkelheit über ihn wie bei einem plötzlichen Gewitter. Als sein Kopf auf die Steinplatten schlug, zog er sich am Schädel eine mehr als zentimeterbreite Platzwunde zu. Zwei Dinge verfolgten ihn bis in die Ohnmacht hinein, der Gedanke: *Was ist mit Kath?*

Und eine Stimme, Carolines Stimme, die mit hohem, kindlichen Singsang lauter und lauter die höhnischen Worte intonierte: *Krista ist to-ot, Krista ist to-ot, Krista ist tot ...! KRISTA IST TOT!!*«

22

An die folgenden Stunden sollte Scott sich später kaum noch erinnern. Eine halbe Ewigkeit – jedenfalls kam es ihm so vor – blieb er auf dem Fußboden der Halle liegen. Als er die Augen wieder aufschlug, sah er den Telefonhörer vom Ende der Schnur herunterbaumeln. Niemand hatte Scott hinfallen sehen, und jetzt schlugen die Menschen einen Bogen um ihn, als hätten sie es mit einem Betrunkenen zu tun. Gegen einen erneuten Schwindelanfall ankämpfend, rappelte sich Scott hoch, ließ sich schwerfällig in den Liegesessel sinken und angelte nach dem Hörer. Er konnte spüren, wie sich an seinem Hinterkopf warmes Blut den Weg durchs Haar bahnte.

»Hallo?«, quäkte es wiederholt aus dem Apparat. Inzwischen war ein Mann dran. »Hallo?«

Als er die männliche Stimme hörte, klammerte sich Scott an die vage Hoffnung, jemand habe ihm vielleicht einen widerlichen Streich gespielt ... Aber als er sich meldete, stellte sich der Mann am anderen Ende der Leitung als Beamter der Straßenpolizei vor.

»Mit Ihnen alles in Ordnung, Dr. Bowman?« Im Hintergrund konnte Scott jemanden schluchzen hören ... Caroline.

»Nein,« erwiderte er, »mir geht es nicht gut. Ist es ...?«

»Ja, Sir. Ich fürchte, es ist wahr. Es tut mir Leid, dass ich es Ihnen über Telefon mitteilen muss, ich hätte es lieber persönlich getan. Aber Miss Patterson hier ist sofort ans Telefon geeilt, als ich ihr von dem Unfall erzählt habe. Zu diesem

Zeitpunkt hatte ich keine Ahnung von den näheren Umständen und wusste nicht, wen sie benachrichtigen wollte ...«

»Wo ... wo ...«, stammelte Scott und fügte, fast brüllend, hinzu: »Was ist mit Kath? Was ist mit meiner Tochter?«

»Ihre Tochter ist im Krankenhaus«, erklärte die Stimme. Scott spürte, dass sie etwas zurückhielt, und das machte ihm noch mehr Angst. »Ihr Zustand gilt als kritisch. Tut mir Leid, aber mehr kann ich Ihnen nicht sagen. Schaffen Sie es allein zum Allgemeinen Krankenhaus in Danvers? Falls nein, kann ich Sie in etwa zwanzig Minuten abholen lassen ...«

»Nein ... Ich nehme mir ein Taxi.« Er hörte sich die Worte sagen, ohne ihre Bedeutung zu begreifen. »Wie weit ist es?«

»Mit dem Auto eine halbe Stunde, direkt nördlich vom Flughafen. Der Taxifahrer kennt's bestimmt. Schaffen Sie's auch wirklich?«

»Wie kommt Caroline hin?«

»Ich nehme sie in meinem Wagen mit.«

Scott legte auf.

Sobald die Verbindung abgebrochen war, wurde ihm bewusst, dass nichts von allem real sein konnte. Es war ein Traum. Und falls kein Traum, dann eine vom Alkohol hervorgerufene Halluzination. Aber es konnte unmöglich real sein.

Nein, es war nicht wirklich passiert.

Es ist eine Art Schock, hörte er sich selbst zu einem vom Kummer niedergedrückten Patienten sagen, zu einem älteren Herrn, dessen Ehefrau – sie waren dreißig Jahre verheiratet gewesen – gerade gestorben war. Das war erst ein paar Tage her. Scott hatte mit bewusst verhaltener Stimme, wie es sein Beruf verlangte, gesagt: *Es ist wie eine Gehirnerschütterung, wie der Schock beim Einschlag einer Granate, wenn man so will. Es trübt die Sicht, verzerrt die Wirklichkeit. Aber das geht vorbei,* hatte er dem weinenden alten Mann versichert. *Es geht vorbei und dann folgt eine Zeit der Trauer. Und später werden Sie Ihr Leben weiterleben ...*

Das waren Worte, die er irgendwo gelesen hatte. Jetzt waren sie nichts als leere Phrasen.

Die Riemen der TWA-Flugtasche umklammernd, verließ Scott seinen Platz am Telefon. In der Halle blieb er mitten im Strom der Passanten stehen ... inmitten all dieser zielbewussten Menschen, lächelnden Menschen, Menschen, die genau wussten, wohin sie wollten ... ach ja ... auch er musste ja zu einem bestimmten Ort, den man ihm genannt hatte ...

Scott verließ die Flughafenhalle mit ihren grellbunten Fähnchen und den aufdringlichen geometrischen Deckenmustern und trat in die äußere Wartezone hinaus. Sein übriges Gepäck hatte er völlig vergessen. Ein Schwarzer in einer burgunderfarbenen Uniform führte ihn zu einem Taxi und half ihm hinein.

»Zum Krankenhaus in Danvers«, sagte Scott.

Der Taxifahrer schaltete den Zähler ein. »Das für Allgemeinmedizin?«

Als Scott nickte, fuhr das Taxi mit quietschenden Reifen los. Vom Rücksitz aus starrte Scott aus dem Fenster, auf die blinkenden Lichter der Stadt.

So viele Lichter ...

Das Krankenhaus für Allgemeinmedizin in Danvers, ein weitläufiger Flachbau, setzte sich aus alten Gebäudetrakten und später hinzugefügten Anbauten zusammen. Ein wortkarger alter Mann, der zum Aufsichtspersonal gehörte, geleitete Scott vom Foyer aus durch mehrere klinisch saubere Gänge zur Notaufnahme. Dort erwartete ihn ein müde wirkender grauhaariger Mann in Anzug und Weste, der sich als Jim Holley vorstellte. Als richterlicher Beamter des Bezirks war der Mediziner in Fällen unnatürlichen Todes für die Klärung der Ursachen zuständig. Anfangs dachte Scott, der Beamte werde sich gleich bei ihm entschuldigen und ihm mitteilen, es sei alles ein großes, unverzeihliches Missverständnis, bedauerlicherweise habe man die Personen verwechselt: *Tut uns Leid, Sir, wenn wir Ihnen durch diesen Schnitzer unnötig Kummer bereitet haben.*

Aber nein, der hohläugige Beamte fragte ihn, ob er es verkraften könne, sich jetzt den Leichnam anzusehen und gegebenenfalls zu identifizieren.

Was für einen Leichnam?, begehrte Scott innerlich auf, aber er schüttelte nur den Kopf. »Ich möchte zu meiner Tochter.« Im hinteren Bereich der Station fiel ihm eine Nische auf, die durch einen Vorhang abgeteilt war. Ob Krista dahinter lag? »Ich will zu meiner Tochter«, wiederholte er.

Holley nickte und legte Scott eine Hand auf die Schulter. »Das würde mir auch so gehen«, bemerkte er, die Gesichter seiner drei Töchter vor Augen. »Kommen Sie, ich bringe Sie hin.«

Die Intensivstation lag auf dem selbem Stockwerk wie die Notaufnahme. Am Eingang vertraute Holley Scott der zuständigen Krankenschwester an, die sie bereits erwartete. Die Schwester griff nach Scotts Hand und nahm ihn mit. Die Intensivstation verfügte über zwölf Betten, die sternförmig angeordnet waren. In ihrer Mitte stand eine L-förmige Steuer- und Überwachungsapparatur mit blinkenden Lämpchen und piepsenden Monitoren. Hier wurden alle Lebenszeichen, mochten sie noch so schwach sein, verfolgt und aufgezeichnet. Über ein Krankenblatt gebeugt, saß dort ein junger Arzt, aus dessen Kitteltasche sich ein Stethoskop wand. Als Scott vorbeiging, sah er nur flüchtig auf und beschäftigte sich sofort wieder mit dem Krankenblatt. Von irgendwoher war das Zischen eines Beatmungsgerätes zu hören.

Die Schwester blieb vor einer abgeteilten Nische stehen, nickte und ließ ihn dort ohne weitere Worte allein. Scott ging auf die Nische zu, verharrte jedoch am Eingang. Durch einen Spalt im fast blickdicht zugezogenen bunten Vorhang konnte er das Fußende eines Einzelbetts erkennen. Und dahinter Caroline, Kristas ältere Halbschwester, die Universitätsprofessorin.

Über das Bett gebeugt, die Hände vor der Brust gefaltet, saß sie da, ohne sich zu rühren. Scotts Anwesenheit hatte sie in ihrer Verzweiflung noch gar nicht bemerkt, so dass er einen

Augenblick lang das schreckliche Gefühl hatte, gar nicht zu existieren.

Gleich darauf trat er vorsichtig näher.

Beim Anblick des Kinderarms, der schlaff auf dem Bett ruhte, blieb er erneut stehen. Ihm schoss die Erinnerung an den Vorabend durch den Kopf. Es war erst gestern gewesen, dass er in einem anderen Krankenhaus mit böser Vorahnung am Eingang eines Zimmers stehen geblieben war – mit einer Vorahnung, die ihn völlig gelähmt hatte.

Als er laut und mühsam Luft holte, drehte sich Caroline um, erkannte Scott und verzog vor Kummer das Gesicht.

»Oh, lieber Gott«, murmelte sie und stand unsicher auf. »Krista ...« Sie schlug die Hände vors Gesicht.

Scott, der immer noch wie erstarrt am Eingang stand, sah erneut zu dem Arm auf dem Bett hinüber. Auf dem Handrücken war mit Pflastern eine Kanüle befestigt ... War das Kaths Hand?

Fassungslos ließ er die Flugtasche fallen und trat noch einen Schritt näher.

Da erkannte er das silberne Armband.

Mit den Tränen kämpfend, zog Scott den Vorhang zur Seite.

Kaths Kopf wurde von einem Kissen gestützt. Starr, steif und zerbrechlich lag sie da, trotz der sommerlichen Bräune bleich. Ihre Arme, die irgendwie kindlicher als sonst wirkten, rahmten den Körper unter der Bettdecke wie schlaffe Teigrollen ein. Ein Mullverband, ähnlich dem um Scotts Bein, verhüllte das obere Drittel ihres rechten Arms. Er konnte sehen, wie sich ihr Brustkorb unter der Bettdecke hob und senkte. Abgesehen von ihrem Arm schien sie unversehrt zu sein.

Aber ihr Gesicht ... Die schreckliche Maske, zu der das Gesicht seiner kleinen Tochter verzerrt war, sollte Scott nicht so bald wieder vergessen.

Kaths Mund stand offen, erinnerte aber in keiner Weise an das lebendige, im Schlummer leicht geöffnete Oval, das er am Morgen seines Geburtstages so liebevoll betrachtet hatte.

Ihre Lippen waren wie zu einem lautlosen Schrei aufgerissen, so dass die winzigen weißen Perlzähne zu sehen waren. Mitten auf ihrer sonst so glatten, glänzenden Stirn hatte sich eine steile Falte gebildet – Kaths Sorgenfalte, nur war sie jetzt tiefer und entstellte das Gesicht geradezu. An einem Nasenloch klebte blutiger Schorf; außerdem hatte sie am Hals und auf der rechten Wange zwei, drei kleine Schnittwunden, die jemand mit ganz gewöhnlichen Pflastern verarztet hatte. Ihre Augen ...

Oh Gott, ihre Augen ...

Scott wurde plötzlich so schwindelig, dass er sich auf den Bettrand setzen musste. Als er mit beiden Händen Kaths Hand, in der die Kanüle steckte, umschloss, zitterte er. Nicht nur deswegen, weil diese Hand so wachsweich und kalt wirkte, sondern vor allem wegen ihrer Augen.

Sie standen offen, so weit offen, als bemühe sie sich mit aller Kraft, sie aus den Höhlen treten zu lassen. Wie die Augen einer Puppe starrten sie ins Leere.

Wie Scott verblüfft bemerkte, drückten sich in ihrem Gesicht nicht Schock oder Schmerzen aus, vielmehr wirkte es völlig künstlich, unnatürlich. So wie eine aus Elfenbein geschnitzte Maske, die äußerste Angst symbolisieren sollte. Es juckte ihn in den Fingern, die Hand auszustrecken und Kath die Augen zu schließen. Doch sofort schoss ihm ein schlimmer Gedanke durch den Kopf, der ihn bis ins Innerste traf und daran hinderte: *So etwas darf man nur bei Verstorbenen tun, das darf ich nur bei Krista tun.*

»Kath«, flüsterte er, »Kath, ich bin's, Daddy. Bitte ...«

»Scott ...«

Caroline. Wie leise, wie vom Kummer niedergedrückt ihre Stimme klang. Scott wollte ihr den Kopf zuwenden, aber er gehorchte ihm nicht.

Diese Augen ...

»Dr. Bowman?«

Scott ließ Kaths Hand los und drehte sich zu der unbekannten Stimme um. Es war der junge Arzt, der über dem

Krankenblatt gebrütet hatte, als Scott auf die Station gekommen war. Er bedachte den Mann mit einem kaum merklichen Nicken, um sich gleich darauf wieder Kath zuzuwenden.

»Ich bin Dr. Cunningham«, sagte der Mann mit starkem irischen Akzent. »Ich habe Ihre kleine Tochter hier aufgenommen.«

Innnerlich murmelte Scott ein »Danke«, aber er brachte kein Wort heraus.

Cunningham ließ sich davon nicht beirren. »Abgesehen von einer bösen Schnittwunde an ihrem Arm, die wir in der Notaufnahme genäht haben, hat sie keine weiteren Verletzungen, soweit wir diagnostizieren konnten. Sofort nach ihrer Ankunft haben wir eine Computertomographie durchgeführt, aber nichts von Bedeutung finden können. Sie hat sich weder einen Schädelbasisbruch noch Hirnquetschungen zugezogen. Vielleicht hat sie eine Gehirnerschütterung, aber ich bin mir da nicht sicher. Wegen der Schnittwunde am Arm hat sie recht viel Blut verloren, allerdings nicht so viel, dass sie eine Transfusion gebraucht hat.« Er deutete auf den Monitor über dem Bett. Ein Kardiogramm, das Rhythmus und Intensität von Kaths Herzschlägen aufzeichnete, lief stumm als grüne Linie mit Kurven und Zacken über den Bildschirm. »Ihr Herzschlag ist stabil.«

(*das ist alles ein Irrtum ... bin nicht wirklich hier ... das passiert nicht wirklich*)

Scotts Hand tastete nach der empfindlichen Schwellung an seinem Hinterkopf, die inzwischen so groß wie ein Gänseei war. Bewusst drückte er so heftig auf die Beule, dass ihn ein scharfer Schmerz durchfuhr. Das zumindest war real.

Es ist wie eine Gehirnerschütterung ...

»Eindeutig so ein Fall, bei dem der Sicherheitsgurt lebensrettend war«, erklärte der Arzt. »Allerdings hat ihr letztendlich wohl der Bursche, der sie gefunden hat, das Leben gerettet. Er hat ihr die Wunde am Arm verbunden. Andernfalls hätte sie wohl so viel Blut verloren, fürchte ich, dass es kritisch geworden wäre.«

»Was ist denn eigentlich mit ihr los?«, fragte Scott, dessen Gesicht höchste Verwirrung ausdrückte, in seiner Hilflosigkeit. »Warum ist sie ... so?«

»Ich halte es für eine Art von Katatonie als Reaktion auf die Ereignisse. Das würde auch die abgeschwächten, ansonsten aber normalen neurologischen Werte und den gegenwärtigen Zustand innerer Abwesenheit erklären.« Mit offener Handfläche deutete er auf Caroline. »Caroline hat mir erzählt, dass Sie Psychiater sind. Halten Sie Katatonie für eine annehmbare Diagnose?«

Für einen winzigen Moment wurde Scott wieder zum Psychiater (gleich darauf wäre er kaum fähig gewesen, den Begriff zu definieren, schon gar nicht, eine Diagnose vorzunehmen), und in dieser Rolle musste er dem Assistenzarzt mit den wachen Augen Recht geben. Es war genau die Art von Erklärung, die er im Fall eines fremden Kindes angeboten hätte. Als Experte wusste er, dass traumatische Situationen recht oft Zustände zeitweiliger Lösung aus der Realität erzeugten, deren Grad variieren konnte. Sie reichten vom bewussten Abschalten bis zur völlig unfreiwilligen und weit reichenden Abkapselung von der Umwelt.

Aber sofort regten sich erneut Zweifel in ihm, die ihn mit Angst erfüllten und das Schlimmste befürchten ließen, so dass es ihn wieder in den Fingern juckte, Kaths Augen zu schließen. Warum mussten ihre Augen auf diese Weise offen stehen? Warum waren sie nur halb geöffnet und blinzelten? Warum wirkten die Augäpfel wie Glasmurmeln und erinnerten eher an die Requisiten eines Tierpräparators als an etwas Lebendiges? Warum schlossen sie sich nicht einfach? Dann hätte er sich vormachen können, Kath schlafe nur.

»Wir behalten sie zur Beobachtung da«, erklärte Cunningham. »Zumindest über Nacht. So können wir eher ausschließen, dass sie irgendwelche nicht erkannten inneren Verletzungen hat.«

Warum redet der Kerl so mit mir, als sei ich nur irgendein Kollege? Warum lässt er uns nicht in Ruhe?

Als habe er Scotts Gedanken gelesen, wandte sich der Assistenzarzt zur offenen Tür. »Ich bin gleich nebenan, Doktor ... wenn Sie später wieder zurück zur Notaufnahme möchten.« Mit wehendem Kittel verließ er den Raum.

Caroline griff nach Scotts Hand und drückte sie. Nach kurzem Zögern stand Scott auf und nahm Caroline in die Arme. Mit zuckenden Schultern presste sie ihr Gesicht gegen Scotts Brust und weinte. Scotts Augen blieben trocken. Er empfand nichts als eine innere Leere, da er die ganze Situation schlicht nicht fassen konnte. Als er zu schlucken versuchte, fehlte ihm jeder Speichel. Irgendetwas drückte bedenklich auf seine Magengrube: Er hatte Flugzeuge im Bauch, eine schreckliche innere Unruhe machte ihm zu schaffen.

23

Nachdem er wieder zu Dr. Holley, dem Untersuchungsbeamten, gestoßen war, hielt er sich nahe hinter ihm – wie ein Hund, der seinem Herrchen bei Fuß folgt. In der Stille der Nacht hallten ihre Schritte auf dem Gang der Klinik wider. Scott kam das Geräusch allzu laut vor, wie von einem Verstärker verzerrt. Als sie um die Ecke zur Notaufnahme bogen und Holley den Vorhang, der die Nische abteilte, aufzog, erinnerte sich Scott an die erste und einzige Narkose, die er im Leben bekommen hatte. Ihm fiel ein, wie ihm die Geräusche – die Stimmen der Ärzte und Schwestern, das Klirren und Klappern des Operationsbestecks, das Zischen kondensierter Gase – beim freien Fall ins Leere unnatürlich laut vorgekommen waren. Was er jetzt erlebte, war ähnlich: Aufgrund seines erhöhten Wahrnehmungsvermögens empfand er alles als real und gleichzeitig irreal.

Von der Decke strahlte ein Neonleuchtkörper; eine Röhre flackerte und würde bald ihren Geist aufgeben. An der Wand hing eine Manschette zum Blutdruckmessen, in einer Ecke stand ein verstellbarer Hocker und in der Raummitte eine

Bahre, auf der ein in Laken gehüllter Leichnam lag. Vom Körper waren nur die wächsernen, von der Todesstarre steifen Füße zu sehen.

Scott, oder irgendeinem Teil von ihm, der sämtliches Denken und alle Empfindungen ausgeschaltet hatte, war durchaus klar, dass es Kristas Leichnam war. Wer sonst würde Nagellack in knalligem Lila auftragen? Die Umrisse ihrer schlanken Figur hätte er überall wiedererkannt, unter hundert verhüllenden Laken. Wie oft hatte er sie so gesehen, unter einer seidenen Tagesdecke, wenn ihr warmer Körper darauf gewartet hatte, dass er ...

Womöglich ist sie jetzt genau dort, schoss es ihm durch den Kopf, zu Hause im Bett, schlummert fest und friedlich an meiner Seite und ahnt gar nichts von diesem düsteren, schrecklichen Albtraum.

Als Scott sich der Bahre näherte, musste er gewaltsam gegen den Drang zur Flucht ankämpfen. Er ging wie auf Watte.

Dieser Geruch ... Was ist das für ein Geruch?

Holley schlug das Laken zurück und enthüllte Kristas zerschmetterten Körper.

Riecht so der Tod?

Scotts Augen konzentrierten sich auf einen imaginären Punkt zwischen ihm und dem Leichnam auf der Bahre. Die immer noch viel zu lauten Geräusche um ihn herum verschmolzen nach und nach zu einem Summen tief in seinem Schädel, das so wie das Sirren von Hochspannungsleitungen bei starkem Wind klang.

Bedächtig wie ein Bergsteiger, der nach einem schlaffen Seil greift und es sorgfältig spannt, nahm er das Bild ins Visier. Es kristallisierte sich heraus, wurde unscharf und gleich darauf wieder deutlich.

Scott Bowman sah auf den Leichnam seiner Frau herab: auf die tödlich verletzte, eingedrückte Stirn; auf das angeschwollene, gerötete Gesicht; auf die blutverschmierten Augenlider und die Nase; auf das zerschmetterte Gebiss; auf die dünnen, zurückgezogenen Lippen, die ihn an das letzte

Zähnefletschen eines tödlich verwundeten Tieres am Straßenrand erinnerten. Aber was er wahrnahm, war nur irgendein Leichnam in einem Labor der Anatomie.

Genau wie damals, während des Medizinstudiums, dachte er und wusste gleichzeitig, dass der Gedanke völlig verrückt war.

Als Holley den Leichnam wieder bedecken wollte, hinderte Scott ihn daran und zog stattdessen das Laken noch weiter herunter.

Da waren ihre Brüste, seltsam flach und dort, wo das Lenkrad sie gequetscht hatte, mit einem rötlichen Bogen überzogen; dort ihr auf Melonengröße angeschwollener, angespannter, mit blauen Flecken übersäter Bauch. Scott war klar, dass sich an dieser Stelle ihr ganzes Blut gestaut haben musste. *Ein Riss in der Milz.* Ja, bestimmt hatte es ihre Milz erwischt.

Ihre Hände jedoch ... ihre Hände waren völlig unversehrt.

Kristas Hände.

Oh Gott, wie bleich sie waren.

Scott ließ das Laken sinken, um Kristas linke Hand in seine zu nehmen *(nimm diesen Ring als Zeichen meiner ehelichen Liebe und Treue)* und küsste die eiskalten Fingerknöchel.

Warum lässt sich ihr Ellbogen nicht biegen?

Er hielt ihre Hand. Umfasste sie. Versuchte sie zu wärmen. Durch den Tränenschleier hindurch erkannte er ihre Ringe. Da war der kleine Diamantring, den er ihr in jener Nacht auf dem Bootssteg übergestreift hatte. Und daneben der schlichte Goldreif, den er ihr bei der Trauung im Büro des Friedensrichters überreicht hatte.

»Ist sie's?« Holleys Stimme war nur ein fernes Flüstern. »Ist das Ihre Frau?«

Aber nein ... Ihre Hände waren ja gar nicht unversehrt, sie waren geschwollen. Scott merkte es, als er versuchte, ihr die Ringe abzuziehen. Er konnte sie nicht über die unteren Fingerknöchel streifen. Als er daran zerrte, wurde ihm ein zischendes Geräusch bewusst: sein eigener Atem, wie er merkte, ein angestrengtes Ein- und Ausatmen zwischen zusammengepressten Zähnen. Es kam ihm so vor, als dringe die Kälte des toten Körpers seiner Frau in ihn ein, als ströme sie wie Eiswasser, das in offene Adern gepumpt wird, auf sein lebendiges Herz zu.

Als er die Ringe von den Fingern gelöst hatte, ließ er Kristas Hand fallen. Er konnte es nicht mit Sicherheit sagen, glaubte aber, ein schwaches Knacken von Sehnen gehört zu haben. Er griff nach dem Laken, um sie wieder zu bedecken, doch Dr. Holley tat es an seiner Stelle.

Wie ein angerostetes mechanisches Spielzeug, das man aufgezogen hat, stolperte Scott aus dem Raum und ging in Richtung eines Lagerraums der Notaufnahme davon. Gleich darauf holte Holley ihn ein und führte ihn hinaus.

Sie saßen in einem kleinen, düsteren Büro, Holley hinter einem mit Papierstapeln übersäten Schreibtisch, Scott, den Kopf in die Hände gestützt, ihm gegenüber. Holley zündete seine Pfeife an, inhalierte tief und stieß eine bläuliche Rauchwolke aus. Als er sich vorbeugte, wirkte sein scharfes Gesicht geradezu unheimlich, da das schwache Licht der Schreibtischlampe es von unten anstrahlte. Er sprach Scott sein wenig tröstliches Beileid aus.

»Tut mir Leid, Dr. Bowman. Ist bestimmt ein furchtbarer Schock. Ein furchtbarer Schock.«

Scott hörte den Untersuchungsbeamten gar nicht, zumindest gab er in keiner Weise zu erkennen, dass er die Worte aufgenommen hatte. Er registrierte lediglich einen Schmerz in seiner Faust, wo sich Kristas Ringe ins Fleisch gegraben hatten (er spürte dort etwas Heißes, Feuchtes: Schweiß, vielleicht auch Blut), und das ständige Summen in seinem Kopf, das ihn verrückt machte. Sein Hirn war ein Wirrwarr unterschiedlicher Gleise, die sich ohne jedes System kreuz und quer überschnitten, ein einziges Chaos bildeten. Und auf diesen Gleisen rasten die Gedanken wie Dampflokomotiven dahin und drohten ständig, aus der Spur zu geraten. In seinem Kopf passierte alles gleichzeitig: Er stand an der Bahre in der Notaufnahme, sah Kaths angsterfülltes Gesicht und hatte die Zeichnungen und den unheimlichen Alten vor Augen, der, tausend Meilen von ihm entfernt, festgebunden im Rollstuhl saß.

Ihm kam es so vor, als werde sein Kopf gleich platzen.

»Wie ist es passiert?«, flüsterte er und hielt sich an Kristas Ringen fest.

Holley zog sich aus dem Schein der Schreibtischlampe zurück, so dass er sich fast im Schatten verlor. Er hatte den Raum bewusst dunkel gelassen, da er das Gefühl hatte, es könne ein wenig beruhigen und dazu beitragen, den Schock des plötzlichen Verlustes zu mildern. Leider war es eine Szenerie, in der er schon allzu oft hatte agieren müssen. Ehe er antwortete, zog er nochmals an der Pfeife.

»Man hat den Wagen an einer niedrigen Steinmauer etwa fünfunddreißig Kilometer von der Stadt entfernt gefunden. Ein Bauer hat den Unfall gemeldet. Was die Ursache betrifft, kann ich nur spekulieren. Offenbar waren keine weiteren Fahrzeuge in den Unfall verwickelt. Ich nehme an, Ihre Frau hat aus irgendeinem Grund die Herrschaft über den Wagen verloren. Vielleicht war sie übermüdet oder ist zu schnell gefahren. Diese Landstraßen sind schmal und haben viele Kurven, oft sind sie auch schlecht markiert. Gut möglich, dass ...«

»Landstraße?«, fragte Scott und hob den Kopf. Sein Gesicht wirkte völlig ausgezehrt.

Holley tauchte zurück in den Lichtkegel über dem Schreibtisch. »Ja, eine von mehreren Nebenstraßen, die kleinere Orte mit der Interstate verbinden. Der Polizeibeamte, der den Unfall untersucht, hat berichtet, dass er über der Sonnenblende die Quittung einer Reparaturwerkstatt nahe Byfield gefunden hat. Probleme mit dem Kühler, hat er, glaube ich, gesagt. Sie war auf dem Rückweg zur Hauptverkehrsstraße, als es passiert ist.«

Das Summen in Scotts Schädel verstärkte sich. Unsichtbare Ameisen schwärmten über seinen Körper. Er sog den Atem ein, hatte dabei aber ein Gefühl, als sei ihm eine Fischgräte im Hals stecken geblieben. Plötzlich drohte ihm der Gestank von Holleys Pfeife den Magen umzudrehen. Benommen und unruhig hin und her rutschend, schloss er die Augen.

Er sah den Volvo auf der Zeichnung vor sich, der eingedrückt an einer niedrigen Steinmauer stand, während aus dem Kühler Dampf entwich. Das Wageninnere war dunkel und verriet nichts.

»Sie haben eine Steinmauer erwähnt.« Für Scott waren die Worte so bitter wie Galle.

»Ja.« Holley zog sich wieder in den Schatten zurück, so dass seine Stimme wie die eines Geistes wirkte. »Sie sind gegen die Steinmauer geprallt, die den Friedhof von Hampton Meadow umschließt.«

24

Als Scott ein Kind von sechs oder sieben Jahren gewesen war, hatte ein Spielgefährte ihm irgendwann einen Basketball zugeschleudert, der ihn so heftig in den Solarplexus getroffen hatte, dass ihm die Luft aus den Lungenflügeln gepresst wurde. Sein Brustkorb, aus dem jede Luft entwich, war gleichsam erstarrt. Es war ihm so vorgekommen, als habe er minutenlang nicht mehr Atem holen können. In dieser Zeitspanne hatte sich sein Bewusstsein getrübt. Hinter seinen Augenlidern waren winzige bunte Sternchen aufgeblitzt, während seine Finger zu kribbeln begannen. Genauso fühlte er sich jetzt: so atemlos, als habe ihm jemand gewaltsam alle Luft aus der Lunge gepumpt. Oder so, als habe ein unerwartet heftiger Stromschlag den Mechanismus in seinem Brustkorb außer Kraft gesetzt, der den Atemfluss regulierte, und ihm damit auch die Fähigkeit zu denken und zu abstrahieren genommen.

Auch diesmal bemerkte ihn Caroline zunächst gar nicht, als er Kaths Zimmer auf der Intensivstation betrat – und wieder hatte Scott das Gefühl, es sei nichts real. Ihm ging der Gedanke durch den Kopf, dass sich ein Geist so fühlen mochte: zwar durchaus imstande, alles zu beobachten, aber zu seiner Verzweiflung völlig unfähig, Kontakt mit der Umwelt herzustellen und sich in das Leben ringsum einzumischen.

Gleich darauf fiel ihm auf, dass Carolines Gesicht wachsbleich, schweißnass und vor Angst verzerrt war und sie mit ihren Fäusten an den Mundwinkeln zerrte. Als sie sich, während ihr Gesicht noch eine Spur bleicher wurde, umwandte und ihm zwischen heftigen Schluchzern mitteilte, Kath habe gerade eben gesprochen, spürte Scott, wie sich in seiner Brust alles verkrampfte. Im nächsten Augenblick hörte er es selbst, vernahm Kaths Stimme, die so hohl klang, als dringe sie aus großer Tiefe zu ihm herauf. *Tot* war das Einzige, was sie sagte, ehe sie von Krämpfen geschüttelt wurde.

Es begann langsam, fast unmerklich: Ihr leidgeprüftes Gesicht erschlaffte, der Hals blähte sich leicht auf, die Glieder begannen sachte zu zittern – und dann erfasste das Beben ihren ganzen Körper, als sei eine Sicherung in ihrem Nervensystem durchgebrannt. Während ihre Arme und Beine einen wilden Rhythmus auf die Matratze trommelten, krümmte sich ihr Rückgrat, bis es knackte.

Ehe Scott sich rührte, ehe sich seine medizinische Ausbildung schließlich durchsetzte und er das Offensichtliche diagnostizierte – einen epilepsieähnlichen, komatösen Anfall –, empfand er ganz kurz eine irrationale Abscheu vor seinem Kind. Während er zusah, wie sich Kath mit Zischlauten hin und her warf, ihre Augen aus den Höhlen traten, der Mund schäumte und Urin die Vorderseite ihres Nachthemdes befleckte, traf ihn eiskalt eine plötzliche, furchtbare Erkenntnis: Irgendetwas Pechschwarzes, Mächtiges, Altersloses sickerte in schmierigen Tropfen – Tropfen, die er fast riechen konnte – aus dem Körper seines Kindes heraus.

Und dieses Etwas war das Böse.

Noch ehe Caroline aufschrie und Pflegepersonal ins Zimmer eilte, schwand das Gefühl wieder. An seine Stelle trat eine rationale Stimme in Scotts Kopf, die ihm die schlichte Wahrheit verkündete: *Es ist ein Schüttelkrampf, nichts weiter als ein Schüttelkrampf.* Allerdings glaubte er jetzt zu verstehen, warum gottesfürchtige Menschen früherer Epochen angenommen hatten, Satan der Leibhaftige sei in den Körper jener gefahren, die sich in Krämpfen wanden. Denn außer einer vagen körperlichen Ähnlichkeit hatte das, was sich da in Zuckungen auf dem Bett wand, nichts mehr mit seiner Tochter gemein.

Scott taumelte vorwärts, um nach Kath zu greifen, aber der Arm eines Krankenpflegers hinderte ihn daran und geleitete ihn weg vom Bett, in dem Kath schreckliche Grunzlaute von sich gab, hin und her rollte und sich besudelte. Er konnte nur noch flüchtig einen letzten Blick auf ihr verzerrtes Gesicht werfen, ehe die schrecklich grellen Vorhänge in Regenbogenfarben zugezogen wurden und das Bett aus dem Blickfeld verschwand. Aber dieses Bild brannte sich ihm ins Gedächtnis.

Er wusste genau, was sie tun würden, um Kaths Anfall zum Stillstand zu bringen: Man würde ihr einen Beißschutz zwischen die Zähne zwängen; eine Schwester, vielleicht unterstützt von einem Pfleger, würde die zuckenden Glieder mit ihrem gesamten Gewicht niederdrücken; der Assistenzarzt würde ein paar Milligramm Valium in den Tropf geben, damit sich der Krampf legte. Auf diese Weise würden sie Kath so weit sedieren, dass sie für mehrere Stunden ruhig gestellt war.

Aber das war nur ein Bruchteil dessen, was Scott durch den Kopf ging, während er, Caroline an die Brust gedrückt, vor Kaths Krankenzimmer stand und hörte, wie hinter ihm die Überwachungsgeräte verrückt spielten. In seinem Inneren bäumte sich ein Dämon auf, ein tolldreistes, klumpfüßiges Etwas, das Dr. Holleys Gesicht trug. Und dieser Dämon behauptete, es sei seine eigene Frau, die er in der Notaufnahme steif und entstellt auf der Bahre hatte liegen sehen.

Er versuchte ihm einzureden, der Leichnam auf dieser Bahre sei die tote Hülle der Frau, die er vor zehn Jahren geheiratet hatte, die Hülle seiner vor ein paar Stunden noch lebendigen Ehefrau, seiner warmen Insel aus Fleisch und Blut.

Doch von solch unverschämten Behauptungen wollte Scott nichts wissen. In Gedanken fuhr er dem Dämon an die Kehle, zerrte alle schmutzigen Worte aus ihm heraus, erstickte seine Lügen in einem Schwall aus Knorpel und Blut, während er sich selbst dabei zusah ... Und dann sah er, wie sie alle drei – Krista, Kath und er selbst – unter zwei Scheinwerfern, die Regenschirmen ähnelten, Arm in Arm dastanden und lächelten. Sie posierten für das Familienporträt, das er in seinem Büro auf das Regal hinter dem Schreibtisch gestellt hatte. Es war das Foto, das ihm irgendwann vor tausend Jahren, als er noch geglaubt hatte, etwas vom Leben zu verstehen, abhanden gekommen war. Als Nächstes sprangen seine Gedanken zur Anlegestelle, zu Krista und Kath, die über ihm knieten, während sich sein Brustkorb hob und senkte und er das Wasser des Sees aus seinen Lungen spuckte. Ihm fiel ein, wie ihn trotz aller Angst schon der Gedanke, dass sie bei ihm waren und ihn liebten, getröstet hatte. Und dann kam er wieder an den Ausgangspunkt zurück, zu Dr. Holley *(sie sind gegen die Steinmauer geprallt, die den Friedhof von Hampton Meadow umschließt)* und zu den Zeichnungen, die all das vorhergesagt hatten.

Nach und nach wurde ihm Carolines Anwesenheit bewusst. Als er merkte, dass sie immer noch schluchzte und in ihrer Verwirrung und Verzweiflung Trost brauchte, nahm er sie fester in die Arme. Gemeinsam warteten sie darauf, dass irgendjemand den Vorhang zur Seite ziehen würde.

Der Assistenzarzt, der benommen und erschöpft wirkte, kam als Erster heraus und teilte Scott mit, sie hätten Kaths Anfall in den Griff bekommen, sie schlafe jetzt friedlich. Er werde den zuständigen Chefarzt informieren. Am kommenden

Morgen werde als Erstes ein Neurologe nach ihr sehen und sie untersuchen. Danach bot er Scott und Caroline an, sie zu einem Angehörigenzimmer auf dem Stockwerk zu bringen, wo sie sich hinlegen und vielleicht auch ein wenig Schlaf finden könnten.

Scott lehnte ab, drängte Caroline aber dazu, das Angebot anzunehmen. Zögernd folgte sie dem Assistenzarzt. Ihre Augen lagen tief in den Höhlen, sie wirkte völlig geschafft.

Nachdem Scott in Kaths Zimmer zurückgekehrt war, zeigte ihm eine Krankenschwester, wie er den großen Sessel am Fenster zu einer Liege ausklappen konnte. Ein Weilchen später streckte er sich darauf aus und versuchte, sich auszuruhen. Doch wieder und wieder schlug er die Augen auf, um auf Kaths Gesicht nach Anzeichen dafür zu suchen, dass sie wieder bei Bewusstsein war. Glücklicherweise hatte sich ihr starrer Gesichtsausdruck gelockert; sie blickte nicht mehr ins Leere, ihre Augen hatten sich endlich geschlossen. Scott nahm an, dass das Valium seine Wirkung tat. Sie schien friedlich zu schlummern, genau wie der Assistenzarzt gesagt hatte.

Irgendwann fiel Scott Jinnie ein. Er stand auf, um die Stoffpuppe zu holen. Als er sie aus der Flugtasche kramte und dabei auf die Zeichnungen stieß, zerrte er sie ebenfalls heraus. Nachdem er die Puppe Kath aufs Kopfkissen gelegt hatte, zog er sich wieder auf die Liege zurück. Im fahlen, gelbrötlichen Lichtschein der Gangbeleuchtung faltete Scott die Zeichnungen auseinander und ging sie Bild für Bild durch, bis er innerlich erschauerte und es nicht länger ertrug. Mit Tränen in den Augen, die sein Blickfeld trübten, faltete er die Skizzen wieder zusammen und verstaute sie in seiner Hemdtasche.

Und genau in dem Moment, als er dachte, er werde nie wieder Schlaf finden, auf immer und ewig erschöpft, aber hellwach daliegen, die Bilder seiner von Krämpfen geschüttelten Tochter und des entstellten Leichnams seiner Ehefrau vor Augen, kam der Schlaf schließlich doch. Der Schockzustand und die Erschöpfung der letzten vier Tage wirkten so heftig zusammen, als habe er eine Überdosis von Beruhigungsmitteln geschluckt. Er fiel in einen Schlaf voller Albträume, in denen tote Männer herumspazierten. Sein einziger Gefährte war der Kummer.

25

Als Dr. Holley am Mittwochmorgen auf die Intensivstation kam, fand er Scott zusammengerollt auf dem Liegesessel vor. Mit leerem Blick starrte er auf sein Kind, das noch nicht wieder bei Bewusstsein war. Es war ihm anzusehen, dass er kaum geschlafen hatte. So behutsam wie möglich wies der Untersuchungsbeamte Scott auf die unangenehmen Pflichten hin, um die er sich würde kümmern müssen, da sie keinen Aufschub duldeten.

»Sie werden entscheiden müssen, was mit dem Leichnam geschehen soll«, sagte er in einem Ton, den Scott sofort einordnen konnte. Dr. Holley und seine Kollegen wandten diesen Ton gegenüber den verlorenen Seelen an, die man gemeinhin als die *trauernden Hinterbliebenen* bezeichnete.

»Normalerweise kümmert sich das Beerdigungsinstitut um alle Formalitäten, die Abholung des Leichnams, die Überführung und all das. Sie müssen dort nur anrufen und Bescheid sagen. Außerdem müssen Sie sowohl für Ihre Frau als auch für Ihre Tochter einige Formulare ausfüllen und das Auto abholen oder abholen lassen. Soweit ich weiß, hat es den Wagen zwar ziemlich erwischt, aber es ist keineswegs ein Totalschaden.« Holley seufzte. »Haben Sie schon irgendwelche Verwandten benachrichtigt?«

Scott schüttelte den Kopf. Es war ihm nicht einmal in den Sinn gekommen, irgendwo anzurufen. Klara würde er als Erstes benachrichtigen müssen, danach Kristas Mutter ... Vielleicht konnte er das aber auch Klara überlassen ... Ja, das würde das Beste sein. Er sollte auch Gerry anrufen ... und einige der anderen engsten Freunde, aber das konnte warten.

Holley stand auf. »Die Schwestern haben alle Formulare,

die Sie brauchen.« Er deutete auf die Computerkonsole hinter der seitlichen Wand aus Plexiglas. »Sie können sie ausfüllen, sobald Sie sich dem gewachsen fühlen.« Er warf einen Blick auf die Armbanduhr. »Ich habe hier noch etwa eine Stunde zu tun, dann muss ich in die Stadt. Wenn Sie möchten, kann ich Sie bei der Werkstatt absetzen, wo die Polizei Ihr Auto abgestellt hat. Inzwischen müssten die uns auch mitteilen können, ob möglicherweise irgendwelche technischen Probleme den Unfall verursacht haben. Sie können dann gemeinsam mit denen entscheiden, was mit dem Wagen am besten geschehen soll.«

Scott setzte sich auf und rutschte zum Rand des Liegesessels. Während er sich mit kraftlosen Händen das Gesicht rieb, spähte er durch die Finger auf Kath, deren Augen halb offen standen und hoffnungslos leer wirkten. Vage merkte er, was Holley gerade tat: Ebenso behutsam wie bestimmt versuchte der Untersuchungsbeamte, ihn dazu zu bewegen, sich mit den Realitäten zu befassen – vielleicht weil ihm klar war, dass Scott nahe dran war, jeden Bezug dazu zu verlieren.

»Ich weiß nicht, ob ich meine Tochter allein lassen soll«, erwiderte Scott. In seinem Kopf hatte es schmerzhaft zu pochen begonnen, und es schien schlimmer zu werden, nachdem er sich aufgesetzt hatte. »Vielleicht sollte ich noch eine Weile hier bleiben.« Er massierte seine Schläfen. Im Mund hatte er einen widerlichen Geschmack, außerdem war sein Gaumen wie ausgedörrt. Einen Augenblick lang hatte er das Gefühl, ihm werde sich gleich der Magen umdrehen, aber es ging vorbei.

»Machen Sie sich keine Sorgen.« Holley tippte auf den Funkrufempfänger, der an seinem Gürtel klemmte. »Ich habe einen Beeper mit großer Reichweite dabei und werde dafür sorgen, dass man uns benachrichtigt, falls sich am Zustand Ihrer Tochter irgendetwas ändert.« Holleys sachtes Drängen nahm mehr und mehr einen vorsichtigen Befehlston an. »Wie wär's, wenn Sie sich ein bisschen frisch machen, duschen, vielleicht auch Kaffee trinken? Ich bin in einer Stunde zurück. Dann können Sie damit anfangen, einige der nötigen Dinge hinter sich zu bringen, einverstanden?«

Unsicher nickend, wandte sich Scott wieder seiner Tochter zu.

»Sie kommt schon wieder hin«, bemerkte Holley und bediente sich dabei erneut aus dem Repertoire wohltönender Floskeln, zu denen Mediziner in solchen Situationen greifen. »Sie werden's bald merken.« Gleich darauf verschwand er.

Zwar hatte Scott sich seit vierundzwanzig Stunden nicht rasiert, auch nicht geduscht oder die Kleidung gewechselt, dennoch verzichtete er aufs Frischmachen. Er lehnte auch den Kaffee ab, den eine Krankenschwester ihm anbot. Stattdessen blieb er am Bett der kleinen Gestalt sitzen, die sich nicht rührte, während sein eigener Körper jede Verbindung zur Realität verlor und sein Gehirn auf Leerlauf schaltete.

Ehe er eine Stunde später mit Holley aufbrach, sah er noch bei Caroline herein, die immer noch schlief, dabei etwas murmelte und sich unruhig hin und her warf.

26

Der Ort, an dem sein Wagen auf Veranlassung der Polizei sichergestellt war, entpuppte sich als Texaco-Werkstatt mit zwei Parkplätzen im Süden der Stadt. Der Volvo stand seitlich der Werkstatt neben einem lädierten Duster und sah von hinten völlig unversehrt aus. Holley parkte seinen silbernen Mercedes am zugemüllten Vordereingang. Während er ausstieg, winkte er einen Automechaniker herbei, der unter einem gelben Honda gelegen und gerade einen Wagenheber angesetzt hatte. Scott wartete im Auto, vermied bewusst jeden Blick auf den Volvo und sah stattdessen zu Holley und dem Mechaniker hinüber. Der Mann musterte Scott mit zusammengekniffenen Augen, sagte kurz irgendetwas und zuckte danach mit den Achseln. Schließlich gingen er und Holley in die Werkstatt.

Verstohlen, als sei es etwas Verbotenes, warf Scott einen Blick auf den Volvo. Von seinem Platz aus konnte er sehen, dass der Wagen vorne böse eingedrückt war, deshalb wandte er den Blick gleich wieder ab.

Wie hatte das passieren können? Unweigerlich drängte sich ihm die Frage auf: Lag es an irgendeinem technischen Versagen? Caroline hatte ihm am Telefon erzählt, Krista habe irgendwelche Probleme mit dem Wagen gehabt. Hatte der Automechaniker in der Werkstatt, die Holley erwähnt hatte, Mist gebaut? Der Volvo war ein ausländisches Fabrikat mit Turboantrieb. Automechaniker ohne spezielle Ausbildung kannten sich damit normalerweise nicht aus. Hatte der Drecksack irgendwie herumgepfuscht, weil die Reparatur über seinen Horizont ging? Hatte er irgendeinen katastrophalen Fehler gemacht?

Scott dachte daran, auszusteigen. Er würde diese Leute selbst fragen, wenn Holley so ewig lange brauchte ...

Gleich darauf trat der Untersuchungsbeamte wieder aus der Werkstatt, ging hastig auf den Mercedes zu, kam zur Beifahrerseite und öffnete die Tür. Scott stieg aus und folgte ihm zu dem Platz, wo der Volvo abgestellt war.

Auf dem Weg dorthin war Scott nur vage bewusst, dass Holley mit ihm sprach. Wie er sagte, hatten die Mechaniker den Volvo zwar peinlich genau untersucht, aber keine Anzeichen für irgendwelche technischen Probleme gefunden, die als Unfallursache in Frage kamen. In Scotts Kopf wurde das alles von dem hohen Summton überlagert, der im Leichenzimmer der Notaufnahme eingesetzt hatte und ihn seitdem langsam verrückt machte. Während er, innerlich widerstrebend, auf den Wagen zuging, verstärkte sich der Summton noch und füllte seinen Schädel mit weißem Rauschen.

Scott biss sich auf die Lippen und zwang sich, das in Augenschein zu nehmen, was seine Familie zerstört hatte – den Beweis für die Katastrophe. Zwar kämpften seine Augen verzweifelt dagegen an, aber er überwand seinen Widerwillen, hinzusehen. Er inspizierte zunächst das Heck, wo der Wagen immer noch heil und ganz war. Für den Augenblick konnte er so tun, als sei gar nichts passiert. Als er merkte, dass die Fahrertür eingedrückt war, zögerte er kurz, während er sich sagte: *Ist doch gar nicht so schlimm ... Das kann man doch durchaus überleben ...*

Vorsichtig ging er weiter, blieb aber gleich darauf neben dem unversehrten Seitenspiegel stehen. Von hier aus konnte er sehen, dass die Motorhaube aufgesprungen und die Windschutzscheibe zerschellt war. Das erklärte die kleinen Schnittverletzungen, die Kath im Gesicht und am Hals hatte. Unbewusst rieb er sich über die alte Narbe am Kinn.

Als er am Armaturenbrett oberhalb des Lenkrads eine Pfütze eingetrockneten Blutes entdeckte, wandte er den Blick sofort ab. Das Atmen fiel ihm so schwer, als steche ihn ein Eispickel in die Kehle. Mit wackligen Beinen ging er weiter, zur Vorderseite des Wagens, und stolperte dabei über einen losen Asphaltbrocken. Hier war der Schaden am schlimmsten, wie deutlich zu sehen war.

Der Kühlergrill war völlig zersplittert, die Motorhaube hochgeklappt. Die Kotflügel hatten sich um mindestens sechzig Zentimeter verzogen und wie bei einer Ziehharmonika aufgerollt. Als Scott durch das gähnende Maul der Haube ins Innere spähte, sah er, dass sich der Motor aus der Aufhängung gelöst hatte und unter das Fahrgestell gerutscht war. Ihm fiel ein, wie der Verkäufer seinerzeit die besondere Sicherheit der Aufhängung gepriesen hatte *(»Bei einer Frontalkollision landet der Motor garantiert nicht auf Ihrem Schoß.«)*. Damals hatte er gedacht: Ist ja alles gut und schön, aber so weit wird es bei mir nie kommen. Doch nicht bei mir ... doch nicht bei uns.

Immer noch versuchte Scott nach Kräften, die ganze Sache zu leugnen. Er klammerte sich an die illusorische Hoffnung, der Wagen könne jemand anderem gehören ... Aber als er sich durch das offene Seitenfenster beugte, entdeckte er seitlich auf der Fußmatte einen von Kaths Plastikslippern (*Glibberschuhe* hatte sie die genannt). Und da war auch der V-förmige Riss im Polster: Er stammte von dem Profilmesser für Reifen, den Krista bei Canadian Tire erworben hatte. *Mein Gott, was hatte sich Krista damals über die eigene Ungeschicklichkeit aufgeregt ...*

Zweifellos war das sein eigener Wagen.

Wie ein Schlafwandler kehrte Scott zur Fahrerseite zurück und zerrte an der eingedrückten Tür, deren lädierte Scharniere knirschten. Als er sich setzte, ächzte die Federung unter ihm. Der Fahrersitz rutschte um eine Kerbe zurück, ehe er einrastete. Er legte die Hände aufs Lenkrad und merkte, dass es schräg stand.

Danach schnüffelte er in der Luft herum, spähte unter das Armaturenbrett, auf den Beifahrersitz, auf den Rücksitz. Neben den Eigengerüchen des Wagens, der immer noch neu roch, war noch etwas anderes auszumachen, ein Gestank nach Moder und Feuchtigkeit. Der üble Geruch erinnerte ihn daran, wie er zu Hause einmal eine tote Maus hinter der Waschmaschine im Keller gefunden hatte.

Es stank nach Verwesung und Schimmel, vermischt mit Feuchtigkeit und Moder. Konnte das derselbe Geruch sein, der ihm in der Umgebung des Leichnams auf der Bahre aufgefallen war, in der Notaufnahme? War das der Hauch des Todes?

Gleich darauf entdeckte er den Deckel der Kühlbox, der sich durch die Wucht des Aufpralls vom Behälter gelöst hatte. Er griff nach hinten, um ihn ganz herunterzuschieben. In der Box schwamm ein angebissenes, mit Käse, Schinken, Tomaten und Salat belegtes Sandwich in einer trüben Brühe. Es roch ranzig.

Nachdem Scott den Deckel wieder zugedrückt hatte, stieg er aus dem Wagen. Sicher, man konnte den Volvo noch reparieren, aber ihm war klar, dass er ihn nie wieder fahren würde. Nach dem heutigen Tag wollte er ihn für immer aus den Augen haben. Er würde dem Automechaniker sagen, er solle den Volvo abschleppen und dorthin bringen lassen, wo man ihn entweder zum Ausschlachten verkaufen oder verschrotten konnte.

Er wandte sich wieder Holley zu, der geduldig wartend an seinem Mercedes lehnte. Doch dann fiel ihm plötzlich eine Sache ein, die ihn dazu brachte, sich durch die offene Tür zu beugen. Er musste etwas überprüfen.

Tatsächlich, der Rücksitz war mit funkelnden Glasscherben übersät.

Als Scott den Kopf hastig zurückzog, stieß er sich am Türrahmen. Wie konnte Glas auf dem Rücksitz liegen? Holley hatte gesagt, der Wagen sei außer Kontrolle geraten, herumgeschleudert und gegen eine Steinmauer geprallt. Wenn es so gewesen wäre, hätte die Windschutzscheibe – sofern sie überhaupt beschädigt worden wäre – nach außen zerschellen müssen, nicht nach innen.

Es sei denn, sie sind auf etwas geprallt, das sich bewegt hat, dachte er, während seine Finger wieder einmal die Narbe am Kinn betasteten. *Es sei denn, irgendetwas ist von außen durch die Windschutzscheibe gebrochen.*

Holleys Beeper meldete sich. Die von der Funkverbindung verzerrte Stimme war zwar nur schwach zu verstehen, aber Scott war sicher, dass die Nachricht durchgegeben wurde, unverzüglich das Krankenhaus anzurufen. Gleich darauf entschuldigte sich Holley und eilte in die Werkstatt.

Scotts Magen zog sich vor Angst zusammen. Ging es um Kath? Hatte sich ihr Zustand verschlechtert?

Fast krank vor böser Vorahnung stolperte er Holley hinterher und betrat die Werkstatt. Der hagere Mediziner stand in einem kleinen, schlecht beleuchteten Büro und telefonierte. Kurz darauf reichte er Scott den Hörer: »Ist für Sie.«

Mit weichen Knien machte Scott einen Schritt vorwärts. Holleys Augen verrieten ihm nichts. Während er den Hörer entgegennahm, kämpfte er gegen eine pessimistische Stimme in seinem Kopf an, die sich weigerte, Ruhe zu geben: *Tut mir Leid,* sagte sie, *aber Kath hat wieder Krämpfe und es sieht gar nicht gut aus ... überhaupt nicht gut.*

»Hallo?«

Stille. Dann ein ersticktes Schluchzen.

»Was ist los?« Scott stellten sich die Nackenhärchen auf. »Was ist passiert?«

Erneutes Schweigen, diesmal kürzer. Und dann war Caroline am Apparat. Als Scott hörte, dass sie weinte, drohten seine Knie nachzugeben. *Kath hat wieder Krämpfe ...*

»Scott?« Carolines Schluchzer gingen in ein lautes, hysterisches Lachen über. »Sie ist aufgewacht! Sie ist wach und fragt nach dir. Bitte komm, Scott ... Komm schnell! Ich bringe es einfach nicht fertig, ihr das alles zu sagen.«

Das Gefühl von Erleichterung, das Scott spürte, war einfach überwältigend. Als er sich Holley zuwandte, ließ er seinen Tränen freien Lauf, ohne sich dafür zu schämen.

»Gib mir zehn Minuten. Oh Gott ... Sie ist wirklich wach?«

»Ja, und es scheint ihr recht gut zu gehen ... Sie ist nur ein bisschen erschöpft.«

»Zehn Minuten«, wiederholte Scott und legte auf. »Können Sie mich zurück zum Krankenhaus fahren?«, fragte er Holley fast brüllend.

Holley willigte ein. Schließlich war ihm klar, mit wem er es zu tun hatte: mit einem Mann, der ihn um Haupteslänge überragte, dessen Gesicht derzeit alle Anzeichen des Wahnsinns trug und der ihn im Fall der Ablehnung wahrscheinlich auch bedenkenlos zu Boden geschlagen hätte, um an den Wagen zu kommen.

Sie stiegen in den Mercedes und fuhren mit quietschenden Reifen davon.

27

Zehn Minuten später hielt der Mercedes mit aufkreischenden Bremsen in der Feuerwehrspur vor dem Krankenhaus. Scott sprang heraus, eilte die Treppe hinauf und drängte sich rücksichtslos durch die Menschenmenge im Foyer. Eine ehrenamtliche Schwesternhelferin setzte zur Frage an, ob sie ihm irgendwie behilflich sein könne, aber Scott stürmte achtlos an ihr vorbei, schwenkte nach links um und rannte den Gang zur Intensivstation hinunter, wo er schließlich die Türen aufwarf und zu den Innenräumen hastete.

Man begrüßte ihn mit verständnisvollem Lächeln. Ohne darauf zu reagieren, lief er an der Reihe mit Überwachungsgeräten vorbei zu Kaths Nische. Mit der Schulter bahnte er sich den Weg durch die knallbunten Vorhänge, die jetzt zugezogen waren.

Caroline saß mit gekreuzten Beinen auf dem Fenstersims, während Kath an einem Berg von Kissen lehnte und mit einem Strohhalm Wasser aus einem Styroporbecher sog. Langsam wandte sie sich Scott zu. Ihre sonst so glänzenden Augen wirkten stumpf. Offenbar brauchte sie einen Moment, bis sie ihn erkannte. Es war ein Augenblick, der Scott quälend lange vorkam. »Daddy?«, fragte sie schließlich und streckte die winzigen Arme nach ihm aus.

Scott wollte sofort zu ihr stürzen, besann sich jedoch eines Besseren und trat langsam auf das Bett zu. Als er sich vorsichtig neben Kath niederließ, schlang sie ihm die Arme um den Hals und drückte ihn leicht.

»Du kratzt«, stellte sie fest, zog sich ein wenig zurück und fuhr ihm mit der Hand über die stoppelige Wange.

Caroline kicherte.

»Wie fühlst du dich, mein Kleines?« Vergeblich versuchte Scott, seine Tränen zurückzuhalten. Er wollte nicht, dass Kath es merkte, deshalb zog er sie ganz nah an sich heran.

»So, als wär ich betrunken, glaub ich«, erwiderte Kath und lächelte über Scotts Schulter hinweg ganz schwach Caroline zu.

»Tut dir irgendwas weh?«

»Nein, ich hab nur Durst.« Sie lehnte sich wieder zurück und suchte Scotts Blick. »Caroline sagt, wir hätten einen Unfall gehabt. Bist du böse wegen dem Auto?«

Scott musste daran denken, wie Krista sich am Telefon wegen des Wagens gesorgt hatte. Das war erst einen Tag her. Gestern war sie noch am Leben gewesen. »Vergiss das dumme, alte Auto, ja?« Er versuchte, sie wieder ganz nah an sich zu ziehen, aber sie wehrte sich dagegen.

»Wann kann ich Mom sehen?«

Er hatte gewusst, dass diese Frage kommen würde, hatte bei der endlosen Fahrt von der Texaco-Werkstatt bis zum Krankenhaus an nichts anderes gedacht. Dennoch warf ihn die Frage völlig aus dem Gleichgewicht.

Caroline vergrub das Gesicht in den Händen und brach in Tränen aus. Kath blickte nur auf ihren Vater, suchte in seinen Augen nach einer Antwort. Scott konnte nichts anderes tun, als ihren Blick zu erwidern. Sein Hirn – oder der Teil davon, der für das Nachdenken und vernünftige Erklärungen zuständig war – war plötzlich leer. *Wie soll ich die Worte finden? Was sind die richtigen Worte?* Wie sagt man einem Kind, das seine Flickenpuppe liebt, an den Weihnachtsmann glaubt und McDonald's super findet, dass seine Mutter gestorben ist? Hatte er es denn bis zu diesem Moment selbst geglaubt? Wohl nicht. Denn genau diese unschuldige, schlichte Frage sorgte jetzt dafür, dass ihn die Wahrheit mit der Wucht einer Kanonenkugel traf.

Wie finde ich die richtigen Worte?

Aber es waren gar keine Worte nötig. Kath lehnte sich kraftlos zurück, schmiegte sich in die Kissen und wandte ihren irgendwie verloren wirkenden Blick zum Fenster und zur grauen Welt da draußen.

»Sie ist tot«, sagte Kath. Eine nüchterne und unwiderlegbare Feststellung. »Ich wusste es, ich hab davon geträumt.«

Caroline floh tränenüberströmt aus dem Zimmer. Scott vergrub das Gesicht in Kaths Kopfkissen und vergoss die bittersten Tränen seines bisherigen Lebens. Nach einer Weile zog Kath ihn nah zu sich heran und sie weinten gemeinsam um Krista, die sie für immer verloren hatten.

Einige Zeit später verließ Scott völlig erschöpft und zutiefst deprimiert die Intensivstation. Irgendwann war Kath schließlich in den Schlaf hinübergeglitten. Anfangs war Scott sehr beunruhigt gewesen, da er fürchtete, sie werde erneut ins Koma, in den Zustand der Katatonie, oder was immer es gewesen sein mochte, fallen. Aber als er feststellte, dass sie auf Reize mühelos reagierte, beschloss er, sie schlafen zu lassen. Zumindest für Kath gab es diese Fluchtmöglichkeit.

Doch dann fiel ihm ein, dass sie das Schicksal ihrer Mutter im Traum vorhergesehen hatte, wie sie ihm erzählt hatte, und ihm wurde klar, dass keiner von ihnen der Wahrheit entkommen konnte. Sie würden sich Kristas Tod stellen müssen, genau wie dem eigenen.

Ja, Krista war tot, das begriff er jetzt. Und sprach es in der gottverlassenen Stille des Aufenthaltsraums auf der Intensivstation laut aus: »Krista ist tot.« Kaths Frage hatte ihm diese Tatsache auf brutale Weise deutlich gemacht und das Schutzschild der Leugnung, unter das er sich zurückgezogen hatte, so gewaltsam zertrümmert wie eine Spitzhacke, die Glas zerschlägt. Die Wahrheit traf ihn jetzt mit aller Schärfe, schnitt in sein Innerstes, aber er würde daran nicht sterben. Denn jetzt gab es Dinge, die er erledigen musste, Dinge, die rationale Überlegung und peinlich genaue Planung verlangten. All die Dinge, die Holley ihn am frühen Morgen zu erledigen gedrängt hatte. Die Pflichten, die ein Todesfall mit sich brachte.

Er würde sich um die Bestattung seiner Frau kümmern müssen. Gott ja, die Bestattung. Er würde damit ein Beerdigungsinstitut in Ottawa beauftragen müssen, das auch Einäscherungen veranlasste. Krista hatte sich eine Feuerbestattung gewünscht. Vor vielen Jahren hatte sie diesen Wunsch irgendwann nachts geäußert, ein, zwei Wochen nach der Beerdigung seiner Eltern. In jener Nacht war Scott wegen eines heftigen Sommergewitters aufgewacht und hatte Krista auf einem Stuhl am Fenster entdeckt, wo sie mit leerem Blick auf das Schauspiel am Himmel starrte. Damals hatte sie ihm von der Angst erzählt, die sie seit dem Tod ihres Vaters mit sich herumschleppte.

Ihr Vater war an Krebs gestorben, als sie noch ein kleines

Mädchen war. Während sie bei der Totenwache vor seinem Sarg kniete, hatte sich Krista gefragt, ob das Wesen ihres Vaters – seine Seele – immer noch in seinem Körper gefangen sei. »Wie soll sie da herauskommen?«, hatte sie Scott in jener Nacht im Schlafzimmer ihrer gemeinsamen Wohnung in der Frank Street gefragt, als habe sie das Dilemma des kleinen Mädchens noch immer nicht gelöst.

Beim Tod ihres Vaters war sie acht Jahre alt gewesen. Ihre kindliche Fantasie hatte sie auf den eigentlich ganz natürlichen Gedanken gebracht, ihr Daddy müsse wohl immer noch in seinem Körper stecken und alles mitbekommen, könne es aber niemandem erzählen, da dieser Körper ja tot war. Wie nur ein Kind es vermag, hatte sie sich ausgemalt, wie er nach dem Trauergottesdienst hilflos in dem mit Satin ausgekleideten Sarg liegen würde. Bestimmt würde er hören, wie der Deckel klickend einrastete, wenn der Leichenbestatter den Sarg zum letzten Mal verschloss, bestimmt würde er merken, wie ihn ewige Dunkelheit umfing. Sie stellte sich vor, wie ihn die Sargträger später auf die Schulter hieven und auf dem Weg zum Grab durchschütteln würden. Während sie den Sarg langsam in die Grube senkten, würde er gedämpft verschiedene Geräusche wahrnehmen: die Psalmen und Gebete des Gemeindepfarrers, das dumpfe Aufschlagen der Erde auf dem Sargdeckel, wenn der Totengräber mit dem Spaten kam. Nach und nach würden diese Geräusche verstummen ... Und schließlich würde Stille eintreten, ewige Stille. Nur das fast lautlose Werk der Zeit, die Verwesung mit sich brachte, würde diese Stille stören.

Als erwachsene Frau war Krista zu dem Schluss gekommen, dass sie anders von dieser Erde scheiden wollte. Lieber wollte sie, dass sich ihre Seele in einem alles vernichtenden Feuer aus dem Körper löste. Die Alternative kam ihr noch unheimlicher vor, denn dabei musste sie darauf vertrauen, dass Erde und Verwesung nach und nach ihr grausames Werk verrichten und die Seele freisetzen würden. (Falls es denn eine Seele gab; Krista war sich darüber nie ganz schlüssig geworden.)

So sehr Kristas unerwartete Auslassungen über den Tod Scott auch beunruhigt hatten – wie die meisten Menschen hatte er stets geglaubt, seiner Familie und ihm selbst könne niemals etwas zustoßen, wie ihm jetzt klar wurde –, hatte er eingewilligt: Sollte sie vor ihm sterben, würde er sie einäschern lassen. Es war ihm mehr darum gegangen, das Thema abzuschließen, als eine verbindliche Abmachung mit Krista zu treffen. Doch jetzt würde er sein Versprechen einlösen müssen.

»Kann ich irgendwo telefonieren?«, fragte er eine der Krankenschwestern an den Überwachungsgeräten. »Ich muss einige Ferngespräche führen.«

Die Schwester nickte, wobei sich ihr Gesicht aufhellte. Scott kam es so vor, als sei sie irgendwie erleichtert, was er zunächst befremdlich fand. Doch gleich darauf glaubte er zu verstehen. Seine Erfahrung als Arzt sagte ihm, dass bei der Besprechung, die der Stationsübergabe bei Schichtwechsel vorherging, vermutlich sein Name gefallen war, weil sich das Personal Sorgen um ihn machte. Diese Mädchen hatten in ihrer Ausbildung gelernt, bei betroffenen Familienangehörigen darauf zu achten, ob sie Anzeichen für die Bewältigung der traumatischen Situation zeigten. Bestimmt war ihnen aufgefallen, dass Scott es bislang kaum geschafft hatte, *die nötigen Dinge zu veranlassen.* Dass er jetzt zu Hause anrufen wollte, war ein gutes Zeichen.

Die Schwester brachte ihn zu dem Angehörigenzimmer, in dem Caroline übernachtet hatte. Mit den Doppelbetten, der Kommode und dem Fernseher auf einer drehbaren Konsole wirkte es wie ein winziges Hotelzimmer.

Sharon McVee, so hieß sie laut Namensschild, deutete auf das elfenbeinfarbene Tastentelefon auf dem Nachttisch zwischen den Betten. »Wählen Sie einfach die Null«, sagte sie. »Und teilen Sie der Dame am Empfang mit, dass Sie am internen Anschluss zwei-fünf-null sind. Dann gibt Sie Ihnen eine Leitung nach draußen und Sie können direkt durchwählen. Sie brauchen sich um nichts weiter zu kümmern, das ist kostenfrei.« Sie lächelte mitfühlend und gleichzeitig distanziert.

»Danke.« Scott ließ sich auf einem der Betten nieder und sah zu, wie Sharon McVee aus dem Zimmer ging und die Tür hinter sich schloss. Dabei musste er daran denken, dass er ihr sicher nie begegnet wäre, hätte sein Leben nicht gewaltsam diese Wendung genommen.

Plötzlich allein, hätte sich Scott am liebsten zurückgelehnt, um zu schlafen. Die Normalität dieses Zimmers, an dem nichts bemerkenswert war, machte ihm bewusst, wie nah er einem Nervenzusammenbruch gewesen war, wie fragil die Wirklichkeit seit Carolines Anruf auf dem Flughafen geworden war. In jenem Moment, bevor er wie ein nasser Sack zu Boden gesunken war, hatte sich das nackte Entsetzen mit einem noch stärkeren Gefühl vermengt, in das er sich wie in eine wärmende schwarze Hülle geflüchtet hatte: Es war die dunkle Sehnsucht danach gewesen, allem ein Ende zu machen, alle Verbindungen zu kappen und seiner Frau ins Vergessen zu folgen. Wie hieß es doch gleich in dieser Country-Schnulze? *There goes my reason for living ... Kein Grund mehr weiterzuleben ...*

Doch es gab noch Gründe, andere Gründe, zum Weiterleben, oder nicht? Es musste so sein, denn er war immer noch da, atmete noch, empfand immer noch Kummer. *Kath ist ein wesentlicher Grund*, dachte er, während er innerlich Bilanz zog. Das war zwar makaber, aber er konnte nicht anders. *Was sonst noch? Dein Berufsleben? Ha! Fünfzehn Jahre – und du kannst das Wissen, die Erfahrung nicht einmal dazu nutzen, deiner Familie oder dir selbst zu helfen.* Er sah auf das Telefon, als sei es irgendein völlig fremdartiges Gerät. *Und vergiss nicht, dass du Freunde hast ...*

Und dann erfasste ihn eine Welle der Erleichterung, denn ihm wurde klar, wen er als Erstes anrufen würde. Seinen besten Freund, den Kumpel, mit dem er zusammen aufgewachsen war, den einzigen Mann auf dieser Welt, der sogar Schläge für ihn einstecken würde: Gerry St. Georges.

In einer Minute, dachte er, ließ sich zurücksinken und schloss die Augen. *In einer Minute rufe ich Gerry an.* Ohne selbst daran zu glauben, schlief er ein.

Er schlief zwei Stunden, bis er, ein Traumbild von Krista vor Augen, schweißgebadet aus dem Schlaf schreckte. Er hatte sie kalt und steif in der Leichenkammer des Allgemeinen Krankenhauses von Danvers liegen sehen, wo man sie in eine tiefgekühlte, herausziehbare Box verfrachtet hatte.

Als er schließlich bei Gerry zu Hause anrief, nahm niemand ab. Danach versuchte er es bei dessen Dienststelle, wo man ihm mitteilte, Gerry habe die nächsten Tage freigenommen. Die Nächste, die er anrief, war Klara. Als sie sich mit betrunkenem Lallen meldete, hätte er am liebsten sofort wieder aufgelegt und sie zum Teufel geschickt. Aber Schnapsdrossel hin oder her: Schließlich war sie Kristas Schwester und hatte ein Anrecht darauf, zu erfahren, was passiert war.

»Klara, hier ist Scott.« Seine Stimme zitterte stark. »Leider habe ich schlechte Nachrichten.«

Klara gab keine Antwort, allerdings stockte ihr pfeifender Atem plötzlich. In dem erwartungsvollen Schweigen, das darauf folgte, hörte Scott das Echo seiner eigenen Worte wie in einem Tunnel. Diese Worte kamen ihm dermaßen absurd vor, dass er den perversen Drang zu kichern kaum unterdrücken konnte. *Scott Benjamin Bowman – der neue Meister der Untertreibung,* schoss ihm als verrückter Gedanke durchs Hirn. »Es geht um Krista, sie hat einen Unfall gehabt«, sagte er in die Stille hinein, in der nur ein leises Summen zu hören war. »Sie ist ... tot.«

Da waren sie wieder, diese Worte – die Worte, die er im Aufenthaltsraum der Intensivstation leise vor sich hin gemurmelt hatte. Es wurde einfacher, wenn man sie wiederholte. Sie kamen ihm schon nicht mehr so bedeutungsschwer vor wie beim ersten Mal.

Jetzt konnte er Klara wieder atmen hören. Zuerst seufzte sie, dann holte sie tief und zischend Luft, offensichtlich überwältigt von Fassungslosigkeit und Hysterie. Er bekam mit, dass sie am Telefon, das in ihrem Wohnzimmer an der viel frequentierten Hausbar stand, nach Worten suchte, aber es drangen nur unverständliche Grunzlaute heraus.

»Klara«, sagte Scott, »ich brauche jetzt deine Hilfe, allein schaffe ich das nicht.«

Klara blieb stumm, aber im Hintergrund hörte Scott ihren Mann Joe, der sich erkundigte, was es für Probleme gebe.

»Reich mir das Telefon.« Joes Stimme klang jetzt näher. Scott fiel auf (und unter diesen Umständen war das schon seltsam), dass er zum ersten Mal hörte, wie sich Joe Harper gegenüber seiner Frau behauptete. Gleich darauf war Joe am Apparat. »Wer ist dran?«, fragte er mit besorgter, hoher Stimme.

»Joe, ich bin's, Scott. Hör zu ...«

Als er die bedeutungsschweren Worte erneut aussprach, gingen sie ihm sogar noch leichter von der Zunge und klangen noch nichts sagender. Joes Schockreaktion war echt, aber beherrschter als Klaras, so dass Scott ihm das Wesentliche mitteilen konnte, ohne sich auch noch die Trauer eines weiteren Familienmitglieds aufbürden zu müssen. Joe versicherte ihm, er werde es übernehmen, ihre Schwiegermutter in Sandy Point zu benachrichtigen. Außerdem fragte er Scott, ob er damit einverstanden sei, die Flugkosten für die alte Dame zu übernehmen, damit sie an Kristas Beerdigung teilnehmen könne. Scott versprach es. Zu seiner Erleichterung bot Joe auch an, sich um Kristas Überführung von Danvers zu einem Bestattungsinstitut in Ottawa zu kümmern.

Mehr als erschöpft rief Scott schließlich auch noch Dr. Bateman im Health Sciences Center, dem Klinikum von Ottawa, an.

»Mein Gott, Scott, das ist ja furchtbar.« Bateman war unfähig, mehr als professionelle Anteilnahme in seine Worte zu legen. »Ich werde alle hier informieren. Wir erwarten Sie erst zurück, wenn Sie selbst so weit sind. Wenn Sie da sind, sind Sie da. Machen Sie sich in dieser Hinsicht keinerlei Sorgen.«

»Danke, Vince. Auf Wiederhören.«

»Scott«, sagte Bateman, ehe Scott auflegen konnte. »Hat es sich tatsächlich so abgespielt wie auf den Zeichnungen?«

Hätte Scott vor dem Anruf bei Bateman genauer nachgedacht, wäre er darauf gefasst gewesen, dass dessen wissenschaftliches Interesse über jedes Taktgefühl ging. Zu kaputt, um seinem Ärger Luft zu machen, erwiderte er: »Ja, Vince, sogar Zeitpunkt und Ort haben gestimmt.«

»Und wie ist es zu dem Unfall gekommen?«

Ja, fragte sich Scott bitter, *wie ist es zu dem Unfall gekommen?*

»Wiederhören, Vince.«

Er legte auf.

28

Der Rest dieses langen, konturenlosen Tages verging ohne jeden weiteren Zwischenfall. Doch am Abend packte Scott nochmals für kurze Zeit das Entsetzen.

Nachdem er mit Bateman gesprochen hatte, trat er nach draußen, um Luft zu schnappen. Als er Caroline entdeckte, die draußen herumschlenderte, schloss er sich ihr ein Weilchen an. Keiner von beiden redete besonders viel. Später kehrte er allein zu Kaths Zimmer auf der Intensivstation zurück. Kath schlief fest, bis um drei Uhr nachmittags ein Neurologe mit schütterem Haar namens Franklin hereinkam, um sie zu untersuchen.

»Merkwürdig«, sagte der Arzt, nachdem er Kath wachgerüttelt, mit einem kleinen Leuchtstab ihre Augen untersucht und ihre Reflexe getestet hatte. »Der seltsamste Verlauf einer Gehirnerschütterung, der mir je untergekommen ist – falls es wirklich eine Gehirnerschütterung war.« Franklins Diagnose stand in offensichtlichem Widerspruch zu der des Assistenzarztes Dr. Cunningham, der Kath auf die Station aufgenommen hatte. »Nach ihrem anfänglichen Zustand hätte ich eigentlich auf eine längere Genesungsphase getippt.« In diesen Worten Franklins schwang etwas mit, das Scott als beruflichen Erklärungsnotstand einordnen konnte. »Aber ihre Tochter scheint sich völlig erholt zu haben. Eigentlich sehe ich gar keinen Grund mehr, sie noch viel länger als morgen auf der Station zu behalten. Noch ein paar Tage in einem hübschen, ruhigen Zimmer, wo wir sie aus der Ferne überwachen können, und dann ...«

»Eigentlich hatte ich gehofft«, warf Scott ein, »dass ich sie hier herausholen und mit nach Hause nehmen könnte. Ich bin wirklich dankbar für alles, was Sie und Ihre Leute für Kath getan haben, aber wir sind ziemlich weit weg von zu Hause und ... ich muss mich um eine Bestattung kümmern.«

Der Neurologe wich seinem Blick aus. »Ich verstehe. Ja, Sie haben da schon irgendwie Recht.« Er sah Kath an, die seinen Blick ausdruckslos erwiderte. *»Fliegen* Sie nach Hause?«

»Ja, so bald wir können.«

»Dann wäre das vielleicht auch das Beste. Ich werde mich um die Entlassung Ihrer Tochter und die Medikation kümmern. Sie soll weiter krampflösende Mittel einnehmen, damit wir irgendwelchen weiteren Anfällen vorbeugen ... Aber natürlich«, plötzlich war es Franklin wieder eingefallen, »Sie sind ja selbst Arzt. Dann ist sie ja in besten Händen.« Mit einem Nicken verschwand er.

Als er gegangen war, trat in Kaths winzigem Zimmer eine peinliche Stille ein. Scott fiel nichts ein, was er seiner Tochter sagen konnte, ihm kamen nur Belanglosigkeiten und Plattitüden in den Sinn. Es war ein so fremdes und schreckliches Gefühl von Hilflosigkeit, dass sich bald darauf sein Magen nervös verkrampfte. Kath lag nur da, hatte ihren Arm um Jinnie geschlungen, zupfte immer wieder am Kleid der Puppe und flüsterte ihr etwas in ihr ausgefranstes Ohr. Scott fielen die Symptome von Regression bei seiner Tochter zwar auf, aber sie beunruhigten ihn nicht. Es war einfach ein Hilfsmittel, um mit der Situation irgendwie fertig zu werden, ein Mittel, das er, wie er glaubte, vielleicht selbst noch anwenden würde, bis dieser Albtraum irgendwann verblasste und die Zeit der inneren Genesung begann.

Es war Kath, die schließlich das Schweigen brach. Plötzlich setzte sie sich aufrecht hin und fixierte Scott mit einem

Ausdruck purer Ratlosigkeit. »Daddy«, murmelte sie, »was sollen wir nur tun?«

Scott schwieg einen Augenblick und dachte nach. »Weitermachen, Kleines. Wir werden weitermachen.«

»Aber sie fehlt mir so. Ich weiß einfach nicht, was ich jetzt machen soll, Daddy. Was kann ich tun?«

Scott beugte sich hinüber und hob seine Tochter – traurig überrascht über ihr kaum merkliches Gewicht – aus dem Bett. Kath hielt Jinnie an sich gepresst und schleifte den Tropf hinter sich her. Während sie sich zusammen auf den Liegesessel kuschelten, wiegte Scott seine kleine Tochter hin und her, wie zu den Zeiten, als sie noch Windeln getragen hatte. So blieben sie dort sitzen, bis Caroline etwa eine Stunde später zurückkehrte und eine Schwester mit dem auf Tabletts angerichteten Abendessen hereinkam.

Alle drei aßen mit Heißhunger. Caroline und Scott hatten seit vierundzwanzig Stunden keinen Bissen zu sich genommen, und bei Kath war es noch länger her. Im Unterschied zur üblichen Krankenhauskost war das Essen recht gut: Es gab eine Scheibe schmackhaftes Roastbeef mit Sauce, Kartoffelbrei und Broccoli und als Nachtisch den unvermeidlichen gelben Wackelpudding.

Nach dem Essen begleitete Scott Caroline zurück ins Angehörigenzimmer. »Schlaf«, sagte er und küsste sie auf die Stirn, die so heiß war, als ob sie Fieber hätte. Caroline nahm dies alles sehr schwer und verschloss ihre Gefühle so fest in ihrem Inneren, dass es sie krank machte. Scott hoffte, dass er ihr bald würde helfen können. »Wir müssen da gemeinsam durch«, flüsterte er ihr zu. »Wir müssen einander da hindurchhelfen.«

Caroline nickte, legte sich aufs Bett und schlief auf der Stelle ein.

Während es dunkel wurde, verwandelten sich Formen in Schatten.

Kath lag auf der Seite, ihrem Vater zugewandt, der zusammengekauert auf einem Stuhl am Bett saß. Kaths blaue Augen waren von einem Schleier der Müdigkeit überzogen und zeigten, dass sie bald einschlafen würde.

»Danke, dass du Jinnie mitgebracht hast«, sagte sie und streichelte der Puppe über die pausbäckige Wange. Scott lächelte schwach. »Als ich im Auto aufgewacht bin und sie nicht da war, hat es mir eigentlich gar nicht so viel ausgemacht.« Sie drückte Jinnie an die Brust. »Aber jetzt bin ich froh, dass sie da ist. Wirklich froh.«

Scott rieb sich über die alte Narbe am Kinn, die aus irgendeinem Grund angefangen hatte, ihn zu nerven; ihm war so, als spüre er ein leichtes Brennen.

»Kannst du dich an den Unfall erinnern?« Er hatte die Worte ausgesprochen, ohne an die möglichen Folgen zu denken. »Kannst du dich daran erinnern, was passiert ist?«

Kaths Körper zuckte so, als habe sie ein Schlag getroffen. Sofort wurde Scott klar, dass er einen schweren Fehler begangen hatte. Das bisschen Farbe in ihrem Gesicht schwand sofort, und ihre Mundwinkel verzogen sich nach unten. Ihre erschrockenen, weit aufgerissenen Augen schienen durch Scotts Brust zu starren – vielleicht, weil ihr inneres Auge noch einmal alles abspulte. Ihre Finger gruben sich in Jinnies Rumpf. Dabei stand Scott plötzlich lebhaft die Sinnestäuschung vor Augen, die ihn zu Hause während des Gewitters so erschreckt hatte: Er sah die Puppe auf der Tischplatte vor sich, ihr Grinsen während eines Blitzes, die Füllung, ein hässlicher, grauer Bausch, der aus ihr herausgequollen war.

»Versuch dich zu erinnern«, hörte er sich selbst sagen, obwohl ihm gleichzeitig klar war, dass er das Thema besser für immer begraben hätte. »Versuch nachzudenken, Liebes, es ist wichtig.«

Kath presste die Augen heftig zusammen, nur eine einzige Träne trat glitzernd heraus. »Ich kann's nicht«, erwiderte sie kaum vernehmbar. »Ich kann mich nicht daran erinnern.«

Plötzlich war ein dumpfes *Plopp* zu hören. Scott sah, dass

Kaths zusammengekrümmte Finger durch den Stoff des Puppenkleides bis zur Füllung durchgestoßen waren.

Lass es sein, verdammt noch mal!

»Versuch es.«

»Wir sind gefahren ...«, sagte Kath mit Babystimme, »und haben gesungen ...«

»Große, grüne Klumpen von grässlichen Gedärmen«, sang sie mit einer Stimme, die ebenso wehmütig wie jenseitig klang. Die Stimme traf Scott so tief in seinem Inneren, als habe er gerade eine Botschaft aus dem Reich der Toten erhalten. Gleich darauf verdrehte Kath die Augen, während sich ihre Hände zu Fäusten ballten. Er wollte sie unterbrechen und gleichzeitig, dass sie weitermachte und ihm sagte, was sie gesehen hatte. Als er nach ihrer Hand greifen wollte, entzog sie ihm diese mit einem Ruck.

»Wir waren unterwegs und haben gesungen ... haben gesungen und sind gefahren und ... Ach, es tut mir so Leid, dass du jetzt tot bist, du armes altes Murmeltier ... Und ... und dann ... haben wir ihn erwischt ... Er war tot und wir haben ihn mit dem Wagen erwischt ...«

»Wer war tot? Das Murmeltier?«

»Ich kann mich nicht daran erinnern!«, schrie Kath mit schriller Stimme. Und dann verzerrte sich ihr Mund zu diesem Bogen hellen Entsetzens, während ihr Gesicht zu zucken begann. Das Zucken breitete sich aus, wurde zu heftigem Zittern, das wie eine Welle durch ihren Körper lief.

Oh, mein Gott, sie bekommt wieder einen Anfall!

Doch als er sie in die Arme nahm und fest an sich drückte, ging die Krise vorüber. Kurz darauf entspannte sich ihr Gesicht und verzog sich danach zu einem Weinen.

Die Schwester, die bei Kaths Geschrei ins Zimmer geeilt war, ließ Scott wieder allein, damit er seine Tochter trösten konnte.

»Ich kann mich nicht daran erinnern, Daddy«, sagte Kath. »Wirklich nicht.«

Scott wiegte sie hin und her, behielt sie im Arm und

versicherte ihr, das sei schon in Ordnung, es spiele keine Rolle. Irgendwann später ließ er sie aufs Bett zurücksinken, wo sie, einen Arm liebevoll um Jinnie geschlungen, einschlief.

29

Scott brachte den gemieteten Ford Pinto direkt vor dem lang gestreckten Schotterweg, der die Auffahrt zu dem Bauernhaus bildete, zum Stehen und betrachtete die durchgesackten, grauen Verschalungsplanken, die früher einmal weiß gewesen waren. Auf beiden Seiten des Hauses standen verwitterte, schwärzliche Außengebäude, die friedlich vor sich hin moderten. Auf der angrenzenden Weide drängten sich Kühe unter einer riesigen alten Eiche zum Schutz gegen den Nieselregen eng aneinander.

Es war nicht schwer gewesen, das Bauernhaus zu finden. Holley hatte ihm den Weg genau beschrieben, und der mit großen schwarzen Lettern auf den Briefkasten gemalte Name war schon aus hundert Metern Entfernung zu lesen gewesen. Erst jetzt, als Scott überlegte, was er Clayton Barr sagen sollte – dem Mann, dessen rechtzeitiges Eingreifen Kath das Leben gerettet hatte –, fragte er sich: *Was mache ich hier überhaupt?*

Tatsächlich war ihm das keineswegs klar. Abgesehen davon, dass er sich bei ihm bedanken wollte, hatte er keine Ahnung, was er eigentlich bei Mr. Barr suchte. Und er wusste auch nicht, wonach er später Ausschau halten sollte, wenn er, wie er sich vorgenommen hatte, zum Schauplatz des Unfalls hinausfahren würde. Ihm war lediglich bewusst, dass er jetzt hier war, dass er vom Krankenhaus hatte fliehen müssen, weg von Holley und dessen Formularen, die auf seine Unterschrift warteten, weg von der unsichtbaren Gegenwart eines Leichnams, der Kristas Hülle war. Holley hatte er mitgeteilt, er benötige die Adresse des Bauern, weil er kurz hinfahren und sich vor dem Abflug nach Kanada bei ihm bedanken wolle. Und natürlich war das auch keineswegs gelogen ...

Ach komm schon, drängte ihn eine innere Stimme. *Du weißt doch, warum du in Wirklichkeit hier bist.*

Scott holte die Zeichnungen aus der Hemdtasche – es war dasselbe Hemd, das er seit achtundvierzig Stunden Tag und Nacht getragen hatte – und faltete sie sorgfältig auseinander.

Ja, er glaubte zu wissen, warum er jetzt hier und nicht im Krankenhaus war, um dort die *nötigen Dinge* zu veranlassen. Es lag an diesen verdammten Zeichnungen und den bohrenden Fragen, die deren Existenz aufwarfen.

Als er auf die Zeichnungen blickte, wurde ihm eiskalt ums Herz.

Irgendetwas war auf die Windschutzscheibe des Volvo geprallt, so viel war sicher. Es war die einzige Erklärung für das Glas im Innenraum des Wagens. Es hätte ja etwas so Simples wie ein Steinschlag oder ein herausragender Ast sein können, aber Scott hatte im Wagen nichts entdeckt, das darauf hindeutete. Es gab auch keine Anzeichen dafür, dass irgendein großes Tier, beispielsweise eine Kuh wie bei Kristas erstem Unfall, in die Scheibe gekracht wäre. Es gab keine Hufspuren auf der Motorhaube, keine Fellbüschel an den ausgezackten Rändern der Windschutzscheibe, keine eingetrockneten Pfützen von Tierblut.

Doch das, was Scott wie ein Magengeschwür plagte, war der Grabstein auf der Zeichnung. Als er die Blätter in Ottawa zum ersten Mal betrachtet hatte, waren ihm nur die offensichtlich stimmigen Details ins Auge gefallen: der Wagen, der eindeutig ein Volvo war, die Frau und das Kind im Innenraum.

Die Fassungslosigkeit und der Schock, mit dem er auf Holleys Mitteilung reagiert hatte, der Wagen sei auf eine Friedhofsmauer geprallt, waren in den ersten Stunden nach diesem Gespräch nur unterschwellig präsent gewesen. Als sie später in Holleys abgedunkeltem Büro gesessen hatten, war die plötzliche Einsicht wie ein Schlag ins Genick gewesen. Allerdings hatte dieser Schlag einen Mann getroffen, der sowieso schon ohnmächtig und blutend am Boden lag. Erst als er in Holleys Mercedes vor der Texaco-Werkstatt gewartet hatte, begann die Erkenntnis in seinem Inneren zu arbeiten, aber selbst da hatte Kaths plötzliche Genesung den Gedanken vorübergehend verdrängt.

Doch als er letzte Nacht hellwach auf der Intensivstation gesessen hatte, war ihm die ganze Sache nach und nach ins Bewusstsein gesickert. Dass der Volvo tatsächlich auf eine Friedhofsmauer geprallt war, legte auf ebenso unheimliche wie faszinierende Weise nahe, dass der Friedhof auf der Zeichnung der von Hampton Meadow war; genau jener Friedhof, an dessen Einfriedung Krista den Tod gefunden hatte. Deshalb richtete sich Scotts Augenmerk jetzt fast zwanghaft auf den Grabstein und dessen Inschrift. Bis auf drei, vier lesbare Buchstaben, die sein Interesse geweckt hatten, war darauf nichts zu entziffern gewesen.

Gab es auf dem Friedhof von Hampton Meadow einen solchen Grabstein? Und falls ja, dann ... was? Und wie hatte sich der Unfall abgespielt? Warum hatte man ihm keine Untersuchungsergebnisse vorgelegt? Die Erklärungen, die Holley angeboten hatte – Krista sei vielleicht am Lenkrad eingeschlafen oder habe wegen zu hoher Geschwindigkeit womöglich die Herrschaft über den Wagen verloren –, waren angesichts der Glasscherben im Wageninneren offenkundig unzureichend. Scott wusste, dass Krista gern schnell fuhr, aber er konnte nicht glauben, dass sie unkonzentriert gefahren war, nicht mit Kath im Wagen. Und die von der Polizei mit der Untersuchung beauftragten Automechaniker hatten die Möglichkeit irgendeines bedeutsamen technischen Versagens ausgeschlossen.

Jetzt beschäftigte ihn mit nervtötender Hartnäckigkeit die Frage, wie es passiert sein konnte – noch mehr sogar als die lähmende Einsicht, dass Krista tot war. Enthielten die Zeichnungen irgendeinen geheimen Schlüssel dazu? Soweit es Scott betraf, hegte er keinerlei Zweifel an der Glaubwürdigkeit des Zeichners. Die Vorhersagen, die der Alte auf bizarre Weise schwarz auf weiß festgehalten hatte, waren bislang bis aufs i-Tüpfelchen genau eingetroffen. Und solange eine

Chance bestand, dass die Zeichnungen ihm noch mehr verraten konnten, fühlte sich Scott gezwungen, dem nachzugehen.

Nach einer weiteren schlaflos verbrachten Nacht hatte er bei Morgendämmerung genau gewusst, was er tun musste. Nachdem er Kath kurz geweckt hatte – nur um sich davon zu überzeugen, dass sie auch wirklich wieder aufwachte –, war er ins Foyer gegangen. Mit ein wenig Überredungskunst hatte er den Mann in der Telefonzentrale dazu gebracht, ihm einen Beeper mit großer Reichweite zu leihen und aufzuschreiben, dass Scott bei der geringsten Veränderung im Zustand seiner Tochter zu benachrichtigen sei. Er hatte ein Taxi zu der Hertz-Niederlassung in der Innenstadt genommen, den Ford Pinto gemietet ... und jetzt war er hier.

Scott verstaute die Zeichnungen wieder in der Hemdtasche, legte einen Gang ein und lenkte den Pinto durch die matschige Auffahrt.

Die Fahrt vom Krankenhaus hierher hatte etwas Traumartiges an sich gehabt. Beim Fahren ertappte sich Scott eine Zeit lang dabei, dass er grinste und sich vorstellte – nein, tatsächlich glaubte –, er sei wieder fünfundzwanzig und auf dem Weg zu Kristas Wohnung in Sandy Point. Er würde sie abholen und zu ihrem geheimen Ort am Strand mitnehmen. Und dort würde er sie umarmen, küssen, ihren von der Schwangerschaft gewölbten Bauch streicheln und sie bitten, ihm eine zweite Chance zu geben. Die letzten Tage und Stunden hatte er wie in einem falschen Film verbracht, wie unter dem Einfluss irgendeiner verrückten psychedelischen Droge. Ja, vielleicht war es genau das: ein schlechter Trip. Irgendjemand, möglicherweise die Stewardess auf dem Flug von Montreal nach Boston, musste ihm heimlich eine Droge ins Getränk gemixt haben.

Während er mit knirschenden Reifen die Auffahrt entlangfuhr, erlebte er eine weitere Sinnestäuschung: Völlig plastisch standen ihm ähnliche Verschalungsplanken in Neufundland vor Augen, so dass er einen kurzen, wunderbaren Moment lang dachte, er werde gleich Krista lächelnd und mit ausgestreckten Armen auf sich zu stürmen sehen, um ihn willkommen zu heißen.

Aber statt Krista tauchte ein Mann mit gebeugtem Rücken und argwöhnischem Blick auf, und die Sinnestäuschung klärte sich zur traurigen Wirklichkeit. Als der Mann mit großen Schritten über den ungemähten Rasen kam, stob eine vom Nieselregen durchnässte, schmutzigweiße Gänseherde auseinander. Der Mann nickte ihm zu, aber seine Augen blickten noch argwöhnischer, als er Scotts ausgezehrte Gesichtszüge bemerkte. Er blieb mehrere Schritte vor dem Wagen stehen und sah zu, wie Scott ausstieg.

»Verfahren?«, fragte Clayton Barr.

»Glaub ich nicht«, erwiderte Scott, sich seiner eigenen Stimme auf seltsame Weise bewusst. »Ich hätte gern mit Mr. Clayton Barr gesprochen.«

»Steht vor Ihnen.« Clayton streckte ihm die Hand hin, die Scott ergriff und schüttelte. Dabei fiel ihm sofort auf, wie schwielig und kräftig sie war. »Was kann ich für Sie tun, Mr. ...?«

»Bowman«, erwiderte Scott und wünschte sich dabei, ein anderer zu sein. »Scott Bowman.«

Claytons Gesicht verlor jeden Ausdruck und verdüsterte sich kurz darauf, wirkte fast kummervoll. Er streckte einen Arm hoch, als wolle er ihn Scott um die Schultern legen, ließ ihn dann aber wieder sinken. Seine Augen, aus denen jeder Argwohn gewichen war, blickten jetzt traurig und fixierten irgendeinen Punkt jenseits der Scheune.

»Kommen Sie herein, Scott«, sagte er. »Ist kein Tag, um im Hof herumzustehen.«

Scott fiel der o-beinige Gang des Mannes auf. Und dass der Nieselregen dessen grünes Arbeitshemd durchnässt hatte, so dass es an den Schultern viel dunkler wirkte. Er folgte ihm auf die überdachte Veranda. Dort hatte sich eine große, alte Katze mit buntscheckigem Fell in der Kuhle eines durchgesessenen

Sofas zusammengerollt. Überall lagen dreckverschmierte Arbeitsstiefel herum. Auf der Armlehne eines zerschlissenen Sessels lag eine zusammengefaltete Zeitung neben einer halb geleerten Bierflasche. Aus dem Inneren des Hauses war leise Radiomusik zu hören, eine sentimentale Country-Ballade, die eine Mädchenstimme völlig falsch mitsummte.

Clayton griff nach dem Bier. »Setzen Sie sich doch.« Er deutete auf den Sessel, scheuchte die Katze weg und nahm ihren Platz auf dem Sofa ein, dessen rostige Sprungfedern unter seinem Gewicht ächzten. »Helen«, rief er, das Radio übertönend, »bring uns zwei kühle Bierchen, ja?«

Scott ließ sich schwerfällig in dem zerschlissenen Sessel nieder, der immer noch Claytons Körperwärme ausstrahlte. Der Beeper an seinem Gürtel drückte ihn in die Seite. Mit schüchternem Lächeln brachte ein Mädchen, das achtzehn Jahre alt sein mochte und recht bieder wirkte, das Bier auf die Veranda hinaus. Clayton sprach erst, als sie wieder gegangen war.

»Schreckliche Tragödie, Scott.« Er beugte sich vor und zupfte am Etikett der Bierflasche. »Mir ist klar, dass es kein Trost für Sie ist, aber ich glaube, ich weiß, was Sie durchmachen. Vor Jahren hab ich meine Sally verloren, als sie da drinnen Helen zur Welt gebracht hat.« Er wies mit abgespreiztem Daumen zur Küchentür. »Sie war nicht viel älter als Helen jetzt. Es tut weh, tut schrecklich weh. Und es gibt keine Worte, die das mildern könnten.« Er schwieg eine Weile, ehe er fragte: »Was führt Sie hierher?«

Scott starrte auf sein Bier. »Ich wollte mich bei Ihnen bedanken ...« Und dann setzte er verzweifelt nach: »Können Sie mir sagen, was passiert ist? Was meinen Mädchen zugestoßen ist?«

Clayton nahm einen kräftigen Schluck von seinem Bier. »Das kann ich Ihnen nicht sagen, mein Freund. Nur das, was ich selbst gesehen und gehört hab.« Er wandte seine dunklen Augen zum Hof. »Konnte letzte Nacht nicht schlafen, saß deshalb hier draußen, genau da, wo Sie jetzt sitzen. Hab ein Bier getrunken und ... an meine Sally gedacht, glaub ich. Tja, hab über mein Mädchen nachgedacht. Es war völlig still, das ist mir aufgefallen. Wahrscheinlich hat mich die Stille dazu gebracht, an Sally zu denken.« Als Clayton seinen Sitz verlagerte, beschwerten sich die rostigen Sprungfedern des alten Sofas. »Es war völlig still. Ich meine, es hat nicht mal 'ne Grille gezirpt. Seltsam, wenn ich jetzt darüber nachdenke. Einfach totenstill, außer dass ab und zu ein Sattelschlepper auf der fünfundneunzig vorbeigebrummt ist.

Und dann hör ich plötzlich dieses durchdringende Hupen. Irgend so ein Esel, denk ich noch, vielleicht einer von den Teevens-Jungs, der da durch die Gegend fährt. Aber diese Hupe dröhnt weiter und weiter und erschreckt inzwischen schon die Kühe. Na ja, ein Weilchen hab ich es einfach nicht beachtet, wissen Sie. Aber als das zehn oder fünfzehn Minuten so ging, kam mir der Gedanke, dass es vielleicht einen Unfall gegeben hat. Also bin ich mit der Taschenlampe über das Südfeld zur Landstraße fünf – die haben Sie sicher auch genommen, von der Schnellstraße aus, nur vom anderen Ende her.

Und da hab ich Ihren Wagen entdeckt. War auf die Friedhofsmauer geprallt, unten am Fuß des Hügels.« Clayton schwieg kurz. Offenbar machte ihm die Erinnerung daran zu schaffen. »Meine Güte, mir war ganz schön mulmig, als ich da auf der Straße stand und zu dem Wagen hinuntersah, wo sich nichts rührte und die Hupe immer noch dröhnte. Will ja nicht wie ein Waschlappen klingen, ich meine, ich hatte keine Angst vor dem, was ich vielleicht sehen würde. War nur so ein Gefühl, mehr kann ich dazu nicht sagen ... Aber am liebsten hätte ich auf der Stelle kehrtgemacht und wäre davongelaufen. Es lag was in der Luft, weiß nicht, was. Irgendein Geruch. Es stank nach Verwesung, aber so, als sei sie schon sehr weit fortgeschritten. Wissen Sie, was ich meine?«

Scott erwiderte nichts, dachte jedoch an den Geruch in der Umgebung von Kristas Leichnam und den ganz ähnlichen Gestank im Wagen.

»Schließlich hab ich mir da draußen selbst gut zugeredet:

Komm schon, Clay, sag ich, *setz deinen Arsch in Bewegung. Angenommen, jemand ist verletzt?!*«

»Haben Sie in der Nähe irgendwas gesehen?«, fragte Scott. »Vielleicht irgendetwas, das sie mit dem Wagen erwischt haben könnte? Ein großes Tier ... oder sonst etwas?«

»Na ja, irgendwas hab ich tatsächlich gesehen oder hab's zumindest geglaubt, denn genau in diesem Moment hat sich eine Wolke vor den Mond geschoben. Irgendwas hat sich auf dem Friedhof gerührt.«

»Was war es?«, fragte Scott mit erhobener Stimme, in der eine leichte Drohung mitschwang. »Was haben Sie gesehen?«

»Kann ich nicht mit Sicherheit sagen. Kommt immer mal wieder vor, dass irgendwelche Kühe ausbüxen und sich auf den Friedhof verirren, wo sie auf der Wiese grasen ...«

»Also gut, wie sah's denn aus?«, bohrte Scott weiter.

Der Argwohn stahl sich erneut in Claytons Augen. »Kann ich nicht sagen, mein Freund. Könnte ein Tier gewesen sein, vielleicht auch nur ein Schatten oder meine alkoholisierte Fantasie.«

Oder ein Mann, sagte sich Scott und dachte an die Zeichnungen. Konnte es sein, dass sie einen Mann mit dem Auto erwischt hatte? Das kam ihm recht unwahrscheinlich vor. Falls ja, wo war er jetzt? Einen solchen Zusammenstoß konnte doch sicher niemand überlebt haben.

Clayton nahm einen großen Schluck Bier, so dass es gluckerte, und wartete ab, ob Scott noch mehr sagen würde. Aber dessen Augen hatten sich mit einem Schleier überzogen, wirkten gedankenverloren und entrückt.

»Ihre Frau war schon tot«, sagte Clayton. »Gott sei ihrer Seele gnädig. Und Ihre kleine Tochter ... Na ja, sie stöhnte und ...«

Er brach mitten im Satz ab und wandte seinen Blick dem Kater mit den ausgefransten Ohren zu, der sich an seinen Knöcheln rieb.

»Und was, Mr Barr?«

»Na ja, sie hat gestöhnt und irgendwie vor sich hin gestarrt.

Der Mund war aufgerissen und seltsam verzerrt, als ob sie schreien wollte, aber es kam kein Ton heraus.«

Scott kannte diesen Gesichtsausdruck. Als er aufstehen wollte, streifte er mit dem Ellbogen die unberührte Bierflasche, so dass sie hinunterfiel. Aufschäumendes Bier schoss heraus und verteilte sich mit gelblichen Blasen in kleinen Pfützen auf dem Boden. Er erstarrte mitten in der Bewegung, was so wirkte, als habe man mit einer Polaroid-Kamera einen Mann im Bild festgehalten, der in diesem Moment von einem Sessel aufsteht ... oder vielleicht gerade Platz nimmt. Scott hatte keine Ahnung, was er jetzt tun sollte.

»Machen Sie sich nichts daraus!«, sagte Clayton und stand ebenfalls auf. »Helen wird's aufwischen.«

»Können Sie mich dorthin bringen?«, fragte Scott. »Dorthin, wo's passiert ist?«

»Jetzt gleich?« Clayton warf einen Blick auf die Armbanduhr. »Ist noch ein bisschen früh für's Mittagessen, aber wir könnten Ihnen 'nen kleinen Imbiss anbieten ... Da draußen gibt's nichts für Sie zu sehen, gar nichts, mein Freund.«

Scott wandte sich zur Außentür der Veranda. »Nein, danke, Mr. Barr.« Er trat in den Nieselregen hinaus. »Ich find's schon allein.«

»Biegen Sie am Ende der Straße rechts ab«, rief Clayton ihm nach. Aber der Wagen rollte bereits aus dem Hof.

30

Der Friedhof von Hampton Meadow nahm rund viertausend Quadratmeter des hügeligen Geländes ein, das rund achthundert Meter von Clayton Barrs Auffahrt entfernt lag. Scott, der ohne Mühe hingefunden hatte, stellte den Wagen vor der schmiedeeisernen Eingangspforte ab. Ehe er in den Nieselregen hinaustrat, holte er die Zeichnungen aus der Tasche und faltete sie sorgfältig auseinander.

Nach Westen hin setzte sich die Landstraße mit vielen

Windungen fort und folgte dabei einer Bodenkrümmung, die sich über mehrere hundert Meter erstreckte. Hinter einem Buckel führte sie scharf nach links und verschwand aus dem Blickfeld. Auf dem Seitenstreifen ging Scott langsam auf den Hügel zu. Selbst aus dieser Entfernung konnte er erkennen, wo der Volvo von der gepflasterten Straße abgekommen war: Dort wies der Matsch tiefe Furchen auf. Am Hügel waren Bremsspuren zu sehen, die sich wie schwarze Bänder in sein Blickfeld schlängelten – Spuren, die einander kreuzten und wieder trennten, als sie zum Seitenstreifen bogen. Als Scott näher heranging, konnte er die Stelle ausmachen, an der das Auto auf die Mauer geprallt war; überall lagen abgesplitterte Steinbrocken herum. An der Bruchstelle der Friedhofsmauer standen keine Bäume. Es gab hier keine niedrig hängenden Äste, die erklärt hätten, warum die Windschutzscheibe nach innen zerschellt war.

Scott stieg die steile Böschung zum Straßengraben hinunter, wobei er auf dem regenfeuchten Gras immer wieder ausglitt. Irgendetwas da unten war ihm ins Auge gefallen. In einer Mulde mit abgestandenem Wasser glitzerte etwas, das wie Metall aussah. Als er hineingriff, stießen seine Finger auf ein abgesprengtes Blechteilchen, das zum Volvo gehörte. Das Wasser war so moderig, dass seine Hand nach Jauchegrube stank, als er sie wieder herauszog.

Er ließ das Blechteilchen fallen und kletterte die gegenüberliegende Böschung hinauf. Danach stieg er schwer atmend über die niedrige Mauer aus Feldsteinen und betrat den Friedhof.

Während er sich weiter hineinwagte, verwandelte sich der im Eingangsbereich wohl geordnete Friedhof in ein Wirrwarr verstreuter Grabstätten, von denen ein beträchtlicher Anteil fast nur aus rechteckigen Granitplatten bestand, die flach in die Erde eingelassen waren. Offenbar kümmerte sich niemand um diesen hinteren Teil, mit Ausnahme einiger weniger persönlich betreuter Grabstätten.

Fast unbewusst vermied er es, direkt auf die Gräber zu

treten. Seine Mutter hatte ihn davor gewarnt, als er noch recht jung gewesen war, und seitdem hatte er aus irgendeinem Aberglauben heraus kein gutes Gefühl dabei.

Nachdem er eine kleine Anhöhe erklommen hatte, blieb er kurz unter einem knorrigen, kahlen Baum stehen, der nur wenig Schutz vor dem Regen bot. Hinter der Anhöhe zeichnete sich vor einer Bodenmulde voller Grabstätten eine schwarz gekleidete Frau ab, die vor einem sandfarbenen Grabstein kauerte. Sie wiegte sich hin und her und weinte. Ihr jämmerliches Schluchzen drang mal leiser, mal lauter zu Scott hinüber. Ein durchnässter Kranz von Sommerblumen lag auf dem frisch ausgehobenen, regenfeuchten Grab.

Trauer, dachte er, *tiefe Trauer, die durch nichts zu trösten ist.*

Während er zu der Frau hinüberblickte, die ihm den Rücken zuwandte, ließ der Regen nach. Gleichzeitig kühlte es so ab, dass Scott sein eigenes Atemwölkchen sehen konnte. Fröstelnd ging er mit vorsichtigen Schritten auf die andere Seite der Anhöhe hinüber, um sich wieder auf den Weg nach unten zu machen und so weit Abstand zu der trauernden Frau zu gewinnen, dass er ihre Totenklage, die wie die einer Wahnsinnigen klang, nicht mehr hören musste. Dabei schleifte er die Füße hinter sich her, anstatt sie zu heben. Und dennoch hatte ihn eine schreckliche Unruhe erfasst, die ihn immer weiter vorwärts trieb.

Krista, dachte er mutlos, *liebste Krista ...*

Gleich darauf blieb Scott wie angewurzelt stehen, denn er spürte physisch, wie ihn Augen verfolgten und auf seinen Rücken starrten. Als er scharf herumwirbelte, kamen ihm seine Beine plötzlich so leicht vor, dass es fast schon unheimlich war. Seine Muskeln waren angespannt und zur schnellen Flucht bereit.

Aber da war nichts. Nur dieser abgestorbene, jämmerliche Baum auf dem Hügelkamm, der seine Drachenklauen in den schiefergrauen, von Wolken überzogenen Himmel reckte. Nichts als irgendein blöder Baum.

Etwas Eiskaltes fuhr Scott unter die Haut und breitete sich

dort wellenartig aus. Mit beiden Händen griff er nach den Zeichnungen, klappte die Seiten an der durchnässten Falzung auf und richtete den Blick auf den Kasten, der ihn schwindeln machte: Auf dieser Zeichnung hob sich ein kahler Baum schwarz gegen einen bleichen Mond ab. Mit weit aufgerissenen Augen wandte er den Blick vom Blatt. Er konnte nicht glauben, was er da eben gesehen hatte: Der Baum auf der Zeichnung glich in allen Einzelheiten dem, der direkt vor ihm stand. Jeder Ast, jeder Zweig, jeder Knoten war darauf detailgetreu abgebildet.

Völlig konsterniert blickte Scott zwischen der natürlichen und der gezeichneten Szenerie hin und her, verglich im Kopf beide Ansichten miteinander, trat von rechts nach links, trat vor und zurück, wie ein Landvermesser, der Markierungen in die richtige Perspektive rücken will. Während er sich leicht zur Seite drehte, starrte er mit zusammengekniffenen Augen auf die trostlose Szenerie vor sich, um sie gleich darauf erneut mit dem Kasten zu vergleichen, in dem im Vordergrund, als schiefergraue Silhouette, ein Grabstein abgebildet war. Auf der Zeichnung war der Baum weiter entfernt ... Und ja, tatsächlich: Ganz rechts war darauf auch ein teilweise zerstörter Abschnitt der Friedhofsmauer zu sehen ...

Es war nicht nur der Baum. In jeder Einzelheit entsprach die Zeichnung dieser ganzen traurigen Szenerie. Es war so, als habe der Alte genau hier gesessen, als er diese Sequenz zeichnete, und nicht meilenweit entfernt in Ottawa.

Der Winkel war trotzdem noch nicht ganz richtig ...

Ein Stückchen weiter zurück, soufflierte Scotts Hirn, *zurück und weiter nach rechts. Da, genau, jetzt stimmt's!*

Als Scott mit der rechten Ferse gegen etwas Hartes stieß, erfasste ihn eine schreckliche Gewissheit. Langsam drehte er sich um, um sich dem Anblick zu stellen.

Es war derselbe Grabstein wie auf der Zeichnung, genau wie er befürchtet und irgendwo tief im Inneren auch gewusst hatte. Wie ein Kind, dessen schlimmster Albtraum plötzlich wahr geworden ist, fuhr er instinktiv von der zwei mal ein

Meter großen, eingesunkenen Totenstätte zurück. Er schüttelte den Kopf, um die Benommenheit loszuwerden, und machte sich daran, den verwitterten Vers zu entziffern, der im oberen Abschnitt des Grabsteins eingemeißelt war:

Wo du jetzt stehst, oh Mensch,
bin ich einmal gewesen.
Bald wirst du ruhn wie ich
und hier ein anderer lesen.

Scott wandte den Blick nach unten, dem Namen der Verstorbenen zu, und las: *Marissa Rowe.* Als er die Zeichnung heranzog, stellte er fest, dass die lesbaren Buchstaben genau so aussahen wie die auf dem Grabstein vor ihm: dasselbe *M,* dasselbe *i,* dasselbe doppelte *s,* dasselbe *R.*

Aber wer war Marissa Rowe? Der Name sagte ihm nichts.

Während er sich vor dem Regen duckte und an einem in Stein gemeißelten Namen herumrätselte, der ihm nichts bedeutete, ließ er seinen Blick fast abwesend über die Lebensdaten der Verstorbenen gleiten.

Und als er sie las, als sein Hirn diese letzte Querverbindung herstellte, ergriff ihn eine so elementare, entmutigende Furcht, dass er sich ruckartig umdrehte, um zu fliehen, um so weit zu rennen, bis sich Kontinente zwischen ihn und den Friedhof legten. Aber seine Füße weigerten sich, sie blieben hier haften, als wären sie festgenagelt. So konnte er nur stehen bleiben, während er keuchte und aus tiefster Kehle wimmerte.

Denn Marissa Rowe, bei ihrer Beerdigung zehn Jahre alt, war am 12. Juli 1972 gestorben. Genau an dem Tag, als Scott und seine Freunde mit Scotts Volkswagen, dem alten Käfer, ein Kind umgefahren und getötet hatten.

Ein kleines Mädchen, das sie damals für nicht viel älter als zehn Jahre gehalten hatten ...

So alt wie Kath.

nein

Scotts Beine gaben unter ihm nach. Als er sich hart auf Marissa Rowes Grabstelle setzte und das Kinn am gebeugten Knie aufschlug, gruben sich seine Zähne schmerzhaft in die Lippen. Er spürte, wie er ins Rutschen kam und näher auf den Grabstein zu glitt, als werde er gezogen. Und jetzt sickerte ihm auch noch etwas Nasses vom Kinn, dessen Tropfen sich auf dem klammen Handrücken verteilten. Blut?

Ja, es war Blut und ...

... *Glasscherben flogen herum und stachen wie wütende Hornissen und das Kind brach mit dem Gesicht durch die Windschutzscheibe und als wir ausstiegen war sie bereits tot aber es war niemand in der Nähe und es stand so viel auf dem Spiel unsere Karrieren unsere Zukunft das war uns allen klar ...*

... also sind wir davongelaufen.

Scott, der immer noch rücklings auf dem Boden lag, krabbelte auf Händen und Füßen von der Grabstelle fort und versuchte der Erinnerung, die ihn jetzt einholte, zu entfliehen.

In jener Nacht hatten sie sich verfahren, sie konnten sonst wo gelandet sein, sogar irgendwo hier in der Nähe ...

Jemand muss uns gesehen haben, dachte er aufgeregt und befühlte seine aufgespaltene Lippe. *Irgendjemand hat uns gesehen und rächt sich jetzt an uns.*

Das ist doch Irrsinn, wandte der letzte Rest von Vernunft, der ihm verblieben war, dagegen ein, *völliger Irrsinn* ... Wie konnten sie (und wer waren *sie* überhaupt?) Krista dazu gebracht haben, genau diese Straße zu nehmen? Und warum eine derart ausgeklügelte und so lange aufgeschobene Rache? Wie hätte irgendjemand derartig unberechenbare und nicht miteinander verknüpfte Ereignisse so geschickt inszenieren können?

Trotz dieser Einwände der Vernunft bestand Scotts Kopf darauf, einen höchst finsteren Plan zu rekonstruieren. Ihn verfolgte die verrückte Vorstellung, irgendjemand könne seinen beiden Frauen seit ihrer Abfahrt von zu Hause gefolgt sein. Mit der Absicht, sie zu entführen. Wozu Gelegenheit war, als sie anhielten, um zu tanken oder zu Mittag zu essen.

Und dann hatte man die beiden gezwungen, hierher zu fahren, und sie ohne jede Erklärung am anderen Ende dieser Nebenstraße ziehen lassen. Vielleicht waren die Entführer sogar so brutal gewesen, Marissa Rowes Leichnam zu exhumieren und irgendwo an der Straße aufzubauen. Im Dunkeln mochte Krista die Leiche für einen lebenden Menschen gehalten haben, vor allem, falls der oder die Entführer den Leichnam am Fuß des steilen Buckels platziert hatten. Clayton hatte gesagt, er habe das Hupen zehn oder fünfzehn Minuten ignoriert. Erst danach war er hierher gegangen, und das musste noch einmal zehn Minuten gedauert haben – genügend Zeit also, um alle verdächtigen Requisiten zu beseitigen. Und später hatten sie die sterblichen Überreste des Kindes vielleicht wieder begraben ...

War es das, was ich bei Krista gerochen habe? Und auch im Auto?

Während seine Gedanken durcheinander wirbelten, rappelte sich Scott unsicher hoch und blieb im Regen stehen, der sich inzwischen zu einem heftigen Schauer ausgewachsen hatte. Nochmals nahm er sich die Zeichnungen vor, bis ein Windstoß sie ihm aus den Händen riss und davontrug.

Es musste so sein. Irgendjemand hatte vor sechzehn Jahren am Straßenrand gekauert und sie gesehen, sich das Nummernschild des Volkswagens gemerkt und danach abgewartet, lange und mit unerschütterlicher Geduld abgewartet – wie Scott selbst es vielleicht auch getan hätte, wenn Kath so etwas zugestoßen wäre ...

Nachdem das taube Gefühl aus Scotts Beinen gewichen war, machte er sich auf den Rückweg zum Wagen. Wenn jemand hinter Kath her war, dann war sie in Gefahr, sobald sie allein war, selbst im Krankenhaus. Doch mitten auf dem Weg drehte er um und eilte auf den Friedhof zurück, um nach den Zeichnungen zu suchen. Plötzlich konnte er sich nicht mehr vorstellen, wie er ohne sie weitermachen sollte. Die Zeichnungen waren die einzige handgreifliche Verbindung zu dem irrsinnigen Komplott, das er aufgedeckt zu haben glaubte, der einzige Beweis dafür, dass er nicht völlig übergeschnappt war.

Er fand die Blätter zerfetzt und völlig durchnässt an der Steinmauer wieder. Jenseits der Einfriedung, durch Lücken in den ausladenden Bäumen gerade noch zu erkennen, bemerkte er eine kleine Straße, die zwar gepflastert, aber offenbar schon seit Jahren nicht mehr benutzt war. Der von der Sonne ausgebleichte Asphalt wies viele Risse auf, in denen wilde Gräser und Wolfsmilch sprossen. Ein verwittertes, schiefes und von Patronen durchsiebtes Holzschild wies die Straße als OLD BURWASH ROAD aus.

Und wieder spulte sein Gedächtnis Jahre zurück, bis zum Abgrund der Hölle, wo ...

... sie, mit einem Schlag hellwach, im Auto saßen. Der Rausch verflog und die Müdigkeit wich, weil ihnen allen ihre missliche Lage bewusst wurde. Auf dem Rücksitz fummelte Jake mit der Straßenkarte herum, die er beim Versuch, sie aufzuklappen, zerriss. Und während er mit der Karte kämpfte, kreischte er mit hoher, überdrehter Stimme: Wo sind wir überhaupt? Was ist das für eine Straße? Old Burwash, blaffte Scott zurück ... Old Burwash Road ...

Scott geriet ins Stolpern, fast wäre er hingefallen.

Und plötzlich war es so, als sei er durch die fragile Schicht gebrochen, die geistige Gesundheit von geistiger Umnachtung trennt. Das Summen in seinem Kopf wurde plötzlich ohrenbetäubend laut, verschluckte die Geräusche in seiner Umgebung und verzerrte sie gleichzeitig wie durch einen Lautsprecher: das leise Seufzen des Windes, das regelmäßige Tropfen des Regens, das Pochen seines Herzens, das gegen seine Rippen schlug. Als er sich bückte, um die Zeichnungen aufzuheben, schienen die Cartoons für einen Augenblick zum Leben zu erwachen. Körper in verschiedenen Stadien der Verwesung bahnten sich einer nach dem anderen mit den Schultern den Weg aus der bebenden Erde. Er meinte, sie zu hören und zu riechen. Dieser Moment war so irreal, dass er sich mit einem Ruck umwandte, um die Gräber hinter sich ins Visier zu nehmen.

Aber unter dem sterbenden Gras und den anwachsenden Regenpfützen lag die Erde völlig unberührt da und breitete den schweren Mantel des Todes über die Dahingeschiedenen.

Scott lehnte sich gegen die Mauer aus Feldsteinen, presste die klammen Finger gegen die Schläfen und wartete darauf, dass sich das Hämmern in seinem Kopf endlich legte. Als es zu einem erträglichen Pochen abgeebbt war, stieg er über die niedrige Einfriedung und machte sich zitternd und mit großen, steifen Schritten auf den Weg durch die Old Burwash Road. Der spätsommerliche Regen ließ ihn bis ins Mark frösteln.

»Ist sie tot?«

Rund fünfhundert Meter westlich der Stelle, an der er über die Friedhofsmauer gestiegen war, blieb er stehen. Als er zu Boden schaute, meinte er, auf dem Asphalt ganz schwach einen fast kreisrunden Fleck zu erkennen.

Und dann stand Brian Horner hinter ihm und fragte wieder und wieder: »Ist sie tot? Ist sie tot?« Seine Stimme war schrill vor Entsetzen.

»Ist sie tot?«

Kurz vor der Morgendämmerung standen sie im leichten Nebel herum, verängstigt und wie zu Standbildern erstarrt. Alle drei beugten sich über den steifen Körper des Kindes und sahen zu, wie sich die rote Pfütze, die den zarten Kopf wie ein Heiligenschein umgab, immer weiter ausbreitete. In ihrem hübschen, weißen Sommerkleid voller Rüschen und Spitzen lag die Kleine zusammengekrümmt auf der Seite. Ein Bein war völlig unnatürlich verdreht. Die Arme hatte sie vor sich gestreckt, als hätte sie noch versucht, sich irgendwo festzuhalten, während sie sterbend durch die feuchte Morgenluft gesegelt war. Sie hatte schneeweiße Söckchen getragen, aber am verdrehten Bein war das Söckchen halb vom Fuß gerutscht. Die Wucht des Aufpralls hatte sie auf der Stelle aus den frisch geputzten Sonntagsschuhen geschleudert. (In diesem Augenblick wurde Scott klar, dass es tatsächlich Sonntag war. Sie war bereits für den Kirchgang angezogen gewesen.)

Ist sie tot?

Das Kätzchen, dem sie nachgelaufen war, kam aus dem Schatten geschossen und miaute dabei zum Herzerbarmen – eine winzige, von Gott und der Welt verlassene Kreatur. Aber als der Wind das seidige Haar der Kleinen erfasste, sprang das Kätzchen munter vorwärts und schlug spielerisch nach den durcheinander wirbelnden silberweißen Strähnen.

Scott, der sich so fühlte, als müsse sein Kopf gleich platzen, kniete sich an ihre Seite und legte einen Finger auf ihre Halsschlagader. Jedes bisschen Empfindsamkeit, das er noch besaß, konzentrierte er auf die Fingerspitze. Dazu murmelte er innerlich Gebete, die er seit vielen Jahren, allzu vielen Jahren, nicht mehr gesprochen hatte.

Aber er konnte nichts spüren, nichts als weiche Haut und nachlassende Wärme. Als er sich zu seinen Freunden umdrehte, die im Hintergrund immer noch warteten und fast wie gesichtslose Silhouetten wirkten (*wie eine Schar von Gespenstern,* hatte er später gedacht – jetzt fiel es ihm wieder ein), standen Tränen in seinen Augen.

Er wandte sich wieder dem Kind zu und stellte dabei seltsam distanziert und mit medizinischer Nüchternheit fest, dass es ein Albino war. Gleich darauf geriet die Welt ringsum aus den Fugen und schwand aus seinem Blickfeld, als sich nach und nach Dunkelheit über ihn senkte. Und dann gruben sich kräftige Finger in seine Schultern, und die Stimme eines Wahnsinnigen schleuderte ihm hart und zischend irgendwelche Worte entgegen.

»Werd mir bloß nicht ohnmächtig, du Arschloch. Wir müssen hier weg, Mann, und zwar sofort. Das ist dir doch klar, oder?« Jake Laking. »Da hinten bei den Bäumen leuchtet irgendwas, ich nehm an, es ist das Außenlicht einer Veranda. Allerdings glaub ich nicht, dass uns irgendwer gesehen hat.« Seine bernsteinfarbenen Augen funkelten wie die eines

Raubtiers. »Wenn wir hier bleiben, sind wir geliefert. Komm schon, steh auf. Sofort!«

»Er hat Recht, Scott«, sagte jemand mit schwankender Stimme. Brian. »Lieber Gott, er hat ja Recht ... Bitte!«

Und er hatte wirklich Recht, oder? Hier bleiben war gleichbedeutend mit einer unvorstellbar harten persönlichen Katastrophe. Das Kind war tot – und für Tote kann man sowieso nichts mehr tun. Um sicherzugehen, tastete Scott nochmals nach der Halsschlagader des Mädchens. Immerhin war es ja möglich, dass er den lebenswichtigen Pulsschlag beim ersten Mal nicht richtig registriert hatte. Schließlich war er ja noch kein Arzt; das hier hatte er doch nur aus dem Fernsehen, verdammt noch mal. Da machten sie das immer, selbst in Western.

Aber da war nichts, war kein Puls. Und selbst die Wärme, die er eben noch gespürt hatte, war kaum noch wahrzunehmen. Jetzt mussten sie an sich denken.

Mussten sich aus dem Staub machen.

Das Kätzchen leckte an dem klebrigen, unheimlichen Blut und schnurrte dabei wie ein Motor ... der Motor eines Volkswagens. In diesem Moment merkte Scott, dass er ganz allein neben dem Opfer seiner Tat kniete. Die anderen hatten sich in den Wagen geflüchtet. Jake saß starr und steif hinter dem Lenkrad, Brian hatte sich auf dem Rücksitz zusammengekauert.

Heftig hin und her schwankend, blieb Scott an Ort und Stelle stehen, unfähig, den Blick von dem seelenlosen Körper abzuwenden, für dessen Tod auf der Straße er verantwortlich war.

Und dann rannte auch er davon.

Er stolperte über einen winzigen verlorenen Schuh, fiel so hin, dass er alle viere von sich streckte, rappelte sich wieder hoch und zwängte sich wie ein Dieb in den wartenden Wagen.

Doch vorher merkte er noch, dass hinter den Bäumen ein gelbliches Licht flackerte.

Scott wandte den Blick von dem unheimlichen Fleck auf der Straße zum regenfeuchten Wald, wo er ein Gebäude ausmachen konnte. Von seinem Standort aus sah er einen Teil des mit schwarzen Schindeln gedeckten Daches. Niedergeduckt, nach hinten geneigt, mit einem einzigen verrotteten Giebel und einer verglasten Veranda ähnelte es eher einer Hütte als einem Haus. Als Scott völlig durchnässt und zitternd in die von Unkraut überwucherte Lichtung trat, die das Gebäude umgab, merkte er, dass hier niemand mehr wohnte. Irgendwann einmal, es musste Jahre her sein, hatte jemand das Gebäude auf Pfähle gebockt. Wahrscheinlich, um es gegen Überschwemmungen zu sichern. Allerdings hatte sich eine der Holzstützen längst verlagert, so dass sich das Gebäude jetzt bedenklich zur Seite neigte.

Scott befand sich am Rande dessen, was früher wohl einmal der hintere Garten gewesen war. Links von ihm, quer über einer Pfütze, standen die rostigen Überreste einer Kinderschaukel. Unter einer Trauerweide verrottete eine aus Fässern zusammengenagelte, niedrige Hundehütte. Auf der kleinen Terrasse vor der Hintertür gammelten eine uralte Ringer-Waschmaschine, ein bejahrter Holzstuhl und ein verrostetes Dreirad vor sich hin. Über der Tür, die nur angelehnt war, hing eine nackte Glühbirne, wundersamerweise völlig unversehrt. Der düstere Eingang war kreuz und quer mit Spinnweben überzogen.

Ist es wirklich die Old Burwash Road gewesen?, fragte sich Scott, während modriges, schaumiges Wasser seine Schuhe durchtränkte. *Kann es nicht auch irgendeine andere Old ... irgendwas Road gewesen sein? Geht vielleicht meine Fantasie mit mir durch, erschöpft und übermüdet, wie ich bin? Ist es wirklich hier gewesen?*

Völlig durcheinander machte sich Scott mit hastigen, großen Schritten auf den Weg durch den Garten. Wie jemand, der sich beobachtet glaubt, blickte er nervös von einer Seite zur anderen, wieder und wieder. Am Haus angekommen, warf er sich mit der Schulter gegen die Hintertür, hielt aber plötzlich inne, weil sich sein ungutes Gefühl mit einem Mal verstärkte.

Was hoffe ich, hier zu finden? Was kann schon Gutes dabei herauskommen? Besser, ich verschwinde auf der Stelle und fahre nach Danvers zurück, zum Krankenhaus, zu meinem Kind, zu dem Einzigen, das in meinem Leben noch etwas bedeutet.

Wie unter einem Zwang sah Scott erneut zur Tür. Mit den Jahren hatte sie sich gewölbt, und der Rahmen war so schräg verzogen wie das gesamte Gebäude. Eigentlich hätte sie sich nach innen öffnen müssen, aber als Scott es probierte, kreischte sie laut auf, weil Holz auf Holz rieb, und verklemmte sich dann. Mit eingezogenem Bauch gelang es ihm, sich durch den Spalt zu quetschen.

Er fand sich in einer verstaubten, düsteren Küche wieder, in der man kaum etwas sehen konnte, weil nur vom angrenzenden Gang her diffuses, graues Licht hineindrang. Früher einmal war der Boden mit Linoleum im Schachbrettmuster ausgelegt gewesen, aber inzwischen war es größtenteils abgeblättert und gab den Blick auf die Holzbohlen frei. Von staubigen Spinnweben überzogen, lagen überall leere Whisky-Flaschen herum. In der Ecke stand ein Holzofen, daneben lag ein umgekippter Küchentisch aus Chrom und Kunststoff. Es gab nur ein einziges Fenster, das sich über der Spüle befand, und das war mit Holzbrettern verschalt.

Hau ab, drängte ihn sein Verstand. *Mach, dass du hier weg kommst. Verschwinde!*

Mit gesenktem Kopf und weichen Knien trat Scott auf den schmalen, düsteren Gang hinaus, in dem Girlanden von Spinnweben schaukelten. Die Schräglage von Boden und Wänden nahm ihm die sowieso schon beeinträchtigte Orientierung, so dass ihm alles bizarr und unwirklich vorkam. Er fühlte sich wie in einem Spiegelkabinett, das die Perspektiven verzerrt.

Scott bewegte sich so vorsichtig, als seien ihm Verfolger auf den Fersen. Unter seinen Füßen knackten lose Holzbohlen, knirschten Glasscherben. Hinter den mit Mörtel verputzten, rissigen Wänden huschte irgendetwas hin und her – vielleicht auf der Flucht vor ihm, vielleicht auch nicht. Als er auf halbem

Weg die Hände ausstreckte, blieben unzählige Spinnweben daran hängen. Überall klebten die Hüllen toter Insekten in der grauen Masse.

Schritt für Schritt schob er sich zu dem Rechteck schwachen Lichts an der Stelle vor, wo sich der Gang zur Treppe hin weitete und der Eingang zum Wohnzimmer lag. Als er nach links in den überwölbten Gang schwenkte, stieß er mit dem Zeh gegen etwas Hartes. Was folgte, war eine kurze, aber laute Kettenreaktion: Eine gelockerte Holzbohle, die sich wie ein Schlagbaum quer über den Treppenaufgang gelegt hatte, stürzte auf einen Tragbalken, so dass beides, viel Staub aufwirbelnd, mit Donnerhall zu Boden krachte.

Danach herrschte völlige Stille, bis auf den Dauerregen, der gegen die zerbrochenen Fensterscheiben klatschte. Es dauerte eine Weile, bis sich der uralte Staub wieder gelegt hatte. In dichten Schwaden wirbelte er wie Abendnebel über einem Moor durchs Zimmer. Nach und nach drang das spärliche Licht, das durch die Sprossenfenster sickerte, wieder hindurch und verlieh den Gegenständen in seinem Umkreis einen bläulich-weißen Schimmer.

Mitten an der hinteren Wand, wegen der Staubschwaden kaum zu erkennen, wölbte sich ein niedriger Bogen, der von der Form her an eine venezianische Brücke erinnerte. Darunter gähnte ein schwarzes Loch. Zuerst dachte Scott, es sei nur irgendein zufällig symmetrischer Schaden an der Wand. Aber als er näher heranging, sah er, dass die Wand nicht beschädigt war, sondern dass dort tatsächlich eine Öffnung klaffte, die Öffnung eines riesigen Kamins, die das Maul eines in Stein gemeißelten Löwen darstellte. Der massive, gewölbte Rachen des Königs der Tiere wirkte so, als habe er den ganzen Raum verschlucken wollen und sei in diesem Moment erstarrt.

Und Scott hatte genau das schon mal irgendwo gesehen.

Das Zimmer, den Löwen, die ganze Szenerie.

Aber wo?

Gleich darauf fiel es ihm plötzlich wieder ein. Der Zeichner. Die Serie von Zeichnungen, die der Alte – fast vorsätzlich, wie es Scott damals vorgekommen war – bei ihrer ersten Begegnung am Freitagnachmittag hatte zu Boden fallen lassen.

Dieser Kamin, dieser Raum und ...

Die Holzbohlen des Fußbodens. In dieser Serie von Cartoons hatte ein Mann die Holzbohlen aufgehackt. Und entdeckt, dass ...

Mit vor Angst weichen Knien stolperte Scott durch den schiefen Gang zurück. Dabei nervten ihn die Fetzen von Spinnweben, die ihm an den Armen und im Gesicht hängen blieben. Als er um die Ecke gebogen war und in die Küche trat, stieß er mit dem Ellbogen an ein Regal voller Tontöpfe, die alle herunterfielen und auf dem Fußboden zerschellten.

Mit zusammengekniffenen Augen suchte er jeden Winkel des voll gestopften Raumes ab, stieß dabei irgendwelche Gegenstände um oder schob sie auf die Seite. In der Holzkiste neben dem Ofen fand er schließlich, was er gesucht hatte.

Eine Axt.

Sofort eilte er ins vordere Zimmer zurück und schwang dabei die Axt über dem Kopf. Wie im Fieberwahn holte er zum ersten gewaltigen Schlag aus.

Als die Holzbohlen unter der Wucht dieses Schlages zersplitterten, merkte er, wie ihn die letzten Reste klaren Verstandes verließen. Beim nächsten Schlag drang ein primitives Brüllen aus seinem Mund. Er beugte sich hinunter, um sein Zerstörungswerk zu inspizieren. Der Staub stieg in solchen Schwaden auf, dass er kaum noch atmen konnte. Wie Blut, das in kaltes Wasser rinnt, wirbelten die Staubwolken durch die Lichtbahnen, die vom Fenster aus ins Zimmer drangen. Scott ließ seine ganze Seelenqual, das Gefühl von Verlust und die Wut am Fußboden aus, den er mit dem verrosteten Blatt der Axt bearbeitete. Sein Atmen verwandelte sich in ein raues Hecheln, das an die Geräusche einer Maschine erinnerte. Der Staub hatte seine Kehle so ausgedörrt, dass sie schmerzte.

Mühelos ließen sich die alten, verwitterten Holzbohlen lösen. Irgendwann geriet Scott ins Stolpern, und dabei fiel die Axt in den breiten Spalt im Fußboden, der einem ausgehobenen Grab ähnelte. Als er sich bückte, um nach der Axt zu greifen, flatterte eine im Schlaf aufgeschreckte Fledermaus heraus und schoss an ihm vorbei, mitten durch die Staubschwaden. Ohne darauf zu achten, setzte Scott sein Zerstörungswerk fort, während Tränen an seinen staubigen Wangen herunterrannen und dort Spuren hinterließen.

Nachdem die Luft sich aufgeklart hatte und wieder trübes Licht in den Raum sickerte, war der halbe Fußboden aufgerissen. Jetzt stießen Scotts Füße gegen etwas Trockenes, Brüchiges – und dabei fielen ihm die letzten Cartoons der makabren Serie ein.

Die Gestalt auf der Zeichnung hatte einen mumifizierten Leichnam entdeckt, dessen Herz von einem Fleischermesser durchbohrt war. Die toten Finger hatten etwas Flaches an die Brust gedrückt.

Und genau das befand sich unter seinen Füßen.

Scott griff hinunter und löste das Bündel aus den verdorrten Armen, die es umklammerten. Als er die Augen in den eingesunkenen Höhlen sah, die wie aus dem Schädel gelöste Eiskugeln wirkten, fiel ihm Dr. Holley ein: *Ist sie das? Ist das Ihre Frau?*

Das Bündel bestand aus einer Decke, die ein Buch umhüllte. Es war ein großes Sammelalbum aus weichem Material, ähnlich den Mappen, die Scott in der Schulzeit dazu benutzt hatte, Unterlagen für bestimmte Klassenprojekte, etwa Zeitungsausschnitte oder Fotos, zu sammeln und dort einzukleben. Als er das Bündel auswickelte, zerbröselte der Stoff unter seinen Händen. Es blieben nur Fetzen zurück, die nach Schimmel und Moder stanken.

Er verlagerte seine Position so, dass er den Rücken dem Fenster zuwandte, und setzte sich auf den Rand der Grube. Dabei fiel sein Blick auf ein schwach glänzendes Stück Metall in den Tiefen des hohlen Brustkorbs. Als er sich näher darüber beugte, entdeckte er ein Fleischermesser aus rostfreiem Stahl, das sich bis in die Wirbelsäule des Leichnams gegraben hatte. Auf der Schneide war etwas aufgespießt, was wie eine Dörrpflaume aussah, ein Gewebeknoten, der früher einmal ein menschliches Herz gewesen war.

Während das Album aufgeschlagen auf seinen Knien lag, blickte Scott mit zusammengekniffenen Augen auf das Foto, das auf der ersten Seite klebte. Es war ein verblichenes Polaroidfoto, aufgenommen im Garten; im Hintergrund waren die Schaukel und die Trauerweide zu erkennen. Ein blasses Mädchen mit silbernem Haar stand neben einem großen, grinsenden Mann, dem es bis zur Hüfte reichte. Der Mann war sicher schon über siebzig und hatte äußerst eindrucksvolle dunkle Augen – Augen, die eher wie Knöpfe aussahen ...

Die Worte, die irgendjemand mit blauer Tinte darunter geschrieben hatte, waren kaum noch lesbar – so als hätten Zeit und Fäulnis ihr Vernichtungswerk gerade noch so lange aufgeschoben, bis irgendjemand dieses von einem Leichnam bewachte Bündel fand. Die sorgfältig gemalte Bildunterschrift lautete: *OPA UND MARISSA ROWE. MISSYS 10. GEBURTSTAG, 11. JULI 1972.*

Der Zeichner ... der Alte war der Großvater des Kindes.

Scott, der sich so fühlte, als häute ihn jemand bei lebendigem Leib, schlug die Seite um und versuchte, den verblassten Brief, der dort eingeklebt war, zu entziffern. Er trug das Datum des 3. Januars 1970. Die Schrift war unregelmäßig und verschmiert, offenbar hatte die Hand beim Schreiben gezittert. Außerdem war der Brief voller Rechtschreibfehler; die meisten Worte waren so buchstabiert, wie sie ausgesprochen wurden. Der Wortlaut, den Scott rekonstruierte, war folgender:

Lieber Daddy,
mir geht's jetzt viel besser. Die Ärzte im Sanatorium sagen, ich kann jetzt wieder ein normales Leben führen. Hab seit zwei Jahren nicht mehr getrunken und noch länger keine Drogen

genommen. Ich will meine Marissa zurück. Ich weiß, dass du der Vater bist, und das hab ich auch den Ärzten im Sanatorium gesagt, aber sie braucht ihre Mama jetzt. Also leg mir bitte nix in den Weg. Wie die Ärzte sagen, hab ich immer noch das Sorgerecht. Es sind neun lange Jahre gewesen. Ich will nicht, dass du ihr so was antust wie mir. In einer Woche bin ich da. Bitte bereite meine kleine Tochter darauf vor. Sag ihr, wir werden in Boston leben, in einer hübschen Wohnung nah am Wasser.

Deine Tochter Marietta

Nicht der Großvater ... der Vater!

Scott blätterte um. Auf der nächsten Seite klebte die Buntstiftzeichnung eines Kindes: Ein primitiv gezeichnetes, mit Strichen angedeutetes Kind kauerte hinter dem Bein eines großen Strich-Männchens, das ein Messer in der Hand hielt. Vor ihnen stand eine hässliche Hexe mit langer, von Warzen übersäter Nase, die eine Flasche in der Hand hielt. Darunter stand in kindlicher Schrift, bei der sich einige Buchstaben nach hinten neigten: BITTE LASS NICHT ZU DASS SIE MICH HOLT

Auf der nächsten Seite klebte ein alter Zeitungsausschnitt vom 30. Januar 1970.

Von ihrem Vater als vermisst gemeldet: Marietta Rowe, 36, Mutter einer Tochter, Marissa Rowe. Miss Rowe wurde vor kurzem aus einer Bostoner Rehabilitationsklinik entlassen und befand sich auf dem Heimweg zu ihrem Kind, für das sie jetzt ihr Sorgerecht geltend machen wollte. Seitdem ist nichts über ihren Verbleib bekannt. Bislang hat Nicholas Rowe, Marietta Rowes Vater, für Marissa gesorgt. Bereits kurz nach Marissas Geburt erhielt er das Sorgerecht für seine Enkelin. Es fehlen jegliche Hinweise und Spuren, die ...

Der Zeitungsausschnitt enthielt auch ein Foto, das ebenfalls stark verblichen war. Ein flaches Gesicht, gezeichnet von

Krankheit und Alkohol, blickte Scott wie ein Gespenst an: Marissas Mutter. Ein düsteres, grobes, vom Leben betrogenes Gesicht. Am Hals hing ein auffälliges Medaillon, ein Friedenssymbol, eingefasst in ein silbernes Oval.

Scott zündete ein Streichholz an und leuchtete damit in die Grube. Das zarte, gelbe Flämmchen schwankte hin und her und ließ nicht auszulotende Schatten hervortreten.

An der Kehle des Skeletts baumelten die Kette und das inzwischen verrostete Medaillon.

Der Alte hatte seine eigene Tochter umgebracht, weil er Marissa nicht mehr hatte hergeben wollen. Welch seltsame, schreckliche Liebe ...

Scott, der fast zu atmen vergaß, blätterte um.

Und stieß auf Zeichnungen.

Erneut überwältigte ihn das Gefühl völliger Irrealität.

Die Zeichnungen zeigten den Unfall, der vor so langer Zeit passiert war ... Aber aus Sicht des Kindes.

Im ersten Cartoon streckte sich eine weiße Kinderhand nach dem Kätzchen aus, das sich ihr spielerisch entzog. Der Schwanz der Katze war steil aufgerichtet, die winzigen Beine wirbelten blitzschnell und mit großen Sprüngen davon. In der nächsten Sequenz teilte sich das hohe Gras. Die Verfolgungsjagd ging weiter: Das Kätzchen war immer leicht voraus, duckte sich, vollführte Täuschungsmanöver und schoss davon. Dann war die Straße zu sehen, die grellen Scheinwerfer. Dieser stille, endlose Moment. Metall, das sich auftürmte, glitzerndes Chrom, eine Wand aus Glas, dahinter ein dämonisches Gesicht, das Scotts eigenes war ...

Und ein weißhaariges Kind, um dessen Kopf sich ein Heiligenschein aus Blut gelegt hatte.

Wie kann er das wissen? Wie stellt er es an, mir so etwas anzutun?

Scott merkte, wie nach und nach der Wahnsinn von ihm Besitz ergriff, ohne dass er sich dagegen wehrte. Er blätterte weiter ...

... und stieß auf weitere Zeichnungen.

Ein brennendes Haus. Eine stattliche Villa. Groß und stolz, genau wie sein Vater gewesen war. Züngelnde Flammen, die auf und ab tanzten. Eine weitere Zeichnung aus größerem Abstand, die zeigte, wie sich die Einfahrt in geschwungener Linie von den mit Säulen eingefassten Toren bis zum Haus erstreckte. Deutlich war die in Messing gearbeitete und auf Hochglanz polierte Hausnummer *47* zu erkennen.

Es war das Haus, in dem Scott aufgewachsen war.

Das Haus, in dem seine Eltern verbrannt waren.

So heftig zitternd, dass er kaum noch Luft bekam, wandte sich Scott der letzten vermoderten Seite zu. Dort fand er eine Nachricht in sauberer gotischer Schrift, die schlicht und einfach besagte: Auge um Auge.

Trotz seiner Verwirrung und Benommenheit sah Scott jetzt rot, sein Entsetzen vermischte sich mit ungezügelter Wut.

Blutstropfen benetzten die aufgeschlagene Seite und bildeten dort kleine Kreise aus rötlichen Perlen. Als Scott eine Hand ans Kinn hob, stellte er fest, dass die kleine, erbsengroße Narbe wieder aufgeplatzt war und zu bluten angefangen hatte.

In diesem Moment schien sich der Deckel des Albums zu bewegen und sich in der Hand zu winden, die es festhielt. Aus dem Einband löste sich ein Knäuel aus Schnecken und schwarz glänzenden Käfern und glitschte über Scotts nackten Unterarm, so dass er zu Tode erschrocken aufschrie, das Buch zu Boden schleuderte und wie besinnungslos auf seinen Arm einschlug. Mühsam rappelte er sich hoch, stolperte im Dunkeln aber über eine Flasche und schlug lang hin, wobei sich irgendetwas Scharfes in seinen Oberschenkel grub. Ohne auf den Schmerz zu achten, stand er wieder auf und ging hastig, aber vorsichtig weiter.

Er musste hier raus. Musste zurück zu Kath.

Von jetzt an würde sie stets in Gefahr sein, sobald man sie allein ließ.

31

Als er ins Foyer stürmte und den verschlüsselten Notruf höchster Dringlichkeitsstufe für die Intensivstation hörte, beherrschte ihn nur ein einziger Gedanke: *Ich muss zu Kath. Ich muss zu meiner kleinen Tochter.* Mehr als jeder Willensakt war es dieser Gedanke, der ihn vorwärts trug. Er konnte sich überhaupt nicht mehr an die Rückfahrt vom Friedhof zum Krankenhaus erinnern, würde es auch niemals tun. Er war zu einem Geschöpf geworden, das nur noch aus Reflexen heraus handelte und wie automatisch gesteuert funktionierte, wobei er sich unbewusst auf die früher erworbenen Fähigkeiten wie Laufen, Rennen oder Autofahren verließ. Die Stimme, die den Code über das interne Kommunikationsnetz durchgab, brachte ihn dazu, seinen Schritt zu einem gefährlich schnellen Lauf zu beschleunigen. Weit aufgerissene Augen und ungläubige Blicke verfolgten ihn, als er durchs Foyer und den Gang hinunter zur Intensivstation raste.

Nicht Kath, bitte lass es nicht Kath sein ...

Die schweren Türen der Station gaben Scotts ausgestrecktem Arm nach. Der Krach beim Zuschlagen ging in dem zielgerichteten Kommen und Gehen, das sich auf Kaths Nische konzentrierte, fast unter. Eine Krankenschwester, deren blaue Augen gequält blickten, eilte mit einem Wägelchen, auf dem Mittel und Instrumente für den Notfall lagen, den Gang entlang. Ein bärtiger Techniker, der ein Beatmungsgerät hinter sich herzog, kam durch eine schmale Hintertür gestürmt. Von ihrem Stuhl vor dem Computer schoss eine junge Ärztin hoch und hastete unmittelbar vor der Schwester mit dem Wägelchen in Kaths Zimmer.

Und sie alle waren vollauf beschäftigt, jeder Einzelne von ihnen.

Scott raste so schnell durch den Gang, dass er die Krankenschwester, die ihr Wägelchen gerade ins Zimmer schieben wollte, anrempelte und am Ellbogen erwischte. Anstatt sich bei ihr zu entschuldigen, drängte er sich so stürmisch an ihr vorbei, dass er den Karren fast umgeworfen hätte, riss den Vorhang zur Seite ... und blieb, schrecklich verwirrt, wie angewurzelt stehen.

Denn es war nicht Kath, die im Bett lag, sondern eine alte Frau. In jeder sichtbaren Körperöffnung hatte sie Kanülen stecken. Am Bettrand kniete eine Schwester und versuchte, sie durch Herzmassage wiederzubeleben. Dabei zählte sie beim Drücken den Rhythmus so laut mit, dass ihre Worte, die wie irgendeine unheimliche Beschwörungslitanei klangen, den Lärm der Apparate und Stimmen übertönten: »*Eins* eintausend, *zwei* eintausend, *drei* eintausend ...«

Als die Assistenzärztin Scott am Ellbogen berührte, wirbelte er zu ihr herum. »Ihre Tochter ist von der Intensivstation verlegt worden, auf die Station mit Fernüberwachung«, erklärte sie mit hoher, durchdringender Stimme. »Wir haben ihr Bett gebraucht. Zu der Station geht's dort hinten.« Sie deutete auf die Wand am Ende der Intensivstation. »Bitte, Dr. Bowman, wir brauchen hier jeden Platz.«

»Ist sie ...?«

Die Assistenzärztin warf einen kurzen Blick auf die Schwester, die sich um die Wiederbelebung bemühte, und nickte dann. »Ihrer Tochter geht's gut. Wenn Sie jetzt bitte ...«

Trotz des ringsum herrschenden Chaos konnte sich Scott ein Lächeln nicht verkneifen. Während er aus dem Zimmer eilte, strahlte er vor Erleichterung wie ein Honigkuchenpferd.

Terry Deans, die leitende Schwester der Station, auf der Kath jetzt untergebracht war, sah von ihren Krankenblättern auf und lächelte. Aber ihr Lächeln verflog, sobald sie Scotts Blick begegnete. Wer dieser Kerl auch sein mochte, sie wollte ihn hier nicht haben – so viel war ihr sofort klar. Und falls er keinen plausiblen Grund für seine Anwesenheit nennen konnte, würde sie ihn auf der Stelle mit sanfter Gewalt hinausbugsieren. Denn er war unrasiert und blutverschmiert, seine Kleidung sah katastrophal aus und die Augen hatten irgendetwas ... Wahnsinniges. Sie stand auf. »Kann ich Ihnen helfen, Sir?«

»Ich suche nach meiner Tochter.« Scotts blutunterlaufene Augen blickten nervös von Zimmer zu Zimmer.

»Wie heißt sie denn?« Terry konnte kaum glauben, dass ein Mann, der so heruntergekommen aussah, eine Tochter haben sollte. Sie fragte sich, ob er womöglich der Vater des missbrauchten Kindes in 2 C sei.

»Kath ... Kathleen Bowman. Sie ist zehn. Bis heute früh hat sie auf der Intensivstation gelegen.«

Terry spürte, wie sich der Druck auf ihrer Brust lockerte. Das war der arme Kerl, dessen Frau neulich Nacht bei dem Autounfall ums Leben gekommen war. Dennoch erklärte das nicht, warum er so aussah, als hätte er sich draußen im Regen herumgeprügelt.

»Sie ist in 2 F, Mr. Bowman, die dritte Tür rechts.«

»Ist irgendjemand bei ihr? Ihre Tante ...?«

Terry schüttelte den Kopf. »Ihre Tante ist vor wenigen Minuten gegangen. Hat gesagt, sie wolle sich ein paar Zeitschriften besorgen.«

Scott machte sich eilig auf den Weg. Er wollte Kath keine weitere Minute allein lassen. Er hatte schon daran gedacht, die Polizei anzurufen ... Aber was sollte er denen erzählen? Dass irgendjemand versuchte, eine alte Rechnung zu begleichen? Die Rechnung dafür, dass vor sechzehn Jahren ein kleines Mädchen von einem Auto erwischt worden und tot auf der Straße liegen geblieben war, während sich der Fahrer aus dem Staub gemacht hatte? Gott, dieser höllische Lärm in seinem Kopf. Seit seiner Rückkehr zum Krankenhaus hatte sich das Geräusch leicht verändert. Jetzt klang es so, als huschten Ratten hinter Wandverputz herum, oder ...

(oder was?)

2 F

Kath lag fest schlafend auf dem Rücken und Jinnie neben ihr auf dem Kopfkissen. Die Puppe, deren Augen stets offen standen, grinste Scott mit gutmütiger Idiotie an.

Er trat ins Zimmer – es war sogar noch kleiner als das auf der Intensivstation, allerdings nicht durch all diese sperrigen Apparate verstopft – und nahm am Fußende des Bettes Platz. Seufzend legte er eine Hand auf Kaths Knöchel, der sich warm und lebendig anfühlte.

Ohne aufzuschrecken öffnete Kath die Augen und sah ihn an.

Doch sie sah gar nicht wirklich *ihn* an, wie Scott merkte. Eigentlich war ihr Blick auf überhaupt nichts Bestimmtes gerichtet. Ihre Augen standen zwar offen und blickten in Scotts Richtung, aber sie erfassten seine Anwesenheit genauso wenig wie die ihrer Puppe.

Als Scott besorgt Kaths Namen flüsterte, tauchte ein Leuchten in ihren Augen auf, das er darin noch nie zuvor gesehen hatte, ein Glanz, der eher ein Glühen als ein bewusstes Erkennen war. Einen Moment lang schien es so, als verstärke sich das Leuchten. Es wirkte so unnatürlich grell, dass Scott an die bösen Kinder in dem Film *Dorf der Verdammten* denken musste – und an Jake Lakings Augen in jener längst vergangenen Nacht.

Gleich darauf verschwand es. Jetzt wirkten Kaths Augen so schwarz und leer wie die eines Haifisches.

Scott hielt den Atem an und lauschte.

Dieser Lärm! Was war das nur für ein gottverdammter Lärm? Er drang nicht durch seinen Kopf, sondern kam direkt aus diesem Zimmer, von überall her ...

kratz, kratz, kratz ... kratz ...

Kath setzte sich im Bett auf, schnellte geradezu hoch, wie eine von einer Schrotkugel getroffene Schießbudenfigur. Mit den Händen griff sie sich ungestüm an den Hals, während aus ihrer Kehle seltsame Gurgellaute drangen, als versuche sie, etwas, das sie verschluckt hatte, wieder loszuwerden. Ihr Gesicht, das die sommerliche Bräune fast verloren hatte, verdüsterte sich und wurde so dunkelgrau wie eine Sturmwolke. Ihre weit aufgerissenen Augen blieben weiterhin dunkel – und plötzlich begriff Scott auch, warum. Ihre Pupillen waren geweitet, so stark geweitet, dass das Blau ihrer Iris davon völlig verschluckt wurde.

Ein Gehirnschaden, dachte er mit plötzlicher, eiskalter Panik. *Sie hat hier, auf dieser verdammten fernüberwachten Station, ganz allein gelegen und solche Krämpfe bekommen, dass ihr Hirn jetzt nachhaltig geschädigt ist ...*

Scott riss den Mund auf, wollte losbrüllen.

»Daddy ...«, krächzte Kath in diesem Moment, und das traf ihn so unvermittelt, dass ihm der Schrei in der Kehle stecken blieb. »Mach, dass es aufhört ...« Sie griff sich an den Hals. Aus ihrem Mund, der zu einem Schlitz verzerrt war, flog Speichel. »Er ... versucht mich umzubringen ... Daddyyyyyy ...«

kratz, kratz, kratz, kratz ...

Gelähmt vor Angst, beobachtete Scott seine Tochter, während der Lärm in seinem Kopf ihn auseinander zu reißen drohte. Er musste zusehen, wie seine Kleine erstickte, ohne einen Finger rühren zu können.

»Oh, mein Gott ...« Mit wächsernem Gesicht stand Caroline in der Tür. Ein Arm voll Magazine klatschte auf den Fußboden. »Hilfe!«, schrie sie so laut sie konnte. »Um Himmels willen, es muss ihr doch jemand helfen!«

Kaths Hände lösten sich vom Hals und streckten sich nach ihrem Vater aus, während sich ihre Augen grässlich verdrehten. »Daddy ... mach dass esssss ...« Scott schlug die Hände vor die Ohren.

kratzkratzkratzkratzkratzkra...

»Nein!«, brüllte er und kniff heftig die Augen zu. »NEIN!«

Und in diesem Moment hörte es auf. Alles hörte auf. Das, was Kath würgte, Scotts Schockreaktion, die ihn lähmte, der Lärm in seinem Kopf ... Ein Lärm, der so sehr nach ...

Kath schlang ihrem Vater die Arme um den Hals und klammerte sich wie ein ertrinkendes Kind an ihm fest. Er hörte sie neben seinem Ohr mit kurzen, unbeständigen Zügen atmen. Und das erinnerte ihn an sein eigenes entsetzliches Erlebnis, als er unter dem Anlegesteg fast erstickt wäre.

Dumpfe Schritte kündigten Terry Deans an, die leitende Stationsschwester. »Was geht hier vor? Was ist los?«

»Mach, dass es aufhört, Daddy«, flehte Kath atemlos. »Mach, dass er weggeht ...«

»Wer, Kleines?«, fragte Scott. »*Wer* soll weggehen?«

Als Terry Deans Kaths mühsames Atmen und die bösen roten Flecken an ihrem Hals bemerkte, trat sie mit vor Sorge verzerrter Miene näher. »Lassen Sie mich sehen«, sagte sie und fuhr gleich darauf so zurück, als sei sie von etwas gestochen worden. Denn Scott hatte ihr Kath mit einem Ruck entrissen. Inzwischen hatte er jede Beherrschung verloren. »Nein«, schrie er, »halten Sie sich da raus!«

Im Türrahmen tauchte ein schlaksiger Krankenpfleger auf.

»Ken, holen Sie Hilfe«, wies Terry ihn an. »Und machen Sie *schnell!*«

Der Pfleger eilte davon.

»Such Kaths Kleidung zusammen, Caroline«, sagte Scott, der seine Tochter immer noch an die Brust drückte. »Wir hauen von hier ab.«

»Nein«, keuchte Kath. »Er will ... Daddyyyyy!«

Scott sträubten sich die Nackenhaare. Er schob Kath von sich weg, um ihr ins Gesicht zu starren, das schon wieder purpurrot anlief. Und ihre Augen ...

kratzkratzkratz ...

Ein großer, schwarzer Arzt kam so ins Zimmer gestürmt, dass das Stethoskop an seinem Hals wie ein neckischer Schal auf und ab tanzte. Als er Kaths Zustand erfasste, eilte er, Anweisungen brüllend, zu ihr. »Besorgen Sie einen Wagen mit Notausrüstung und ein Beatmungsgerät und holen Sie Hilfe von der Intensivstation. Ich will eine Infusion mit ...«

»Ist er das, Kleines?«, fragte Scott. »Meinst du diesen Mann?«

»Bitte, Sir!«, unterbrach ihn der Arzt. »Machen Sie Platz. Wenn das Ihr Kind ist, befindet es sich in großer Gefahr. Ich muss sofort eingreifen.«

»Haun Sie *ab!*«, schrie Scott.

Und dann warf sich ein Pfleger über ihn und zog ihn weg,

während Kath keuchte, sich unbeholfen an die Kehle fasste und Scott mit diesen seelenlosen, schwarzen Augen anglotzte. Nach und nach strömten Menschen ins Zimmer: die Assistenzärztin von der Intensivstation, die Krankenschwester mit den runden Augen, die wieder das klappernde Wägelchen vor sich herschob, der bärtige Techniker mit dem Beatmungsgerät. Eine weitere Schwester, die sich bemühte, Kaths Arme festzuhalten, während der Arzt ihr Sauerstoff verabreichte. Kath warf sich wild hin und her, ihr Hals war wie der einer Kröte aufgebläht. Jeder Versuch, Luft zu holen, mündete in einem schwachen, krächzenden Röcheln.

»Lassen Sie die Hände von ihr!«, bellte Scott und schleuderte den Pfleger weg, als sei er nicht schwerer als ein Kopfkissen. »Lassen Sie meine Tochter in Ruhe! Nicht *sie* ist für ihren Zustand verantwortlich, haben Sie denn keine Augen im Kopf?«

So fest wie Handschellen schlossen sich Finger um seine Gelenke. Ein kräftiger Unterarm nahm ihn in den Schwitzkasten. Als Scott sich mit dem Ellbogen wehrte, merkte er, wie er irgendjemanden am Kinn traf.

»Schaffen Sie ihn hier raus!«, befahl der Arzt und fügte, an die Schwester mit dem Wagen gewandt, hinzu: »Bereiten Sie eine 6 E-Infusion vor. Ich werde sie intubieren müssen.«

Scotts Blickfeld trübte sich, der ganze Raum schwankte und begann sich um ihn zu drehen. Überall auf seinem Körper waren Hände und Arme, die ihn gewaltsam aus dem Zimmer zerrten.

Dieser verdammte Lärm!

Erneut stand Scott, voll gepumpt mit Adrenalin, im Türrahmen jenes Krankenzimmers, das in einer anderen Klinik lag. Und benötigte jedes Quäntchen Selbstbeherrschung, das er aufbringen konnte, um vor dem harmlosen Greis im Rollstuhl nicht davonzulaufen.

Vor einem harmlosen Alten und seinem unablässig kratzenden Bleistift.

In diesem Moment der Erinnerung merkte er – oder ein

uralter, dunkler Teil seiner Seele –, was es mit dem Lärm in seinem Kopf auf sich hatte.

Kaths wilder Kampf war beendet. Jetzt lag sie völlig still da, während der Arzt versuchte, ein Röhrchen in ihre Kehle einzuführen. Am Fußende des Bettes stand eine Schwester, die ein steriles Operationsbesteck auspackte. Scharfe Instrumente aus rostfreiem Stahl funkelten im kalten Licht der Neonröhren. Alle Augen im Zimmer waren von Hoffnungslosigkeit und Resignation getrübt, alle Vorhänge zugezogen.

Und der Lärm in Scotts Kopf ließ endlich nach.

Mit einer einzigen entschiedenen Bewegung befreite er sich aus der Umklammerung – und verließ mit einem Dutzend schneller Schritte die Station, durchquerte den Hauptgang und stürmte ins Angehörigenzimmer. Am Bett blieb er stehen und schnappte sich das Telefon, während er mit scharfen, flachen Zügen Luft holte.

Ihm fiel die Instruktion ein, die ihm die Krankenschwester am Vortag gegeben hatte. »Ich bin am Anschluss zwei-fünf-null«, teilte er der Telefonzentrale mit. »Geben Sie mir eine Leitung nach draußen.«

Die folgende Pause nutzte Scott dazu, ein winziges Telefonverzeichnis aus der Brieftasche zu ziehen. Er blätterte zum Buchstaben L und fand das, was er suchte, auf der Mitte der Seite. Es war eine Nummer, die er schon vor Jahren notiert, aber noch nie angewählt hatte.

Nach mehrmaligem Klicken der Schaltungen war das Freizeichen zu hören. Er drückte elf in unterschiedlicher Tonhöhe summende Tasten. Nach dreimaligem Läuten meldete sich eine weibliche Stimme, die angespannt und wie unter Drogen klang: »Jaaa?«

»Scott Bowman am Apparat. Ich bin ein alter Freund von Jake und muss dringend mit ihm sprechen. Ist er ...«

Bitteres Kichern unterbrach ihn mitten im Satz. »Soll das ein Witz sein?«

»Wie bitte?«

»Ich bin Jakes Schwester. Jake hat sich umgebracht, Mr.

Bowman. Sich selbst, seine Frau und seine beiden süßen Babys. Wir haben sie alle vor vier Tagen beerdigt.«

Oh, Gott. »Wie hat er ...« Aber während er noch sprach, wurde aufgelegt.

Benommen gab er eine andere Telefonnummer ein, diesmal musste er nicht nachschlagen. Er verwählte sich dabei, so dass er die Eingabe wiederholen musste.

»Health Sciences Center Ost-Ontario.«

»Geben Sie mir die Station Two Link. Dr. Bowman am Apparat. Bitte beeilen Sie sich.«

Mehrfaches Klicken, danach der Wählton.

»Hier Two Link, Mavis MacDonald, Stationsschwester.«

»Mavis?« Scott spürte so etwas wie Erleichterung, denn er kannte diese barsche alte Oberschwester, die ein Universitätsstudium absolviert hatte, und mochte sie. »Ich bin darauf angewiesen, dass Sie mir einen Gefallen tun ...«

»Dr. Bowman? Sind *Sie* das?«

»Ja. – Hören Sie zu, Mavis, das hier ist furchtbar wichtig.« Beim Sprechen merkte er, wie ein Rest von Selbstbeherrschung zurückkehrte. Diese ganzen Vorgänge mochten zwar völlig unfassbar sein, aber zumindest konnte er den Wahnsinn jetzt an einem ganz bestimmten Punkt festmachen und dieses schreckliche Durchdrehen, das kein Ziel kannte, überwinden. »Ich möchte, dass Sie so schnell wie möglich zum Zimmer des Alten, des Zeichners, gehen, sich sein Klemmbrett schnappen und damit zurück ans Telefon kommen.« Ihm fiel ein, wie er versucht hatte, dem Zeichner den Bleistift aus der arthritischen Klaue zu winden. »Falls er sich dagegen wehrt, holen Sie Hilfe. Und machen Sie schnell!«

Am anderen Ende der Leitung folgte ein Schweigen, das Unsicherheit verriet. Gleich darauf sagte Mavis so, als gebe sie den wahnwitzigen Vorstellungen eines mit Kummer geschlagenen Mannes nach: »Das mit Ihrer Familie tut mir sehr Leid, Dr. Bowman. Uns allen hier ...«

»Erledigen Sie es *sofort,* Mavis. Bitte!«

Während Scott wartete, drang das ferne Rauschen so

zischend wie ein ganzes Meer von Störgeräuschen an sein Ohr – ein Lärm, der irgendwie noch nervtötender war als das inzwischen verstummte Kratzen.

Caroline tauchte neben ihm auf und packte ihn am Arm. »Was geht hier vor, Scott? Wen rufst du an?«

Er hob den Arm, um sie zum Schweigen zu bringen. Als Mavis wieder an den Apparat kam, zuckte er zusammen. »Haben Sie's bekommen?«, platzte er heraus, ehe sie sich melden konnte.

»Ja, war überhaupt kein Problem. Der schläft wie ein Baby.«

»Sagen Sie mir, was Sie sehen. Was hat er gezeichnet?«

»Nichts. Da ist nur ein leeres Blatt ...«

»Sehen Sie darunter nach.«

Er hörte Papier rascheln. »Verrückt«, sagte Mavis ins Telefon. »Sieht makaber aus, so als ob irgendeine bizarre Comic-Figur das letzte bisschen Leben aus einem Kind herauspresst, es erwürgt ... Ein Mädchen, glaube ich, das im Bett liegt.«

»Du lieber Gott«, murmelte Scott. Ihm brach der kalte Schweiß aus, sein Körper sackte in sich zusammen. »Wie kann das sein ... Wie ist das nur möglich?«

Aber er hatte es gewusst. Tief in seinem Inneren hatte er es seit seinem Besuch in dem verlassenen Haus gewusst – seitdem er das vergilbte, alte Polaroid-Foto gesehen hatte. Und jene abscheulichen Augen, die wie Einschusslöcher gewirkt hatten.

»Doktor Bowman? Sind Sie noch dran?«

Scott presste den Hörer ans Ohr. »Mavis, bitte nehmen Sie eine Verordnung von Medikamenten entgegen. Ich werde das abzeichnen, sobald ich heute Abend zurück bin. Ich möchte, dass Sie ihm alle drei Stunden, ohne jede Unterbrechung, fünfundsiebzig Milligramm von Chlorpromazin IM verabreichen. Außerdem ...«

»Fünfundsiebzig Milligramm«, wiederholte Mavis. »Ich will Ihnen ja nicht ins Handwerk pfuschen, Doktor, aber fünfundsiebzig Milligramm werden den alten Kerl glatt umhauen. Er schläft doch sowieso schon, um Himmels willen, warum ...«

»Tun Sie's einfach, Mavis. Sie wollen diese Anweisung doch bestimmt nicht übergehen. Das ist mein voller Ernst. Ich möchte, dass er völlig außer Gefecht gesetzt wird, das Bewusstsein verliert. Er ist gefährlich, Mavis, er ist ...« Scott führte den Satz nicht zu Ende, er hatte sowieso schon zu viel gesagt. »Bitte tun Sie einfach, was ich Ihnen aufgetragen habe. Es ist wichtig. Wichtiger, als Sie ahnen.«

»Also gut«, erwiderte Mavis, der bereits klar war, was sie tun würde. »Und Sie unterschreiben die Verordnung noch heute Abend?«

»Darauf können Sie sich verlassen. Erledigen Sie's sofort, Mavis, bitte!« Er legte auf.

»Bleib hier!«, befahl er Caroline, ohne auf ihre Fragen einzugehen. Gleich darauf eilte er zurück zur Station.

Als Scott hastig eintrat, erhob sich der Arzt, der Kath gerade behandelt hatte, von seinem Platz hinter dem Schreibtisch. Er blickte so finster, dass Scott seine schlimmsten Befürchtungen bestätigt sah.

»Sie hatte irgendwelche Probleme mit der Atmung«, erklärte der Arzt und sah Scott aus seinen kaffeebraunen Augen resigniert, aber ohne auszuweichen, an. »Ähnliches hab ich noch nie gesehen. Es war ja kein Fremder im Zimmer, aber als ich sie zu intubieren versuchte, war es so, als ob jemand von außen auf das Zellgewebe drücke. Ich konnte das Röhrchen einfach nicht hineinbekommen und musste einen Luftröhrenschnitt durchführen.«

»Heißt das, dass sie noch am Leben ist?« Scotts Grinsen grenzte gefährlich nahe an Wahnsinn.

Zum ersten Mal wandte der ältere Arzt den Blick ab. »Ja, sie lebt, Dr. Bowman ...« Offenbar fehlten ihm im Augenblick die Worte. »Allerdings hat ihr Hirn sehr wahrscheinlich einen Schaden erlitten, wie ich fürchte. In diesem frühen Stadium kann man unmöglich sagen, wie groß dieser Schaden ...«

Immer noch grinsend, schob sich Scott so rücksichtslos an dem Arzt vorbei, als sei er irgendein Gegenstand, der ihm im Weg war, und eilte zu Zimmer 2 F.

Doch als er eintrat, erstarb das Fünkchen Selbstbeherrschung, das während des Telefonats wieder aufgeflackert war, und hinterließ solche Dunkelheit in ihm, als sei ein Stern erloschen. Wie oft hatte er als Assistenzarzt eine ähnliche Szene erlebt? Hundert Mal? Zweihundert Mal? Er sah einen Techniker, der für die Beatmung sorgte und mit den Reglern der künstlichen Lunge so herumhantierte, als hänge ein kleiner Junge mit Leib und Seele an seinem Videospiel; eine Krankenschwester, die mit grimmiger Miene die blutbefleckten beim Luftröhrenschnitt verwendeten Instrumente einsammelte – so über ihr Operationsbesteck gebeugt, als erwarte eine erschöpfte Kellnerin das Ende ihrer Doppelschicht. Und da lag auch die Patientin: still und starr in einem blütenweißen Bett, während ein unbarmherziges Gummigebläse Zug um Zug Sauerstoff in ihre Lunge pumpte.

Nur, dass diesmal seine eigene kleine Tochter die Patientin war.

Diesmal war es Kath.

Die künstliche Lunge war mit einem Plastikteil an ihrer Kehle verbunden. Aus dem Einschnitt sickerte ein Tropfen Blut, durch die ausgetretene Gewebeflüssigkeit zu blassem Rosa verdünnt. Wie eine blutige Träne rann der Tropfen an ihrem Hals herunter.

Scott wurde schwindelig, fast wäre er in Ohnmacht gefallen. Als er sich vorstellte, wie alle lebensrettenden Apparate verschwanden, blieb nur ein einziges Bild zurück. Das Bild, wie Kath in einem Sarg aus Mahagoni lag, dessen Deckel offen stand. Der penetrant süßliche Geruch von Blumen war so unerträglich, dass ihm übel wurde; er spürte, wie sich ihm langsam, aber sicher der Magen umdrehte ...

Als er die Augen schloss, verschwand das Bild. Und als er sie wieder öffnete, war er mit seiner Tochter allein im Zimmer.

Er bemerkte, dass Jinnie unter dem Bett auf dem Fußboden lag. In der Hektik der lebensrettenden Maßnahmen, die Arzt und Schwestern erst vor wenigen Minuten in diesem Raum durchgeführt hatten, war die Puppe aus dem Bett gefallen. Es war nur ihr aufgedunsenes Gesicht zu sehen; die niemals zwinkernden Augen schienen ihn anzuklagen. Er hob sie auf und setzte sie wieder auf Kaths Kopfkissen.

Kaths Augen waren geschlossen.

Sie schläft, dachte er und tröstete sich mit dieser Selbsttäuschung. *Sie macht nur ein Nickerchen.* Er legte eine Hand an ihre Stirn.

Gleich darauf hob er zum Test ihrer Reflexe – das hatte er während des Medizinstudiums gelernt – ihre Lider an und untersuchte die Augäpfel.

Nichts. Schwärze. Dunkle Teiche stillstehenden kalten Wassers.

Am liebsten hätte Scott sich sofort bemüht, sie aufzuwecken, sie zu erreichen, sie aus den trüben Teichen dieser Augen, in denen ihr Selbst unterging, herauszuholen. Es war der Arzt in ihm, der diesen schrecklichen Versuch vereitelte.

Scott zog sich zurück.

Und dann kam ihm eine Idee, die so völlig unglaublich und dennoch unwiderstehlich war, dass er schon beim Gedanken an diese Möglichkeit zu zittern begann. Er hatte zwar keine rationale Vorstellung davon, mit wem oder was er es hier zu tun hatte – aber schließlich war ja auch nichts von allem, was geschehen war, rational, oder? War er dem Teufel persönlich, verkörpert durch diesen ekelhaften Alten, von Angesicht zu Angesicht begegnet? Oder war es irgendein verbitterter Racheengel Gottes? Wenn ihm vor vier Tagen (war es wirklich erst vier Tage her?) jemand erzählt hätte, er werde innerhalb weniger Stunden ohne Wenn und Aber an übersinnliche Erscheinungen glauben, hätte er herzlich darüber gelacht. Hätte dieselbe Person behauptet, er werde keine Woche später ernsthaft über einen Pakt mit dem Teufel nachsinnen, hätte er ihr eine Zwangseinweisung in die Psychiatrie verpasst.

Aber wenn der Alte diese Dinge nur dadurch, dass er sie zeichnete, geschehen lassen konnte – und tat er nicht genau das? –, dann konnte er sie vielleicht auch wieder aus der Welt schaffen. Womöglich würde man ihn dazu überreden können,

Kath ihr normales Selbst zurückzugeben und ihre Seele zu retten, so dass sie wieder in diese leeren Augen zurückkehrte.

In diesem Augenblick schoss Scott die Möglichkeit durch den Kopf, dass er völlig durchgeknallt war, aber er verwarf sie schnell wieder, ging zu einem Telefon und rief den Flughafen an. Dort konnte man ihm einen Platz für einen Direktflug um drei Uhr nachmittags reservieren, also würde er um zehn nach vier in Ottawa eintreffen. Jetzt war es zwanzig nach zwei.

Er kehrte ins Zimmer zurück, griff nach seiner Flugtasche und warf einen letzten Blick auf Kath, ehe er davoneilte. Am Zimmereingang stieß er mit Caroline zusammen.

»Scott, wo gehst du hin?«

Er packte sie so heftig am Arm, dass er ihr wehtat. »Bleib bei ihr«, sagte er mit wahnsinniger Eindringlichkeit. »Beschütze sie.«

»Scott ...«

Als er sich an ihr vorbeidrängte, blieb seine Flugtasche an der Türklinke hängen und löste sich aus seinem Griff. Kleidung fiel heraus, eine Zahnbürste und der Umschlag mit den Weihnachtsbildern. Die Fotos rutschten heraus und verteilten sich fächerförmig wie das Blatt eines Kartenspielers auf dem Fußboden.

Scott hob die Tasche auf und stopfte die Kleidung wieder hinein, während sich Caroline verwirrt bückte, um die Fotos einzusammeln.

Als sie wieder hochsah, war Scott bereits verschwunden.

Am schwersten war es für Caroline, die Bilder von Krista anzusehen, aber sie ging sie wie unter einem Zwang durch, wobei ihr Mienenspiel ständig zwischen Schmerz und Freude wechselte. Unfassbar, dass ihre kleine Schwester tot sein sollte ...

Während Tränen ihren Blick trübten, stieß Caroline auf die Unterwasser-Aufnahme von der Anlegestelle. Verwundert betrachtete sie das Foto, wobei ihr plötzlich kalt wurde, und mischte es dann unter die anderen Bilder ganz unten im Stapel.

Auf dem nächsten Abzug war überhaupt nichts zu erkennen ... Oder doch?

Ungläubig sah Caroline zu, wie sich die nicht entwickelte Aufnahme kaum merklich zu verändern begann. Anfangs dachte sie, ihre Fantasie spiele ihr einen Streich, es sei nur eine Sinnestäuschung ihres überreizten Hirns.

Aber nein: Das Ding veränderte sich tatsächlich, entwickelte sich wie ein Polaroidfoto, nur langsamer. Nach und nach tauchte ein Gesicht oder der Teil eines Gesichtes auf ... und zwei Hände, die nach oben griffen.

Mein Gott, dachte Caroline ebenso erschrocken wie verwundert, *dieser Gesichtsausdruck ...*

Das Gesicht auf dem Foto, das sich jetzt herauskristallisierte, als lichte sich nach und nach eine düstere Rauchwolke, war grässlich verzerrt, wie zu einem Todesschrei. Und es schien in irgendeiner Masse festzustecken ... Unterhalb des Kinns, rund um die Ohren und rings um die Stirn war ...

Treibsand?

Ja, es war das Gesicht eines Mannes, der in Treibsand versank.

Aber es war nicht *irgendein* Gesicht. *Scott?*

Die Nerven in Carolines Fingern versagten, das Bild wirbelte auf den Boden. Auch auf dem nächsten Abzug, ebenfalls leer, lichtete sich der Nebel nach und nach und enthüllte hasserfüllte rote Augen, Zahnstümpfe und riesige Blutspritzer.

Caroline schrie auf. Diesmal entglitten ihr alle Fotos und verteilten sich wie die Bruchstücke eines geplatzten Traums auf dem Fußboden.

32

»Wo ist er?«

Janet Brown, die Empfangsdame der Station Two Link, trat unwillkürlich einen Schritt zurück und dankte bei sich dem lieben Herrgott dafür, dass ein Schreibtisch zwischen ihr und dem Mann gegenüber stand. Sie hatte gerade mit ihrem Freund telefoniert, als Scott hinter ihr aufgetaucht war und sich daran gemacht hatte, die Kartei mit den Krankenblättern zu durchwühlen.

»Wo ist *wer?*«, fragte Janet zurück. Noch nie hatte sie einen Arzt in einer derart katastrophalen Verfassung gesehen. Alkoholiker vielleicht oder auch Unfallopfer, aber niemals einen Arzt. Und mit seinen Augen stimmte was nicht. Sie waren rot umrändert, glänzten viel zu stark und wanderten dauernd hin und her, so als fürchte er, das Gebäude könne einstürzen oder irgendein wildes Tier heranstürmen, um ihn zu verschlingen. *Gehetzt* – das war das Wort, nach dem sie gesucht hatte. Der Mann wirkte gehetzt.

Scott pflanzte die Fäuste auf die Schreibtischplatte und beugte sich zu ihr hinüber. »Der Alte, der Zeichner. Wo ist er?«

Janet trat noch einen Schritt zurück und stolperte zu ihrem Stuhl hinüber. Ihr fiel ein, dass ihr Freund immer noch am Apparat war und wartete. Während sie rechts und links den Gang hinunterblickte, verfluchte sie die Tatsache, dass er jetzt wegen der abendlichen Essenszeit völlig menschenleer war. Sie wandte den Blick wieder Scott zu.

»Der ist verlegt worden«, brüllte sie fast. »Vor etwa einer Stunde, in die Psychiatrie. Kann ich irgendetwas für Sie tun?«

Aber Scott hatte sich schon umgedreht und rannte auf die Treppe zu. Die Empfangsdame wartete, bis er durch die Tür gewitscht war, dann wählte sie die Null und ließ die Leiterin des Pflegedienstes, die gerade beim Abendessen war, über Lautsprecher ausrufen.

Bateman, dachte Scott, als er die Treppe hinunter zum Hauptgang eilte. Er hatte übersehen, welches Interesse der Chef der Psychiatrie an dem Alten nahm. Selbstverständlich hatte Mavis MacDonald Bateman angerufen, damit er Scotts völlig unangemessene Anweisung bestätigte. Und selbstverständlich hatte Bateman sein Veto eingelegt.

Scott drängte sich durch den Hauptgang, schoss ins Schwesternzimmer, das momentan leer war, ging zu der Kartei auf dem Schreibtisch hinüber und machte sich ans Durchblättern, um nach der neuen Zimmernummer des Alten zu suchen.

»Kann ich Ihnen helfen?«, fragte eine argwöhnische Stimme in seinem Rücken.

Scott ignorierte sie und blätterte die Kartei weiter durch, wobei er das unkontrollierte Zittern seiner Hände verfluchte.

»Dr. Bowman?«, fragte die Stimme. »Sind *Sie* das?«

»In welchem Zimmer ist der Zeichner untergebracht?«, fragte Scott und wandte den irren Blick der Schwester zu.

Genau wie die Empfangsdame auf der Station Two Link fuhr die Frau zurück. Sie reagierte damit, dass sie eine Krankenakte aus der Kartei zog und ihm zuwarf. Scott schlug sie hastig auf und suchte nach der telefonischen Anweisung, die er Mavis MacDonald gegeben hatte. Wie es die Vorschrift verlangte, hatte Mavis Scotts Arzneimittelverordnung eingetragen und unterschrieben. Aber im Feld darunter stand eine weitere Anweisung, die im Unterschied zu der oberen mit sauberer Füllerschrift eingetragen war, und sie besagte: *Obige Anweisung ignorieren. Verlegen Sie den Patienten in die Psychiatrie, gezeichnet Dr. med. V. Bateman.*

Der Zeichner befand sich in 117, einem Privatzimmer am Ende des Ganges.

Hastig durchquerte Scott den Gang, bis sich sein Magen vor Angst zusammenzog und er, wieder einmal überwältigt von diesem seltsamen Gefühl der Irrealität, dem Gefühl, im Leeren zu schweben, sein Tempo drosselte. Er holte tief Luft und kämpfte um Orientierung. Der Gang war ihm vertraut. Fast täglich war er hier entlanggegangen, seit die Klinik vor mehr als acht Jahren eröffnet worden war. Sein Büro lag am Ende eines ähnlichen Korridors, nur eine Treppe tiefer. In diesem Gebäude hatte er seinen Lebensunterhalt verdient. Es war ein guter Ort, ein sicherer Ort, ein vernünftiger Ort.

Aber war dieser Ort real? War überhaupt irgendetwas real?

Der Flug von Boston hierher, selbst die Fahrt vom Flughafen in die Stadt waren in der konkreten Erinnerung bereits verblasst und wirkten jetzt eher wie ein Traum. Er wusste nur noch, wie er auf dem Parkplatz des Flughafens in Kristas Chevette eingestiegen war. Daran erinnerte er sich mit schrecklicher Deutlichkeit. An den Duft ihres Parfüms, der immer noch im Wagen hing. An die Gegenstände, inzwischen bedeutungslos, die sie früher aufgrund ihrer Persönlichkeit mit Leben erfüllt hatte: die punkige, mit Strass-Steinen verzierte Sonnenbrille, die sie vergessen hatte, mit nach Boston zu nehmen; das ungeöffnete Päckchen von Trident-Kaugummi auf der Ablage des Armaturenbrettes; die hauchdünne Nylon-Strumpfhose auf dem Rücksitz, immer noch in ihrer Verpackung ...

kratz, kratz ... kratz, kratz, kratz ...

Scott machte sich auf den Weg, blieb vor dem Eingang zu Zimmer 117 jedoch wie angewurzelt stehen und fröstelte innerlich vor böser Vorahnung. Die letzten paar Schritte schaffte er nur, indem er den Rücken fest an die Wand presste.

Der Künstler saß im Rollstuhl am Fenster, dessen Jalousien heruntergelassen waren. Er wandte Scott den Rücken zu und zeichnete; das Geräusch des Bleistifts schien den ganzen Raum zu erfüllen.

Und plötzlich wurde Scott klar, dass er es nicht fertig bringen würde, dem Alten gegenüberzutreten. Vielleicht war er wirklich der Racheengel eines erzürnten Gottes ... Schließlich hatte sich Scott ja wirklich versündigt, hatte ein hilfloses Kind umgebracht und sich danach feige aus dem Staub gemacht.

Er bringt mich um, Daddy ...

Nein, das musste aufhören, und zwar sofort. Ob Gott, Dämon oder einäugiger Alien: Er würde sich ihm stellen.

Atemlos stürmte Scott ins Zimmer und entriss den mörderischen Händen das Klemmbrett. Der Zeichner – Nicholas Rowe – rührte sich nicht, zuckte nicht einmal mit der Wimper. Er sabberte nur, während seine schwarzen Augen ohne zu zwinkern ins Leere starrten. Scott ließ den Blick über die beiden vollendeten Zeichnungen schweifen – aber genau wie die Friedhof-Serie wirkten diese Skizzen auf den ersten Blick mit nichts Realem verbunden, jedenfalls mit nichts, das Scott irgendetwas bedeutete. Die erste Zeichnung zeigte einen Richter, der sich mit grimmiger Miene die Verteidigungsrede eines Mannes anhörte, der in altmodischer Gefängniskleidung steckte. Auf dem zweiten Cartoon hielten zwei Wärter den Gefangenen fest, während der Richter das Urteil mit Hammerschlag bekräftigte. Die Kästen für die folgenden Cartoons waren zwar schon sorgfältig umrahmt, aber noch Unheil verkündend leer.

Scott knüllte die noch nicht vollendete Serie zu einer Kugel zusammen und schleuderte sie zu Boden. Das Klemmbrett warf er aufs Bett. Dann trat er hinter den Rollstuhl.

Abrupt fasste er nach den Handgriffen und wirbelte den Rollstuhl herum. Ein Speichelfaden schlug dabei vom Kinn des Alten nach oben und heftete sich an dessen Wange.

»Sie können mit dem Spielchen aufhören, Rowe«, sagte Scott, ohne dabei die nackte Angst verbergen zu können. »Ich weiß jetzt alles über Sie.«

Der Alte reagierte nicht, produzierte aber weiterhin Düfte, die nach Straßenkatze rochen, genau wie vor vier Tagen, als Scott versucht hatte, ihm den Bleistift aus der knotigen Faust zu winden.

Scott umfasste Rowes runzliges gelbes Gesicht und zerrte es auf die Höhe seines eigenen. Er bemühte sich, etwas, irgendetwas in diesen tief liegenden Augen zu erkennen – Augen, die so sehr Kaths Augen ähnelten, wie Scott sie zuletzt gesehen hatte.

»Bitte«, sagte er den Tränen nahe, während vor seinem geistigen Auge Kath auftauchte, die bleich und mit leerem Blick in ihrem Bett lag. »Bitte hören Sie auf damit.« Er packte das schlaffe, runzlige Gesicht noch härter an, so dass sich die Lippen des Alten wie ein Karpfenmaul spitzten. »Sie kann doch gar nichts dafür ...«

Der Zeichner beugte sich vor, befreite sich aus Scotts Griff und streckte die Hände nach dem Klemmbrett auf dem Bett aus. Scott packte die Armlehne des Rollstuhls und sorgte dafür, dass das Klemmbrett ein paar Zentimeter außer Reichweite blieb. Aber der Alte gab nicht auf, sondern streckte weiter die Hände aus und grunzte, während sich seine deformierten Finger wie die eines Ertrinkenden – *oh ja, wie die eines Ertrinkenden* – in die Luft krallten.

Dieses Gefühl kannte Scott ... Und plötzlich kehrte das Entsetzen, das er unter dem Anlegesteg empfunden hatte, so erschreckend unvermittelt und deutlich wie ein Albtraum zurück. Er spürte das Wasser am Hals, so als hätten sich kräftige Hände darum gelegt, Hände, die ihn würgten und ihm die Luft nahmen ...

Scott ließ den Rollstuhl los und taumelte, die Hände an die Kehle gerissen, zurück. Sein Körper war ohne jede Kraft und prickelte vor Drang nach Sauerstoff. Mühevoll schaffte er es, Luft zu holen.

kratz, kratz, kratz ...

»Hören Sie auf!«, brüllte Scott und ließ eine Hand wie ein Schwert heruntersausen, so dass sich das Klemmbrett aus dem Griff des Alten löste und klappernd zu Boden fiel. »Hören Sie auf damit!« Er grub seine Fäuste in Nicholas Rowes Nachthemd und zerrte ihn mit letzter Kraft hoch. »Krista ist tot!«, schrie er das teilnahmslose Skelett, das er umklammerte, an. »Krista ist *tot,* und ich will meine Tochter zurück!« Mit aschgrauem Gesicht bückte er sich, schnappte sich das Klemmbrett und stieß es dem Alten grob in die Rippen.

»Hier, du Mistkerl. Zeichne!« Es klang lächerlich – als wolle ein Revolverheld den Polizeichef der Stadt zum Duell herausfordern. »Zeichne meine Tochter als normales Mädchen, oder ich bring dich um!«

Der Zeichner reagierte mit einem Furz, dem feuchten, widerlichen Furz eines Greises.

Und zum ersten Mal, seit Scott ihn gesehen hatte, schien er zu grinsen.

Scott klatschte ihm mit der Rückseite der Hand voll ins Gesicht und hob schon den Arm, um erneut zuzuschlagen, als ihn etwas am Handgelenk packte. Er befreite sich aus der Umklammerung, wirbelte herum – und sah sich Jane Copeland, der Pflegedienstleiterin, gegenüber.

»Doktor Bowman!«, brüllte sie. »Sind Sie wahnsinnig geworden?«

»Raus!«, bellte Scott. »Sofort raus!« Er ging wie eine Dampfwalze auf sie los.

Copeland fuhr zurück. »Was geht hier vor, Doktor? Mein Gott, er ist doch nur ein alter Mann ...«

»Raus!«, wiederholte Scott und ballte die Fäuste. »Er hat meine Frau umgebracht.« Mit einem Teil seines Verstandes erkannte er, wie verrückt das klingen musste, aber das machte ihm jetzt nichts mehr aus. »Er hat meine Frau umgebracht, und jetzt will er auch noch meine Tochter töten.«

»Waaas?« Die Pflegedienstleiterin stolperte durch die Tür auf den Gang. »Ich hole jetzt Sicherheitsleute, verdammt noch mal. Lassen Sie den alten Mann in Ru...«

Die zuschlagende Tür schnitt ihr die letzten Worte ab. Scott sperrte ab und zog das Bett als Barrikade vor den Eingang. Als er sich wieder dem Alten zuwandte, merkte er, dass seine Beine so weich wie Gummi waren.

Der Zeichner stierte vor sich hin, während mit Blut vermischter Speichel aus seinem Mund sickerte und der Bleistift in seiner Hand Schwindel erregend schnell über die Seite flog.

Mit bedrohlich gebleckten Zähnen torkelte Scott vorwärts, um nachzusehen, was der Alte zeichnete – und fiel wie ein schlaffer Sack zu Boden, denn seine Beine gehorchten ihm nicht mehr. Als sein Kinn auf die Fliesen schlug, begann die alte Wunde erneut zu bluten.

Jetzt gab es keinen Zweifel mehr: Der Alte grinste tatsächlich.

Nach und nach zog sich Scott bis zu dem widerlichen Kerl im Rollstuhl vor. Mittlerweile bewegte sich der Bleistift mit unfassbarer Geschwindigkeit. Und das klang wie das weit entfernte Flüstern von Verdammten.

»Was zeichnen Sie? Warum sagen Sie nichts?«

Das heimtückische Flüstern hörte keinen Moment auf.

»Es war ein Unfall. Wir waren doch nur unreife Jungs ... und hatten furchtbare Angst. Wir haben doch nicht absichtlich ...«

Wie irgendein unheimlicher, Furcht erregender Despot hielt Nicholas Rowe, an seinen Rollstuhl gebunden, inne und starrte in Scotts vom Wahnsinn gezeichnete Augen. Und einen schrecklichen Augenblick lang hatte Scott das sichere Gefühl, dass der Alte reden würde. Stattdessen zog er ein einzelnes Blatt aus dem Klemmbrett und ließ es auf den Boden fallen. Es landete vor Scotts Augen.

Es enthielt mehrere Cartoons: Ein alter Mann lag auf dem Rücken, auf einer Bahre. Sein im Sterben aufgerissener zahnloser Mund stand offen. Ein wohlbeleibter Arzt in weißem Laborkittel beugte sich über ihn, um ihm an der Brust die Saugnäpfe für die Elektroden anzulegen, denn sein Herz sollte durch Stromstöße wieder zum Schlagen gebracht werden. Auf dem letzten Cartoon war zu sehen, wie es einen Kurzschluss gab, zwei wie in einem Comic gezeichnete Stichflammen aus den Elektroden schossen und der Arzt durch den Stromschlag getötet wurde.

Brian Horner.

Ein weiteres Blatt, dessen Skizzen jedes grausame Detail zeigten, flatterte zu Boden.

Jake Laking.

Jake Laking, wie er ein Repetiergewehr vom Ständer holte und mit nach oben nahm, wo seine Familie beim Fernsehen saß. Wie er es zuerst auf seine Frau, dann auf seine Kinder und zuletzt auf sich selbst richtete und jedes Mal abdrückte.

Schließlich schwebte das aus dem Messingrahmen gerissene Familienfoto aus Scotts Büro auf den Boden, langsam und in großen Bögen, wie Herbstlaub. Mit Blut war ein großes *X* darüber geschmiert.

Wieder begann der Bleistift Unheil verkündend zu kratzen.

Scott, der inzwischen wie ein Kind schluchzte, kroch auf die Füße des Alten zu. »Hören Sie auf«, flehte er unter Tränen. »Hören Sie auf ... Sie kann doch gar nichts dafür, kapieren Sie das denn nicht? Bitte!« Er zog sich auf die Knie hoch und benutzte dabei die Speichen des Rollstuhls als Stütze.

Langsam und wohl überlegt neigte der Alte das Klemmbrett Scott zu, so dass er die gerade entstehenden Zeichnungen flüchtig sehen konnte. Dabei hielt der Bleistift keinen Augenblick inne; mit übermenschlicher Schnelligkeit sauste er über das Blatt, schuf die Umrisse mit derartiger Geschwindigkeit, dass sie sich fast zu bewegen schienen.

Ein Kind in einem Bett. *Kath,* an deren Hals Atemröhrchen befestigt waren. Jinnie, die schlaff auf Kaths Brust lag und ihn mit ihren leblosen Puppenaugen genauso anglotzte wie noch vor wenigen Stunden, als sie unter Kaths Bett im Krankenhaus gerutscht war.

Scott befahl seinen Händen, sich zu rühren, nach dem Klemmbrett zu greifen, es zu schnappen und auf seine Knie zu legen, damit er diese todbringenden Zeichnungen an sich nehmen und zu unzähligen dicken Schneeflocken zerreißen konnte. Aber seine Hände gehorchten ihm nicht. Sie waren kalt, taub und kamen ihm so vor, als gehörten sie ihm gar nicht.

Wie ein Schatten tanzte der Bleistift des Zeichners über das nächste Blatt. Mit jedem teuflischen Kasten veränderte Jinnie ihre Position, gelangte vom Bett auf den Fußboden, vom Fußboden aus hinter die künstliche Lunge. Eine Stummelhand griff nach dem Stecker des Beatmungsgerätes an der Wand ...

»Nein!«, schrie Scott und kämpfte mit aller Kraft gegen die Schlaffheit und Taubheit in seinen Muskeln an. *»Nein!«*

Quälend langsam, Zentimeter für Zentimeter, näherte sich Jinnies Hand dem Stecker. Scott konnte sie hinter dem schattenhaft tanzenden Bleistift des Alten erkennen. Die Hand schloss sich um das Stromkabel ... und hielt plötzlich inne.

Nicholas Rowe starrte Scott in die Augen und lachte – ein scharfes, freudloses Lachen, das Scott bis ins Mark erschütterte. Und dann verzerrte sich das heimtückische Greisengesicht, nahm einen finsteren Ausdruck an, und ein Klümpchen Speichel landete direkt in Scotts Augen, die er aus einem Reflex heraus zugedrückt hatte.

Vor seinem geistigen Auge erschien Kath, in gespenstisches Zwielicht getaucht, und setzte sich im Bett auf. Die riesigen, schwarzen Pupillen hatten den Rest der Augen verschluckt. Das beim Luftröhrenschnitt implantierte Röhrchen ragte wie ein Messergriff aus ihrem Hals. Flehend riss sie die Hände hoch: »Er bringt mich um, Daddy«, flüsterte sie weit entrückt, ohne jede Erregung, ohne jede Angst. »Er bringt mich um.«

Die Hand des Künstlers rührte sich erneut. Genau wie die Hand der Puppe.

Heftige Wut, heiß wie geschmolzene Lava, durchströmte Scott Bowman und schwemmte alle Ängste weg, nahm ihnen jede Bedeutung.

Als er sich hochrappelte, hielt der Alte erneut inne. Der Ausdruck triumphierender Rache wich dem bestürzter Verwunderung.

Diese kurze Pause war alles, was Scott brauchte.

Er knallte dem Alten die Faust ins Gesicht, spürte das Wabbeln uralten Fleisches, das Knacken poröser Knochen. Mit der freien Hand packte er das Klemmbrett und zerrte mit ganzer Kraft daran, aber Rowe ließ nicht locker. Wie eine Katze fauchte er durch die schwarzen Zahnstümpfe.

Vor dem Zimmer klopfte jemand an die Tür.

»Machen Sie auf!«, sagte eine gedämpfte Stimme. »Scott, ich bin's, Vince Bateman. Machen Sie sofort die Tür auf!«

Scott und der Alte lieferten sich eine Schlacht um das Klemmbrett, zerrten es zwischen sich hin und her, wie Holzfäller, die gemeinsam einen Baumstamm durchsägen. Vage hörte Scott das Klicken eines Türschlosses. Er hob den Fuß und trat den Alten in den Brustkorb, wobei er selbst fast das Gleichgewicht verloren hätte.

Rippen knackten.

Als sich die Tür leicht öffnete, schrammte das Bett, das als Barrikade davor geschoben war, heftig über die Fliesen. Durch den Spalt war Batemans schrille Stimme zu hören, die kreischte: »Was, zum Teufel, geht da drinnen vor? Machen Sie die Tür auf, verdammt noch mal!«

Scotts Beine wurden schon wieder so weich wie Gummi. Er wandte den Blick von diesen dunklen, hypnotischen Augen ab und zerrte nochmals am Klemmbrett, wobei er vor Anstrengung ebenfalls zu fauchen begann. Inzwischen knurrte der Alte wie eine Wildkatze.

Und während Scott entsetzt zusah, erwachte Kaths Flickenpuppe in ihrem Kasten zum Leben – wie eine animierte Comic-Figur auf einer winzigen Leinwand, die einen Trickfilm in Schwarzweiß zeigte. Ihre stummelartige Hand schloss sich fester um den Stecker an der Wand und zog. Jetzt konnte Scott auch die Metallzinken des Steckers erkennen, die bereits halb herausgerissen waren und im Licht der nicht sichtbaren Neonröhren funkelten.

Hinter ihm war lautes Ächzen zu hören; das Bett, das als Barrikade diente, rutschte wieder ein paar Zentimeter vor.

Ohne jede Vorwarnung ließ Scott das Klemmbrett los und streckte die Hände nach der Kehle des Alten aus. Der dürre Greisenhals schwabbelte zwischen Scotts zudrückenden Händen.

Es war ein gutes Gefühl.

Ersticke, du Mistkerl, dachte er mit verrückter Fröhlichkeit. *Ersticke, so wie ich damals, so wie meine kleine Tochter ...*

Während er würgte und die schwarzen Augen aus den Höhlen traten, stach der Zeichner mit dem Bleistift zu, trieb dessen Spitze in Scotts linke Schulter. Scott schrie zwar auf, ließ aber nicht locker, im Gegenteil: Er schloss die Hände noch ein wenig fester um die Gurgel des Alten und verstärkte den Druck.

Stirb, dachte er, und der Gedanke wurde zur Gebetslitanei: *Stirb, stirb, stirb ...*

Als der Alte erneut mit dem Bleistift ausholte, erwischte er Scott im Gesicht. Aus dem bleigeschwärzten Loch in der Wange schoss sofort Blut.

Stirb ...

Die Tür schrammte so weit auf, dass Bateman den Kopf hindurchstecken konnte.

»Scott!«

Wieder stieß der Bleistift zu – doch Scott hatte inzwischen die Handgelenke des Alten gepackt und drehte sie nach innen, wobei er sich mit dem ganzen Gewicht und voller Kraft gegen dessen verwelkten Arm stemmte.

Was folgte, war ein seltsam knallendes Geräusch und ein gurgelndes Todesröcheln.

Als die Sicherheitsleute Scott mit einem Ruck von Nicholas Rowe wegrissen, steckte der Bleistift bis zum Radiergummi in der Kehle des Alten. Aus dem Loch schoss ein erstaunlich großer, grellroter Strahl Blut, bespritzte Batemans makellosen, grauen Anzug und die teuren, italienischen Schuhe und befleckte sein kreidebleiches Gesicht.

Einen Augenblick lang blieben alle im Zimmer Versammelten schweigend und wie versteinert an Ort und Stelle stehen: Scott, Vince Bateman, Jane Copeland, die drei Sicherheitsleute und die beiden jungen Krankenpfleger.

Gleich darauf begann der Alte laut zu lachen; es war ein schrilles, trockenes Kichern, das in manischen Zyklen kam und ging und so klang, als dringe es direkt aus dem Schlund der Hölle. Während er lachte und aus seinem Hals Blut schoss, gab sich Vince Bateman keine Mühe, aus dem Weg zu treten. Der Alte lachte und lachte, und das Blut besudelte sein Klemmbrett, das böse Instrument seiner teuflischen Rache. Er lachte und lachte, während das Leben aus ihm heraussickerte und auf den Boden tropfte.

Und plötzlich drang neben seinem Lachen, wie ein weit entferntes Echo, auch das helle Lachen eines Kindes durchs Zimmer. Scott hörte es und wusste, dass es auch alle anderen hörten. Aber er merkte, dass sie es ebenso schnell und erfolgreich wieder verdrängten, wie er selbst es mit der Wahrheit getan hatte.

Nach und nach erstarb das Lachen.

Der Zeichner sackte im Rollstuhl nach vorn. Die Leinengurte verhinderten, dass er auf den Fußboden voller Blutpfützen kippte.

Kath!

Mit gespreizten Ellbogen schnellte Scott wie ein heranstürmender Linienrichter zur Tür. Und er hätte sie auch fast erreicht, da die anderen immer noch völlig gebannt dastanden.

Doch dann brüllte Bateman: »Halten Sie ihn auf!« Und fünf Männer kamen gemeinsam auf Scott zu, schlossen wie Kampfhunde einen immer engeren Kreis um ihn, in den Augen seltsame Scheu.

Dann fielen sie über ihn her, packten seinen ganzen Körper. Ein riesiger Unterarm legte sich um seinen Hals und schnürte ihm die Luft ab. Scott biss so lange zu, bis er Blut schmeckte und merkte, wie der Arm weggezogen wurde. Irgendjemand schrie vor Zorn und Schmerzen schrill auf. Gleich darauf griffen andere Arme zu und rangen ihn zu Boden. Eine Faust grub sich so in sein Brustbein, dass seine Lungenflügel zusammenfielen und ihm schwarz vor Augen wurde. Jetzt war der Krankenpfleger, den er gebissen hatte, wieder über ihm. Seine kräftigen Arme nahmen Scotts Oberschenkel in die Zange und hoben ihn hoch, stemmten ihn in die Luft.

Die Nadel, die in seine Hüfte stach, spürte er kaum.

Ketamin, dachte er, *schnell wirkendes Zeug.*

Durchströmt von reiner vulkanischer Energie wirbelte Scott Bowman herum, trat zu, wand sich und schlug mit den Armen um sich, bis er frei war. Mit einer einzigen flinken Bewegung sprang er über das Bett und durch die offene Tür. Aber noch während er den Gang hinunter und ins Schwesternzimmer taumelte, dessen Tür er hinter sich abschloss, begann die Droge zu wirken. Die Wählscheibe des Telefons schien sich zu verzerren und durchzuhängen, wie das Zifferblatt einer Dali-Uhr, und der voll gestopfte, kleine Raum wie Toffee-Masse um ihn herumzuwabern. Er schüttelte den Kopf, um ihn wieder klar zu bekommen, fand die Nummer, die er brauchte, und rief das Krankenhaus für Allgemeinmedizin in Danvers an.

»Geben Sie mir Station ...«, sagte er noch, ehe irgendjemand antwortete. Dann brach er zusammen. Mit leisem, dumpfen Knall schlug seine Stirn auf der Mappe auf, die auf dem Schreibtisch lag, aber niemand hörte es.

EPILOG

Maria Flasetto hielt mit ihrem Karren vor Zimmer 117 an und murmelte in ihrer italienischen Muttersprache ein Gebet. Sie hatte vor ihrer Schicht von dem Mord gehört, durch den Buschfunk, und da schon war ihr klar gewesen, dass man die Beseitigung dieser Schweinerei letztendlich ihr aufhalsen würde. Maria war Putzfrau. Sie übernahm regelmäßig die Nachtschicht, damit sie ihren Tagesjob an der High-School behalten konnte. Und Zimmer 117 lag in ihrem Abschnitt des Hauptganges.

Sie nahm all ihren Mut zusammen und rollte den Karren ins Zimmer. Der Geruch fiel ihr als Erstes auf. Drüben in Italien hatte ihr Vater im Schlachthaus des Dorfes gearbeitet. Derselbe Geruch hatte in seiner Kleidung gehangen, wenn er abends nach Hause gekommen war. Als Mädchen hatte sich Maria ausgemalt, wie die Tiere, die ihr Vater schlachtete, mit letzter Kraft diesen Gestank produzierten, um sich gegen das gnadenlose Beil zu wehren. Eigentlich war es ein Gemisch verschiedener Gerüche: Es stank nach Urin, Gedärmen, leicht säuerlich nach Blut und noch nach etwas anderem, das nichts mit den Eingeweiden zu tun hatte, aber sehr alt roch.

Als Nächstes bemerkte sie das Blut. Während sie ihre Augen so weit aufriss, dass sie rund wie Porzellantassen wurden, wäre sie beinahe ohnmächtig geworden. Hinten in ihrer Kehle sammelte sich Galle, angeekelt stöhnte sie leise auf.

So viel Blut ... Noch nie im Leben hatte sie so viel Blut gesehen.

Ihre tief religiösen Ängste machten sich in einem erschrockenen Schrei Luft und drängten sie zum Zimmereingang zurück, wo sie stehen blieb. Gleich darauf machte sie kehrt: Wenn sie das hier nicht beseitigte, würde sie vielleicht die Arbeit verlieren. Und das konnte sie sich nicht leisten, gerade jetzt nicht, wo Gino mit dem Studium anfing.

Heftig atmend machte sich Maria ans grässliche Werk. Sie begann damit, dass sie sich den Fußboden vornahm und aufwischte. Es verblüffte sie, wie schwer es war, das Blut von den Fliesen zu schrubben. Ihr wurde fast schlecht davon. Selbst an der Zimmerdecke klebte Blut.

Dio buono!

Während sie schrubbte, konnte sie nicht umhin, sich im Kopf die einzelnen Szenen des Verbrechens auszumalen. *Gott,* dachte sie, *ich kenne diesen Dr. Bowman doch. Er hat immer wie ein solch netter Mann gewirkt und sich sogar die Zeit genommen, mit dem Reinigungspersonal zu reden. Hat uns das Gefühl gegeben, auf einer Stufe mit ihm zu stehen. Nie im Leben hätte ich ihn für wahnsinnig gehalten. Aber einen hilflosen alten Mann auf diese Weise umzubringen ... Was kann ihn nur dazu getrieben haben?*

Während ihre stämmigen Beine sie kaum noch trugen, beugte sich Maria vor, um unter dem Bett sauber zu machen. Als sie zum dritten Mal schnell darunter fuhr, erwischte der Mopp eine zusammengeknüllte Papierkugel. Fast hätte sie die Kugel in den großen Müllsack geworfen, der an ihrem Karren befestigt war; doch dann hielt sie inne und entfaltete das Papier, da sie sich daran erinnerte, dass der alte Mann Künstler gewesen war.

Mit verwirrter Miene musterte sie die Zeichnungen eine Minute lang und legte sie danach zur Seite. Später, wenn sie hier fertig war, würde sie das Blatt der Krankenschwester geben. *Was für ein Verbrechen,* dachte sie und schwang ihren Mopp zur Decke empor. *Ein hilfloser alter Mann, der so begabt gewesen ist ...*

Der Mann, der Vince Bateman gegenüber saß – er zeigte bereits Ansätze zur Glatze und hatte ein vogelartiges Gesicht –, blätterte fast ehrfürchtig durch den dicken Stapel von Zeichnungen. Peter Lloyd leitete die Psychiatrische Abteilung am Penatanguishene, der Landesklinik für geistig behinderte oder geistesgestörte Menschen, die straffällig geworden waren.

Bateman, in elegantes Glencheck gewandet und adrett wie immer, ging hinter seinem Schreibtisch auf und ab. »Seit der Tat hab ich bestimmt schon ein dutzend Mal mit Bowman gesprochen, und er besteht immer noch darauf, dass seine Geschichte die reine Wahrheit ist. Seine Wahnvorstellungen sitzen tief, Peter. Anfangs dachte ich, sie könnten einfach eine Art Reaktion sein – schließlich hat er seine Frau verloren und beinahe auch noch sein einziges Kind. Aber er weigert sich, von der Vorstellung abzurücken, dass der alte Mann irgendein böser Magier gewesen ist. Ein Magier, der sich für den Tod seiner Enkelin ... oder Tochter ... an ihm gerächt hat. Bowman hat auch irgendetwas Übles von Inzest dahergeschwafelt.«

Dr. Lloyd musterte Bateman über die halben Brillengläser hinweg. »Wie hat Bowman bei seiner Vorstrafe überhaupt die Zulassung zur Medizinischen Hochschule geschafft?«

»Er hat Fahrerflucht begangen, ist gemeinsam mit seinen Freunden getürmt ... Sofern man diesem Teil seiner Geschichte Glauben schenken möchte.«

Lloyd schüttelte mit einer Müdigkeit, die tief in seinen Augen lag, den Kopf. »Was ist mit seiner Tochter geschehen?«

»Sie hat sich wieder erholt. Offenbar haben die Ärzte und Schwestern in Massachusetts nicht damit gerechnet, zumindest nicht mit einer vollständigen Genesung. Derzeit wohnt sie bei Verwandten.«

»Durfte er sie schon sehen?«

»Nein, noch nicht. Er hat immer noch Phasen, in denen er außerordentlich gewalttätig ist, trotz aller Medikamente. Hat Halluzinationen und Albträume und behauptet, der alte Mann sei mit ihm da drinnen. Ich habe ihm persönlich versichert, dass es seiner Tochter gut geht, aber er will es nicht glauben. Ihre Leute werden selbst entscheiden müssen, wann der beste Zeitpunkt für einen Besuch des Mädchens gekommen ist.«

»Hmmm«, sinnierte Lloyd und warf nochmals einen Blick auf die Zeichnungen. »Was ist das hier?« Er drehte ein arg zerknülltes Blatt so herum, dass Bateman es sehen konnte.

Bateman zuckte nur mit den Achseln. Er weigerte sich, für wahr zu halten, was diese Skizzen enthüllten, obwohl er es tief in seinem Inneren besser wusste. »Eine Putzfrau hat das an dem Abend vor zwei Wochen unter dem Bett des Alten gefunden.«

Die erste Zeichnung zeigte einen Richter, der sich mit grimmiger Miene die Verteidigungsrede eines Mannes anhörte, der in altmodischer Gefängniskleidung steckte. Auf dem zweiten Cartoon hielten zwei Wärter den Gefangenen fest, während der Richter das Urteil mit Hammerschlag bekräftigte.

Es gab noch vier weitere Cartoons. Beiläufig bemerkte Peter Lloyd, dass deren Textur sich leicht von der anderer Zeichnungen unterschied: Im Unterschied zu den mit Bleistift ausgeführten Originalskizzen wirkten sie eher wie verblichene Kopien. Allerdings wurde er nicht recht schlau daraus und fuhr deshalb fort, interessiert deren Inhalt zu betrachten.

Die dritte Abbildung zeigte, wie der Gefangene aus dem Gerichtssaal geschleppt wurde, während aus seinem verzerrten Mund unhörbare Verwünschungen drangen. In der vierten Zeichnung wurde der Mann gewaltsam in eine Gummizelle verfrachtet.

In der Fünften steckte er in einer Zwangsjacke und kauerte in einer Ecke auf dem nackten weißen Boden. Die Beine hatte er an die Brust gezogen, den Kopf auf die angewinkelten Knie gestützt.

Im letzten Bild der Sequenz war es Abend geworden. Der Mann kauerte als kaum sichtbarer Klecks in einer Ecke. Die Zeichnung vermittelte ein so beklemmendes Gefühl von Tragik und Einsamkeit, dass Lloyd eine leichte Gänsehaut bekam.

Und da war noch etwas, das er fast übersehen hätte. Als er erkannte, was es war, gab es ihm den Rest, verstärkte das innere Frösteln und führte schließlich dazu, dass er wie in einem heftigen Krampf zusammenzuckte.

Durch ein kleines, vergittertes Fenster hoch oben in der Mauer spähten hasserfüllte rote Augen lauernd ins Innere der Zelle.

Nosferatu

Die besten Vampirromane der Welt

Nancy Kilpatrick
TODESSEHNSUCHT
ISBN 3-935822-59-6
256 Seiten

P. N. Elrod
DER ROTE TOD
ISBN 3-935822-36-7
380 Seiten

P. N. Elrod
DER ENDLOSE TOD
ISBN 3-935822-73-1
319 Seiten

P. N. Elrod
VAMPIRDEDEKTIV
JACK FLEMING
ISBN 3-935822-56-1
256 Seiten

P. N. Elrod
BLUTJAGD
ISBN 3-935822-80-4
256 Seiten

Chelsea Quinn Yarbro
HOTEL TRANSILVANIA
ISBN 3-935822-57-X
352 Seiten

Richard Jaymon
VAMPIRJÄGER
ISBN 3-935822-79-0
416 Seiten

HR Giger
HR GIGER'S VAMPIRRIC
ISBN 3-935822-58-8
432 Seiten

FESTA
www.Festa-Verlag.de

Brian Hodge
NIGHTLIFE
ISBN 3-935822-76-6
480 Seiten

HORROR-Taschenbücher

Graham Masterton
DER AUSGESTOẞENE
ISBN 3-935822-89-2
432 Seiten

Richard Laymon
PARASIT
ISBN 3-935822-94-4
416 Seiten

Sean Costello
DER CARTOONIST
ISBN 3-935822-77-4
270 Seiten

S. P. Somtow
DUNKLE ENGEL
ISBN 3-935822-96-0
416 Seiten

Brian Lumley
SIE LAUERN IN DER TIEFE
ISBN 3-935822-95-2
240 Seiten

FESTA
www.Festa-Verlag.de